研究叢書27

喪失と覚醒

——19世紀後半から20世紀への英文学——

中央大学人文科学研究所 編

中央大学出版部

まえがき

二〇世紀の終わりを迎えるに当たって、私たちのこころには、いろいろな問題が去来する。二度の世界大戦や、科学技術の急速な進歩による生活環境の急激な変化は、二〇世紀の大きな特徴であった。これまでの前提や常識はもはや通用しなくなり、思想や芸術の分野でも新たな方法を模索しなければならない状況である。この模索の過程は刺激的であると同時に、困難と苦渋に満ちている。偉大なる秩序が終わったという終末論的な意味では、今の状況はたんに二〇世紀の世紀末であることを超えた終末現象であると思われる。そしてこのような雰囲気は、それが強く意識に現れた一九世紀末ごろの問題からの連続でもあろう。

ニーチェの「神は死んだ」の表現から、ダーウィン以後と言われる時代の表象にいたるまで、ユダヤ・キリスト教的秩序の感覚の喪失は、西欧一九世紀末の精神世界にきわめて大きな衝撃を与えた。この一九世紀の問題を改めて考えてみるとき、私たちはまさに地球規模での現代の問題に突き当たる。

トマス・ハーディという作家は、この問題を考えるときのよき事例となる作家であるように思われる。かれのペシミズムは、この秩序の感覚の喪失感をつよく表現したものに他ならないからだ。だが、ヴィクトリア朝のイギリスは、一筋縄ではいかない重層性を持っていた。ハーディが小説家として活躍したのと完全に時を同じくして、ロンドンの劇場は「サヴォイ・オペラ」というまったく異なった世界を作り出していた。サヴォイ・オペラとトマス・ハーディという、一見異なった二つの世界を軸に時代の研究を進めてみると、当時のイギリス文化の全体像に一つの方向性が出てくるかも知れないのだ。

このような主旨で、私たちは「一九世紀後半から二〇世紀への英文学」という研究会チームを、中央大学人文科学研究所の一つの企画として立ち上げた。やや散文的なチーム名だが、英語で言えばEnglish Literature in Tansitionを意味する適切な言葉が思いつかなかったためでもある。日本語と英語の両方で行われた五年間の研究会での発表テーマは多岐に渡っているが、それは次のようなものであった――

W. S. Gilbert：*The Mikado* and Other Dramatic Works（新井潤美）、消えゆく庶民文化：Hardyの*Under the Greenwood Tree*を中心に（深澤俊）、Hardy's Poetry and the New Sense of Time（森松健介）、『ウィンダミア卿夫人の扇』に描かれた母親像：オスカー・ワイルドと一九世紀後半の劇作家たちの接点（塚野千晶）、George Gissingの長編小説*The Whirlpool*（1898）について（安達美代子）、Judging Ford, or the Ford Conundrum（A・P・コリンズ）、遅れてきたロマン主義者―ハーディの思想の位置（松本啓）、Thomas Hardy, *The Famous Tragedy of Queen of Cornwall*をめぐって（深澤俊・森松健介）、E. Waughの*Scoop*を読む―メディア側からのアプローチ（戸嶋真弓）、Hardyの*Two on a Tower*について（永松京子）、T. Hardyの"A Distracted Preacher"について（小林千春）、George Eliot, *Adam Bede*（1859）他（出淵敬子）、覚醒のドラマ：T. S. Eliotの演劇*The Confidential Clerk*を中心にして（松本啓）、Yeatsの詩について（三好みゆき）、Rudyard Kiplingの短編小説'Mrs. Bathurst'を中心に（塩谷清人）、"Some Do Not"―The First Part of Ford Madox Ford's *Parade's End*（A・P・コリンズ）、E. M. Forster, *Howards End*の第五章について（深澤俊）、詩人トマス・ハーディについての批評書概説（森松健介）、コンラッドと『闇の奥』論（安達美代子）、シング『西方世界の男』について（塚野千晶）、アーノルドの『教養と無秩序』とその背景（松本啓）、世紀末から二〇世紀初頭の社会階級と作家の問題（新井潤美）、トマス・ハーディの詩に見る死と死者たち（森松健介）、D. H. Lawrenceの戯曲について：*The Widowing of Mrs. Holroyd* を中心に（小田島恒志）、H. G. Wells の小説：*Tono-Bungay* を中心に（糸多郁子）、Oscar Wilde, *Salome* について（森岡実穂）、Thomas Hardy と Providence：*Far from the Madding Crowd* をめぐって（松本啓）、Housman, *A Shropshire Lad* について（森松健介）、サヴォイ・オペラについて（深澤俊）。

本書はこの五年間にわたる研究所での共同研究で、各人が発表したり、刺激を受けて考えたりしたことを、まとめたものである。構成は、ほぼ時代順に四部から成り立っている。ヴィクトリア朝のイギリスといえば、世界を支配して意気盛んであったのだが、その裏にはさまざまな問題や思いがあった。例えば松本啓が『教養と無秩序』を取り上げて論じているように、選挙法改正後の大衆社会の秩序の乱れにたいする危惧の念が、詩人アーノルドには強かった。アーノルドは伝統的文化の意義を力説し、教養によって社会の無秩序に対抗する必要を説く。同じようなことは、野呂正がスティーヴンソンの『ファレザの浜辺』を論じる中でも取り上げている。イギリス帝国主義、植民地主義に見られた物質的利益への貪婪さと、そこから生じる凶暴性にたいする危惧である。スティーヴンソンはこれを南太平洋、サモアを舞台に描いたが、同じような問題はアフリカを舞台にしたコンラッドの『闇の奥』にも認められるだろう。山本恭子は語り手がみずからの経験を伝達する方法に主眼をおいているとするが、そこには作家が照らし出そうとしている植民地と本国との関係がある。

宗教的な秩序の感覚で言えば、ジョージ・エリオットは『ダニエル・デロンダ』の中で、行き詰まったキリスト教的世界からの打開のために、ユダヤ教のシオニズムを使おうとしていると、塩谷清人は言う。キリスト教世界全体の救済という大風呂敷を広げるわけにはいかないとしても、作品世界の中で主人公ダニエル・デロンダという一人のユダヤ人の救済に、これが通用するかもしれないからだ。だが『ダニエル・デロンダ』の最後は、結末のはっきりしないオープン・エンディングである。キリスト教的秩序があやふやになった後、作家は新たな道を模索するのだが、この時期のジョージ・エリオットはまだ解決の出せない状況にある。

サヴォイ・オペラの部で、塚野千晶はこのオペラの台本の演劇史から見た位置づけと、風刺の性質について考察をする。風刺の対象としては、男性の場合、貴族階級と成り上がり者がやり玉に挙がるが、女性の場合は年輩者に集中する、と言う。このサヴォイ・オペラは当時、爆発的な人気の的となり、社会現象としても注目するに相応しいものだが、その秘訣はこれが中産階級の趣向に合致した「リスペクタブル」なものであったからだ、と新井潤美は言う。労働者階級の人たちが新興のミュージック・ホールに足を向けたため、劇場支配人は中産階級に目を向けて市場を開拓する必要があった。ギルバートとサリヴァンの組み合わせは、当時の趣向にぴったりだったと言えよう。ただ、この二人の組み合わせには問題がなかったわけではなく、劇場支配人ドイリー・カートを加えた三人の人間模様は、作家の庄野潤三が『サヴォイ・オペラ』に纏めるほどの面白さである。このあたりの事情は、深澤論文を見ていただきたい。

もう一つの中心であるトマス・ハーディについては、社会構造の変化がかれの作品の雰囲気に多大の影響を及ぼしていることを見たうえで、これまで比較的論じられることの少なかった中短編、「アリシアの日記」と一群の『貴婦人の群れ』を、永松京子、小林千春が論じている。そしてハーディの詩については、ヴィクトリア朝の早い時期から神の不在をうたったアーサー・ヒュー・クラフからハーディへの系譜が、森松健介によって論じられている。

二〇世紀は、科学の時代でもあった。こころの問題までも、科学的研究の対象となりうるのだ。一族に科学者を持つオールダス・ハックスリーが、小説の世界に科学を取り込むのも、肯けるところだろう。戸嶋まゆみはこの意味での、ハックスリーの思想的背景を探っている。人間はなぜ恋をするのだろうか。そして小説家は、なぜ恋を題材にするのだろうか。ここにはハックスリーの、科学的考察が入り込む。ハックスリーは博覧強記の学者であり、その膨大な知識は博物学、生物学、遺伝学や、今日大脳生理学と呼ばれている学問、そして精神医学を軸にした人間関係学に及んでいた。このことは、父が博物学者、兄が環境科学的な視野を持つ生物学者であったことと無関係ではないだろう。この科学的な視野を入れ込んだのが、『恋愛対位法』であり『すばらしい新世界』であると考えられる。この科学性はH・G・ウェルズにとっても、無関心ではいられない。かれの『トーノ・バンゲイ』は、この題名の新薬を開発し、専売した業者の浮き沈みを描いている。一般には、商業主義によるイギリス社会の古い秩序の崩壊を、大河小説風に描いた作品だと言われるが、糸多郁子はまず当時の専売薬がどのような存在であったのかを検討し、トーノ・バンゲイに関する描写と比較する。つぎに、それを商業主義批判という観点からではなく、結婚や出産にたいして国家的な管理を求めた当時の性イデオロギーとの関わりの観点から、作品を論じている。

戸嶋まゆみがイヴリン・ウォーの小説で見るのは、現実から逃走しようとする男性たちである。『ブライズヘッド再び』では、語り手のチャールズ・ライダーとその友人セバスチャンがそれぞれ類型的な「逃走する男性」を演じているとする。とくにセバスチャンは母親からの逃走を試みているように描かれるが、じつは母親の体現している「何らか」の価値観からの遁走なのだろう。それは何なのか。そしてこの作品は、ウォーの初期の作品の『衰亡記』や、代表作『一握の塵』などとはなぜ異なった作風に仕上がったのかに、論を進めている。

T・S・エリオットの詩劇のうちで最もよく知られているものは『カクテル・パーティ』だが、松本啓はこれを取り上げ、この作品の中心主題である精神的覚醒が、登場人物たちの恋愛関係を通じて提示されていることを論証する。この劇の中心人物はチェインバレン夫妻であるとふつう考えられているが、じつはシーリア・コプルストンであることを指摘したうえで論じている。二〇世紀文学で人間関係は特別な意味を持たされているが、なかでもE・M・フォースターの作品世界では、人間関係に社会救済的な意味も込められている。とくに「結びつけるのみ」というモットーをつけた『ハワーズ・エンド邸』では、階級の障壁を取り除くことが重要な目標になっている。そしてフォースターは技法上、一種のライトモティーフとしてベートーヴェンの音楽を使った。小説技法への音楽の影響は、フォースターと同じブルームズベリー・グループの一員であったヴァージニア・ウルフに、顕著に認められるだろう。ウルフは「現代小説」の技法にかなりの神経を使ったモダニストだが、その理論と感性は時代の先駆けであり得たのだろうか。これは二〇世紀前半の文学を考える意味で、重要な問題である。

最後に本叢書には、論じられることがあまり多くないフォード・マドックス・フォードが、A・P・コリンズによって論じられている。日本語による評論集である叢書の性質上、本書では英語による原論文の他に、この論文の日本語訳も載せて、体裁と読者の便を図っている。コリンズは現在イギリスに居を移しているが、ながらく専任研究員として重要な共同研究メンバーであった。

この叢書は、共同研究のいわば中間報告として、成果を世に問うものである。私たちの問題意識にある二〇世紀は、さらに検討されなければならない。私たちはメンバーを多少入れ替えた形で、「二〇世紀英文学の思想と方法」という新規研究チームを二〇〇一年四月から発足させる。

二〇〇〇年一二月末

「一九世紀後半から二〇世紀への英文学」研究会チーム

深　澤　　俊

目次

第一部　ヴィクトリア朝と「闇」

「近代」イギリス詩人と文化論
――M・アーノルドの場合

松本　啓

一　はじめに

周知のように、『教養《カルチャー》と無秩序』（一八六九）の第一章「甘美と光明」は、マシュー・アーノルドがオックスフォード大学詩学教授に在任中の一八六七年六月七日に、「カルチャーとその敵たち」と題して行なった、詩学教授としての最後の講演に基づいている。時まさに、都市の労働者階層にまで選挙権を与えようとする第二次選挙法改正案の是非をめぐって、世論が沸騰していた。一八六六年七月二九日には、同法案の成立の遅れにごうを煮やした大デモ隊が、ハイド・パーク公園で集会を持とうとし、それを阻止しようとした警察隊ともみあいになり、ついに公園の柵を破って闖入するという一幕があった。いわゆるハイド・パーク騒乱《ライオッツ》と称される事件である。アーノルド夫妻は、自家のバルコニーから、暴徒たちが隣人の警察長官リチャード・メインの家の窓に投石するのを目撃した。(1) また彼は、内務長官スペンサー・ウォールポウルが事態を収拾しえなかったのに大いに驚いた。『教養と無秩序』の第二章「すき勝手に振る舞うこと」(2) にも言及されているように、ロンドン市参事会員でロンドン民兵隊長ウィルソン大佐も、民兵隊を率いて出勤したものの、万余のデモ隊を前に手をつかねて見守る

ほかなかったのである。(3)

上述のアーノルドの最終講演は、このような状況の中で行なわれたのであり、すぐさま同年同月に『コーンヒル・マガジーン』誌に掲載され、大きな反響を呼んだ。そこで、アーノルドは、続いて一八六八年一月に第二論文を発表し、都合六篇の論文を連載した。それらを大幅に改訂して、一八六九年一月末に『教養と無秩序』と題して世に問うた（ちなみに、初版では、「はしがき」はあるが、章立てはない。一八七五年の改訂第二版から、「序文」等々の章立てがなされている）。(4)

結局、第二次選挙法改正案は、一八六七年八月一五日に議会を通過して成立するに至ったのであるが、アーノルドは、一貫して同改正案を批判し続けたのである。

二　イギリス文化論の淵源

こんにちでは、イギリス文化論の源は『教養と無秩序』であると思われがちであるが、その淵源はS・T・コウルリッジの政治論『教会と国家の構造』に求めることができよう。その編注者J・コールマーも指摘しているように、コウルリッジのこの政治論は、アーノルドに大きな影響を及ぼしている。(5)確かに、コウルリッジは、『教会と国家の構造』において'culture'という語を用いてはいないけれども、類似した語である'cultivation'を使用して、次のように言っている。

……文明それ自体は、純然たる善ではない。よしんば腐敗をもたらす影響力ではないとしても、それは、いわば病の消耗熱なのであり、健康的でつややかな顔色ではない。そして、そのように特徴づけられた国民は、洗練された民族と呼ぶよりはむしろ、粉飾された民族と呼ぶに相応しい。この文明が教養（*cultivation*）に、すなわちわれわれの人間性を特徴づけるあの素質と能力との調和ある発達に、基礎を置いているのでないかぎりは、そうなのである。われわれは、市民たるためには、まず人間たらねばならないのである。[6]

ところで、アーノルドは、'culture' の一つの定義として、こう述べている。

完全性の研究たるカルチャーは、真の人間的完全性というものを、人間性のすべての側面を発達せしめる調和的完全性として捉えるように仕向けるものであり、またわれわれの社会のすべての部分を発達せしめる全般的完全性として捉えるように仕向けるものである。[7]

これら二つの引用を重ねてみるとき、コウルリッジとアーノルドは、基本的な点で、すなわち人間性の調和的発達を目指した点で、軌を一にしていることが明らかとなる。そして、そうした人間性の調和的発達を助長するものとして教養の涵養の必要性を力説したのである。しかし、ここで注目しておきたいのは、両人とも、教養の重要性を単に個々人の問題として捉えていたのではなくて、もっと広い文明とか社会という、より広い視野のもとに捉えていたということである。アーノルドは、『教養と無秩序』の「目指すところは、われわれが現在陥っている困難な状況を脱するための大いなる助力として教養《カルチャー》を奨励することにほかならない」[8]、と言っている。そして、当時のイギリス人が「陥っていた困難な状況」とは、コウルリッジにとっては、おそらく、産業革命がもたらしつつあった物質文明のゆきすぎた発達であり、アーノルドの場合には、数次にわたる選挙法改正案の結果として生じた大衆社会の到来だったと言えよう。もともと詩人であった両人は、いち早く、それらがもたらしかねない弊害を察知した。そして、近代的物質文明の過度の発達が「精神の無秩序」[9]を招く危険性を座視するに忍びず、文芸批評から政治・社会批評へと打って出たのである。こうして、アーノルドがコウルリッジの衣鉢をつぐ者であったことは疑いないが、資質と時代とを異にする二人には、異なる点があるのも当然である。

コウルリッジは、一八二〇年代のアイルランドにおけるカトリック教徒解放の問題に触発されて『教会と国家の構造』の執筆にとりかかったのであり[10]、時事問題を契機に政治論を書いた点では、選挙法改正案という時の問題に関して発言したアーノルドと通うところがある。しかし、共通する点はそこまでである。すぐれて知的な「形而上学者」コウルリッジは、時事問題を扱いながらも論争をこととせず、深い思索をめぐらした。したがって、彼は、この論文で教会と国家について純然たる原理と理論を述べることによって、時代を超越することができた。それに引きかえ、アーノルドは、イングランドの政治の根幹にかかわる選挙法改正問題の渦中にあって、同法に賛同する自由主義論者の論客に反ばくするのに忙殺されたのである。したがって、『教養と無秩序』は論争的な面が目立つ。また、先述のように、書き下ろしではなく雑誌に連載されたものを一本にまとめたものであるため、各章ごとに主題と論調とが異なっているのである[11]。

三　アーノルドのカルチャーの定義

マシュー・アーノルドは、パブリック・スクールの改革者でラグビー・スクールの名校長として広く知られた「高名なヴィクトリア人たち」[12]のひとりトマス・アーノルドの長男として生まれ、オックスフォード大学に学び、一八五七年から六七年にかけてオックスフォード大学詩学教授を務めたほかは、一八五一年以降は三五年の長きにわたって視学官の地位にあった。学生時代から詩を書き始め、五巻の詩集を公刊したが、詩学教授となるに及んで批評の分野に転じ、文学のみならず政治、社会、宗教、教育などの各領域にわたって健筆を揮った。アーノルドが、いわゆる兼ねる人となった基底にあったものは、自らの時代の動向に対する鋭敏な感覚にほかならない。上述のように多面的活躍を行なったのも、機械主義と自由主義に傾いてゆく時代の趨勢を黙許しえなかったからである。

ところで、アーノルドは詩人、批評家、教育者として多彩な活動を行なったので、アーノルドの言説は錯綜している。彼のカルチャーの定義にも、そのことは当てはまる。そこで、まず手始めに、彼の文芸評論集『批評論集』(第一集一八六五年、第二集一八八八年)を取りあげることにしたい。『批評論集』第一集の巻頭を飾る「現時における批評の機能」で、アーノルドは次のように述べている。

フランスとドイツの文学については、ヨーロッパ全般の知性についてと同様、主要な努力は、ここ何年ものあいだ、批評上の努力——神学、哲学、歴史、芸術、科学といったあらゆる知識分野において、対象を本質において真にあるがままに見ようとする努力——であった。(13)

この一文からもうかがわれるように、彼の文芸批評は、ヨーロッパ文学という広い視野に立ち、そこから自国の文学を見つめ直そうとするものであった。また、神学と哲学を強調することから知られるように、はなはだ知的なものであった。すなわち、文学を知的現象の一つの現われと見て、他の知識分野との脈絡のなかで批評の機能を論じようとするものである。したがって、アーノルドによれば、批評の本務は「この世で知られ考えられている最良のものを知ること」(14)であり、いったん最良のものを知ったからには、「それを知らしめることによって、真にして斬新な思想の流れを創出すること」(15)なのである。このように、アーノルドの批評意識は、単に文学のみにかぎらず、知識全般と社会の現状に向けて開かれていたのであり、やがてアーノルドが批評の対象を広げていったのは、自然の成りゆきであった。

ところで、『教養と無秩序』のかなり長い「まえがき」の中で、アーノルドはこう言っている。

教養とは、われわれに最も関連あるすべての事柄について、この世で考えられ言われてきた最良のものを知ることによって、われわれの全的完全性を追求することである。また、この知識を通して、われわれの陳腐な概念と習慣に斬新で自由な思考の流れを及ぼすことである。(16)

ここまでは、前者で「批評《クリティシズム》」と呼ばれているものと、後者で「教養《カルチャー》」とされているものとは完全に重なっている。それは、何よりもまず'curiosity'という語で表わされているような知的要素の重視である。そして、「甘美と光明」においても、「現今の批評の機能」と同じく、カルチャーの定義として、まずこの知的要素が挙げられている。

……無益で、単に病的なものにすぎない、知的なことがらに関する好奇心というものがあるのと同様に、確かに、次のような好奇心――すなわち、精神的ことがらをまったくそれ自体のために、またそれらをあるがままに見る喜びのために、追求しようとする欲求――が存在するのであり、それは、知的存在にあっては、自然でもあり賞賛に価するものである。……モンテスキューはこう言っている。――「われわれを研究に駆り立てるべき第一の動機は、われわれの本性の卓越性を増大させようとする欲求であり、知的存在をさらに知的なものにしようとする欲求である」。これこそは、それがどのような現われかたをしているにせよ、真の科学的情熱に対して割当てられるべきまことの基盤であり、この情熱の一つの成果としてのみ眺められたものとしてのカルチャーに対して割り当てられるべき基盤なのである。それを表現する適切なことばが見つからぬまま、それを好奇心と呼ぶにしてもである。(17)

しかしながら、アーノルドは、これに続けてこうも言っている。

……カルチャーにはもう一つの観点があり、そこでは、われわれの隣人への愛、行動、援助、それに博愛への衝動、人間の誤りを取り除いたり、人間の混乱を除去したり、人間の惨めさをより少なくしたいという欲求、つまりは世界を自分が生まれた時のそれよりももっとましなものにして次代に引き継ぎたいという希求——すぐれて社会的と呼ばれる動機——が、カルチャーの基盤の一部として、そして主要かつ際立つ部分として、関与しているのである。そこで、カルチャーは、本来的に、その起原が好奇心にあると言うべきではなく、その起原は完全性の愛好にあると言うべきである。それは完全性の探究なのである。(18) それは、単にまた第一義的に、純然たる知識を求める科学的情熱の力によってばかりでなく、善をなそうとする道徳的かつ社会的な力によっても働くのである。……カルチャーについてのこの第二の見解においては、「理性と神の意志を行きわたらせること」というウィルソン主教(19)のことばほど適切なモットーはほかにないのである。(20)

問題は、この「道徳的かつ社会的力」という表現で、アーノルドが何を言わんとしていたかである。そのために、引き続いて「甘美と光明」の議論をより具体的に辿る必要があるであろう。

四　伝統の尊重

「甘美」（美、つまり最良のものに触れることで養われる優美さ）と「光明」（知性、つまり事物をあるがままに見ようとする知的努力）から成る教養《カルチャー》は、その具体的現われの一つが詩である、とアーノルドは言う。教養は、「詩と同様な精神から成り、詩と同一の法則に従う」[21]。そして、詩の伝統のうち最良のものはギリシアの詩である[22]、とされている。また、イギリスで詩の伝統を最もよく保持しているのは、オックスフォードだとして、次のように述べている。

オックスフォード、過去のオックスフォードは、多くの欠点を持っている。そして、敗北し、孤立し、現代世界への影響力を失ったことで、オックスフォードは高価な代償を支払った。だが、オックスフォードにおいて、われわれは、かの麗しい地の美と甘美のうちに育てられたゆえに、一つの真実――美と甘美とは、完全な人間的完全性の必須の特性であるという真実――を捉え損なうことはなかった。わたしがこの点を強調するとき、わたしは全的にオックスフォードの信仰と伝統とのうちに身を置いている。わたしは、おそれげもなく、こう断言する。すなわち、美と甘美に賛同するわれわれのこの感情、醜悪と未熟に反対するわれわれのこの感情が、あのように多くの敗北した大義、あのように多くの勝ち誇った運動へのわれわれの反対、の根幹にあったのだ、と[23]。

オックスフォードの「敗北した大義」とは、言うまでもなく、ジョン・ヘンリー・ニューマンらが起こしたイギリス国教会の改革運動のいわゆるオックスフォード運動のことで、一種のエリート主義の現われであった。アーノルドは、オックスフォードに在学中に、ニューマンの説教を聞いていて、その時の印象を次のように記している。

四〇年前、わたしがオックスフォードの学部学生だった頃、今もってわたしの記憶にしばしば甦ってくる声が、かの地に漂い流れていた。青春のあの多感な季節にそのような声を耳にする人こそ、仕合わせである。それらの声は、彼にとって永遠に一つの財産である。われわれがその青春時代に耳にしたような声は、今ではかの地に響いてはいない。オックスフォードは、今やより多くの批評、より多くの知識、より多くの光明をもっている。だが、われわれの青春時代にあったような声をば、オックスフォードはもはやもってはいない。枢機卿ニューマンの名は今もって、想像力にとり大いなる名である。だが、彼は八〇の坂を越えており、バーミンガムのオラトリオ会に在る。彼は、こんにち人びとの精神を悩ましている懐疑と困難に対して、率直に言って不可能な解決を採るに至っている。四〇年前には、彼は血気壮んな年頃であった。彼はオックスフォードに在り、われわれの身近にいた。彼は日曜ごとに聖メアリ教会の説教壇で説教を行なっていた。彼は、われわれにとってこの世で最も国民的かつ自然な制度、すなわち英国国教会、をまさに刷新せんとするかにみえた。薄暗い午後の光の中を聖メアリ教会の側廊を滑るように通り抜け、説教壇に登り、ついで、最も魅惑的な声を響かせて、微妙かつ甘美にして詠嘆的な宗教音楽たることばと思想でもって静寂を破る、かの霊的出現者の魅力に何ぴとが抗いえたであろうか。(24)

以上二つの引用が示しているように、アーノルドの強調する美は、単に詩におけるものばかりでなく、もう一つの大いなる伝統である宗教にも関連することが明らかである。そして、アーノルドの時代には、宗教もまた大きな変化にさらされていた。彼は、カルチャーと宗教との関連について、こう述べている。

……宗教、人類がそれによって自己を完成させようとする衝動を明示してきた努力――宗教、あの最も深い人間的経験のかの声――は、単にカルチャーの最大の目的、すなわち、完全性は奈辺にあるのかを確かめ、かつそれをゆきわたらせようと努力するという目的、に向かうよう命じ、かつそれを認可するだけでなく、さらにまた、人間的完全性がいずこに存在するかを全般的に決定することにおいてもまた、カルチャーが同様に到達する結論と同一の結論に到達するのである。(25)

しかし、このように、アーノルドは宗教そのものの存在価値を十分に認めながらも、ピューリタリズムの影響の強いイギリスで肝要なことは、それによってがんじがらめにされている偏狭な精神状態から脱却することであるとして、カルチャーの道徳的側面よりも、その美的側面のほうを強調し、ピューリタリズムがもたらした醜悪さを指摘したのである。

あなたがた自身がそれを反映しているものとしてのあなたがたの宗教組織の生活ほどに、そのように息苦しく、そのように魅力に欠け、そのように不完全で、そのように偏狭で、人間の完全性についての真にして満足のいく理想からそのように遠ざかっている生活につきものの理想が、一体どうすればすべてのこうした悪徳と醜悪さとを克服し変容させうるというのか。実際、教養によって追求されるものとしての完全性の研究を推進する最大の理由と、宗教的組織によって掲げられた完全性の理念――その理念は、すでに述べたように、人類がこれまで完全性を求めて成してきた最も広汎な努力を表わす完全性の理念ではあったが――の不十分さとは、これらの組織がわれわれの生活と社会とを掌握してきたこと、しかも何百年と知れぬ長い間掌握し続けてきたこと、のうちに見出されるのである。われわれは、いずれもが、何らかの宗教組織のうちに含まれている。われわれは、いずれもが、これまでわたしが目にした

崇高で野心的な用語、すなわち神の子らと自らを呼んでいる。神の子らだと——何たる不遜であろうか。(26)

このように、「宗教的組織によって掲げられた完全性の理念」は、「人類がこれまで完全性を求めて成してきた最も広汎な努力を表わす完全性の理念であった」ことをアーノルドは認めつつも、現実のピューリタンの生活の理想がきわめて醜悪であるとして、これを斥けている。このように、アーノルドが宗教的理念と現実とを区別しながら、これら二つを併立して論じていることが、アーノルドの議論を分かりにくいものにしている。理念としての宗教の存在価値を認めながらも、アーノルドは、現実に対処する道としては、詩の伝統、とりわけギリシアの詩、を当時のイギリスの宗教（ピューリタニズム）の上位に置く。したがって、「カルチャーは、われわれによって一般的に考えられている宗教を超えている」(27)、と言う。

> 今は、そしてわれわれにとっては、ヘレニズムの要素を重んじ、知ることをすべき時である。というのは、われわれは、あまりにもヘブライズムを重視してきたのであり、行なうことを過大評価してきたからである。(28)

そして、アーノルドがこのように宗教と詩、理念と現実、との間をゆきつもどりつしていることが、アーノルドの議論を複雑なものにしている。このようなアーノルドの議論の二面性は、彼の政治や社会についての論述においても見られる。そこで、以下においては、もっぱら、第二章「好き勝手に振る舞うこと」に則って、そのことを検証することにしたい。

五　自由主義批判

アーノルドは、「自由主義者」をもって自任していたにもかかわらず、[29]政治の面で、われわれによって今日考えられているような自由主義者ではなかった。というのは、今日的な自由主義を必ずしも容認せず、徐々に台頭しつつあった第三階級たる労働者層に対して十分な理解と共感とを持ちえぬうらみがあったからである。

一つの新しい力が突如として現われ出た。その新しい力を十分に判断することは、いまだ不可能である。確かに、その新しい力は、中流階級の「自由主義」とはまったく異なる力であり、その信仰の基本点において異なっているし、あらゆる分野でのその力の傾向の点で異なっている。その新しい力は、中流階級の立法を好みも賞賛もせず、また中流階級が教区会を牛耳る地方政治をも好みも賞賛もせず、また中流階級の産業家たちの無制約な競争をも好みも賞賛もせず、また中流階級の非国教主義の異論《ディセント》も、また中流階級の国教反対の反対主義をも好みも賞賛もしないのである。わたしは、ここでこの新勢力を賛美しているわけでもなければ、この勢力の掲げる理想がより増しなものだと言っているのでもない。わたしが言わんとするのは、ただこの新勢力に属する人びとは、まったくもって異なる存在だ、ということにすぎない。[30]

右の引用によってアーノルドが遠回しに表明している新勢力、つまり労働者階級、への反感は、彼らが当初示した暴力に訴える傾向を憂慮したためにほかならない。先述のような暴徒化した民衆によって引き起こされる無秩序状態が、恐らくアーノルドの脳裏に焼きついていたのであろう。「好き勝手に振る舞うこと」の中で、ロンドン民兵隊の無力について、アーノルドは次のように批判している。

誰しもが覚えている、いかにこの有徳的な市参事会員にして民兵隊大佐が、あるいは民兵隊大佐にして市参事会員が、その民兵隊をロンドン市街を行進させたか、を。いかに野次馬たちが彼が通るのを見ようと集ったか、を。いかにロンドンの与太者たちが、好き勝手に振る舞うというイギリス人の最良かつ最も喜ばしい権利を主張しつつ、野次馬たちから物を奪ったり、ぶんなぐったりしたか、を。いかに、この非の打ちどころのない戦士にして行政官が、彼の軍隊が介入するのを禁じたか、を。「群衆は」、とのちに彼は感動的にも言った、「大方、わるさをしようとかかった、すごく健康で腕っぷしの強い男たちから成っていた。もし自分が指揮下にある兵士たちに介入するのを許していたとすれば、兵士たちは暴徒にやっつけられ、そのライフル銃を奪いとられ、逆に銃を向けられたことだったろう。実際、騒動がその結果生じていたかもしれず、また流血を伴っていたやもしれない。そうした事態を招くおそれに比べれば、現に生じた野次馬たちへの攻撃や金品の強奪などは、とるに足りないものだっただろう」[31]。

官憲のこうした無能ぶりが、次のような政治的自由主義批判の根底にあるのである。

……イギリスの生活と政治の中心理念は、個人的自由の主張である。明らかに、そうである。しかし、また、明らかに、封建主義――従属という理念と習慣でもって何世紀にもわたって、無言のうちに英国憲法を支えていた封建主義――が、今や死滅してしまい、自由を妨害するものに対する抑止を目図とするわが国の制度と、イギリス人はできうるかぎり好き勝手に振る舞うのが大いなる権利であり幸福であるという考えとしか、われわれには残されていないゆえに、われわれは無秩序に向かって漂い流れてゆく危険に身をさらしているのである[32]。

時代は急速に移ろいつつあったために、アーノルドは、コウルリッジのように単に「精神の無秩序」を憂えるだけでは足りず、社会的無秩序に抗する道をさぐらねばならなかった。新勢力の新たな政治参加は、ウェリントンが言ったように、アーノルドの目には「合法的な革命」(33)と映じたからである。

しかし、こうした、いわば反動的とも見える見解を有しながらも、アーノルドは頑迷な保守主義者ではなかった。他方において、アーノルドは、その社会観において、多分に理想主義者だったからである。

そして、人びとは、大いなる一つの全体の成員であるゆえに、また人間性のうちに具わっている共感の念は、一個の成員がその他の成員に対して無関心であることを許さず、またその他の成員とはかかわりなく完全な幸福を享受することを許さないであろうゆえに、カルチャーが形成する完全性の観念と合致するためには、われわれの人間性の拡大は、社会全体の拡大でなければならない。カルチャーが考えるものとしての完全性は、個人が孤立したままのうちは、可能ではないのである。(34)

以上みたところからも知られるように、アーノルドの政治観や社会観においても、二面性が認められよう。ところで、先に触れたように、アーノルドは、『教養《カルチャー》と無秩序』が目指すところはイギリス人が「現在陥っている困難な状況を脱するための大いなる助力」を与えることだ、と述べているので、以下において、アーノルドが「カルチャー」によって具体的には何を意味しているかを考えることにしたい。

六　「国家」と教育

アーノルドが貴族を「野蛮人」と呼び、中流階級を「俗物」と称し、労働者階級を「俗衆」としたことは、はなはだ有名である。[35] そして、こうした階級の壁を乗り越えるには、「通常の自己」の次元に留まっていてはならない、と彼は説く。こうした弊害を克服するには、「国家の正しい理性を最もよく表わし、それゆえ、統治するのに最も相応しく、一旦ことあれば、われわれ全員に対して権威を行使するに最も相応しい力」[36]、が必要である。

> 　しかしながら、われわれの日常的自己に頼るならば、われわれは、切り離され、個に留まり、相争うことになる。われわれは、誰もが何の力をも持たないときにかぎって、お互いのお互いに対する専制から身を安全に護ることができるにすぎない。そして、この安全は、今度は、われわれを無秩序から救い出すことはできない。それゆえに、無秩序がわれわれにとって一つの危険として立ち現われるときには、どう対処すべきか分からないのである。
>
> 　しかし、われわれの最良の自己を依りどころとすれば、われわれは結び合わされ、非個人的で、相和する。この最良の自己に権威を与えても、何の危険もない。なぜなら、それはわれわれ全員が持ちうるこの上なく真実な友だからである。そして、無秩序がわれわれにとって一つの危険となるとき、この権威に心からの信頼をもって頼ることができる。そう、そしてこれこそは、カルチャー、もしくは完全性の研究、がわれわれの心中に育てようと努める当の自己なのである。それを育成するためには、われわれの昔ながらの相変わらずの自己――己れの好むままに振る舞い、またこれまで通りに振る舞うことにのみ喜びを感じ、同様に振る舞っているあらゆる他者と衝突する危険にわれわれをさらす自己――から脱却しなければならない。[37]

そして、この権威とは、アーノルドの表現によれば、「国の正しい理性を最もよく表わし、したがって、状況からそれが必要なときには、統治するに最も相応しい――つまり、われわれ全員に対して権威を及ぼすに最も相応しい――力」なのである。それが具体的には何なのかと言えば、つまりアーノルドが提唱した「国家」の理念とは、各階級にまたがって存在する「最良の自己」（つまり教養人）の集合体ということになる。このように、精神の修養に力点を置くカルチャー論は、三〇有余年にわたって視学官を務め、数次の海外教育視察を行なった教育者アーノルドの体験に裏打ちされたものである。クリントン・マッキャンが指摘しているように、アーノルドが「ヨーロッパ視察旅行を行ない、熱意をこめて報告書作りにいそしんだことが、彼自身の国家が大いに教育改革を行なう必要があるという彼の認識を強めるのに役立った」[38]のである。

アーノルドが教育との関連で「国家」という語を用いたことは、コウルリッジが『教会と国家の構造』において教会が教育の機能を担当すべきことを説いたことを想起させる。アーノルドの教育論は、このコウルリッジの教育論をさらに発展させたものと言えよう。もっとも、「哲学者」コウルリッジは教育の理念を提示したのに対して、「視学官」アーノルドは、現実の教育の改革という教育の実践に力点を置いたのである。

確かに、バジル・ウィリーが指摘しているように、あらゆる種類の文明国において国家による教育が実現した今日では、アーノルドの国民教育に関する提言は、「一部その重要性を失っている」[39]と言えるかも知れない。しかし、一八七〇年に教育法が成立し、イングランドとウェールズ全域に小学校の設立が義務づけられたことを思うとき、アーノルドの提言した「国家」の思想は、当時のイギリス社会の動向を先取りしたものだったのである。

七　結び——理想と現実の狭間

「懐疑と論争と狂気と不安に満ちた鉄の時代」(40)である一九世紀イギリスに生を享けたマシュー・アーノルドは、すぐれて知的な人であり、ウィリーが指摘しているように、自らの時代の「主要な動向」(41)を最もよく理解した人であった。彼は、勇気をもって理想に赴くと同時に、現実を理解しようとした。確かに、今日の目からすれば、ややもすれば精神論に傾くきらいがあったことは否定できない。にもかかわらず、彼は悲観に溺れることなく、理想と現実との間に確固たる橋を架け渡そうと奮励努力したのである。そして、とかく物質文明の泥沼に足を取られがちな昨今、コウルリッジの衣鉢をついで、カルチャーの高遠な理想を掲げたアーノルドは、今日なお、読み継がれるに価しよう。マッキャンが述べているように、「このように歴史的コンテキストに密接に結びついているテキストが、古典となり、いまだに一二五年ののちにまで、イギリスにおいて、さらにアメリカ合衆国において、真剣に論じられ、引用されているのは、注目すべきことなのである。」(42)

最後に、アーノルドの全体像を見事に、しかも簡潔に描破しているバジル・ウィリーの次の文章を引用することで、この小論を結ぶことにしたい。

> 詩人としては、アーノルドは彼の時代の真っ先に名を挙げられるべき四人もしくは（そう言うほうがよいのなら）五人、の中に入ると言える。文芸批評家としては、彼はまず第一人者と目されてしかるべきであろう。そして、そうした卓抜さに加えて、教育改革家でもあり、社会・政治・宗教における批評の説得力ある著者でもある人として、彼のほかにどんなヴィクトリア朝人を挙げることができようか。実に、アーノルドにおいて、われわれは新しい現象、

すなわち、人間生活の重大関心事について自由に働いている「文学的」知性、に出会うことになる。彼は文学的教養《カルチャー》が与えうる精神の諸特性が、近代世界にとって持つ重要性を最初に認識し、宣言した人であった。(43)

(1) Clinton Machann, *Matthew Arnold* — *A Literary Life* (St. Martin's Press, 1998), p. 83.

(2) 原語は Doing As One Likes であり、これはS・T・コウルリッジが『教会と国家の構造について』の中で用いている「己れの望むことをなすこと」('doing what he wishes') に依っていると考えられる。S.T. Coleridge, *On the Constitution of the Church and State*, ed. J. Colmer. (Routledge and Kegan Paul, 1976), p. 62. ちなみに、M・アーノルドは他人の句を借用して流行らせるのにたけていた。後出の 'Sweetness and Light' などがそうである。

(3) *Cf.* Kōchi Doi ed., *Culture and Anarchy* (Kenkyusha, 1949), p. 248. この土居光知編注版のテキストは、J・D・ウィルソンが初版と改版とを校訂した版によっている。*Cf. ibid.*, p.x. *Culture and Anarchy* からの以下の引用は、すべて、この研究社版に依っている。

(4) 土居編注、前掲書、二一七頁参照。

(5) S.T. Coleridge, *op. cit.*, ed. J. Colmer, p. 43n.

(6) *Ibid.*, pp. 41-2.

(7) M. Arnold, *op. cit.*, p. 11.

(8) *Ibid.*, p. 6.

(9) S.T. Coleridge, *op. cit.*, p. 67.

(10) See J. Colmer, Editor's Introduction to *On the Constitution of the Church and State*, pp. li-lvii.

(11) この書は、改版以後の区分によれば、「はしがき」、「序文」、第一章「甘美と光明」、第二章「好き勝手に振る舞うこと」、第三章「野蛮人、俗物、俗衆」、第四章「ヘブライズムとヘレニズム」、第五章「唯ひとつ必要なもの」、第六章「わが国の自由主義実践家たち」から成り、第一章のように格調の高い論説もあるかと思えば、第六章のように論敵非難に終始しているものもある。

(12) Lytton Strachey の有名な一九世紀人に対する偶像破壊の書 *Eminent Victorians* (1918) にちなむ。トマス・アーノルドは批判の対象の一人であった。

(13) Kōchi Doi ed., *Essays in Criticism* (Kenkyusha, 1947) p. 1.

(14) *Ibid*., p. 14.

(15) *Ibid*., p. 16.

(16) *Culture and Anarchy*., p. 6.

(17) *Ibid*., p. 44.

(18) *Culture and Anarchy* の巻頭に掲げられているモットーは、ラテン語訳聖書マタイ伝第五章四八節の一文 Estote ergo vos perfecti!（さらば〔汝らの天の父の全きがごとく〕汝らも全かれ）である。

(19) ウィルソン主教（一六六三―一七五五）は、アイルランドの主教であり、彼の著書の一つ *Maxism* はアーノルドに影響を及ぼした。

(20) *Culture and Anarchy*, pp. 44-5.

(21) *Ibid*., p. 54.

(22) See *ibid*., pp. 53-5.

(23) *Ibid*., p. 62.

(24) See Basil Willey, *Nineteenth Century Studies*, p. 73.

(25) *Culture and Anarchy*, p. 47.

(26) *Ibid*., p. 59.

(27) *Ibid*., p. 48.
(28) *Ibid*., p. 37.
(29) See *ibid*., p. 41.
(30) *Ibid*., p. 63.
(31) *Ibid*., p. 92.
(32) *Ibid*., pp. 74-5.
(33) *Ibid*., p. 97.
(34) *Ibid*., p. 48.
(35) 第三章「野蛮人、俗物、俗衆」参照。See *ibid*., pp. 98-128.
(36) *Ibid*., p. 82.
(37) *Ibid*., p. 95.
(38) Clinton Machann, *op cit*., p. 78.
(39) Basil Willey, *op cit*., p. 46.
(40) マシュー・アーノルド「哀悼語篇」(Memorial Verses) 四三—四行。
(41) Basil Willey, *op cit*., p. 251.
(42) Clinton Machann, *op. cit*., p. 83.
(43) Basil Willey, *op. cit*., pp. 251-2.

『ダニエル・デロンダ』
——二つの世界

塩谷清人

一　野心的な意図を持った実験的な小説

ジョージ・エリオット（George Eliot, 1819-1880）は新作で絶えず新しい実験を試みる作家であった。その姿勢は最後の作品『ダニエル・デロンダ』（*Daniel Deronda*, 1876）でも変わらない。題名の主人公ダニエル・デロンダはユダヤ人であることが判明して、シオニズムの運動に身を投ずるためにパレスティナへ向かうところで話は終わっている。(1) 一方、グウェンドレン・ハーレス（Gwendolen Harleth）の話は従来からエリオットが描いてきたイギリスの田舎を中心とする社会である。そこで、『ダニエル・デロンダ』はしばしば二つの話に分裂していると批判される。(2) グウェンドレンの話は上出来だが、デロンダの話は現実味がまったくないとまで言われる。(3) 出版当初からこの作品をロマンスとして読む読者も多かった。(4)

二つの話がうまく融合しているかどうかは議論が分かれる。ただエリオットがあえてこのような異質な世界をグウェンドレン的社会と並置させた意図はかなり明白のように思える。一言で言えば、イギリス社会に対する理想的精神界の対比である。『ダニエル・デロンダ』は、グウェンドレンを取り巻く社会、一九世紀後半の「イギリス的なるもの」(Englishness) の沈滞ぶり、狭隘さ、さらに物欲中心主義を批判している。その精神面の欠陥は理想化されたデロンダ的世界との対比で際立って見える。

ヘンリー・ジェイムズ (Henry James) 以来多くの批評家の指摘にもあるように、エリオットはテーマを決め、それを具体的に描いていく作家である。抽象から具象へと動いていく作家である。[5] エリオットは若い頃からドイツ観念論的思考に引かれているが、その影響は終生彼女の思考の根底にあるように思われる。[6]

『ダニエル・デロンダ』の冒頭でエリオットが問題にしているのは「物語」の始め方、それと時間との関係である。彼女はまず物語行為の作為性、自在性を指摘する。第一章の題辞(エピグラフ)は次のようになっている。

人間は始まりをでっち上げないでは何事もできない。科学ですら見せかけの初めからスタートせざるを得ない……一方詩は途中から書き始めると一般には考えられている……しかし、科学とて……途中から (*in medias rex*) 始めている。どのように回顧して遡っても、真の始まりには行きつかない。[7] (三)

「物語とは、すでに起こったこと、あるいは起こったとみなされることを、秩序づけ、秩序づけなおし、物語り、物語りなおす過程」[8] だとすれば、作者はそれを恣意的に秩序づけることができる。短い人生の軌跡ですら「さまざまに隠れた道筋を辿る」(第一六章のエピグラフ、一三九) ように、人間の存在も過去を遡れば、両親、血族、民族との大きな連鎖の中にあり、さらには未来も含まれた連鎖の中にいる。ダーウィン理論にも興味を持っていたエリオットらしい思考である。[9] エリオットはそこでこの話を「途中から」始めている。最晩年に至っても彼女の小説の可能性に対する飽くなき追求は続く。

『ダニエル・デロンダ』は前半部で意図的に物語りの順序を逆転させて、外国の温泉場でのエピソードから始めている。グウェンドレンとデロンダのそれ以前の過去は後置される。時間的にはあとに起こったある出来事が過去の意味合い、読みを規定する。また時間の経過の意味は個々人にとって違ってくる。第五八章の冒頭（六〇三）で、人間の成長はかならずしも物理的時間と見合うものではないとエリオットは書いている。グウェンドレンの一年ばかりの経験は何十年もの経験に匹敵するかも知れない。グウェンドレンは精神的には短期間で急速に成長したとも言える。

話は、ドイツの温泉場ロイブロン（Leubronn, Homburg がモデル）の賭博場の「途中」から始まる。デロンダ、グウェンドレンの二人はそれぞれ不安定な状況にいる。デロンダは、大学を中退し、今は何となく法律の勉強をしているが、将来について「未決定」（一五七）である。[10] グウェンドレンは問題ある男性との結婚問題から逃避するようにしてこの遊興地にいる。

その有名な冒頭部分を引用してみよう。

「彼女はきれいなのか、きれいじゃないのか、（Was she beautiful or not beautiful?）そして彼女の眼差しに躍動感（the dynamic quality）を与えているその姿、表情にどんな秘密があるのか。」（三）

これはずいぶん凝った出だしである。グウェンドレンを観察するデロンダの心中に浮かんだ疑問を自由間接話法で示したものだ。「きれい」かどうかの疑問はデロンダが彼女の精神面を絡めて判断しようとしたために生じたアイロニカルな疑問である。疑問文で始まるのは象徴的である。ルーレットに興ずるグウェンドレンの金銭感覚など、倫理性が問題視されていることが分かる。グウェンドレンの行動はさまざまな段階で疑問符が付きまとう。またデロンダ自身の出自の疑問は小説の大きな疑問符である。『ダニエル・デロンダ』ではすべての登場人物がお互いの心理を探り合い、読み合う作品である。グウェンドレンがデロンダに興味を持つのは、ふつうの若者は「彼らが言おうとしていることが分かってしまうから」（九）おもしろくないが、デロンダは彼らと違って謎めいているからである。「躍動」という単語の使い方も注目されるが、[11]これもあとでアイロニーが効いてくる。グウェンドレンは結局大損をするが、勝負は人生の勝ち負けに通じ、この小説の一つのテーマである。エリオットは冒頭部でさまざまな仕掛けをしている。

二　英国的状況下での男女の生き方

人間は社会的存在である。ある人間の生き方は社会、時代によって規定される。『フィーリクス・ホールト』（*Felix Holt*, 1866）や『ミドルマーチ』（*Middlemarch*, 1872）は一八三〇年前後の選挙法改正や工業化で激動する社会にもまれていく人々を描いた。『ダニエル・デロンダ』はエリオット唯一の現代小説で、舞台を一八六四年から一八六六年の二年間に置いた。小説執筆に際し、綿密な調査をし、対象を研究し尽くすエリオットは政治、社会状況を念頭に置いて書く。[12]『ダニエル・デロンダ』では一八六五年から六六年に実際に起こった企業倒産の影響がグウェンドレンの家庭にもろに影響している。ただ、景気にそれほど左右されることのないアッパーミドル・クラスには漫然とした雰囲気が漂う。それは温泉場でのイギリス人有閑階級の姿に象徴されている。大英帝国の爛熟期ともいえる時期である。

そのような状況で、デロンダは「若い頃からもろもろの理念に駆り立てられ、その高揚に情熱を燃やして」

（一五二）いたから、常々イギリスから出たいと思っている。彼はイギリス社会での目標のない生活の「倦怠感」（ennui）（三〇六）に悩む。一方グウェンドレンは、半ば自ら招いた状況とはいえ、物語の中間で「この世への嘔吐感」（world-nausea）（三三一）に襲われている。

スラブ系ユダヤ人のクレズマー（Klesmer、ピアニストのアントン・ルービンシュタインがモデルとされる）は「イギリスの政治は理想主義に欠ける」（三〇五）と言って批判する。またイギリス人の音楽的無知を批判する。これも狭隘な視野から生じる欠陥である。作者エリオット自身も、悩みや疲れがあるたびにしばしば外国に脱出した。イギリス社会の息苦しさを肌で感じていた。名家の娘、ミス・アローポイント（Arrowpoint）は両親の反対を押し切ってクレズマーと結婚する。つまり二人はこの結婚でイギリスの階級閉鎖性を打ち破った。またこの結婚はグウェンドレンの結婚とも対比されることになる。このようにエリオットは当時の状況に批判的な描き方をしている。小説の中の主人公たちはその時代で精一杯の生き方をしようともがいている。

ただ、男と女の人生目標が随分違うことに注目したい。『ミドルマーチ』のドロシア（Dorothea）は夫カソーボン（Casaubon）の研究を助けることを第一に考えた。つまり家庭生活に意味を見出そうとした。一方リドゲイト（Lydgate）は医学の発展に貢献することを夢見た。このような男女の役割、活動の場の違いは最後の小説で一層明確になる。『ダニエル・デロンダ』で示したエリオットの方向は、男女の役割のはっきりとした区分けである。[13] 現代のフェミニストがしばしば非難する点であるが、エリオットにとって女性の活躍の場はかならずしも公的な場にはない。[14] エリオット自身は作家として、評論家として公的な活動をしているだけに、この私的領域に女性を収めるという結論は意外に思えるかもしれない。しかし彼女の保守的な女性観は一貫している。それは評論「女性小説家の愚かな小説」での同性作家の浅薄な社会認識、教養批判とも通底する。そこでは才能のない、お上品な女性の安易な小説執筆を批判している。

男女の活動の異なった領域と相互依存という考えは、彼女とG・H・ルイス（Lewes）の関係によっても確かめられる。彼女はルイスとの同棲後初めて小説を書き出したという指摘[15]は意外に重要な事実だ。『ダニエル・デロンダ』で、その狭い領域を嫌い、自由を求めたグウェンドレンはしたたかに打ちのめされる。結局彼女はデロンダから他者愛、隣人愛を教え込まれ、静かな田舎住まいをする。これは一九世紀的現実内での女性の生き方を示したものである。平凡な一女性にその社会からの安易な脱出を許していない。その意味でデロンダはグウェンドレンを私的領域に封じこめることに一役買っている。

三　グウェンドレンの受けた試練と諦観

二〇歳を超えたばかりのグエンドレン・ハーレスは、学校や周囲から受けた誤った教育のせいもあって自分に過剰な自信を持っている。「彼女の自信は主に自分本人にある。人生の主導権を握る道具立ては十分ある」（三）と当人は思い込んでいる。

彼女の家庭は投資していた銀行が破産したため突如貧困へと陥れられた。それまで、グウェンドレンは「自分のような例外的な女はふつうの環境、上層以外の社会的地位に留まるわけがない」（一七）と考えていた。また人からも「世間の人、皆を従えていないと気がすまない」（三）と言われていた。

もちろん結婚は社会的な昇進である、独身生活を続けることを望んでいるわけではない、だが昇進も時に苦い薬草を飲んで得なくてはならないこともある、爵位をリーダーシップと引き換えに得ても、上に立つ気でいる男相手では意味もない、そしてこのきゃしゃな手足の二〇歳の優美な娘は上に立つ気でいる。なぜなら、そのような情熱は女性の胸にも宿るものだから。ただグウェンドレンの場合、まったく女性的な調度品の中にそれが宿っていて、学問の向上とか政体の均衡とかとの不穏な関連性は何らなかった。(三一)(傍点は引用者)

結婚を金銭的な計算で考えるのはヴィクトリア朝当時の若い女性の風潮である。(16) ことさらに女性性を強調した書き方、また肉体的な魅力を際立たせた書き方になっている。際立った才能があるわけではないし、積極的な人生の目標があるわけではない。女性の政治的権利や地位の改善を求めるような進歩的思想を持っているわけでは全然ない。(17) むしろ、そんな進歩的な女性には批判的である(四三)。ただ、ヴィクトリア朝の女性のイメージとして一般に言われる「家庭の天使」とはほど遠い。おしとやかな規範を無視して、乗馬や賭けごとをやる。つまりこれがグウェンドレン流の時代、社会への抵抗である。

ところが突然財産のない母娘という厳しいオースティン的状況(18)に置かれ、グウェンドレンにとってはつまらない現実を見せつけられる。ひとたび状況が悪化すれば、彼女の思いと現実との間にさまざまな齟齬が生じるのも必然である。自信のあった音楽や演劇の才能は、クレズマーから簡単に退けられる。彼女は地位もお金もない平凡な結婚をしたくない。一九世紀的状況の中で残された選択は、お定まりのコースの、ガヴァーネス(住み込み家庭教師)になるか、学校の先生になるかである。中産階級出身女性の一番典型的なパターンであるが、彼女にとっては惨めな選択肢である。グウェンドレンの考えはこうである。

……立派な女性がガヴァーネスになること、「勤めに出る」ことは身を落とすことであり、よくて同情的にやさしく扱われるくらいのもの。そしてグウェンドレンは幸福を個人的に傑出して輝いていることと切り離すことが決してできなかった。(三三)

このような追い詰められた状況で、グウェンドレンが「世にむかつく」（三三一）のも無理はない。堪えがたい困窮を目の前にして、結婚選択をつきつけたのが、三五歳を超えたヘンリー・グランコート（Henleigh Grandcourt）である。彼はサー・ヒューゴ（Sir Hugo Mallinger）の甥にあたり、近い将来准男爵と資産を受け継ぐ予定の男である。しかし彼には情婦、リディア・グレイシャー（Lydia Glasher）がいる。グウェンドレンは結婚前から彼女の存在を知っていて、彼女とも会い、迷惑になる結婚はしないと約束してもいる。その約束を反古にしての結婚である。エリオットの小説にしばしば出てくる重大な選択の過ちを犯す。またグウェンドレンは彼を特に愛しているわけでもない。エリオットの批判する愛なき結婚である。[19]

グランコートは、進化論的に言えば、貴族という種の堕落した末裔である。[20] デロンダは彼のことを「残り滓のような人間」で「本来持っていたものごとに対する興味をすっかりすり減らしてしまった。」（三四六）とか、「ハンサムだがこれまで知られていない種のトカゲ、活発な機敏なやつでなくて」（二一五）と言う。エリオットは別のところでイギリス人の情熱の欠如を指摘しているが（八六）、その典型がグランコートである。[21] 彼は結婚に愛情など期待していない。彼にとってグウェンドレンは貴族として必要とされる飾り物にすぎないのだ。この点は奇妙にグウェンドレンの結婚観と共通性がある。彼女にとっても結婚は一つの勲章、褒賞なのだ。

「支配する」（control）「主人となる」（master）「上に立つ」（lead）「自由にする」（be free）といった言葉が彼女を説明される際に多用される。彼女は「結婚したらたぶん彼を完全に支配できるだろう」（二一五）と考えていた。ところが新婚七週間で「自分の支配信仰はまったく消え去った。」（三六三）ヴィクトリア朝の結婚における支配、被支配の関係が見える。結婚は権力闘争の場である。[22] グランコートは犬猫を飼いならすことが好き（一〇七）なように女性も支配することに快感を覚える。決して暴力的ではないけれども、グウェンドレンに対して「恐怖の帝国」（三六三）を打ち建てる。結婚後は地獄の苦しみを味わうというコースを辿る。ダンテの地獄のような結婚という牢獄に閉じ込められた。[23] グレイシャーから手紙で「あなたは目を開いたまま彼を受け入れたのです。」（三〇三）と指摘された過ちを負い目に持つグウェンドレンが、冷血で感情をほとんど表さないグランコートからしめつけられるような業苦を受けるのはある意味では必然である。グランコートの最後の仕打ちは遺言で妻のグウェンドレンには最低限の遺産を与え、あとすべてはグレイシャーとの間の一人息子に相続させるというものである。それもグウェンドレンは甘受せざるを得ない。

彼女は結婚直後からデロンダを精神的支えとしている。人生の教師とグウェンドレンに尊敬されているデロンダの忠告は「人のために生きよ」というものである。結婚前まで自己中心に生きてきた彼女には苦い薬である。しかしこの忠告は随分ネガティヴなものである。「他の女性と同じ」（三三三）状況へ、家庭生活中心の世界に押し込めるものだ。表面的にはグランコートと同じ役をデロンダはしたことになる。物語の最後で、彼女はその忠告を受けて母や姉妹と一緒に蟄居する。その姿には悲哀感すら漂う。彼女はデロンダに告白する。

> ご存知だと思いますが、私は結婚してはいけなかったのです。それがそもそもの始まりです。私はある人に悪いことをしてしまったのです。約束を破ってしまったのです。快楽を得ようと思って、それがすべて悲惨なことになってしまいました。私は他人の損失で利益を得ようとしたのです、覚えておられますか、あのルーレットのように、そしてそのお金が私を腐食していったのです。（五九三）

物欲はグウェンドレンの「精神的睡眠」[24]をもたらした。

ジョージ・エリオットが造った最後の女性は夢を見ることすら今のところ禁じられている。この小説はバーバラ・ハーディ（Barbara Hardy）のいうオープン・エンディングになっている。[25] まだ二二歳のグウェンドレンが将来どうなるかは読者にゆだねられた形である。今のところ展望はない。

グウェンドレンと同じような生き方をしているが、成功した女性がデロンダの母（レオノーラ・アルカリシ（Leonora Alcharisi））である。グウェンドレンと違って歌手として、女優として一流であった母はユダヤ人女性としての「枠にはまった生き方」（五四一）を断固拒み、そこから抜け出て、女の自立を目指した。母親の役割を退け、息子デロンダを他人（サー・ヒューゴ）に預けて自分の道を歩む。さらには再婚してクリスチャンになるという徹底ぶりである。デロンダが会った時はかなり衰弱しているが、決して自身の人生を後悔していないと言いきる。しかしその人生は親子（父娘、母子）の断絶というかなりの犠牲を強いるものであったことも忘れてはならない。グレイシャー夫人も夫からグランコートに走った奔放な女性であるが、つねに彼に隷属的な卑屈な態度の女性に描かれている。一方デロンダと最後に結婚するユダヤ人女性、マイラ（Mirah）は周囲の人たちを思いやる、従順なやさしい女性として肯定的に描かれている。エリオット自身は妻子あるG・H・ルイスと同棲して当時の因習に挑戦した。しかし、しばしばいわれるように小説で描かれる肯定的な女性像は保守的な男性にすがるような女性が多い。現代のフェミニストたちの中にはジョージ・エリオットをフェミニストとみなさない人も多い(26)。

四　観念的なデロンダとユダヤ人礼賛

ダニエル・デロンダも読者も、彼がユダヤ人であることを物語の後半で初めて知らされる。小説で両親が不明という設定自体はそれほど特異なことではないが、肉体的にユダヤ人的特徴を消去されたデロンダはアイデンティティが欠如している。目鼻立ちなど容貌の詳しい説明はなくて、ただ「大変な美青年」（一四一）とある。またしばしば例外的な青年と書かれ、他の若者と区別される。

彼は、ケンブリッジでは「大学のやり方に問題がないというわけではまだなかった」(一五三)ことで、イギリスの大学生活に空しさを感じていたことや、学友ハンス・メイリック(Hans Meyrick)を助けることで学業がおろそかになり中退した。デロンダは「私はイギリス人にはなりたいですが、他のものの見方を理解したいのです。学問での単なるイギリス的態度を除去したいのです」(一五四)とサー・ヒューゴに訴えている。もともと「あらゆる権利侵害へ憎悪」(一五一)を抱き、博愛の気持ちの強いデロンダは狭隘なイギリス社会の思考から脱却したいのだ。このような「例外的な」考えを持ってはいたが、彼自身は一向に方向性のない「倦怠」生活をしていたことは冒頭部のシーンで確認した。イギリス有産階級の若者たちの倦怠感でもある。彼は両親がユダヤ人であることを知るまでは、人生への目標が定まっていない。

デロンダの実在感が希薄なのは、特別な若者でありながら個として明確な存在感がないからである。「特定の個人を知ることより、人間全体を知ることの方が容易である」(第二八章、エピローグ、ラロシュフーコーの箴言の引用、三〇)とエリオット自身が書いているように、デロンダの人物造形は、グウェンドレンのようなヴィヴィッドな人物になっていない。エリオットは実際にイギリス社会でよく出会うような端役、例えば、グウェンドレンの伯父ギャスコイン(Gascoigne)など優れた描写もする。ただ中心的な男性はデロンダでも同じだが、多分に観念的な思考から生まれているため、実在性を付与することに苦労しているように思える。[27]

エリオットはキリスト教的世界の行き詰まり打開の救済策としてユダヤ教のシオニズムを使おうとする。そこでまずイギリスにおけるユダヤ人に対する偏見から対処する。一般に広がっているユダヤ人観、それはデロンダの最初持っていたユダヤ人観でもある。「デロンダもユダヤ人の特徴や職業の醜い話を知らないわけにはいかなかった。誰だってそうだろう。」(一七六)

エリオット自身も例外ではなく、この作品の二八年前の手紙で「ユダヤ的なものはすべて劣悪です」[28]と随分反ユダヤ人的なことを書いていた。それが急速に変わっていく。一番影響を与えたのはエマニュエル・ドイチュ(Emanuel Deutsch)。彼はモーデカイ(Mordecai)のモデルと言われるユダヤ人である。エリオットは一八六六年彼に会って以来、しばしば自宅に呼んで付き合っていた。ヘブライ語を教わったり、ユダヤの律法を説明してもらったりした。ドイチュは一八七三年に死亡している。『ダニエル・デロンダ』発想のきっかけを作っていることが分かる。彼女のユダヤ関係の読書量はこの頃からかなりのものになる。文通のあったハリエット・ビーチャ・ストウ(Harriet Beecher Stowe)夫人宛に「われわれキリスト教で育った西欧の者はヘブライ人に特別な恩義を背負っているのです」[29]とまで書いている。エリオットのユダヤ理解は個人的な接触や書物から急速に増えて、以前と違ってその考え方もずっと好意的になる。

『ダニエル・デロンダ』では高利貸し、質屋の一般的なイメージ(コーエン(Cohen)一家)から、ユダヤ教博愛主義(モーデカイの思想)の知識までを駆使している。ユダヤ人がすべて理想化されるわけではない。しかしデロンダやモーデカイ、マイラ兄妹はその傾向にある。これは最初に書いたようにあくまでデロンダの精神的目標のためと、イギリス社会批判のためである。

デロンダは女性的といえるほどの優しい思いやりを持つ男であり、ケンブリッジ中退の一原因も友人ハンスを助けるため、自己犠牲をした。そして投身自殺をしようとしていたマイラを助けたことをきっかけにユダヤの民への関心が深まっていく。これはまた彼の「倦怠の効果的治療」(三〇六)にもなる。つまりデロンダはグウェンドレンの魂を救済し、マイラを救い、そして最後にイスラエル建国のシオニズムを掲げてユダヤ人救済を目指している。物語はここで終わり、一個人でどのようなことができるかまでは書かれていない。

これまたオープン・エンディングである。デロンダの運命もはっきりしない。グウェンドレンと同じ出口なし

つかっていなかった。

の状況に追いこまれる可能性もある。エリオット自身にも一九世紀後半のイギリス的状況から脱出する方策は見

（1）当時のイギリス人はステレオタイプなユダヤ人像（貪欲、狡猾、貧困、醜悪などを絡めた）を持っていた。事実にこだわるエリオットは作品中にその意識を指摘する。そんな状況を背景にエリオットはあえてユダヤ人を主人公にして真正面から扱い、彼とその周辺の人物を理想化した。

（2）ヘンリー・ジェイムズのこの作品に対する評論は、三人の会話形式で批評している（'Daniel Deronda: A Conversation' in *George Eliot : The Critical Heritage*, David Carroll ed., London, Routledge, 1971, pp. 417–433）が、全体としては間延びした作品で、特にデロンダの話は読み飛ばしたくなると批判している。F・R・リーヴィス（Leavis）は *The Great Tradition*（1948）でグウェンドレンの話は絶賛しながら、デロンダの話はまったく評価しない。もちろん少数だが弁護する批評家もいる。彼らは二つの話が密接に関連していると弁護する。バーバラ・ハーディは作品の詳細な読解を行ない、プロット、言葉、レトリックの物語全体の多重性を指摘して評価している。これはエリオット自身の意向に沿った読みと言える。Cf. Barbara Hardy, *The Novels of George Eliot*, University of London, The Athrone Press, 1959.

（3）当然のことながらユダヤ人の読者から大変好評を博した。シオダー・ハーツル（Theodore Herzl）がシオニズムを世界的に展開する一八九七年より二〇年以上も前に一イギリス女性作家がそれを書いたのだから。Ruth Levitt, George Eliot : *The Jewish Connection*, Jerusalem, Massada Ltd.,1975 参照。ただエドワード・サイードはパレスティナ人のことをまったく考慮に入れていないとして批判している。Cf. Edward Said, 'Zionism from the Standpoints of its Victims', *Social Text 1*, Winter, 1979, pp. 7–56.

（4）*The Critical Heritage*, p. 383.

（5） *Ibid.*, p. 498. ジェイムズはG・H・ルイスの影響が彼女の観念的思考を強めたとも指摘している。

（6） 例えば、理想化されて描かれるモーデカイはあとで書くように実在した人物がモデルだが、一方でレッシング作『賢者ナータン』のユダヤ人の主人公がその背後に見える。ナータンはキリスト教、イスラム教、ユダヤ教を超えた人類同胞意識を説く。これはモーデカイの思想に共通するところがあると思われる。

（7） テクストはOxford World's Classics版（1998）を使用。

（8） J・ヒリス・ミラー（Hillis Miller）「物語」（フランク・レントリッキア、トマス・マクローリン編『現代批評理論』大橋洋一他訳、平凡社、一九九四年）、一五九頁。

（9） W・J・ハーヴェイはダーウィン理論より、「反復理論」（個体発生は系統発生を繰り返す）の影響を重視している。Cf. W. J. Harvey, 'Idea and Images of George Eliot' in *Critical Essays in George Eliot*, ed. by B. Hardy, Routledge & Kegan Paul, 1970, p. 157.

（10） ジョン・ベネットは二人が根無し状態（rootlessness）であると言う。cf. Joan Bennett, *George Eliot : Her Mind and Her Art*, Cambridge, Cambridge U. P., 1948, p. 85.

（11） オクスフォード版序文（by Graham Handley）p. xi.［「躍動」（dynamic）という単語はまだ辞書に載りはじめたばかりで一般にはなじみのない言葉として、編集者ジョン・ブラックウッド（Blackwood）は問題視したという。

（12） 作品中にはアメリカ南北戦争やプロシャのオーストリア侵攻、ジャマイカでのエア総督（Governor Eyre）の非道な弾圧など折に触れて言及される。またフレデリック・ハリスン（Frederic Harrison）に法律、特に遺産相続のことを、レズリー・スティーヴンズ（Leslie Stephens）にケンブリッジのことを教わったという。

（13） この指摘は多くの批評家がしているが、例えば、Jennifer Uglow, *George Eliot*, London, Virago Press, 1987, p. 71. さらにルイスの影響は同書（七七頁）で彼の評論から「男性は知性を支配し、女性は情念を支配している」という箇所を引用している。

（14）ジリアン・ビアはフェミニスト批評家のエリオット論について説明している。Cf. Gillian Beer, *George Eliot*, Harvester Press, 1986, p. 5.

（15）*Ibid.*, p. 9.

（16）Joanne Long Demaria, 'The Wondrous Marriages of *Daniel Deronda*: Gender, Work, And Love, *Studies in the Novel*, vol. 22. No. 4., Winter, 1990, p. 404.

（17）この点はエリオット自身の考え方とも関連する。彼女はバーバラ・ボディション（Barbara Bodichon）など進歩的な女性とも付き合いがあったが、政治、社会運動には消極的だったと多くの批評家が指摘する。例えば、G・マーティンはエリオットが選挙権拡大に反対であったと指摘している。Cf. Graham Martin, "'Daniel Deronda': George Eliot and Political Change" in *Critical Essays on George Eliot*, p. 140.

（18）オースティンとの関係、特に『マンスフィールド・パーク』の影響は色濃い。例えば、豊かでもないのにグウェンドレンが馬をねだる話、家庭演劇で突然パネルが跳ねて、死顔の絵が見え、芝居が中止になる話など。お金持ちのグランコートが田舎村に来るというので大騒ぎになるのは『高慢と偏見』の冒頭を意識したものである。

（19）cf. Brian Spittles, *George Eliot, Godless Woman* in Writers in Their Time series, Basingstoke, MacMillan, 1993, p. 13.

（20）デロンダは「青白い血（pale blooded）の人だが赤血球がどう洗い流されたのかなど聞きたくもない」（二三七）と言う。

（21）H・ワイトメイヤーは「グランコートの魂は死んでいる」と書いている。Hugh Witemeyer, *George Eliot and the Visual Arts*, New Haven, Yale U. P., 1979, p. 66.

（22）Patricia Meyer Spacks, *The Female Imagination*, London, George Allen & Unwin Ltd., 1976, p. 51.

（23）この作品はこれまでのエリオット作品以上にダンテからの引用が多い。またダンテ的イメージが横溢している。

（24）Spacks, *op. cit.*, p. 48.

(25) Barbara Hardy, *op. cit.*, p. 153.

(26) cf. Kate Millett, *Sexual Politics*, New York, Doubleday, 1970, あとで

(27) またデロンダの性格はかなり女性的で、つまり両性具有的であることもよく言われる。Cf. Kristin Brady, *George Eliot*, MacMillan, 1992, p. 14.

(28) *The George Eliot Letters*, ed. by Gordon Haight, New Haven, Yale U. P., i, 247.

(29) *Ibid.*, vi, 301-2.

『ファレザの浜辺』について

野呂　正

一九世紀末葉の英国小説において注目すべきであると思われるが、どういう訳か、実際にはあまり注目されていない作品がある。ロバート・ルイス・スティーヴンソン（Robert Louis Stevenson）の『ファレザの浜辺（*The Beach of Falesá*）』である。南太平洋、サモアを舞台にしたこの作品は、スティーヴンソン自身にとって、新しい文学的境地を切り拓くものだったが、同時に英国小説に、それまでに見られなかった新しい世界を付け加えるものでもあった。一九世紀、文明、進歩、あるいは経済的繁栄といった輝かしい衣装をまとって押し進められた、英国を初めとするヨーロッパ列強の世界拡大、植民地支配の陰の現実を提示したのである。

しかし、いきなりこんな断言をしても、信じてくれる人はあまりいないであろう。少し事を順序立てて説明しなければならない。まず第一に、このスコットランド出身の作家と南太平洋との係わりから始めるのがよいだろう。没後百年あまり、当時人々の注目を受けた彼の南太平洋行きも、今日ではほとんど忘れられている観があるからである。

一八八八年六月、当時既に『宝島（*Treasure Island*）』、『ジーキル博士とハイド氏（*Dr. Jekyll and Mr. Hyde*）』などによって一躍、文壇の寵児となり、今日ではいささか信じがたいほどの世界的名声を得ていたスティーヴンソンは、終生彼を苦しめた呼吸器系疾患の保養のため、米国に渡ってきていたが、突然、今度は賃借りした豪華スクーナー、カスコ号で、サンフランシスコ港より、南太平洋へと旅立った。アメリカ人の妻ファニー、その連れ子のロイド・オズボーン、前年父が没し、未亡人となっていた母スティーヴンソン夫人、一家全員を引き連れてのものだった。この南太平洋行きは、人生とは得てしてそういうものかもしれないが、後から見ると、彼の人生にとって極めて重要な意味を持つことになるものだったが、当初は、特に深い考えがあったわけでもなく、また特別に、なにかそうしなければならない切迫した現実的必要があったというわけでもない。むしろ多少子供っぽい気紛れと、一連の偶然との絡み合いの中から出てきたと言うべきものだった。

そもそもの発端は、たまたま歯痛に苦しんでいた義理の息子ロイドを慰めるために、スティーヴンソンが彼と一緒に、ヨットによる旅の計画を立ててみたことにあるらしい。この話を、当時スティーヴンソンの文名に引き付けられて、彼の下に出入りしていたアメリカ人編集者達の一人、サムュエル・マクルーア（Samuel S. McClure）がたまたま聞きつけて、興味を抱き、連載物の旅行記を書いてみないか、実入りは十分保証すると持ちかけ、旅の目的地として南太平洋を提案した。少年時代、R・M・バランタイン（Ballantyne）の『コーラル・アイランド（*The Coral Island*）』に心酔し、自らも南海冒険物語を書いてみたりするなど、元々スティーヴンソンの内には南太平洋世界への憧れがあったことに加え、当時住んでいたニューヨーク州北東部、サラナクの冬の厳しい寒さの中で、病を抱える彼としては南太平洋の暖かい気候はことさら魅惑的に見えたらしく、彼は早速マクルーアの申し出に乗り、計画を実行に移すべく動き出した。たまたま、某アメリカ人大富豪の所有で、すぐにでも出帆可能な船が見つかった。そして、これまたたまたまであるが、前年の父の死により三千ポンドの遺産を手にしていた彼は、その内二千ポンドをはたいて、直ちにこの豪華スクーナーを借り受け、慌ただしいながらも、前途への期待に胸膨らませ、勇んで旅の途に就いたというわけである。

心の底には未知の世界に対する不安も多少はあったかもしれないが、少なくともこの出発時点の彼の意識においては、この旅はまず第一に、旅行記を書くという一つの取材旅行であり、同時に少年時代の夢を実現させてくれる楽しい冒険の旅、あわせて健康増進に役立ちそうな保養旅行といった程度のもので、それ以上特に深刻な思いもなく、彼としては、どちらかといえば軽い気持ちで出かけたものだったと思われる。しかし結果としては、この旅は足掛け六年の長きにわたり、マルケサス諸島を皮切りに、トゥアモトゥ諸島、ソシェテ諸島、ハワイ、ギルバート・エリス諸島、マーシャル諸島、サモア、ニューカレドニアなど、南太平洋のほとんど全域を経回るものとなった。しかも最終的には、彼はサモアに永住を決意し、首都アピア（Apia）の近郊、ヴァイリマ（Vailima）に土地を買い、大邸宅を建て、二度と再び、母国はおろか、ヨーロッパ世界に帰ることもなかったのである。当初の展望を遙かに超える人生の展開である。

スティーヴンソンが四四年という短い生涯の最後の六年間を、それまで彼が生きてきた世界とは、距離的にも、質的にも全くかけ離れた、しかも当時のヨーロッパの物の見方からすれば、未開の領域である南太平洋で過ごし、そこに没したということは、既に、病身、ボヘミアン的生活、堅苦しいヴィクトリア朝道徳への反抗、年上の、しかも子連れの女性との突然の結婚、文壇への突然の、しかも華々しいデビューなど、極めてロマンチックな色彩に包まれていた彼の人生に、更にもう一つの、そして最後の彩りを添えるものと見ることが出来るかもしれない。実際、この当代きっての流行作家の突然の南太平洋行き、そしてサモア定住は、当時の文学界における一つの事件として、人々の注目を集めた。彼の行動は自らが創造した冒険ロマンスの主人公を地でいくものと見られ、科学と工業主義が幅を利かしていた後期ヴィクトリア朝の散文的な社会においては、ある種の人々にとつては夢とロマンをかき立ててくれるものだった。彼は大胆な冒険者、また時代への反抗者として英雄視され、彼の崇拝者達の中には、彼に会うためにわざわざサモアまで出かける者がいたほどである。

しかしながら、南太平洋におけるスティーヴンソンを見る場合、より重要なのはそのような華々しい外面ではなく、むしろあまり目立たぬ、密やかな内面である。グレアム・グリーン（Graham Greene）が、彼のエッセイ集『失われた幼年時代（*The Lost Childhood and Other Essays*）』に収録された「羽毛から鉄へ（*From Feathers to Iron*）」において、そのことを鋭く指摘している。

彼は死んだとき、ほんの四四歳に過ぎず、後に残したものは、結局のところ、主として、膨大な若書きの初期作品集に帰するものである。この作品集の多くは陽気で、明るく、いつまでも人の心を捕らえて離さないものではあるが、それは見せかけの成熟感に包まれており、そのことが彼も、他の人同様、成長しつつあったのだという事実を隠してしまっている。実際、彼の生涯の最後の六年間——サモア時代——において初めて、美々しくめかし込んだ彼の才能は、その優美な偽装を脱ぎ捨て、御影石のように堅牢な本体を見せ始めるのである。(1)

そしてグリーンはスティーヴンソンの内面的成長の跡を具体的に示すものとして、彼が友人達に書き送った膨大な書簡からいくつかの引用をしながら、彼がこの時代初めて、自分の生活者としての、また作家としての現実、真の姿を直視し、それを誤魔化すことなく、しっかりと受け入れるようになったことを示唆している。それはそれまでの自分のあり方、物の見方を否定すること、「優美な偽装を脱ぎ捨てる」ことではあるが、彼の場合、同時にそれは新しいものに向けての「御影石のように堅牢な」土台をなすものであった。彼の自分を見つめる目は彼個人を超えて人間存在そのもの、それが作り出す社会、またそれがその中にある自然へと向けられ、その現実を直視するようになったからである。いわば彼の内部に新しい目が出来たのである。それは当然彼の文学創造にも反映して行く。彼は人間について、社会について、自然について、これまで見えなかった、あるいは見ようとしなかった本当のことを書き始める。それは作家としての「見せかけ」ではない、本物の成熟へ至る道でもある。グリーンはこのスティーヴンソンの内面的成長を彼の未完の傑作、『ウィア・オブ・ハーミストン（*Weir of Hermiston*）』の「前夜」と呼んで、彼のエッセイを結んでいる。

グリーンはこのエッセイで『ファレザの浜辺』には直接触れていないけれども、この作品もまた、彼が示唆するサモアにおけるスティーヴンソンの精神状況を背景にしているように思われる。スティーヴンソンは南太平洋から、友人でもあり、また彼の作品の出版に関して、英国における代理人のような存在でもあったシドニー・コルヴィン（Sidney Colvin）に多量な手紙を書き送っている。それは手紙というより、むしろ日記と言うべきもので、日々の細々した出来事から深遠な思索に至るまで、実に雑多な事柄が、ほとんど日を追うようにして記されている。『ファレザの浜辺』への言及もしばしばあり、この作品の理解のために貴重な手掛りを与えてくれる。実際、我々はこの作品の発生にも立ち会うことが出来るのである。

『ファレザの浜辺』の物語は、一八九〇年の一一月の或る日、サモアのジャングルの中で生まれた。当時、スティーヴンソンは自らの永住の住処とすべく、ヴァイリマに購入した土地の整備に取りかかっていた。大邸宅を建て、農場を作る計画で、現地の人間を何人も雇っての大掛かりなものだったが、自らも鉈を手にして、鬱蒼たるジャングルの下生え伐採などに精を出した。そのような折り、彼の脳裏に、突然、一つの新しい物語が浮かんだのだという。

森の中での長い、沈黙の戦いは私に不思議な影響を与えている。これらの植物のあからさまな生命力、その溢れるばかりの数と力強さ、侵入者に巻きつき、捕らえようとする——私には他の言葉は使えない——蔓草の意志、おそろしい沈黙、私の努力は俳優の演技みたいなものに過ぎない、はかないこと、そして森は静かに、速やかに、新たな沸騰で自らの傷を癒してしまうだろうという認識……こうした沈黙の戦い、殺戮、また抵抗し、なかなか死なない森といったことが私の想像力に重くのしかかる……あの悲惨なジャングルの中に独りっきりで、畏怖の念を感じているとき、一つの新しい物語が、ふと、弾丸のように私を貫いたのだ。(2)

「一つの新しい物語」とはもちろん『ファレザの浜辺』の物語のことであるが、この記述の中に、スティーヴンソンが自己の現実を直視するのと同種類の目の働きを見て取ることが出来る。彼がジャングルの中に見ているのは神秘的な美しさとか、魅惑とかといった、表面的で、甘ったるいものではない。自然の圧倒的な生命力、その恐ろしさ、不気味さである。またそれに対する人間の営為も、彼の目にはそれまで彼が書いてきた冒険ロマンスの主人公のように、楽しげで、生き生きとした肉体活動でもなく、英雄的なものでもない。それは空しく、はかないもの、あるいは命あるものの血を流すおぞましいもの（伐採は殺戮と彼の目には映るのだ）である。彼は圧倒的な自然の力に畏怖の念を抱くとともに、人間の卑小さと醜悪さを思い知らされているのである。それは彼の想像力にとっては「重い」ものなのである。彼がジャングルの中で見ていたものがいかなる性質のものであるかがよく分かる。『ファレザの浜辺』は彼のこのような精神状態を背景として生まれてきたのである。この作品にその反映があることは容易に想像できる。またスティーヴンソン自身のこの作品に対するいくつかのコメントもそれを裏付けているように思われる。「これは徹底したリアリズムなのだ」(3)、「これは最初のリアリスティックな南海物語である……私が見てきた限り、（南海物語を）試みた人は、みんなロマンスに心奪われ、シュガーキャンディーのようなまがいものの叙事詩に終ってしまっている」(4)、「『ファレザの浜辺』は全く違ったインスピレーションから生まれたものだ」(5)などと彼は言っているのである。ただ『ファレザの浜辺』の場合、彼の視線は自然ではなく、一九世紀末葉におけるヨーロッパ白人による南太平洋の植民地支配という歴史的、社会的現象に向けられているのである。

『ファレザの浜辺』はウィルトシャーというサモア在住のイギリス人商人の体験談という体裁を取っている。ファレザというのはサモア東端に位置する或る島の浜辺の村落である。話というのは、彼が、青年時代、そこの営業所に配属された時のことである。そこで彼がどのようにして現在の妻である、ウマという原住民の娘と結婚するに至ったか、またそれと複雑に絡み合っていることだが、当時ファレザの村落を陰で巧みに操り、支配していたケースという白人商人が彼に仕掛けた罠をいかにして打破したかを彼は語って行く。大枠のところで見れば、彼の話は文明世界から未開の社会へやってきた白人の若者と現地の魅惑的な娘とのエキゾチックな恋物語、また最後にはジャングルの中での死闘へと至る、勇敢な若者のアクションとサスペンスに富んだ冒険物語ということになるかもしれない。だがそれはあくまでも話の枠組みであって、その中味はそのようなロマンチックなものとはおよそかけ離れたものである。彼の話を聞き終って強く印象に残るのは、文明、進歩、あるいは経済的繁栄といった美名の下に行われた、白人による植民地支配の醜悪な現実なのである。貪婪な搾取、人種差別、女性差別、人間性の腐敗・堕落等々である。

しかしウィルトシャーの話を具体的に聞く前に、この人物について、前もって二、三説明しておいた方がよいだろう。彼は所謂「語り手」としてはかなり特異な人物だからである。彼はサモアにおいては白人として、原住民に対して優位な立場に立っているけれども、彼の本国、イギリスの社会では下層の庶民である。根本的には善良で、正直ではあるが、教養もなく、感情的にも洗練されているとは言い難く、むしろ粗野であり、道徳的にもあまり立派とは言い難い。視野も狭く、彼の人生の理想は商売をやって、金を儲けることである（少なくとも、彼が語る経験をするまではそうである）。実際、彼が南太平洋にやってきたのは、そこで金儲けをして、故国に帰り、自分のパブを持つためだったのである。また庶民としての強固な自尊心と同時に、社会の上層に対して憎悪とコンプレックスが混じり合ったような感情を持っている。例えば、彼は聖職者に対して強い反感を持っており、その取り澄ました姿を見ると石を投げつけたい気持に駆られるのである。物語の語り手ということに関して言えば、当然、彼の使う言葉は卑俗であり、むきだしなもので、ある種の人は眉をひそめる体のものである。また彼の述べる見解は、彼の様々な偏見を考慮して聞かなければならない。しかし逆に上品な言葉で、小綺麗に整理された物語では得られぬ生の現実に直接触れることも出来る。更にもう一つ、彼が語り手として特徴的なのは、彼は客観的で冷静な事件の報告者ではないということである。むしろ彼はやたらに自分自身のことを語りたがるのである。ある事態、あるいは行為に臨んでの自分の感情、意識を分析的に、かつ詳細に語るのである。これは、別な側面から見ると、若い時の自分を思い出しながら、それを今の自分とは別個の人間として再現することでもある。結果として、彼は、そう意識しているか、いないかは別として、実は作家がある人物を主人公にして物語を書くのと本質的には同じことをやっているのである。作者のスティーヴンソンの立場からすれば、彼を自由に語らせておいて、若い時の彼を主人公にした一つの物語を自ずと手に入れ、それを我々に提示するということになるわけである。

物語はウィルトシャーがファレザにやってきたところから始まる。そこの営業所を預かる前任者が、どういう訳か、急に辞めてしまい、会社からその後任に指名されたのである。彼のここでの主たる仕事はコプラを集めることである。コプラというのはココヤシの果実の胚乳を乾燥させたもので、圧縮していわゆる椰子油を取り、マーガリン、石鹸、蠟燭などの原料となるものである。文明世界の様々な生産品、例えば布地などを持ち込み、それをコプラと交易する、これが彼の商売なのである。彼は既に数年間、赤道付近の「低い島」（フランス領ポリネシアの珊瑚礁群、トゥアモトゥ諸島のある島を指すものと思われる）の方で、南太平洋での商売を一応経験してはいたが、はかばかしい成果もあがらず、また彼がいた島では白人は彼一人という状況の中で、住民から疎外され、孤立を余儀なくされ、そこでの生活は「まるで監獄にいるような」惨めなものだった。そのような彼にとっては、今度の新しい島、緑滴るこの森と山の島は新鮮そのもので、落ち込んだ彼の気持に元気を回復させ、生活を一新させてくれるように思われ、彼は期待に胸を膨らます。またこの島では白人は彼一人ではない。実際、ファレザに到着するやいなや、そこで既に数年来商売をやっているケースとその手下らしいブラック・ジャックという二人の白人がやってきて、彼を同業者として暖かく歓迎してくれる。ブラック・ジャックは実際には黒人であるが、この島では外部の文明世界からやってきた人間はすべて「白人」なのである。彼等の着ている白いパジャマ、そして言葉が自由に通ずるということにウィルトシャーは久しぶりに自分の世界に戻ったという喜びを感ずる。

実はウィルトシャーを真っ先に出迎えてくれたこのケースという男は、後に彼の不倶戴天の敵となるのだが、この最初の時点においては、彼はこの男の内に秘められたどす黒い思惑には気づかず、表面的な、友好的で親切な態度をそのまま信じて、受け入れて行く。ケースはウィルトシャーが一緒に運んできた商品の陸揚げの面倒を何くれとなく見てくれたり、ファレザの村の状況、住民の気質、そこでの商売のやり方などについて的確な情報や細やかなアドバイスを与えてくれたりする。結婚の取り持ちもそのような新来者に対する彼の親切な気遣いから出たものの一つであるように見える。「ところで、君に奥さんを世話しなくちゃね」と彼は出し抜けに切り出し、ちょうど通りかかったウマという娘をウィルトシャーに引き合わせ、彼の満更でもない様子を見て取ると、後は万事任せてくれということで、早速二人の結婚の手筈を整えるために出かけて行く。実際、驚くべきことに、話はその日の内に整い、夕刻には結婚式が執り行われることになるのである。話がいかにも唐突であるが、実は、この出だしの結婚式の件こそ『ファレザの浜辺』において、出来映えとしても、最もすばらしく、また内容的にも、作品全体のいわば要となる、最も重要な部分なのである。スティーヴンソンはこの作品を「一章とちょっと」(6)書いた時点で、「私はこれ以上すばらしいものを書いたことはない。忌まわしく、そして面白く、そして驚くほど真実だ。それは一六ページの南海だ。そのエッセンスだ」(7)とコルヴィンに書き送り、同じ手紙の中で、この断片がよほど気に入ったと見え、それを「この小さな宝石」(8)と呼び、更にそこに「物語全体が含まれている」(9)ことを示唆している。実際この作品を再読してみるとよく分かるのだが、この件は単に一連の事件の最初のものというだけでなく、既にその全てを内包する、実に濃密な内容を持つ部分なのである。是非とも詳細な検討が必要となる。

この結婚式は、ウィルトシャーの言葉によれば「この辺りの慣習だった」というのだが、正式な儀式を装ってはいるものの、盛装した花嫁ウマのカラフルであると同時に清純な美しさを除けば、あらゆる点において、この上なく醜悪で、かつ二重、三重に欺瞞的なものである。

まず第一に、式が行われる場所からして醜悪の極みである。式はキャプテン・ランドールという人物の家で行われる。ウィルトシャーはケースによって、ファレザのもう一人の白人としてこの人物に引き合わされ、ケースが結婚式の手筈を整えている間、彼の家で待たされることになるのである。このキャプテン・ランドールという人物は七〇歳ほどの老人で、かつてはその呼び名が示す通り、一船を指揮したこともあるらしいが、四〇年ほど前にこの島にやってきて、商売を始めたらしい。善良な人間らしいが、今ではアルコールにすっかり溺れ、ほとんど生ける屍、人間の残骸と言ってよいような状態になってしまっている。ウィルトシャーの具体的描写を借りれば、「土地の人間みたいに床にあぐらをかき、上半身は裸。太って、青ざめた顔、アナグマみたいな白髪頭、酔って据わった眼。体は白髪に覆われ、ハエがうようよしている。一匹は目の隅にとまっているが、気にも留めない。周りで蚊がミツバチみたいにブンブン飛び回っている。清潔を気に掛ける人間だったら誰だって、奴を直ちに外に引っぱり出して、土に埋めてしまっただろうさ」という状態である。彼はウィルトシャーを迎えても、立ち上がることさえ出来ない。言葉もろれつが回らない。肉体的にも、精神的にも腐敗しきった人間である。ウイルトシャーはこの男のかつての姿、「船の指揮を執り、スマートないで立ちで上陸し、バーや領事館で大言壮語し、クラブのベランダに坐っている」姿を想像して、その落差の甚だしさに愕然とする。この男の醜悪な姿は、この島での商売の成功を夢見て、張り切った気持ちになっているウィルトシャーにとっては、そのおぞましい現実を突きつけられることでもあり、また彼の甘い夢への警告でもある。彼が現在のキャプテン・ランドールを見て、「吐き気を催し、しらふになった」と言うのも、彼の心理としてはきわめて自然なことである。

しかしこのキャプテン・ランドールの過去と現在の姿の対比には、ウィルトシャーの個人的心理以上のものを読みとることが出来るように思われる。キャプテン・ランドールはリアリスティックに描かれた人物だが、同時に象徴的な人物でもあるのである。より大きな歴史的視野に立った場合、船というものは、特に軍艦および商船という形において、一九世紀における、大英帝国を初めとする、ヨーロッパ帝国主義の武力を背景としたコマーシャリズムの世界拡大・支配の象徴ではなかろうか。もしそうだとすれば、かつてのキャプテン・ランドールの姿は、そのような動き中で、それに対して何の疑念も抱かず、その力と正しさを信じ、意気揚々と世界の隅々まで突き進んでいった人々の精神のあり方を表象するものであり、現在の姿はそれがもたらした、あるいは立ち至った醜悪な現実を提示するものということになるであろう。

キャプテン・ランドールの家を醜悪な場所にしているのは、その所有者自身の肉体的・精神的腐敗、堕落だけではない。家自体の荒廃とそこに巣くうどす黒い欲望がそれに輪を掛けている。家は村の背後、叢林と境をなす、家を建てるにはあまり良くない場所に立っており、「不潔」で「低く」、「小さい」。ランドールはここで商売をやっているわけだが、その店たるや、これ以上ないというほどの貧弱な品揃えである。ちゃんとした品が揃っているのは密輸品の小火器と酒類だけという有様である。当然のことながら、客の影さえない。店の奥の部屋は「息も詰まるほどむっとして、暑く」、「ハエがいっぱい」である。「立っている家具」は一つもなく、ベットが三つ並んでいるだけである。床にはパンくずと皿が散らばっている。ランドールは時折錯乱して、狂暴になることがあり、その際家具を粉々にしてしまったのだという。またベットが三つというのは、実はケースとブラック・ジャックがここに同居しているのである。ケースはランドールのパートナーということになっているが、実際には店も商品も全てランドールの所有であり、二人は所謂「パラサイト」で、酒に溺れて、無能になったランドールをいいように食い物にしているのである。実際、これは後になって判明することだが、ケースは表面的にはランドールを手助けするように見せかけながら、一方で彼の飲酒を助長して、破滅に追い込むとともに、他方陰で巧みにランドールの商売を操り、その利益を横領するというような、卑劣な、事実上殺人・強盗に等しい極悪なことをやっていたのである。

この腐敗、堕落、荒廃、邪悪な欲望が渾然一体をなす観のある醜悪な場所で行われる結婚式なるものも、或る意味ではそれにふさわしく、毒々しいファースの様相を呈する極めて醜悪なものである。大きな紙のカラーをつけたブラック・ジャックが司祭を勤め、ニヤニヤ笑いながら、何かの小説を持って、聖書を読み上げる振りをする。立会人は他ならぬ廃人同様のキャプテン・ランドールである。そしてケースが会計台帳の一葉に書いた結婚証明書なるものが花嫁ウマに手渡される。彼女はそれを後生大事に衣服の間にしまい込むのであるが、その文面は次の如きものである。

This is to certify that *Uma* daughter of Faavao of Falesá island of ________, is illegally married to *Mr John Wiltshire* for one night, and Mr John Wiltshire is at liberty to send her to hell next morning.

John Blackamoor

Chaplain to the Hulks.

Extracted from the register
by William T. Randall
Master Mariner.

訳すのも厭わしいほど、ふざけたとしか言い様のないものである。

最初にこの結婚式は二重、三重に欺瞞的なものであると言ったが、第一の欺瞞は、この結婚式は、表面的には品のない、無意味なファースにしか見えないかもしれないが、その本質においては、白人の植民地支配という状況の中で、支配者である白人の専横的な性的欲望充足と原住民の女性の奴隷化をキリスト教の神聖な儀式によってカムフラージュし、また正当化しようとするものであるということである。むしろ表面的なファースはその欺瞞の醜悪さの表現なのである。実際、上陸直後、船が入ってきたので集まってきた村人達の間を歩きながら、ケースが突然、「ところで、君に奥さんを世話しなくちゃね」と言い、それに対してウィルトシャーが「そうだね、それを忘れていた」と答える時、その上品な言葉遣いにもかかわらず、二人の頭の中にあるのは性的欲望充足の対象としての、また自分の意のままになる存在としての島の女達であることは明らかである。ウィルトシャーは周囲にいる、船が入ったので着飾って出てきた娘達の一群を、「背筋を伸ばして、お偉方みたいに('like a Bashaw')」眺め、「ファレザの女達は器量がいい。欠点があるとすれば、尻が少し大きい」などと思ったりする。どこか東洋のハーレムで、権力者が夜伽を選んでいるような、あるいはもっと露骨に言えば、どこかの売春宿で、お気に入りの女を物色しているといった観がある。そこへ、反対方向から、独りっきりで、若い女がやってくる。これがウマであるが、「彼女は魚を捕っていたのだ。彼女が身につけているのはシュミーズだけだった。それはびしょびしょに濡れ、しかもカティーサークだ('cutty sark' はスコットランド語で、シャツ、スリップなど、婦人用の短い外衣または下着のことである）」。そして彼は傍らのケースに「彼女がいい」と言うのである。性的に刺激の強いウマの描写から、ウィルトシャーのウマに対する関心が最初はどういうものであったかは明らかである。

しかしこの最初の出会いにおいて、ウィルトシャーの内には、ウマに対するもう一つ別な感情がほとんど同時に生じていることを見逃してはならない。それは支配・被支配という関係を超えた、一個の女性に対する純粋な愛の感情である。そしてウマの方もそれに応えるのである。彼がウマをいわば指名すると、ケースは早速彼女を呼び止め現地語で事情を説明する。現地語を知らないウィルトシャーには彼がなにを言っているのか分からない。しかしケースが話をしている間、「彼女は、拳骨からひらりと身をかわす子供のように、素早く、こっそりと俺を見上げ、それからまた目を伏せ、やがて微笑んだ」。この微笑みは一回きりの、瞬間的なもので、その後彼女はウィルトシャーに目を向けることもなく、ケースと話をし、やがて一礼して立ち去って行く。しかしウィルトシャーの心の内には彼女の微笑みがいつまでも残る。「その微笑みが俺の記憶に貼りついたのだと思う」と彼は言うのである。ここに二人の間の直観的な心の通じ合いを見て取ることが出来る。支配者の専横的な性的欲望による醜悪な関係とは別種の、自然で、人間的な男女の結びつきが二人の間に確立されたのである。それはこのあとに続くケースとウィルトシャーの遣り取りの中で際立ったものになる。ケースの意識は支配者の専横的な性的欲望充足というレベルにある。彼は二人の様子を見て、「君は、大丈夫、彼女を手に入れることが出来るよ。俺が母親とちゃんと話をつけるから。たばこ一本で遣り取り見取なんだ」とまるでぽん引きまがいのことを言う。これに対してウィルトシャーはきっとなって、「彼女はその種の女には見えない」と叫ぶのである。

このようなウィルトシャーにとっては、当然のことであるが、ケースがばたばたと、お座なりに整えた結婚式なるものは欺瞞の見え透いた、破廉恥きわまりないものであり、彼のウマに対する純粋な気持ちを冒瀆するものでもある。彼は何の疑いもなく、儀式を真面目に受け入れるウマを見て良心の呵責を感じ、彼女がケースのでっち上げた結婚証明書を受け取り、まるで「黄金のように」大切そうにしまい込む時には、「この契約を放棄して、全てをぶちまけてしまいたい」ほどの気持になる。にもかかわらず、彼はウマとの結びつきを望むが故に、この忌まわしい慣習に従う。「俺は最初からウマが好きだったに違いない。さもなきゃ、きっとあの家から逃げ出し、きれいな空気の中へ出ていって、それからきれいな海、あるいはどこか手近な川へ飛び込んでいただろう」と彼は言うのである。

この結婚式を通して、白人による原住民女性の性的・奴隷的支配、そしてその醜悪な現実を隠蔽しようとする欺瞞が露にされるが、それに対してウィルトシャーは批判的な態度をとることによって、ウマへの純粋な愛を保持して行こうとする。しかし彼が真の意味でウマと結びつくためには、更に向かい合わなければならないものがある。彼自身の内にある白人としての優越意識、人種的偏見、ゼノフォービア、またそれらのものと純粋な愛との対立から生じてくる良心の呵責と、その解消としての行動である。結婚式終了直後、既に彼のこのような心理葛藤が現れてくる。

ウィルトシャーにとっては忌まわしい結婚式のあと、彼は暗い夜道をウマに案内されて、自分の新しい営業所へと向かうことになる。上陸直後、ケースの助言で、荷物を現地人に任せ、先に営業所に届けておいてもらい、彼自身はウマとの結婚のため、直接キャプテン・ランドールの家へやってきていたのである。通常の結婚であれば、いわゆる初夜ということになるが、ウマに授けられた結婚証明書に露骨にも示された、「ここの慣例」としての結婚の趣旨に従えば、いわば一夜の契りということになるこの場面は、男女の肉体的結合を暗示するエロティシズムが仄かに漂い、全体として甘美で、ロマンティックな雰囲気に包まれ、直前の結婚式の醜悪さとは著しい対照をなしている。しかし同時に注目すべきはウィルトシャーの複雑な心の揺れ動きである。まず第一に、極めて明瞭なのは、彼が初めてウマと二人きりになり、彼女に直接的に接する中で、最初、いわば一目惚れという形で、直観的なものであった彼女への思慕の念を益々募らせて行くことである。忌まわしい結婚式から解放されて、二人きりになった時、彼は「彼女がまるで故国のふるさとの娘であるかのように感じ、ちょっとの間我を忘れ、彼女の手を取って歩く」のである。彼の心は彼女への思慕の念でいっぱいになっているわけだが（「我を忘れ」と彼は言う）、注意すべきは、この時彼にとっては彼女は原住民の娘ではないことである（「まるでふるさとの娘のように」と彼は言う）。愛の感情が人種の違いを超えているのである。彼女の方も、彼のそのような感情に応えて、彼の手を取って顔に押しつけ「あなた、いい人」と叫び、彼と正式に結婚できたこと（結婚式はウィルトシャーにとっては欺瞞的なものであっても、ウマにとっては正式なもの、少なくとも彼女はそう受け取っているのである）に対する喜びを露にする。彼女は彼の前を嬉々として走り、立ち止まってはこちらを振り返りながら、彼を案内して行く。

しかしこのようなウマに対する思慕の高まりに対して、彼の内には同時にそれに対立する感情が頭をもたげる。白人としての優越意識、人種的偏見、ゼノフォービアが混じり合った感情である。自分と正式に結婚できたことに有頂天になっているウマに対して、彼はそれに巻き込まれまいとする。「俺は原住民の女に関するいっさいのたわごとに対しては全く反対の考えを持つ人間の一人だった。たくさんの白人達が彼等の妻の親戚に食い物にされ、おまけに馬鹿にされているのを見てきたんだ。それで俺は直ちに立ち止まって、彼女に身の程を知らせてやらなくちゃならないと思った」と彼は言うのである。また自分の自然な気持ちに従って、実際に彼女に優しい言葉を掛けながら、「それはどうも俺にはそぐわないことだった。俺は原住民に対して甘い態度は決して取らないと誓っていたから」とも言うのである。

この感情の揺れ動きは、ウィルトシャーの場合、最終的にウマへの愛に傾く。彼は彼女の愛くるしさに魅了される。「走っていっては、立ち止まって俺を待っている彼女には奇妙なかわいらしさがあった。……彼女の行くところどこへでもついて行くほかなかった」と彼は言う。このような官能的魅力と同時に、彼はウマの内面的な美しさ、精神の気高さにも気づく。それは彼の内に彼女に対する尊敬の念さえ生じさせる。彼の奇妙な言い方に従えば、「それからもう一つ別な思いが俺の心に浮かんだんだ。二人だけになった今、彼女は子猫みたいにじゃれついているが、結婚式が行われたあの家じゃ、誇り高く、しかも慎み深く、まるで伯爵夫人みたいに振る舞ってたってね。それで彼女の衣装やら――もっとも衣装といってもほんのわずかばかりのものだけど、しかも全く土地のものだったが――とってもいい香りのする上等なタッパ布のスカートとか、頭にさした赤い花とか、宝石みたいに、ただそれよりは大きんだけどね、宝石みたいにきらきらする植物の種子の首飾りとかのせいで、突然、彼女が本当に伯爵夫人、コンサートで偉大な歌手の歌を聞きに行くために着飾った伯爵夫人で、俺みたいな貧乏な商人がつきあえる相手じゃないように感じたんだ」というわけである。

　ウィルトシャーのこのようなウマに対する愛の感情、そしてそれを何の疑いもなく、喜び迎えようとする彼女の態度は、彼の内にまた別な感情を生じさせる。白人の醜悪さ、その退廃と欺瞞に対する恥辱感と良心の呵責である。「結婚式のことも、それから彼女がスカートの内に大切に持っている証明書のことも恥ずかしく思った」と彼は言う。そしてこの意識は彼をある象徴的行為へと導く。彼は商品としてではなく、自分の孤独の慰みとして密かに持ってきたジンのケースを開け、すべてのボトルの栓を開け、その中味を彼女に捨てさせるのである。「一つにはその娘の故に、もう一つには老ランドールのおぞましい姿を思い出したため」である。そしていぶかるウマに対して「昔は酒がとても欲しかった。今は欲しくない。奥さんが出来るなんて思っていなかったんだ。もしジンを飲んだら、私の奥さんはこわがるから」と言う。この言葉は彼に対する彼女の信頼を一層深めることになる。「あなたよい人思う」「私、あなたのもの」と彼女は叫ぶのである。そして二人の結びつきが達成される。

一方に原住民の娘ウマに対する純粋な愛があり、他方にそれに対立するものとして、植民地における白人の退廃・堕落、原住民女性に対する性的・奴隷的支配、およびその欺瞞的隠蔽、白人優越意識、人種的偏見、ゼノフォービアがあり、その両者の間でウィルトシャーの心が揺れ動き、彼をある行動へと駆り立てる。物語の出だしとなる結婚式、およびその夜の場面に見られるウィルトシャーのこのような心理構造と行動パターンは、それに続く事件の推移の中で、増幅され、強度を増し、ヴァリエーションを加えられ、『ファレザの浜辺』のドラマを創り出すより糸の一つになって行く。最終的には、ウィルトシャーの葛藤は、島回りの宣教師の前で欺瞞的な結婚証明書を引き破り、彼に正式な結婚の儀式を執り行ってもらうことで解消されることになるが、その決断と行動は既に最初の結婚式の夜、彼がウマにジンを捨てさせるという行為に内包されているのである。

ところで、最初の結婚式が欺瞞的であるのは、これまで見てきたように、それが白人の専横的な性的欲望充足と原住民女性の奴隷化のカムフラージュ、正当化であるということだけではない。この結婚式には更に第二の欺瞞が重なり合う。この結婚式は最初からウィルトシャーを陥れるためにケースによって仕組まれたものなのである。ケースはウィルトシャーがファレザにおいて商売が出来ないようにして、そこで産出されるコプラを独占するために彼をウマと結婚させたのである。ウィルトシャーはやがてこの陰謀を暴き、ケースのうちに秘められた悪と対決し、ジャングルの中での死闘により彼を死に至らしめることになる。そしてこれが、ウィルトシャーとウマの、そういって良ければ、愛の物語というより糸と絡み合って、『ファレザの浜辺』のドラマを創り出しているもう一本のより糸なのである。この、いわばケースとウィルトシャーの確執の物語は殴り合いとか銃撃とか、派手なアクションが前面に出て、一見したところ、単純そうに見えるけれども、よく見てみると、ウィルトシャーとウマの愛の物語と同様、実に複雑なものを含んでいるのである。

ウィルトシャーは話の最初から、彼なりの言葉で、ケースがどのような人間であるかを説明している。ケースの外見は身嗜みが良く、洗練されている。ウィルトシャーの言葉で言えば、ケースは「都会でも合格点だろう」ということになる。英語を話すという以外、どこの国の人間か分からないが、ウィルトシャーの判断によれば、良家の生まれで、教育があることは確かだという。また彼は技芸にも優れている。アコーディオンを弾かせれば、第一級であり、「ひも、あるいはコルク、あるいはトランプを取らせたら、プロはだしの手品を見せてくれるだろう」。彼の話術、頭の回転の速さ、臨機応変の才にも驚くべきものがある。「彼はそれが適切だと思ったら、客間にふさわしい話し方もできるし、ヤンキーのボースンよりひどい言葉を使うこともでき、カナカ人（ハワイ・南洋諸島の原住民）もうんざりするほどの卑猥な話もできる。その時一番得になるやり方、それがケースのやり方だった。そしてそれは常に自然に出てきたように見え、まるでそれに生まれついたかのようだった」。また彼は事にあたって、勇気と細心さを兼ね備えている。「彼はライオンの勇気とネズミの狡猾さを持っていた」のである。

ウィルトシャーによって描き出された、このようなケース像から浮かび上がってくるのは、ケースという人物の二重性であろう。彼は表面的には、一言で言うなら、理知的で、才能豊かな文明人である。しかしウィルトシャーは同時に表面的な印象の背後にある、それとは裏腹なものを仄めかしている。彼はこの話の始まりの時点で、彼がこれから語ろうとする彼の体験を通して、既にケースという人間をよく知っているのである。ケースは技芸に優れている。しかしアコーディオンはともかく、プロはだしの手品というのは、彼の優秀さがいかなる性格のものかを暗示している。彼は臨機応変の才がある。しかし彼のやり方は「その時一番得になるやり方（the way he thought would pay best at the moment：下線筆者）」であり、またライオンのような勇気も見せるが、ネズミのように狡猾でもあるのである。ここに見えてくるのは物質的利益への貪婪さと、その凶暴性ではないだろうか。思想も、信念も、良心も、恥も、情もない。ただ利益のために狡知を働かせ、冷酷に何でもやって行く人間。彼のいかにも文明の明るさに溢れたスマートな外見の背後に、そのような人間がいるのではないだろうか。実際、最初ケースの表面的な印象に幻惑されていたウィルトシャーが彼の陰謀を暴いて行くにつれて見えてくるのは正しくそのような人間なのである。

頭の良いケースが企んだ陰謀というのは、話を先取りして言ってしまうと、こういうことである。実はウィルトシャーがこの島にやって来る六カ月ほど前から、ウマはファレザの村人からタブーを受けていたのである。そのような彼女とウィルトシャーを結婚させ、村人が彼に近づかないようにさせるというのがケースの目論見だったのである。実際この陰謀は結婚式の翌朝から効果を発揮する。朝起きてみると、村人が大勢営業所の前に集まってきている。しかし彼等は所謂「こわいもの見たさ」という風情で、遠巻きに彼を注視するだけで、彼に近づこうとしない。また散歩に出て、たまたま通りかかった教会を覗いた時、説教をしていた原住民司祭はまるで悪魔でも見たかのように驚愕する。当然彼の店に入ってくるものは誰もおらず、彼は商売をしたくてもできない状態になる。彼としてはこのような仕打ちを受ける理由は見当たらず、村人の態度は不可解であり、恐怖と同時に怒りも感ずる。

このような窮地に立たされたウィルトシャーは、それがケースの企みによるものだとは知らずに、まず最初に、この島でただ一人頼りになる白人として、彼に助けを求める。ケースは巧みに自分の思惑を隠して、ウィルトシャーの力になり、また彼の怒りに共鳴する振りをする。彼は情報を探ってくると称して、村へ行き、帰ってくると、なんだか分からないが村人が妙に反抗的になっている、この際村の長達と会ってはっきりと話をつける必要があると言い、翌朝二人で長達に会いに行こうと約束する。ケースの情報が正確なものかどうかは分からないし、また会見においてもウィルトシャーは現地語が分からず、ケースの通訳も信用できず、我々には長達が本当は何を言ったのか分からない。どうも状況はケースが言っているのとは少し違うようだという漠然たる印象があるだけである。しかしこの村の長達との会見の件においては、ケースが設定したような状況において、植民地支配における支配者側の典型的な心情、意識をはっきりと見て取ることが出来る。例えば、ケースの次のような言葉は反抗的な被支配者に対する典型的なものではないだろうか。「信じられん。カナカの奴等の無礼はどこまで行くのかわからん。奴等は白人に対する尊敬の気持ちを全く失ってしまったようだ。我々に必要なのは軍艦だ。出来ればドイツのやつを――奴等はカナカの扱い方を知っている……これまで聞いたことがあるこの種のやつで最悪のものだ。しかし、ウィルトシャー、俺は男として、お前を助ける……いいかい、ウィルトシャー、俺はこれをお前の喧嘩とは見なしていないんだ。『白人の喧嘩』と見なしているんだ」。好戦的レイシズムであるが、ウィルトシャーがこの意識を共有していることは明らかである。「彼の態度に全く満足した」と彼は言うのである。翌朝彼が村の長達の前でやることになる「演説（'speech' と彼は言うのである）」もその趣旨は明瞭なものである。ただ彼はケースに通訳を頼まざるを得ないので、それが正確に彼等に伝わったかどうか分からないけれども。

彼等に俺がどんな人間であるか言ってくれ。俺は白人だ。イギリス人である。国ではとても偉い人間だ。俺は彼等の利益のために、彼等に文明をもたらすためにここにやって来たのだ。ところが俺の品物を整理するや否や、彼等は俺にタブーを食わせやがって、誰も俺の店に近づかない。彼等に言ってやってくれ。俺は法にかなったことをやっていて、逃げ出すつもりはない。彼等が望んでいるものがプレゼントだというなら、適正なものをやる。自分の利益を求める人間をとがめはしない。それは人間性というもんだ。しかしもし俺に対して彼等の考え方で来るつもりなら、間違いだということが分かるだろう。彼等にはっきり言ってくれ。俺は白人として、そしてイギリス人としてこの取り扱いの理由の説明を求める。

見事なスピーチである。しかしウィルトシャーの言葉、しゃべり方が見事だというのではない。ここに未開の地に経済的利益と文明をもたらすという美名の下に、搾取と何の人間的根拠もない異民族支配をやった植民地主義の欺瞞的意識構造が見事に浮かび上がるからである。白人は優秀で、進んでいる、商売はその恩恵を分け与えるものであり、法にかなった正しい事なのだ、それを不撓不屈の精神で守り抜くというわけだが、その根底にあるのは自分の価値観以外認めず、ひたすら自己の欲望だけを追求するエゴイズムなのである。「彼等には本当の政府も、本当の法律もない。たとえあったにしても、それを白人に当てはめるなんてお笑いぐさだ、もし我々がはるばるこんなところまでやって来て、我々の好きなように出来ないとするなら、そりゃおかしな事だろうさ。そう考えるだけで俺はいつも腹が立つんだ」とウィルトシャーは言う。彼の言葉は露骨で、下品であるが、一九世紀の植民地主義の流れに乗った多くの白人の心情だったのではないだろうか。

しかしウィルトシャーはやがて自分が置かれた状況の元凶が実はケースであることを知ることになる。一つにはこのタブーの問題に関して、ケースが取る曖昧な態度からだが、決定的にその事実を知るのはウマの話からである。自分に対する村人の不可解な態度について彼女に説明を求めると、彼女は驚いて、タブーを受けているのは自分である、そのことをウィルトシャーは知らなかったのかと言う。そして彼女は自分がタブーを受けることになった経緯を話す。それはかなり込み入った話だが、ケースの陰謀に直接係わる部分だけ抜き出すと次のようなことになる。実はケースはウマに気があって、彼女に言い寄っていた。ところがウマに他の島の良家の青年との縁談が持ち上がった。そこでケースはウマに関して、あらぬ事を（彼女に言わせると「嘘」を）村人に言いふらしたらしい。縁談は突然破談となり、青年は島から出ていってしまった。その日以来、教会に行っても村人は彼女を避けるし、彼女の幸運を嫉妬していた娘達が、「誰もお前とは結婚しない、男達はお前がこわいんだ」と言って彼女を嘲るようになったのだという。ケースの目論見はどうも彼女を一旦そのような孤立状態に追い込んで、今度はその彼女に同情を示すことによって、彼女を手に入れることだったらしい。実際彼はウマがタブーを受けるようになってから、何度かこっそりと彼女の家に来たのだという。だがウマは最初からケースが嫌いで彼を受け入れることはなかった。そこへウィルトシャーが新たにやってきた。そこでケースは今度はこのライバルを蹴落すために、ウマがタブーを受けているという状況を利用しようとしたというわけである。ウマとウィルトシャーを結婚させたのである。臨機応変の才を発揮したわけだが、同時に人をもっぱら自分の欲望達成のための道具として使う彼の冷酷非情さも露になる。

ケースが友人であり、味方であると見せかけながら、自分を商売上の敵として陥れようとしていたこと、また彼がウマに思いを掛けていたこと、それでいながら自分を陥れるために、ウマを利用したこと、この発見は、当然のことながら、ウィルトシャーにケースに対する憎悪と復讐心を抱かせることになり、彼に対して断固たる対決の姿勢をとらせることになる。しかしやがて彼はケースの自分に対する陰謀の更に奥にあるものを知ることになる。ケースの村人に対する異常な影響力と彼のぞっとするような凶悪さである。彼はこのことを最初、ウマと彼の正式な結婚式を執り行ってくれた島回りの宣教師ターレトン師から知る。ターレトン師の話によれば、ケースの村人に対する影響力は実に大きなもので、ターレトン師も及ばないくらいである。彼は村人の抜きがたい迷信につけ込んで、「ペテンと見せかけ」によって彼等に自分が一種の超能力を持っているように信じ込ませて、彼に対する恐れと尊敬を抱かせ、彼等を自分の言いなりにさせている。彼のやり口は実に巧妙で、ターレトン師が育てた優秀な原住民司祭であり、村人の精神生活に直接的な影響力を持つ人物であるナムさえもすっかり抱き込んでしまっている。ナムは今では、ケースの店を手伝い、ケースの言うことは何でも、「震えおののきながら」信じるというほどの信奉ぶりである。そしてそのナムが教会において村人に説教をする。ケースは村人を思い通り支配出来るというわけである。またケースは極めて邪悪な人間である。これまで自分のライバルとなる白人商人を何人も、卑劣な、非人間的手段で排除してきた。ある者は毒殺し、また村人に対する影響力を利用して、悪魔であると言いふらして、ある者は島から追い出し、ある者は生き埋めにさせたりさえしたのだ。ターレトン師はこのような話をし、ウィルトシャーにケースには十分注意するようアドバイスをして、次の島へと立ち去って行く。

残されたウィルトシャーはケースとの緊張関係の中で、ウマが与えてくれるファレザに関する情報、彼自身の観察や探索から、徐々に、村人に対するケースの異常な影響力の実態を探って行き、その根源がファレザの村を取り囲むジャングルにあることを突き止める。ファレザの村人はジャングルの中には *aitu* という悪魔がいて人を食うのだという迷信を信じている。誰もそこに入っていこうとしないし、入っていった者は決して戻ってこないのだという。ケースはこの迷信につけ込んだのである。つまり彼はジャングルに大胆にも入って行き、そして何事もなく平然として出てきて見せたのである。馬鹿みたいなことであるがただそれだけのことなのである。迷信を信じない者にとってはジャングルに入って行くのは、未知の自然に対する多少の恐怖はあっても、結局大したことではない。しかし迷信を信ずる者にとっては、これは驚異であり、奇跡なのである。村人は彼に何か超自然的な、不思議な力が備わっているように感じるのである。彼は村人の中の大胆な者を巧みに挑発して、彼と一緒にジャングルの中に入らせ、そこで *aitu* と話をしたり、それに命令したりするというような演技をし、そして彼等を彼の「保護」により無事連れ帰ることによって、彼等が感じていることが本当であると信じ込ませたのである。ケースには不思議な力が備わっているというわけである。彼は更にそれを具象化するために、Tiapolo なるものをでっち上げる。これは何か悪魔的存在らしいが（もちろん実際には初めからそんなものは存在しないのであるが）、村人によって解釈が少しずつ違う。ある者はケースが Tiapolo であるという。ウマの説明では Tiapolo は *aitu* とは別種の悪魔で、キリスト教の悪魔みたいな'big-chief devil'でケースはその息子だという。

いずれにしてもケースはファレザの村人の間にいわばTiapolo信仰を確立したのである。

ある者は彼（ケース）がTiapoloを礼拝する教会を持っており、Tiapoloが彼に現れるのだという。またあるものはそれは魔術なんかじゃない、彼は祈りの力によって奇跡を行うのだ、教会は教会でなくて、彼が危険な*aitu*を閉じこめておく牢獄なのだという。ナムも一度彼と一緒にジャングルへ行き、これらの驚異故に神を誉め称えながら戻ってきたのである。

信じがたいことであるが、これがケースの村人に対する影響力の実態なのである。

ウィルトシャーは同じ白人として、ケースのトリックをすぐに見破り、その証拠を探すために彼自身ジャングルの中へ入って行く。そこで彼は樹木の梢にバンジョーの弦を張ってキャンドルボックスをぶら下げ、風が来ると鳴る仕掛けがしてあるのを発見する。またTiapoloの神殿も発見する。それは岩の間の小さなほこらで、中には夜行塗料を塗ったパントマイムの仮面みたいなものが安置されているのである。あまりの子供っぽさにウィルトシャーは吹き出してしまうが、しかし村人にとっては風に鳴るキャンドルボックスは*aitu*の存在を、また闇の中で光るマスクはTiapoloの存在を実感するのに十分なものであることを理解する。彼はケースへの復讐心から、彼のトリックをすっぱ抜くためにこれらの仕掛けを火薬で吹き飛ばそうと決心し、一旦家に帰ってその準備をして、再びジャングルの中へ入って行く。一方ケースの方もウィルトシャーの動向を見張っており、彼を亡き者にしようと銃を持ってジャングルの中へ入ってくる。そこで二人の間に死闘が繰り広げられるが、結果は辛くもウィルトシャーが勝利を収めることになる。

このように話が割れてしまうと、ケースとウィルトシャーの確執の物語は何となくあっけない印象を与えるが、文明の光に溢れた表面の背後に物質的利益への貪婪さと、その凶暴性を秘めたケースという人物のイメージは強烈なリアリティを持って後まで残り、一九世紀の帝国主義、植民地主義の本質的な部分を表象しているように感じられる。

ウィルトシャーとウマの愛の物語、またウィルトシャーとケースの確執の物語の発端となった欺瞞的な結婚式には更にもう一つの欺瞞があることを付け加えておかなければならない。しかしそれはこれまで見てきたものとは違って、物語の内部でのことではなく、むしろ物語の外部に見いだされるものである。問題はケースが作った例の結婚証明書である。筆者が先に引用したものには何の問題もない。スティーヴンソンの原稿通りのもので、彼の意図を正確に反映したものである。ところが、一般に流布されている『ファレザの浜辺』の版では文面にある'for one night'が'for one week'となっており、それに伴って、最後のところが、'next morning'から'when he pleases'になっているのである。あるいは「一晩」でも「一週間」でも文面の趣旨に大して変わりはないではないかという人がいるかもしれない。確かに、ある意味では、その通りだが、この変更の場合、事はそう単純なものではないのである。

『ファレザの浜辺』は最初、一般家庭向けの新聞 *Illustrated London News* に一八九二年七月二日から八月六日まで、毎週一回の形で連載され、翌一八九三年四月、*Island Nights' Entertainments* というタイトルの下、他の二つの作品（*The Bottle Imp* 及び *The Isle of Voices*）と合わせて、本の形で、英国カッセル（Cassel）社、および米国スクリブナー（Scribner）社から同時出版された。しかしこの時出版されたテクスト（そしてそれを引き継いだその後のテクストも、ということになるが）は、実はスティーヴンソンの最初の意図通りのものではなかったのである。様々な変更が施され、彼の本当の意図は歪められ、またオリジナルが持っているインパクトも弱められ、いわば骨抜きにされたテクストだったのである。バリー・メニコフ（Barry Menikoff）という研究者が

『ファレザの浜辺』の出版事情を研究している。[10] 彼は出版されたテクスト、スティーヴンソンの元々の原稿、彼が校正を施したゲラ、彼がこの作品に関して友人や出版関係者と交わした書簡、或いは出版関係者同士の間で交わされた書簡などを綿密に比較・検討して、『ファレザの浜辺』のオリジナルが改竄されて行く過程を明らかにしている。実に興味深い研究で、その内容を逐一紹介したいところだが、それはあまりにも詳細にわたることになるので、ここでは当面の問題である、「一晩」から「一週間」への変更に絞って、彼の研究成果をふまえながら、その事情を考察するにとどめたい。

そもそもの事の起こりは、出版社側が『ファレザの浜辺』の出版間際になって、作品の内容に不道徳なところがあると判断し、そのままの形で世に出すことを渋ったことにある。ヴィクトリア朝後期は「倫理観と性に対する考え方においてピューリタニズムが支配し」[11]、小説には「キリスト教道徳が盛り込まれていないと読者はがっかりして腹を立て」[12]、また「小説は家族すべてが読むものだから性的な刺激を与えてはいけない」[13]というような時代であった。そのような風潮の中で、彼等は世間的評判を過度に恐れ、いわば自主検閲をやったのである。彼等はスティーヴンソンに修正、あるいは書き直しを求めたのである。この出版社側からの要請の事実と、主要な問題点が何であったか、またそれに対する彼の態度を、コルヴィン宛のスティーヴンソンの手紙から知ることが出来る。

『ファレザの浜辺』を私はいまだに良いものだと思っている。しかしそれは不道徳らしく、騒ぎが起こっている……哀れっぽい要請が私のもとに送られてきた。「あの夜」の前に、あの若者達を正式に結婚させろというのだ。私は断った。もし私が同意したら、あの話には何も残らないということはあなたにも分かるでしょう。[14]

スティーヴンソンのこの変更拒絶は、真実を描くことを目指す芸術家としての信念の表明である。彼としては、『ファレザの浜辺』において、南海の真実を描いたのであり、たとえその真実が道徳的に忌まわしいものであっても、その芸術的表現は決して道徳に悖ることではない、もし変更すれば、それは真実を歪めることになり、それこそ虚偽という不道徳を犯すことになるというわけである。ところが、どういう訳か、この変更拒絶の後、彼はその信念を貫き通すことはなかった。彼にどういう心境の変化があったのかは分からない。早急に出版にこぎつけて、収入を得たいという現実的欲求に屈したのか、あるいは彼の変更拒絶はそのまま受け入れられると信じたのか、あるいはまたヴィクトリア朝の社会風潮をよく知っていた彼自身が出版側と同じ恐れにとりつかれたのか、いずれにしても推測の域を出ない。また出版側でどのようなやり取りがあったのかも、その奥底の部分は不明である。事実として、はっきりしているのはスティーヴンソンが出版側に「浜辺（『ファレザの浜辺』）についてはそちらで好きなようにしてください」[15]という言葉を書き送っていること、そしてコルヴィンに『ファレザの浜辺』の改訂が任されたことである。出版側の間で取り交わされたある書簡の中に「これ（『ファレザの浜辺』）は、出版に適したものにするのに必要なことをするため、コルヴィン氏の手にあります」[16]という記述が見いだされるのである。そしてコルヴィンが実際に「出版に適したものにするために」、『ファレザの浜辺』の改訂に手を染めていたこと、また問題の「一晩」から「一週間」も彼の手になるものであることは、スティーヴンソンの彼宛の手紙によって明らかである。

昨日貴信受け取りました。やれやれ、皆様方が一週間をお好みなら、私としては一〇日差し上げましょう。しかし、本物の証明書には、私はそれをほとんど変更していませんが、一晩と書いてあったのです。[17]

スティーヴンソンが「本物の証明書」と言っているのは、彼が南太平洋のある島で実際に目にしたものを指している。彼の南太平洋紀行『南海にて』(*In the South Seas*)において、ギルバート諸島での見聞の一つとして、白人を夫に持つ原住民の妻達について書いている。

これらの女達はすべて合法的に結婚しているのである。ある女が自分の結婚証明書を誇らしげに見せてくれたのだが、なるほどそこにはこう書いてある。彼女は「一晩結婚する(married for one night)」、そして彼女の愛想の良い伴侶は、翌朝「彼女をどこへとなり追い出して(send her to hell)」かまわない。しかし彼女はその卑劣なごまかしを聞いても、事を理解しないのである。別な女は、これは聞いたことだが、私の作品の海賊版で結婚したのだという。それは家庭用聖書と同じくらいよく目的にかなったと言うのである。(18)

作品の中においては、ある現実を強く訴えるための誇張、あるいはフィクションのように見えるものが、実は当時現実に行われていたのだということに改めて驚くが、同時にこの部分を改訂したコルヴィン、その改訂を受け入れて、実際にテクストを世に出した出版側の鈍感な神経にも驚きを禁じ得ない。彼等は「一晩」を「一週間」に換えれば、ウィルトシャーとウマは「正式に結婚した」ことになり、世に受け入れられると考えたのであろうか。彼等はスティーヴンソンがここで意図していることを全く理解していないのだと言うほかない。彼は白人の原住民に対する欺瞞、その醜悪さ、邪悪さを訴えようとしているのである。彼等はただ単に言葉を換えれば、期間を延長すれば、その現実が変わる、あるいは隠せると思っているのだ。それは本質的に売春、更には人間の奴隷化であるものを、キリスト教の儀式を施すことによって、正当化する精神のあり方と同一のものなのである。『ファレザの浜辺』は南太平洋における白人を描いたものであるが、この「一晩」から「一週間」への変更は、本国の、しかも知的階級の人々の中にも同じ精神のあり方が存在することを図らずも露にしているのである。スティーヴンソンの「やれやれ、皆様方が一週間をお好みなら、私としては一〇日差し上げましょう」という皮肉で、捨て鉢な言い方の中に、それを見て取ることが出来る。

最後にこの『ファレザの浜辺』という作品について、もう一つ興味深い事実を付け加えておきたい。スティーヴンソンがサモアのジャングルと格闘中にこの作品のインスピレーションを得たちょうど同じ頃、一人のポーランド人が、遠く離れたアフリカの奥地、コンゴのジャングルの中で苦闘していたことである。彼は、その後、ポーランド人としての本名を英語風にしたジョーゼフ・コンラッド（Joseph Conrad）という名前で英国小説の世界に登場し、やがてコンゴにおける自らの体験をもとにして、一つの作品を書くことになる。一八九九年に発表された『闇の奥（*Heart of Darkness*）』である。

スティーヴンソンとコンラッドが、作家としての経歴、作品の質、またその生涯においてもお互いにかけ離れた存在であることは、特に具体的事例をあげるまでもなく明らかであろう。また二人の間に直接的な接触があったわけでもない。コンラッドは、当時英国文壇のスターであったスティーヴンソンの名前を知っていたし、また作品も読んでいた。しかしスティーヴンソンはコンラッドの存在すら知らなかったであろう。にもかかわらず、『ファレザの浜辺』を読み、その背景を見ると、二人の共通性を強く印象づけられるのである。

文明の光に溢れた才人ケース、その背後に隠された物欲と凶暴性、未開の原住民に対する異常な影響力、ウィルトシャーが表明する白人は未開の地に文明をもたらすのだという意識、これらを重ね合わすと、そこに『闇の奥』のクルツが浮かび上がってくる。ウィルトシャーがジャングルの中に入っていってケースの秘密を突き止めるという物語構成はマーロウの「闇の奥」への旅を思い起こさせる。しかしこんなことを言って、スティーヴンソンのコンラッドへの影響とか、『闇の奥』が『ファレザの浜辺』からヒントを得ているとかということを証明しようとしているわけではない。コンラッドが『ファレザの浜辺』を読んで『闇の奥』を書いたとしても、それは前者において示された帝国主義、あるいは、植民地主義についてのヴィジョンに共鳴するものが既に彼の内にあったからであろう。注目すべきはむしろ二人の洞察力に優れた、一級の作家が、ほぼ同時期に同じような体験をして、同じようなヴィジョンを抱き、それを真実だと感じ、世に提示する価値があると考えたことである。

同じような体験と言ったが、スティーヴンソンのサモア体験とコンラッドのコンゴ体験はあるレベルでは全く異質のものである。スティーヴンソンとってサモアは大局的には幸福の地だったが、コンラッドのコンゴ体験は正に悪夢であった。しかし二人とも文明の前哨地点に立ち、自分が属していた世界とは異質な世界に相対するとともに、それを支配する帝国主義、植民地主義のおぞましい真相を見たという点では同じなのである。二人は何かリレーでもするようにその真相を英国小説の世界に引き入れた観がある。それは一九世紀末、一八九〇年代の英国小説に起こった、大きいか、小さいかは分からないが、一つの注目すべき出来事であるように思われる。

『ファレザの浜辺』のテクストには Barry Menikoff, *Robert Louis Stevenson and "The beach of Faleså" : a study in Victorian publishing, with the original text*, Stanford University Press, 1984 に収録されたものを用いたが、引用については、作品が短編であり、容易に該当個所を確認できるので、煩瑣を避けて一々注は施さなかった。

(1) Graham Greene, *The Lost Childhood and Other Essays*, Penguin Books, 1951, p. 73.
(2) R. L. Stevenson, *The Letters of Robert Louis Stevenson* (TUSITALA EDITION XI), William Heinemann, Ltd., 1924, pp. 19–20.
(3) Ibid. (XII), p. 182.

（4） Ibid.（XI）, pp. 100–101.
（5） Ibid.（XII）, p. 265.
（6） Ibid.（XI）, p. 95.
（7） Ibid., p. 95.
（8） Ibid., p. 95.
（9） Ibid., p. 95.
（10） Barry Menikoff, *Robert Louis Stevenson and "The beach of Falesá" : a study in Victorian publishing, with the original text*, Stanford University Press, 1984.
（11） G・M・トレヴェリアン『イギリス社会史２』（松浦高嶺・今井宏訳）みすず書房、一九八三年、四六三頁
（12） アントニー・バージェス『バージェスの文学史』（西村徹・岡照雄・峰谷昭雄訳）人文書院、一九八二年、一五六頁。
（13） 前掲書、一五六頁。
（14） R. L. Stevenson, *The Letters of Robert Louis Stevenson*（XII）, *op. cit*., p. 149.
（15） Barry Menikoff, *op. cit*., p. 18.
（16） Ibid., p. 19.
（17） R. L. Stevenson, *The Letters of Robert Louis Stevenson*（XII）, *op. cit*., p. 182.
（18） R. L. Stevenson, *In the South Seas*, Penguin Classics, 1998, pp. 200–201.

闇からの語り
――「闇の奥」のアフリカ

山本恭子

はじめに

「闇の奥」（'Heart of Darkness'）に向けられる非難のひとつは、周知のように、いわゆる表現の政治学をめぐってなされている。具体的な地名を提示することは避けられているものの、主要な舞台を明らかにアフリカに設定しながら、アフリカの人間がしかるべく描き出されていないということをひとつの根拠として、コンラッドは「とんでもない人種差別主義者」であるとの激しい指弾があびせられている。(1)

このような批判が全面的に説得的であるかどうかは別として、この作品においては、コンラッドの眼が主としてヨーロッパ人たちに注がれていることはまちがいないところであろう。それは、とりもなおさず、ふたつの世界の悲劇的といっていい出会いがアフリカの人たちに与えた打撃よりも、ヨーロッパの人間がそこから受け取った衝撃に、コンラッドの関心が強く働いたということを意味している。この物語は、いわば、ふたつの世界に影を落とす帝国主義のもとで、侵略者の側に属する人間として生きる、という経験についての言表なのである。

コンラッドの帝国主義に対する批判そのものは、メッセージとして作品のなかに明瞭に認められ、当時の一般的な読者が、それを受け取りそこなうことはなかったであろう。とはいえ、その提示の仕方は、それほど瞭然としているわけではない。本稿がめざすのは、当時のヨーロッパをおおっていた帝国主義の闇を、コンラッドが、どのようなかたちで読者に見せようとしたのかを、いくつかの手がかりに即して、この作品のなかに読み取ることである。考察をすすめるにあたって、本稿の前半では、主として語り手マーロウのコンゴでの経験に焦点をあて、また後半では、この経験の伝達を主題としてとりあげることにしたい。

一　マーロウのアフリカ

1　マーロウの物語のプロローグ——征服とふたつのことば

「闇の奥」は、マーロウの語りによって構成される物語であるが、コンラッドは、物語の本体とでもいうべき部分にはいる前に前段を設けて、ふたりの語り手が、夕映えのテムズ川の同じ光景を見ながらめぐらせる思いを対照させて提示している（一三五—一四一頁）[2]。第一の語り手である「わたし」は、サー・フランシス・ドレイクやサー・ジョン・フランクリンといった英雄たち、剣や松明を掲げて出航し、財宝を満載して帰港した船たちの輝かしい名を挙げ、この川の栄光の歴史に思いをはせる。

この「わたし」の思いを突然断ち切るかたちで語り出される第二の話者マーロウの述懐は、「わたし」ののんきでナイーヴな連想をたちどころに転覆させる。「ここもまた暗黒の地のひとつだったのさ」と唐突に始まるマーロウの話は、「一九〇〇年前に」「ローマ人が初めてこの地へやってきた」とき、地中海の大文明の担い手たちが、「荒野（the wilderness）」を前にしていかなる心境であったかについての想像へと展開していく。さらには

「ここが闇に閉ざされていたのは昨日のことなんだ」と彼はことばをつなぐ。すなわち、帝国の栄光の歴史に、それとはまったく対照的な情景をかぶせることで、コンラッドは、「わたし」に同調していた読者の心地よい気分に水をさし、大英帝国の優位を相対化してしまうのである。

そのうえでマーロウが提示するのは、植民地主義が行なうのが、言われるような植民ではなく、征服に他ならないという認識である（'They were no colonists . . . . They were conquerors . . . .'）。「征服に必要なのは、ただ動物的な力のみであり、何ら誇るに足るものではない。己の強さと見えるものは、相手の弱さに由来するまったく偶然のことがらに過ぎないのである。……世界の征服とは、自分たちとは異なる肌の色と少しばかり低い鼻をもつ人びとから領地を奪い取るということで、まともに見れば気持ちがいいものではない」とマーロウは言う。英雄たちの武勲や海の向こうからもたらされる金銀財宝に対する「わたし」の思いと、この発言が、きわだった対照をなすものであることは言うまでもない。

マーロウの語りの前置きともいうべきこの段階で明らかにされるのは、彼がテムズ川のローマ人のことを語りながら、じつはコンゴ川のヨーロッパ人、ひいては植民地とヨーロッパの関係を語っているのだということである。アフリカをめぐる西洋列強の争いが激化し、「英国内でも好戦的な気分が広がるなかで」(3)「闇の奥」を世に送り出したコンラッドは、この作品が、世間に広く支持される言説とは対立する信念を枠組に構成されていることを、冒頭において読者に明確に提示する必要を感じていたのである。(4)

このような語りのなかで、コンラッドは、マーロウに、ふたつのことばを口にさせている。コンラッドによくあるように、文脈もなく、曖昧な形で現れるこれらのことばは、物語に先だって読者に与えられるてがかりのように見える。

そのひとつは、「目標を達成しうること（efficiency）」である（「われわれを救ってくれる（save）のは、ことをやり遂げるということだ。そのために献身することなのだ」)。直後に、ローマ人たちは、「略奪（squeeze)」を業としていたに過ぎないとの叙述の続くことから判断すれば、「やり遂げること」は、たんなる略奪のうちには認められない価値として設定されているとみてよい。略奪は、マーロウにとっては、「闇にたち向かう」のにふさわしく、どんな方法を用いることもなく、ただやみくもに遂行されるものである。「やり遂げること」は、「仕事（work)」への献身という大きなテーマとして、物語のうちに見出されるが、マーロウは、これが略奪ということといかなる関係にあると考えるのであろうか。

もうひとつのことばは、「観念・思想（idea)」である（「それ（征服という醜悪な行為）を埋め合わせてくれる（redeem）のは、観念だけなんだ。その背後にある観念……まつりあげて、その前に跪拝し、それに犠牲を捧げるといったことを可能にするなにかなのだ」)。はたしてどのような「観念」が、略奪を容認するとマーロウは言うのであろうか。われわれとしては、まず、「やりとげること（仕事)」と「観念」というふたつのことばに、コンラッドが、物語りのなかでどのような展開をあたえているのかを検討してみたい。それに先だって、アフリカ行き以前のマーロウの姿勢ともいうべきものを確認しておく必要があるだろう。

2　語り手マーロウ

船乗りというういわば帝国主義の基部を担う仕事につきながら、アフリカ行きを決断する前のマーロウは、そのことに自覚的であるわけではない。むしろ、彼を最初にコンゴに結びつけるのは、子どものころに抱いた地図の空白地帯＝未知への憧れである（一四二―三頁)。それをはぐくんだのは、数々の冒険文学、あるいは英雄的行為の報道であり、これが先の第一の語り手「わたし」の心地よい連想の源と同一であることは言うまでもない。マーロウのアフリカ行きは、子ども時代からの夢の延長線上にあると考えられるのである。

その一方で、マーロウは、ヨーロッパ人たちの植民地での活動について、世に流布している美辞麗句をそのまま信じたわけではなく、むしろ「儲け（profit）」（一四九頁）を目的とする「商売（trade）」（一四二―三頁）であるとの醒めた認識ももっている。とはいえ、帝国主義の現実を知るものからすれば、これとてもナイーヴな認識というべきであろう。物語は、ふたつの世界の出会いをごくナイーヴに「商売」という観点から捉えて疑わない、ある意味で〝健全な〟認識を軸としながら、その認識が現実に触れたときに生ずる違和感[5]を媒介に、アフリカとヨーロッパの関係の実態を、まずは読者に「見せ」ようとするところから始まる。

3 アフリカにおけるヨーロッパの仕事

コンラッド特有のヒューモラスで不気味な叙述[6]で始まる「会社の事業所」での体験のひとつは、鉄道敷設事業のすすめかたの信じがたいほどの的外れぶりと、アフリカ人に対する欺瞞的で非道な扱いである。鉄道が、植民地経営の根幹をなすことは言うまでもないが、それはまた西欧文明の象徴――とりわけ英国の誇り――でもある。鉄道の建設作業のどうしようもない不首尾は、〝暗黒の地に文明の光をもたらす〟と称する事業の実態の象徴的な表現であるといってよいであろう。

さらに上流の「中央事業所」――マーロウ自身が自分の仕事が始まると考えていた場所（一五二頁）――にも、およそ仕事と呼びうるものは存在しない。象牙にとり憑かれ、誹謗しあい、陰謀をめぐらせる以外にはなにもしようとしない社員たち（マーロウのいう「巡礼たち」）（一六六頁）、凡庸な人間でありながら、卑劣で冷酷なやり方で他の人間を管理する所長（the manager）（一六三―五頁ほか）、仕事が要求する資質をみごとなまでに欠いていいながら、欲に駆りたてられて〝大望〟を抱き自滅する末路が滑稽とも思われる「エルドラド探検隊」（一七七頁）、そしてこの場所全体を被う貪欲と陰謀の雰囲気（一六八頁）。ここにも、征服の醜さからひとを救い出すような、仕事のありかたを見出すことはできない。「自分を知る」契機となり、対象への愛着を生じさせ、他人との絆を形成する場としての仕事に価値を置くマーロウと、彼以外の人間たちは、仕事についての想念をまったくといっていいほど共有していないのである。

4　マーロウの仕事

仕事を、生きることと密接に関係したものとして捉えてきた実直なマーロウ（一七五頁）は、この腐敗した連中の構成する世界への違和感を、「非現実的（unreal）」（一六六頁）ということばで表現する。この世界で生きていくことを求められるマーロウにとって、自分の仕事には、以前にはなかった意味が加わることになる。仕事は、腐敗した連中から自らを切り離すためにしがみつく対象、選択を余儀なくされたオルターナティヴとなるのである。[7]

仕事は、たしかにここでも、ある程度実感の持てる人間関係（白人のボイラー工、蒸気船のアフリカ人クルー、とくに舵手とのそれ）を一時的にあたえてくれはする。しかしけっして、自分を「救って」くれるものとなることはない。われわれは、コンゴ川遡航の一節にそのことをはっきりと読み取ることができる。

When you have to attend to things of that sort, to the mere incidents of the surface, the reality—the reality, I tell you—fades. The inner truth is hidden—luckily, luckily. But I felt it all the same; I felt often its mysterious stillness watching me at my monkey tricks, just as it watches you fellows performing on your respective tight-ropes for—what is it? half-a-crown a tumble—(pp. 183-4)

この種のことがらに、つまりたんなる表面的なできごとに、注意を向けなければならないときには、現実は——いいかね、現実だよ——かすんでしまう。奥にある真実は隠されるんだ——まったく幸いなことにね。だが、それにもかかわらず、僕は感じていたんだ。奥に隠された真実の神秘的な静寂が、僕がサルの芸当のような仕事をしているのをながめているのをしばしば感じたんだ。それは、君たちがめいめいの張綱のうえで曲芸をやるのを、同じように見ているわけだがね。お代は——宙返り一回で半クラウンってところかな——

他人の生命をあずかり、船を安全に航行させ、目的地に無事に到着させるという、それ自体はまっとうな作業に船長として従事しながら、マーロウは、それをからかうような、それから意味を奪うような、威嚇するような何ものかの視線を意識しないではいられない。仕事は、もしそれに意味を見出せないなら、それがいかに命がけの難事であっても、張り綱のうえの宙返りのような曲芸——一回につき半クラウンほどのお代のための——と異なるところはないと、マーロウは言うのである。

「会社」と契約した船長としてのマーロウの仕事は、この物語の開始以前に、彼に精神的な満足をあたえていた仕事とおなじものではない。すなわち、「仕事をやり遂げるということ」への献身も、もはや彼を「救う」ことはできないのである。では、マーロウの「宙返り」を見つめているなにものかとは、なんであろうか。この世界で、ひとが仕事に実感を抱くことを阻害するのは、なんであろうか。それを検討することが、われわれの次の課題となる。

5　〝侵略者〟マーロウのアフリカ

コンラッドが、この作品で不当にその〝原始〟性を強調することで、当時のアフリカについて歪曲された表現を生み出し、ひいては今日まで続くアフリカ人に対する差別を支えるようなイメージを提供したとの非難が存在することは、本稿の冒頭に触れたとおりである。これについては詳細な検討が必要であり、ここで立ち入った考察をすることはできない。しかしながら、作品のなかのアフリカを読む際に、次の事を確認しておくことは、われわれの議論にとって不可欠の作業である。すなわち、ここに形象化されたアフリカは、征服されたアフリカなのである。コンラッドがマーロウに見させているのは、帝国経営のもとに踏みにじられるアフリカなのである。

地図をめぐる叙述を読みなおしてみよう。子どものころのマーロウにとって、アフリカは、極地などと並んで、もっとも広大な「空白の場所（a blank space)」であり、「たのしい神秘（delightful mystery)」に満ちた「探検」という夢の対象であった。しかしやがて地図のなかのアフリカは、「川や湖やさまざまな名前が書きこまれ」、「空白であることをやめ」る。そこは「闇黒の場所（a place of darkness)」となったとマーロウは言う（一四二頁）。さらに「会社」の待合室に掲げられた地図は、西欧列強の勢力図として、「虹の色」に塗り分けられている（一四五頁）。すなわち、〝探検〟がすすみ、虹の色が載せられることによって、アフリカは、「闇黒の場所」となる。本論の冒頭で検討したマーロウの〝基調演説〟も、同様の発想を示すものである（一四〇頁）。

コンラッドにとってのヨーロッパ―アフリカの関係は、したがって、あくまで征服者と被征服者の関係である。他者に征服者としてかかわる、そのかかわり方こそが、相手を闇と見させるのである。そして、その関係を作り出したのが征服者にほかならない以上、闇の根源は、むしろ征服者のうちにあると言ってもよい。すくなくとも、被征服者の側が闇でないことだけはたしかである。もしこのふたつの世界の出会いに、絶対的な光としての「文明」と闇としての「原始」という図式をかぶせるとしたら、それは明らかに、コンラッドの意図とずれた読み方である。

このことは、マーロウの周囲の自然についての描写をみるならば、いっそう明白となる。彼の見る自然は、ほぼ一貫して、「静寂（stillness）」、「沈黙（silence）」、「巨大さ（immensity）」、「神秘（mystery）」などの属性を備えている。それは、ときとして、「われわれを目にして、無力感と絶望のあまりに身もだえするよう（seemed to writhe at us in the extremity of an impotent despair）」（一五二頁）であり、またあるときはそれが「懇願しているのか、威嚇しているのか（an appeal or . . . a menace）」（一七一頁）わからぬ表情を見せたりする。

マーロウは、放火の嫌疑をかけられ暴行されたアフリカ人が、「音もたてずに、ふたたび荒野の胸に受け入れられた（一六七頁）のにたいし、欲に駆られたエルドラド探検隊は、まるで「海がダイバーを飲みこむ」ように荒野に飲み込まれ、ロバが全部死んだという以外には伝えられたことは何もないと告げる（一八二頁）。両者の運命についてのこのふたつの対照的な表現のうちに、マーロウの見る自然が、すでに彼自身の視線によって染められていることが、明確にしめされている。マーロウはそもそもの始めから――アフリカ西岸を航行中にすでに――「まるで自然自身が侵入者を寄せ付けまいとしているようだ」との感想を口にしているのである（一五二頁）。

先の引用の半ページまえの一節には、次のようにしるされている。

And this stillness of life did not in the least resemble a peace. It was the stillness of an implacable force brooding over an inscrutable intention. It looked at you with a vengeful aspect. (p. 183)

周囲の動植物のこうした静寂は、およそ平和とは似ても似つかぬものだった。推し量りがたい目的について沈思黙考している、宥める手だてとてない、ある力の静寂なのだ。それは、復讐心に満ちた顔つきで、こちらを見ているのだった。

先の引用箇所の「奥に隠された真実の神秘的な静寂（its [the inner truth's] mysterious stillness）」は、この一節の「宥めるてだてとてない、ある力の静寂（the stillness of an implacable force）」と重なると考えてよいであろう。すでに明らかなように、マーロウをふくむアフリカで活動するヨーロッパ人たちの周囲には、常に、沈黙したまじっと見つめている自然が存在する。みずからの仕事が、征服――「やみくも」（no method）の活動――であるため、彼らは、周囲の世界を知ることはない。そのために、彼らの見る自然は、「なにも語りかけず（dumb）」、「なにも聞こうとはしない（deaf）」（一七一頁）巨大な闇の相貌をまとうのである。それは、〃客観的に存在する〃アフリカの自然ではなく、征服者の視線が生み出した自然である。ここには、征服者と被征服者の関係が、屈折したかたちで投影されているといってよい。対他者関係と対自然関係は、そもそも、総体としての人間の営みのなかで、わかちがたくむすびついているのである。

征服という仕事に意識的であるマーロウは、したがって、周囲の凝視する視線を強烈に意識せざるをえない。なるほど、被征服者としての現実の他者は、征服者に凝視をあびせてくることはない。(8) しかしながら、というよりはむしろそれゆえに、同じ征服の対象である自然が、この他者にかわって、征服者マーロウを凝視しつづける――すくなくともマーロウは、征服という〃仕事〃のただなかで、そのような凝視する視線にさらされている自分を感じないではいられないのである。

Ｆ・Ｒ・リーヴィスが、コンラッドが、'inscrutable', 'inconceivable', 'unspeakable' などの曖昧な形容詞を

多用しすぎることを指摘したうえで、このような「形容詞による強調（adjectival insistence)」にたいして非難をくわえていることはよく知られている。さきの引用部分の第二センテンス（'It was the stillness of an implacable force . . . .'）を例に挙げて、彼は、「この類のセンテンスが、コンゴの息の詰まるような神秘の雰囲気の表現に、さらに何かを付加するというのか」と問うている(9)。

これにたいするひとつの答えとして、上のような文脈から、われわれは次のように言うことができるだろう。すなわち、マーロウは、コンラッドが、ヨーロッパ―アフリカ関係のヨーロッパがわの目撃者として造形した人物であり、そのような役回りからして、かれが対象としてのアフリカについて〝知りえない〟あるいは〝測り知ることができない〟のは、ある意味で当然といえる。彼は、いってみれば、アフリカについて無知でなければならないのである。〝征服者〟マーロウのこの必然的といってもよい無知を、そのままコンラッドその人の作家としての力量不足、または怠慢と結びつけるのは早計ではないだろうか。「形容詞による強調」は〝文章構成上の欠点〟ではなく、むしろ、征服という他者への関わり方にたいして、コンラッドが意識的に行なっているコメントなのである。

自分の考える仕事の価値を、コンゴ川遡航の船長としての仕事に見出せないことが、マーロウのクルツへの思い入れをますます深いものにする。それは、この遡航に、仕事以外の意味、しかも「巡礼たち」の目的――「あるものを手に入れられるある場所へ」（二八五頁）――とは異なる主観的な目的を与えることが、彼にとって、ぜひとも必要だからである。クルツと「話す」ことは、いまや、マーロウにとっての至上命題となるのである。

6 「観念」への幻滅と悪夢の選択

当初マーロウは、「なんらかの信念（moral ideas of some sort）」を携えてやって来た（一七八頁）、「仕事そのもの（his work for its own sake）」に熱心な男（一八〇頁）――それは所長をはじめとする植民地のヨーロッパ人とは反対のモデルとして想定された人物像である――という一方的な思い入れを、クルツに対して行なっていた。マーロウが、いつのまにかこれを捨て、「する」人間ではなく、「話す」人間としてクルツをイメージし始める理由が、眼前の世界における仕事への幻滅と関係していることは、疑問の余地がないところであろう。

　クルツが「して」いるのは、畢竟「ひどい森の中で象牙をあさる」（一九六頁）ことに過ぎない。しかしながら、マーロウにとって、クルツは、「声」「話す能力、ことば、表現する才能」（二〇三頁）の持ち主、「観念・思想」とそれを伝達する能力の所有者として、いわば「おとぎの城で魔法にかけられて眠る王女」（一九六頁）――究極の答えはそこにあたえられる――のような存在となる。

　クルツ自身がどんな人間であったかは、ここで改めて検討する必要はあるまい。あるアフリカ人グループで神とあがめられる存在となり、その権力と武力（銃）を用いて、周辺地域の象牙を略奪し尽くした挙句に瀕死の床に臥すことになった「雄弁な」クルツは、「富と名声」を追い求め、自己の卓越性の証明に憑かれながら、目前の死を拒絶するように、なおも「高貴にして高邁な」（二三七頁）弁舌を振るう亡者に過ぎない。マーロウは次のように言う。

> And I heard—him—it—this voice—other voices—all of them were so little more than voices—and the memory of that time itself lingers around me, impalpable, like a dying vibration of one immense jabber, silly, atrocious, sordid, savage, or simply mean, without any kind of sense. (p. 205)

そして僕は聞いた――彼が話すのを――と言うより、それを――あの声を聞いたんだ――ほかのたくさんの声も――どの声もみなただの声以上のものではなかった――この時期の記憶は、僕の周りに、まだ消えやらずに残っている。それはまるで、ひとつの巨大なおしゃべりの、消えゆく残響のようなものだ。それは、ばかげた、残忍な、浅ましい、野蛮な、またあるときはただ下劣な、なんの意味ももたない巨大なおしゃべりのようなものだ。

自己の能力を誇示するクルツの響き渡る声も、比類ない雄弁も、この世界の他の登場人物たちの声となんら異ならぬ「おしゃべり」である。同様に、「国際蛮習防止協会」の要請に応じてクルツが作成した、使命感にあふれたパンフレット（二〇八頁）――その目的は、マーロウの〝基調演説〟にいう、他者の征服という美しからざる行為の「埋め合わせをする」「観念」を提供することにある――も、「燃えるような高貴なことば」で書かれた、「熱狂」をさそう「美しい」「おしゃべり」にすぎない。

だがマーロウは、「奥地事業所（The Inner Station）」でのクルツの所業について、思いもよらぬ忌わしい諸事実を知らされたのちに、改めて彼のがわに身をおくことになる。それは、「悪夢の選択（a choice of nightmares）」（二二八頁）ということばに示されるように、消極的選択である。この世界におけるマーロウの選択は、いつも結果的に「悪夢の選択」となる。このときの彼は、しかし、はじめて意識しながら、それを行なったといえるだろう。

It is strange how I accepted this unforeseen partnership, this choice of nightmares forced upon me in the tenebrous land invaded by these mean and greedy phantoms. (p. 237)

こんな予想もしなかった相手と相棒になることを受け入れたというのはおかしなことだ。こんな下劣で貪欲な亡霊たちの侵入にさらされている闇黒の地で、僕に押しつけられた、この悪夢の選択肢を、僕が受け入れてしまったというのは。

コンラッドは、マーロウがなぜクルツという選択肢をとったのかを、マーロウ自身のことばとしてはっきり示すことはない。それどころか、「おかしな」、「押しつけられた」といった表現で、わけはわからないが、否応なく、という印象をあたえようとする。マーロウは、「自分の選択肢(my choice)」、「忠誠(loyalty)」といったことばを繰り返し用いているが、マーロウが評価し得る、クルツ自身のなんらかの美質について具体的に触れることはいっさいない。むしろ、のちにマーロウの記憶に強烈によみがえってくるのは、彼の「卑しむべき申し立て、卑しむべき威嚇、壮大なスケールの邪悪な欲望、低劣さ、苦悶、激越な魂の苦悩」(二四六頁)なのである。それでは、クルツはなぜマーロウの選択肢となったのであろうか。

その答えを求めるためのてがかりとなるのは、まず、マーロウ自身が、彼を選択することを意識した場面である。クルツを〝救出〟した後で、所長は、クルツの「不健全な方法」を非難する。同じ帝国主義の手先として、象牙にとり憑かれ、その獲得に駆りたてられる存在として、所長とクルツに異なるところはない。だが、一方が他方を切り捨て、葬り去ろうとするとき、マーロウはそれに同調することを断固として拒絶する(二二七―八頁)。

この局面は、じつは、もっぱらマーロウ―クルツ関係を軸とするかに見えるこの物語の、もうひとつの隠されたプロット――所長がクルツの失脚を謀る策略――の重要な場面ともなっている。会社=ヨーロッパによって承認される範囲(そのうちであれば、いわば「健全な方法」として許容されるというわけである)で、卑劣な策を弄しながらも、「体裁（appearance）」（一九六頁）をたもち、自己の保身を図る、どこまでも「凡庸な（common；commonplace）」（一六三―四頁）所長が、「非凡な（remarkable）」ライバル、クルツを蹴落とすというもうひとつのプロットが、この物語のうちに見出されるのである。

マーロウの「選択」をこの構図のなかで考えるなら、先に提出した問いに対して、ひとつの答えがあたえられることになる。凡庸さゆえに、帝国主義の蔭で生き延び、帝国主義を支えつづける所長に対して、非凡さをもって、帝国主義の貪欲も欺瞞も極限まで生きたのがクルツなのである。クルツは、いうなれば、滅びるべくして滅んだのである。マーロウが、かれにある種の共感をおぼえるのは、このためにほかならない。

言うまでもないことであるが、コンラッドがクルツに演じさせるのは、隣人の目や法律の届かぬところで、文明人としての誇りを忘れ、〝見栄も外聞もなく〟堕落してしまった特殊な、しかしこの当時にはとくにめずらしくもない個人、という役割ではない。また、ただ「やり方が不健全」な征服者なのでもない。〝蛮人〟たちの神となるという、途方もない行為と思われるものは、じつは、征服者たるヨーロッパのアフリカにかかわる姿勢を、極限にまで押し進めたものにほかならない。「会社の事業所」における強制労働へのアフリカ人の徴用は、彼らに「犯罪者」というカテゴリーを押し付けることで正当化されていた。「彼らが背いたとされる法なるものは、炸裂する砲弾と同じく、彼らに降りかかってきたのだった。それは、いってみれば、彼らにとって、海から訪れた解きがたい謎であった（［The］outraged law, like the bursting shells, had come to them, an insoluble mystery from the sea.）」（一五四頁）という記述をみて、旧約聖書の神を連想するというのは、さほど不自然なことではないだろう。また、コンゴの創設者、所有者、絶対君主を自認したベルギー国王レオポルドII世にクルツを重ねあわせることも、われわれの考察に大きな示唆をあたえてくれるにちがいない。(10)

パンフレットの冒頭のパラグラフでクルツが明確に述べているように、ヨーロッパ文明は、そのバックボーンともいうべき人間平等の原理を、アフリカを相手にするときには、当然のことのように捨て去る。(じっさいこのパンフレットは、ヨーロッパ社会のうちに、おそらくごくすんなり流れ込んでいくことになる(二四四頁)。ヨーロッパにとっての関心は、自己の利益の実現のみであり、そのために、相手を自己に従属させることだけである。ヨーロッパの歓心を買おうとして、帝国主義の基盤にあるこの〝哲学〟を、その完全な形態にまで押し進めていったのが、ほかならぬクルツである。マーロウが、クルツには「節度(restraint)」がなかったと評するのは、まさにこのことを指してなのである。

マーロウは、「しかるべき筋に報告する」(二二八頁)という所長の言に激しく反発する。それは、そのことが、所長の卑劣な策略を完成させる一階梯となると感じたからである。さらに、そのとき彼は、おそらく、「許された野心の範囲」を踏み越えた(二三四頁)存在が、ヨーロッパによって切り捨てられるということを予期していたにちがいない。ヨーロッパは、クルツの存在を、自分にふさわしくないものとして葬り去るであろう――のちに所長たちが、クルツの肉体を「泥の穴のなかに埋めた」(二四〇頁)のと同じように。

このような推測に至りついたとき、クルツが、否、クルツの経験が、マーロウの悪夢の選択肢となった。すなわち、このとき彼は、クルツ的経験の真正の目撃者たらん――クルツに「忠実」であろう――と決意したと考えられるのである。

物語の前置きで、植民地主義の正体は「略奪」にほかならない、とマーロウは述べた。そして、その醜さの「救い」、「埋め合わせ」となるものとして、彼が口にしたふたつのことば――「仕事を成し遂げること(efficiency)」と「観念・思想(an idea)」――を手がかりに、彼の物語の検討を行なったわれわれは、じつは、これらが「救い」や「埋め合わせ」としての役割を果たすことがないということを知らされる。むしろ、マーロウの語りが描き出すのは、この両者が峻拒される世界であるといってよい。アフリカでの自らの行為になんらかの意味を見出そうと奮闘を重ねたマーロウの手に残されたのは、この世界におけるヨーロッパ人の行為のエッセンスともいうべきクルツ的経験であったといえる。

さて、クルツがクルツ的経験を最後まで生き抜いた——すなわち心身ともに破滅に至る——のに対し、マーロウは生還する。そしてそれは、クルツの経験の伝達者としてである。彼にとって、クルツ体験は、その伝達をもって完成するとみることができるだろう。この作品の大きなテーマのひとつは、したがって、ことばの問題である。このことを確認するためにも、ここで章を改め、ことばを仲立ちとする、クルツ的経験の伝達というテーマをとりあげることにしたい。

二　アフリカ経験の伝達

1　ことばによる経験の伝達

物語のうちで、マーロウは、聞き手に自分の経験を伝達する可能性について、何度か懐疑のことばを口にしている。

> This simply because I had a notion it somehow would be of help to that Kurtz whom at the time I did not see—you understand. He was just a word for me. I did not see the man in the name any more than you do. Do you see him? Do you see the story? Do you see anything? It seems to me I am trying to tell you a dream—making a vain attempt, because no relation of a dream can convey the dream-sensation . . . . (p. 172)

相手がそう思いこむのに任せたのも、それが、あのクルツにとって、なにかの助けになるのではと僕が思ったというだけのことなんだ。クルツの姿を、あのときには、僕はまだ目の前に見てはいなかったのだ……いいかね。僕にとっては、クルツはただのことばにすぎなかった。クルツという名の男が、いま君たちに見えないのと同じに、僕の眼にも、あのとき彼は見えていなかった。君たちにはあの男が見えるかい？　この話が見えるかい？　そもそもなにかが見えているかい？　僕は君たちに、まるで夢の話をしようとしているような気がする……それは所詮無理な話だ。夢のことを語ったところで、夢のなかの感じを伝えることはできないんだからね。

ここで表明されているのは、「見る」ことの直接性に対比した場合の、「ことば」の喚起力・伝達力の弱さへの懸念である。語りという様式は、具体的な人間を物語りのつむぎ手として設定することで、「見る」ことがもつ力を、補助的な手段として動員することを意図するものといえるだろう（マーロウは言う。「むろんこのことに関しては、あのときの僕に比べれば、君たちのほうがもっとよく見える（see）のだ。君たちには僕が見える。君たちがよく知っている僕がね。」（一七三頁））。

しかし、マーロウという語り手を据えておきながら、コンラッドは、夜の闇のなかに彼を隠してしまう。聞き手は、彼の姿を見ることはできず、彼はただの「声」となる。マーロウが語るのは、「人間の口を借りる」ことなく、いうなれば闇のなかにおのずと「形作られていく」かに思われる物語である。

語りの現場を夜の闇に包みこむことで、コンラッドは、聞き手を物語りの世界へと引き入れる。そしてそのことによって、同時に彼は、あたかも、肉体を持つ存在にはいっさい依存せず、ただことばだけを介して伝達を行なうことを宣言しているかに思われるのである。

ことばによる伝達というテーマを、コンラッドが、きわめて直接的に扱うのは、いうまでもなく、クルツの最期のことばをめぐるエピソードにおいてである。「クルツをめざす」マーロウの旅は、クルツの臨終でひとつの終着へといたりついたといえよう。死に際した人間のことばのうちに、なんらかの真実を見てとろうとするのは、世の常であるといってよい。

しかしながら、その場面でもたらされることばとして、'The horror! The horror!'は、当惑するほど、あっけなく、しかも、つかみ所がない。これ以外の意味のない「おしゃべり」とは明確に異なるものとして、たった一言与えられるそのことばは、それ自体としてはいかような解釈でも許容しうる曖昧なものである。

そのことばについてのマーロウのたたみかけるような〝解説〟は、ステレオタイプ化された悲劇の主人公の最期を連想させる。この〝解説〟を耳にしても、われわれは、けっして腑に落ちたという実感をもつことができない。このことばの内容について、ひとが死ぬときに口にすることばとしては「暗すぎる」（二五二頁）ひとことという以外には、およそ解釈の一致を期待できないといっても言い過ぎではないだろう。マーロウにとっては、しかしながら、このことばのもつ意味は、その内容とは別のところにある。すなわち彼は、クルツが、その最期にことばを発したこと自体を、「非凡（remarkable）」と評する（二四一頁）のである。

「非凡」ということば――賞賛の表現と言うには、あまりに脱色されている――に、われわれは、マーロウのある思いを見てとることができるだろう。帝国主義の手先として、征服という行為を極限まで生きるというクルツ的な体験を経たあとでは、凡百の人間には、死に際に口にすることばなどないに違いないというのが、マーロウの確信なのである。

病気に陥り、最後の一歩を踏み出す間際でかろうじて生還したマーロウは、次のように言う。

[And] I found with humiliation that probably I would have nothing to say. This is the reason why I affirm that

Kurtz was a remarkable man. He had something to say. He said it. (p. 241)

恥ずかしいことだが、僕は思ったんだ。自分であれば、おそらく言うべきことはなにもないだろうと。だからこそ、僕は、クルツが非凡な人間だと断言するのだ。彼には口にすべきことがあった。そして、じっさいに、それを口にしたのだ。

自らの死との闘いの過程で、クルツ的経験を追体験した（'It is his extremity that I seem to have lived through.'）のちに、この経験の決算（'the last opportunity for pronouncement'）を迫られたのがクルツその人ではなく、かりに自分であったとしたら、最期のことばは「なにもない」か「ぞんざいな侮蔑のことば（a word of careless contempt）」ではなかったのかとマーロウは言う（二四一頁）。

じっさい、ブリュッセルへ戻った直後のマーロウは、他人にたいする軽蔑と嫌悪の感情に、どうしようもなくとらえられる（二四二頁）。マーロウにとって、彼らは「自分の心のなかに遠慮会釈なく入り込んでくる（trespassed upon my thoughts）」「侵入者（intruders）」であり、彼らが生について知っていることなど、「こちらの神経を逆なでするようなインチキ（an irritating pretence）」にすぎない。マーロウが見聞してきた陰惨な現実など夢にも知ることなく、「完璧な身の安全を信じきって（in the assurance of perfect safety）」暮らすさまは、「自分の理解を超えた危険」がわが身に迫っていることなど関知することなく、わざわざ愚行を重ねているように思われ、彼にとっては「不快極まりない（offensive）」と感じられるのである。

この一節から読み取ることができるのは、征服者としての極限的な経験に由来する、強烈な人間不信である。自分の生を「総括し、判定をくだす（'He had summed up—he had judged.'）」（二四一頁）ことばを、もはやもてないということへのマーロウのこだわりは、人間にたいする信頼の喪失への恐怖とふかくかかわっている。言うまでもなく、ことばは、それ自身のうちに他者——それが、眼前の生身の他者であるか否かにかかわりなく——への志向性を内在させている。したがって、ことばを発するということ自体が、他者とのつながりへの希求の表明である。'The horror!' の内容がなにを意味するものであるにせよ——恐怖、嫌悪、告発、断罪、絶望あるいは欲望といった考えうるかぎりの情念のいずれであるにしても——マーロウにとって、それが他者を前提とし、ある意味で他者への信頼の表明であるという点で、自分が仮想する自らの最期のことばよりは「ずっとまし」('Better his cry—much better.')なのである。[11]

そこでの経験が、「総括」と「判定」を迫られたとき、ひとからことばそのものを奪い取るほどに、人間相互のつながりを断ち切ってしまうような世界があるとすれば、マーロウのくぐりぬけたアフリカが、まさにそれであった。そして、「まし(better)」ということばが意味しているのは、この価値判断もまた、そのような世界においてマーロウが一貫して強いられてきた「悪夢の選択」のひとつだということである。

2　ことばを受け取る

さて、ことばで経験を伝達するというテーマには、その後段がある。それは、ことばの受け手にかかわる問題である。これについて考えるために、まずは、マーロウと聞き手たちの語りの場を考えてみよう。

この語りの場は、けっして、マーロウの物語を歓迎して受け入れてくれる場ではあるまい。現に、聞き手のひとりがドミノ牌を持ち出しているところからして、少なくともだれもが最初から物語の聞き手になるつもりだったわけではないことは確かである(一三六頁)。また第一話者である「わたし」の、「われわれは、潮の変わり目まで、例によって結論のないマーロウの経験談（one of Marlow's inconclusive experiences）を聞かされる羽目になった（fated）と覚悟した」（一四一頁）との言も、一同が、物語を乗り気で聞き始めたのではないことを暗示しているだろう。

さらに、「わたし」の言うところでは、聞き手の一般的な興味は、出来事そのものにあるのに、マーロウが考える話の眼目は、出来事が自分にあたえた影響にある（一四一頁）。つまり、マーロウの物語は、単純で珍しい話やわくわくする冒険譚を期待する、聞き手の一般的な興味に合致しないのである。[12]

そして、語りの場において、聞き手としての役割を一貫して担っているのは、われわれに知らされているところでは、「わたし」だけである。「わたし」が、「この話がこころのうちに生じさせるかすかな不安への手がかり」となるような「文を、ことばを」求めて耳をすませていること（一七三頁）以外には、他の聞き手の様子について、ほとんどなんの情報もあたえられることはないのである。じっさい、われわれが「わたし」以外の聞き手の存在を意識するのは、「失礼なことを言うなよ、マーロウ」（一八四頁）あるいは「ばかげてるよ」（二〇四頁）といった当惑のことばが、マーロウの語りを一瞬途切れさせる場合に限られている。

このような応対にたいして、マーロウは、次のような逆襲を行なう。

You can't understand. How could you?—with solid pavement under your feet, surrounded by kind neighbours ready to cheer you or to fall on you, stepping delicately between the butcher and the policeman, in the holy terror of scandal and gallows and lunatic asylums . . . . (p. 206)

君たちにはわからない。わかるはずがないんだ――君たちは、足のしたに硬い舗道を踏みしめているし、いつでも、君たちを元気づけ、あるいは、君たちを非難し咎めだてようと待ち構えている親切な隣人たちに囲まれている。噂話と絞首台と精神病院にたいする聖なる恐怖心に駆られ、君たちは、細心の注意を払って、肉屋と警官のあいだを通りぬけて歩いているわけだからね。そんな君たちには、わかるはずがないことさ。

聞き手が彼のことばに戸惑いを覚えるとするなら、その原因は、マーロウのことばにあるというより、むしろ聞き手の側にある。聞き手は、自らの見聞する世界、自らの立場、自らの発想の基盤がきわめて限局されているにもかかわらず、それを超え出て、彼の経験を理解しようとしない。マーロウもまた、このことになかば気づいている。彼は聞き手の態度をからかい、それに苛立つのである。

とは言うものの、これらの聞き手の〝異議申し立て〟が、マーロウの語りの意欲を阻害することはけっしてない。「君たちにはわかるはずがない」と決めつけながらも、聞き手の言をとらえて、まるでそここそが要諦なのだとでも言うように、彼の語りは、むしろますます勢いづいて進行していくのである。

彼らが、物語の聞き手としてどの程度理想的であったかは別として、このような聞き手たちを得て、結局のところ、マーロウの語りは完結することになる。以下では、節をあらためて、語りを受けいれるという点で、彼らとは対照的といっていい聞き手の登場するエピソードを取り上げることにしよう。ことばによる経験の伝達というテーマに光を当てるこのエピソードが、征服というテーマとどのような関係があるのかを検討することが、次の課題である。

3　クルツの「婚約者」との面会

ブリュッセルでは、クルツの関係者が、その立場に応じて、それぞれふさわしいクルツの断片――「会社」は大量の象牙と「中央出張所」の所長の報告書、クルツのいとこは何通かの私信、そしてジャーナリストは「国際蛮習防止会」のための報告書――を手に入れる。そしてクルツの「婚約者」と面会したマーロウは、その深い悲しみに接して、クルツの悲惨な最期を告げるにしのびず、〝美しい嘘〟をつくのである。

よく行なわれるように、ここに、コンラッドの女性に対する庇護者的な態度を読みとって、彼を非難することもできるだろう。だが、クルツの「婚約者」という立場を表示する〝肩書き〟のみで登場するこの女性は、真実に直面するにはか弱すぎる、男性の騎士的な庇護を必要とするような人物として描かれてはいない。物語を締めくくるセンチメンタルなエピソードという以上の意味を、コンラッドはこの場面にこめていると考えられる[13]。

彼女の写真から、話に耳を傾けてくれる女性だろうとの期待を抱きながら（'She seemed ready to listen without mental reservation.'）（二四五頁）、マーロウはクルツの「婚約者」をその邸宅に訪ねる。ところが案に相違して、この清らかな女性は、マーロウに話をさせようとしない。クルツの徳と有能さを確信する彼女がマーロウに求めるのは、ただ、この確信に同意することでしかない。

物語の結末として、読者の期待を大いに集めてしかるべきこの場面（二四六―二五二頁）では、しかし、どこまでもちぐはぐなことばの交換が展開されていく。ここは、そういった意味では、読者の期待が全面的に裏切られる場面である。

'And you admired him,' she said. 'It was impossible to know him and not to admire him. Was it?'

'He was a remarkable man,' I said, unsteadily. Then before the appealing fixity of her gaze, that seemed to watch for more words on my lips, I went on, 'It was impossible not to—'

'Love him,' she finished eagerly, silencing me into an appalled dumbness. 'How true! How true! But when you think that no one knew him so well as I! I had all his noble confidence. I knew him best.' (p. 248)

「すばらしいかただとお思いになられたでしょう。あのかたとお知り合いになれば、そう思わずにはいられませんもの。そうでしょう?」と彼女は言った。

「驚くべきひとでした。」動揺しながら、僕は言った。しかし、彼女が訴えるような視線を僕にじっと向けているのに気づき、その様子は、僕がもっとなにかを話すのではないかと待ち構えているように思われたので、こうことばを続けた。「当然あのひとを……」

「愛したとおっしゃるのでしょう。」彼女は、熱意をこめてそう結んだ。驚きのあまり、僕はことばを失った。「おっしゃるとおりですわ。おっしゃるとおりですわ。でも、あのかたのことをいちばんよく存じていたのは、私なんですの。あのかたの気高い信頼を、私がひとり占めにしていましたの。私こそ、あのかたをもっともよく存じ上げていたのです。」

彼がそこで耳にするのは、彼がかつて「本来のクルツ」と呼んだ「魂が狂って」しまう以前のクルツのことばの、いうなれば残響である。

マーロウにははっきりと見えるクルツの姿(幻影)を、「婚約者」は見ようとはしない。マーロウには、まるで周囲の夕闇が、クルツの最期のことばをささやきつづけているかに思われるが、「婚約者」は、それに耳をかたむけようとはしないのである。マーロウは、終始、彼女から指定されたことばを口にできるに過ぎない。クルツの最期のことばを教えてくれるように懇願しながら、彼女は、じつはそれを聞くことを頑強に拒絶する。彼に許されるのは、彼女が〝あらかじめ知っていた〟('I knew it—I was sure.')(二五二頁)ことばを発する――かれが何よりも忌み嫌っていた嘘を言う――ことで、彼女の幻想を強化することだけである。この面会ののち、マーロウは、ついには、自分がなにを言おうが、そんなことは結局「些細なこと」にすぎないという思いに至りつくのである。

富裕階級の女性である「婚約者」は、日常の生活においては、〝闇黒と戦う〟現場――すなわち征服者の活動の前線――から最も遠い場所にいる。しかし、(「会社」の医者の表現を借りるなら)自国が広大な属領を所有することで手にする利益のうちの彼女の「取り分(share)」(一四八頁)が、けっして小さくないことは言うまでもない。さらに言えば、彼女をひとつの理想とするヨーロッパの要請が、クルツをアフリカに赴かせたのである。その目的は、ヨーロッパ文明を支え、それからの賞賛をうることにほかならない。

現実の他者を知ることを拒絶したうえで、自分の望むものをその他者に投影し、しかも自分の見方を強化・正当化するために、自分の周囲のすべてを強硬に支配・制御しようとする彼女こそ、アフリカにたいするヨーロッパそのものであると言うべきであろう。

他人にたいして、つねに一方的なしゃべりを浴びせかけたクルツの「婚約者」にふさわしく、彼女は、マーロウが意図していた「真実」の伝達を断固として封殺する。こうしてみれば、彼女もまた、まぎれもなく、「節度」を知らぬ「過激派(an extreme party)」(二四四頁)の一員である。そして、クルツの死をこころから嘆く彼女の部屋に、「黒く磨きこまれた石棺のように、平らな表面が暗い輝きを放っている」おおきなグランドピアノ――その鍵盤には象牙が貼られているにちがいない――を配置したのは、コンラッドの皮肉以外のなにものでもないだろう。

「人生のどの時期についてであれ、生きるなかで自分が感じたことをそのままに伝えるのは不可能だ」(一七二頁）とマーロウは言う。このことばは、それ自体としては、ありふれたことがらを言い表わしているにすぎない。しかしながら、クルツの「婚約者」とマーロウのやりとりのうちでは、このことばが、まったく異なる様相をおびることになる。

「婚約者」の部屋での出来事がおしえてくれるのは、ことばが伝わらないのだとしたら、それは、そこに、見まいとする意志があるからであり、相手に自分が欲することを言わせようとする傲慢さがあるからだということである。さらに、この経験は、ひたむきであることと悪徳は同居し得ることも、われわれにおしえているのである。

このことは、征服者の活動の本質に起因する。征服者は、自己のもろもろの欲望を充足するために、他者をみずからに従属させる。それは、いうまでもなく、まずは物質的な欲望を満たすために行なわれる。しかしそれだけではない。ことばや言説の次元でも――自らのふるまいを正当化するために――征服者は、同じことを実行するのである。

征服者が、肥大化した自己の行為を正当化しようとするときに、唐突に「犯罪者」や「敵」を――レイベリングによって――作り出したり、「燃えるような高貴なことば」を身にまとったりすること、あるいは、見ることもきくことも拒絶して、相手に「嘘」をつくことを要求したりすることは、ごく自然な成り行きだということを、マーロウの物語の全体が、われわれに見せようとしている。象牙の貼られたグランドピアノのかたわらでの「婚約者」のふるまいのうちに、われわれは、クルツをはじめとする征服者たちの行状と同じ構図をみてとることができるだろう。ブリュッセル――ヨーロッパ――とアフリカが遠く離れているというのは、たんなる地理上のことがらでしかないのである。

おわりに

アフリカにおけるクルツの運命が語るのは、もし征服者としての経験を、その最終段階まで生きぬくなら、ひとは、破滅を免れることはできないということである。とすれば、この事実を伝えるために、闇の世界からの声の代理人ともいうべき役割を担う人物が必要である。これがマーロウであることは言うまでもない。彼は、使命を負った生還者なのである。自分であれば、ことばを失ったかもしれないことを意識しながら、マーロウがアフリカでの究極の経験を、ことばによって伝えようと試みずにはいられないのは、このためである。

その面会になにを期待しているのか、明確に自覚しないままに、クルツの最後の断片を手放すべく、マーロウは、クルツの「婚約者」に会いに出向いていく（二四五頁）。彼がそうするのは、最期の叫びに集約されるクルツ的経験を伝達する者というこの役割を演じ終えることでのみ、自分のアフリカの悪夢は調伏されると感ずるからである。

しかし、クルツ的経験の共有は、「水晶の崖のように純粋な魂」（二四二頁）から響いてくる圧倒的なことばによって拒絶され、果たされることなく終わる。むしろ、この経験の伝達が途切れること自体が、クルツ的経験の、ある意味で必然的な一部であるというべきかもしれない。多くのクルツたちの経験の孤立化——そのことによる秘匿——は、植民地主義が、その延命のために要請するところだからである。

ネリー号上でのマーロウの語りは、したがって、彼にとって、再戦の機会ということになる。婚約者の部屋とこの小型帆船のデッキは、語りの場として、見かけほど異なるわけではない。たとえば、仲間の一人の手には、（グランドピアノの代わりに）ドミノ牌（牌は、文中で‘bones’ともよばれ、当時はしばしば象牙で作られた）[14]があることは先に触れたとおりである。

ここでの語りの首尾については、しかしながら、結局いったいだれが聞き手だったのかを含めて、われわれは多くを知らされることはない。この経験の受容——それが「婚約者」の場合にたいして、ひとつのオルターナティヴをなすことができたのか——について、われわれは、最後の短い一パラグラフによって想像するほかはない。コンラッドにとって、これは、閉じられてはならない物語だったのである。

（1） Chinua Achebe, 'An Image of Africa : Racism in Conrad's *Heart of Darkness*', *The Massachusetts Review*, Vol. 18, No. 4, Winter 1977.

（2） テクストはWorld's Classics版（'*Heart of Darkness' and Other Tales*, ed. Cedric Watts, Oxford, 1990）を用いた。ページ数は、すべてこの版のものである。

（3） Ian Watt, *Conrad in the Nineteenth Century*, University of California Press, 1979, p. 157.

（4） もっとも、当時とくにコンゴで行われている「残虐行為」を非難するキャンペーンは盛んで、コンラッドもこれにある程度のシンパシーを抱いていた。たとえば、前掲書（一六〇頁）を参照。

（5） 物語では、この違和感は、ブリュッセルの街への到着直後からマーロウを捕らえ始める。N・シェリーは、コンラッドが自分の体験に変更を加えながらマーロウを造形していく際の、変更のひとつの意図について、次のように述べている。'[Marlow] is sceptical from the first. . . . Conrad is taking his revenge upon his own gullibility. . . .' (Norman Sherry, *Conrad's Western World*, Cambridge University Press, 1971, p. 346).

（6） 'I came upon a boiler wallowing in the grass, then found a path leading up the hill. It turned aside for the boulders, and also for an undersized railway-truck lying there on its back with its wheels in the air. One was off. The thing looked as dead as the carcass of some animal.' (p. 153)

(7) 'I went to work the next day, *turning*, so to speak, *my back on that station*. In that way only it seemed to me I could keep my hold on the redeeming facts of life.' (p. 165. イタリクス引用者)/'It was a great comfort *to turn from that chap to my influential friend*, the battered, twisted, ruined, tin-pot steamboat.' (p. 175. イタリクス引用者。'that chap' は所長のスパイ的人物。マーロウの仕事の対象であり、パートナーである船を、一度はおそらくは故意に沈めたのも、修理に必要なリベットの発注をわざと遅れさせたのも所長である。所長は、クルツの敵対者であると同時に、マーロウ自身の「仕事」の敵対者でもある。)

(8) 物語のうちで、被征服者としての現実の他者の視線がマーロウに向けられる、数少ない叙述のひとつが、舵手を務めたアフリカ人の死の場面に見出される（二〇一—三頁）。クルツの救出は、この舵手の生命を代価とするに値しないというのが、マーロウの認識である（二〇九頁）。

(9) F. R. Leavis, *The Great Tradition*, Penguin, 1972 (1948), p. 204.

(10) Anthony Fothergill, *Heart of Darkness*, Open University Press, 1989, p. 39.

(11) マーロウ自身が 'confidence' ということばを用いている（二〇七頁）。

(12) '[The public] cares for stories . . . .' (Conrad to David Meldrum, 19 May 1900, in *Collected Letters*, Vol. 2, 1898-1902, (Cambridge University Press, 1986, p. 271).

(13) '. . . the last pages of Heart of Darkness where the interview of the man and the girl locks in—as it were—the whole 30000 words of narrative description into one suggestive view of a whole phase of life and makes of that story something quite on another plane than an anecdote of a man who went mad in the Centre of Africa.' (Conrad to William Blackwood, 31 May 1902, in *Collected Letters*, Vol. 2, p. 417)

(14) World's Classics 版の Explanatory Notes (p. 263) を参照。

第二部　サヴォイ・オペラ

ヴィクトリア朝後期の演劇の中のギルバート

塚野千晶

演劇は急激な変化をするものではない。ある時代の演劇がその前の時代とは大きく異なる特質を示すことはもちろんあるが、その場合においても前の時代のもっていた要素のすべてが消えてしまったわけではない。たしかに偉大な作家の登場が演劇の流れを変えたように見せることはしばしばある。しかし、そのような作家でも前の時代の演劇を育てた土壌から養分を得て育ってきたことに変わりはない。一九世紀末の、演劇と音楽好きの人々を楽しませたギルバートとサリヴァンのオペラも例外ではない。

一八世紀の英国の演劇の特徴は、感傷と教訓に支配され、一つの作品に喜劇的要素と悲劇的にもなりうる深刻な要素が混合していたと言われている。(1) 一九世紀に入ってからもこれらの特徴が一掃されることはなかった。名前は喜劇とつけられていても、相変わらず喜劇的要素の中に感傷的な道徳や、お涙頂戴の悲劇的場面が盛り込まれた作品が好まれた。劇場の規模や観客層の変化により当然少しずつ変わっていったものの、観客の側から見れば、笑ったり、泣いたり、憤慨したり、真面目になったりできる一夜の手軽な娯楽を求めに劇場に出かける態度は前時代と同じだった。ただし、貴族や芝居通が劇場から遠のき、代ってあまり生活にゆとりのない中産階級が大部分の座席を占めるようになった一九世紀の演劇においては、芝居の中に求められる教訓も、笑いの種も、共感をもたらす悲哀も変質した。教育、教養、趣味、さらに価値観が異なる観客を以前と同じ材料で楽しませることは難しい。教養に欠ける観客には理解できない古典への言及や、頭の速い回転を要するような微妙な言いまわしや諷刺は減少し、見ただけでわかる異様な服装や動作を使って笑わせる作品が増えた。自分たちと異なる文化的背景も笑いの元となりえた。たとえば、ロンドンの観客にとってアイルランドの田舎者はその代表であった。ただ、これは一九世紀に生まれた特質ではない。シェイクスピアの作品においても、田舎の言葉や風習は笑いの対照としてとりいれられていたし、(2)王政復古時代の芝居においても、一八世紀後半のシェリダンやゴールドスミスの作品においても、方言や都会の洗練に欠ける地方の人々の言動や服装が笑いの手段として用いられている。(3)喜劇は、異質のものを笑い飛ばし、仲間意識と優越感を高める要素を本来含んでいる。一九世紀においてはこの手法が、より手軽であからさまに使用されるようになっただけである。主人公となるのは、観客に近い中産階級の人物であり、ルネサンスや王政復古時代の演劇で中心となって活躍した王侯・貴族階級は概して悪役に回った。貴族の横暴や非情が善良な中産階級や労働者たちを苦しめ、悲劇的状況を作り出すという筋が幅を利かせ、最後には善が悪を駆逐した。登場人物に自分を重ねてはらはらしたり、同情の涙を流して満足した観客が劇場から送り出された。

ギルバートはサリヴァンと組んだオペラの脚本家として注目されることが殆どだが、若い頃から演劇に興味をもち、音楽を伴わない喜劇作品も書いている劇作家である。それらの作品には当然オペラの脚本と似た特徴が見られるが、同時に英国喜劇の伝統を継承していると思わせる部分も多い。一九世紀の人気喜劇との類似点も指摘できる。登場人物の類型的な設定や安易な偶然の利用、人物の心理面の洞察や哲学的思考の欠如などに共通点が見られる。また奇想天外な筋の運び、絵のように華やかな舞台設定はメロドラマの影響と言える。

ギルバートの場合、喜劇の伝統に英国的な喜劇精神あるいはナンセンス礼讃を加えたい。彼の笑いの本質にはナースリー・ライムズやルイス・キャロルの『アリス』と共通するものがある。現実と非現実の奇妙な混在、突飛な残酷性、遊びの心に溢れている筋立てなどがその例として挙げられる。かなり奇抜な話であっても英国人にとっては、子供の時から馴染んだ世界が展開されるのだから、あまり違和感なく受け入れられたのかもしれない。さらに、ヴィクトリア朝人にしばしば見られる保守的な人間観、女性観や、強かな打算も感じられる。それがときには英国人の帝国主義的驕りとも重なる。通俗的な処世術といったものも見られる。

ギルバートは子供の頃から戯画風のスケッチを得意としていた。[4] 諷刺雑誌『ファン』に挿絵入の「バブ・バラッド」を掲載するチャンスを得たことが、彼を作家の道へ導いたと言ってもいいだろう。パンチの効いた諷刺と少々グロテスクではあるが、趣のある挿絵で人気を博した。サヴォイ・オペラの脚本にもギルバート自身の挿絵が挿入してあって、それを見ると彼が登場人物にどのようなイメージを抱いていたかを知る参考になる。諷刺画家としての才能は、作家としての特質に影響を与えている。ギルバートの作品中の人物や彼らが作り出す状況は戯画を連想させる。視覚的な印象が鮮やかでしかも即効性なのである。それだけに平板的であるのも否定できない。視覚的な効果は上演されたときに観客を楽しませる力をもつので、観客動員数を増加させた。そのおかげで彼は、オペラや喜劇の作者として莫大な富を稼ぎ出した。これには、もちろん興行師ドイリー・カートの功績が大きいことは忘れられないが、作家活動がお金になる仕事であると示した点でも後から登場するワイルドなどの劇作家に影響があったと考えていいだろう。

サヴォイ・オペラはギルバートの脚本とサリヴァンの音楽が一緒になってこそ人気を博したのであろうが、私はこの小論においては敢えて言葉にだけ焦点を当てることにした。ギルバートとサリヴァンの仲は合作の回数を重ねるに従ってうまくいかなくなった。生まれ育った環境も性格も、さらに生活態度もこの二人はかなり異なっていたので、当然作品についての考え方にもずれがあった。その中でも一番問題になったのは作品の制作にあたってどちらを優先するかであった。ギルバートが先ず脚本を書き、それにサリヴァンが曲をつけるという形で二人の合作は始まった。どのようなテーマを扱うかは二人の間で事前に話し合われたが、そのテーマをどう発展していくかは大体ギルバートに任されていたようだ。しかし、サリヴァンにとって、ギルバートの考えがあまりにも途方もなく思え、理解しにくいこともしばしばだったらしい。ギルバートの書いた歌詞に対して曲のイメージが湧かないと文句を伝える手紙も残っている。やがてギルバートとは一緒に仕事をできないと言い出すようにまでいたった。しばらく合作が途絶える時期がある。ではあるが、二人ともお互い以上の共同制作者は簡単にはみつからなかった。共同作業を再開したときには、ギルバートも以前よりは気を遣うようになって、サリヴァンに遠慮なく書き直しを命じるように申し出ている。とはいっても、ギルバートにとっては、言葉は非常に重要であった。サリヴァンにもそのことを繰り返し訴えているし、また出演者に一つ一つの言葉を大切にはっきり発音するよう執拗に指導をしている。彼にとっては観客が台詞の面白さを聞き取ることが重要であったのだ。台詞は登場人物の置かれている状況を説明するものでもあるが、それ以上にその中に盛り込まれたギルバートのメッセイジに注目してほしかったと思われる。それらはそれ以前の喜劇やメロドラマの中の台詞よりも気がきいていて、時事問題の批判を含めた諷刺が主体となっている。これらを賞味するには大衆の集まる劇場の場合よりは観客の知識、教養も必要とされたであろう。一九世紀後半になって、劇場に戻ってきた以前よりは少し高い階層の観客の要望に応える演劇の一つの形がギルバートの喜劇だったといったらいいすぎであろうか。筋とは別に台詞そのものに面白味がある。この点があとで述べるワイルドの喜劇につながると私は考える。

先ず、ギルバートの諷刺に対する姿勢から考えてみよう。それには、『ロンドン塔衛士』に登場する道化ポイントの台詞が参考になる。この人物にはギルバート自身の面影が見られるからである。

まったくでさあ、旦那、わたしはたしかに相当な知恵はもち合わせておりますよ。即興で韻を踏んでご覧に入れますし、警句や謎謎でおなかの皮をよじらせてあげます。わたしの舌先には軽やかな人生観が踊ってるんでさ。陽気にも、賢くも、風変わりにも、陰気にも、軽蔑的にも次から次へと変わって見せます。お望みとあらば、これら全部を一遍にお見せしてもいいですよ。逸話だってちょっとしたものです。冗談なら何でもござれ、古典でも、現代でもお任せあれ。過去形、現在形、未来形もお任せを。夜明けから日の入りまで、謎かけの御用承ります。それでもご不満とおっしゃれば、夜遅くも、夜中も商売を続けましょう。(5)

というポイントのセールスポイントはそのまま、ギルバートのものと言えないだろうか。さらにポイントは歌で続ける。

からかいも冗談も
　警句もしゃれも持ち合せてます。
低い身分の者にも
　高い身分のお方にも
得意技をご披露いたします。
　恐れなんか何のその、
矢を放ってご覧に入れます。
　王族方にも貴族様にも
王族方にも貴族様にも、貴族様にも王族方にも
矢を放ってご覧に入れます。恐れなんか何のその。(6)

シェイクスピアの道化よろしく、諷刺の矢をすべての人に平等に向けるポイントの態度がギルバートの風刺の姿勢と一致する。もっともギルバート自身はシェイクスピアにはあまり関心はなかったらしい。ギルバート・アンド・サリヴァン・オペラの中では裁判官も、貴族院議員も国王も革命家も理想主義者も芸術家も女権拡張論者も等しく矢を向けられる。サリヴァンの交友関係にも影響されて、実際に観客の中には王族、貴族、社交界のご婦人も多くいたようであるが、日本の皇族の訪英に際して『ミカド』に上演禁止の命がでたことがあったのをのぞけば内容の過激さではそれほど問題になっていない。ポイント＝ギルバートは誇る。

東洋の知恵も、西洋の知恵ももってます。
　学問の規則なんか問題じゃありません。
知恵を見つけるには、冗談のひやかし
　それとも、道化の与太話がいいでしょうか。
その気になれば、警句でお教えしましょう、
　笑っているうちに学べます。
わたしの馬鹿話を篩にかけてごらんなさい。
　籾殻の中に、見つけられます、真実が一つ、二つと。
法螺吹きを警句でひるませ、
　気まぐれな思いつきで、成り上がりを凋ませる。
それを聞いて大笑いするのは勝手です。

でも笑いには恐ろしいこだまがつきもの。
陽気な装いはしていますけれど、
それは不快な真実をわざと呑み込んじゃったからです。
仲間の人間を賢くしようと思ったら
哲学という上薬で飾ってやる必要があるんです。(7)

観客は、笑いの対象になっている舞台上の愚かな人物に大笑いをし、後でふと自分もその人物の同類と気づき、苦笑いになる。しばしば指摘されているようにギルバートの諷刺の中にはかなり際どく残酷なものもあるが、サリヴァンの軽やかで楽しい音楽のコーティングがされているから舞台では聞き逃されてしまうこともあろう。

この諷刺の内容を主に作品中人物に対する諷刺に例をとって少し詳しく見ていきたい。その他にも諷刺という点では、一九世紀に脚光を浴びた主義主張も人物と絡んで笑われる。すなわち、政治理念、経済政策、審美主義、進化論などが槍玉にあがっている。人物は先ず男と女に分けてみる。

男性の登場人物たち

何といっても、ヴィクトリア朝世界を支配していたのは男性である。その中でも権力をもっている階層がギルバートの笑いの対象に選ばれている。これを大きく分けると、貴族階級と成り上がりの新興特権階級となろう。最初の合作『テスピス』は例外にしたほうがよいかもしれない。この作品は楽譜が残っていないため、ギルバート・アンド・サリヴァンの作品集から除外されることもある。(8) 強いて言えば、古い体制がオリュンポスの神々で表され、役者たちが成り上がり世代と言えるかもしれないが、これには少し無理があろう。むしろ当時の芸術家あるいは知識人の間のギリシア趣味が諷刺の対象となっている。『陪審裁判』においては、裁判官と陪審員など、裁判に携わる人たちが諷刺の対象に選ばれている。ギルバートは一時期、法律の仕事をしていたため、この分野には相当の専門知識をもっていた。この裁判で被告として裁かれるのは、結婚の約束を反古にした浮気男であるが、陪審員たちは、以前は自分たちも被告と同様であったが、現在はそのような不徳のかけらもなく、美徳で光り輝いていることを強調する。ところが出廷した裁判官は出世のためには賄賂を受け取ることも、女を踏み台にすることもやってきたと歌い始める。金と地位のために結婚した醜い妻を捨ててしまった裁判官は、花嫁姿で登場した原告の若さと美しさの虜となり裁判は成立しない。移り気な自分を自然の移り変わりに喩え、厚かましくも自己を正当化しようとする被告と、「盲目的な恋がつのるばかり」(9)の被告に解決策を提示できない裁判官は、一日中裁判所にいられるわけではないから、「わたしがこの女と結婚する」(10)というとんでもない判決を下す。これに対し陪審員も含めて全員が異存なく、「ご立派な裁判官様」(11)と称えて、幕になる。無能でいい加減な裁判の実体を茶化しながらもかなり鋭く突いている。

『魔術師』においては、主として諷刺の対象になっているのは、すべての人が「外的条件に関係なく愛を謳歌しなければいけない」(12)と信じ込んで村人に媚薬を飲ませた当世風若者と、彼に雇われた株式会社制度を採用して、魔法を商業化した魔術師である。この辺からギルバートは鮮明に階級の風刺の姿勢を打ち出してくる。サー・マーマデュークの息子、アレクシスは「この世から階級、富、教育、年齢、容姿、趣味、気質といった人工的障害がなくなり、結婚のみがあらゆる悪に対する万能薬となるすばらしい原則が認められる」(13)ことを願い、魔術師ウエルズに媚薬の調合を頼む。自分の結婚の祝いに集まった親や村人たちに飲ませるためである。アレクシスはすべての差別の撤廃を主張する新しい考えの持ち主を自認している若者である。さらに彼は、花嫁アラインの自分への愛の絶対性を媚薬によって試そうと考え、いやがる彼女にまで薬を強要する。だが、実際に媚薬の効果が無差別に働いたとき、アレクシスの隠されていた階級意識と利己主義が現れてくる。父親のマーマデュークは、かねてから好意を示していたアラインの母ではなく、身分の低いパートレット夫人を選んでしまう。これは「僕が望みもしなかったこと」(14) とアレクシスは失望して嘆く。アラインが牧師のダリー師に恋をすると、激しく憤り、自分が嫌がるアラインを無理強いして媚薬を飲ませたことは完全に無視している。

ウエルズは時代の風潮に則って魔法を会社制度にした。彼の自己紹介の歌は以下の通り。

わたしの名前は、ジョン・ウエリントン・ウエルズ
魔術と呪いがわたしの商売、
　祝福も呪いも
　いつも中味が詰まった財布も
占いも、魔女も、前兆も任せてください。
思いあがった敵を退散させたいなら、
金持ちの叔父さんを溶かして、蠟にしたいなら
　ちょっとのぞいてください、
　ディジンのわが社を。
住所は七〇番の、シメリー・アックス(15)

アレクシスの身勝手で、身のほど知らずの善意は本物の愛を無効にして、村を大混乱に落とし入れた。この混

乱を解決するために命で贖う必要が生まれたとき、紳士でないウエルズは尻込みするが、紳士らしい高貴な精神の持ち主、アレクシスは潔く死を受け入れる。階級による自己犠牲＝名誉への考えの違いが示される。最終的には投票で犠牲者をきめることになり、選ばれたのは村人にとってよそ者のウエルズである。牧師のダリー師は年甲斐もなくアラインと恋におちたことを反省するが、騒ぎを起こした張本人のアレクシスは何の罰も受けない。男女の組み合わせは元通り、階級の秩序は守られ、大部分の観客の心が乱されずに済む結末が用意されている。社会のひずみを指摘はするが、構造的改革など眼中にないのが、当時の喜劇や諷刺雑誌の態度と共通している。ウェルズの死がきまると、皆はお祭り気分を回復する。村人たちがサー・マーマデュークのご馳走を楽しむ間に、残酷にも、ウエルズはドン・ジョヴァンニよろしく赤い火の燃える奈落に沈んで行く。

『魔術師』に続いて、次の作品『軍艦ピナフォア』でも、階級の問題が諷刺の中心になっている。ピナフォアの艦長コーコランには、水夫たちに対して明らかな階級的な優越感がみられる。ただ彼は後に登場する海軍大臣と違って、船乗りとしては玄人の自信もある。

貴族の親戚はあるけれど、
帆をたたむのも、舵取りもお手のもの、
　索環だって扱える。
たとえ強風が吹いたって
怯んだことは一度もない。
　船酔いなんか縁なしだ。(16)

そんなコーコランは、娘のジョゼフィーヌの結婚相手として、身分高い海軍大臣が名乗りをあげていることを歓迎している。その海軍大臣のジョゼフの階級に対する考えは、コーコランとは少し違う。ジョゼフは、使い走りの少年から大臣まで異例の出世をした、ヴィクトリア朝の立志伝中の人物をモデルにしている。(17) 彼は艦長が乗組員に威張って命令を下すのを許さないが、これは生まれつき高い身分にないため、卑屈なまでに下の者への気遣いが大きいことを示しているようだ。

ジョ　乗組員は丁重に扱われているだろうね、コーコラン艦長。
コー　そうあるように心掛けております、サー・ジョゼフ。
ジョ　乗組員は英国の栄光の防波堤であることを忘れないように、コーコラン艦長。
コー　私の考えも閣下とまったく同じであります。
ジョ　荒い取り扱いなどしていないだろうね、厳しい言葉など使っていないだろうね。
コー　絶対ございません、サー・ジョゼフ。
ジョ　絶対だな。
コー　ほぼ絶対です、サー・ジョゼフ。乗組員は大変に優秀でして、厳しい言葉など使いませんでも、仕事をまっとういたします。
ジョ　君、恩着せがましいのはよろしくないよ、恩着せがましいのは。
コー　もちろんです、サー・ジョゼフ。
ジョ　君が艦長であるのは運命のいたずらにすぎん。このように貴い乗組員諸君が、たまたま君の生まれが彼らより上で、彼らが君より下の生まれという運命のいたずらで、恩着せがましく扱われるのは許せないんだ。(18)

長々と引用したが、このやりとりは結末のどんでん返しの伏線となっている。艦長のコーコランは赤ん坊のときに船に物売りにやってくるバターカップによって入れ違えられたので、本当はただの水夫だったと終わりに近くわかる。艦長の自信の拠り所であった階級はあっけなく奪われてしまい、艦長の地位も失われ、身分は低いが、彼を愛し続けたバターカップと結ばれる。しかしここから、ギルバートが、階級が人間の品性にも、能力にも違いは作らないと言っているとまでは言えない。成り上がった大臣が階級の差を無視するかといえば、それはない。ジョゼフィーヌに求愛するときは「愛はすべての階級を融合するもの」[19]という見解を示したのに、ジョゼフィーヌの父が身分の低い水夫にすぎないとわかると、「さて、このように君の状況に変化が出たのだから、申すまでもないが、お嬢さんとの結婚は問題外だよ」[20]と平気で言ってのける。社会の秩序と言われているものを保つには構成員の階級意識が大きく作用している現実が見える。『魔術師』のアレクシスと同じく、言葉の上では、階級の差別撤廃を歌い上げても、いざとなると成り上がりほど築き上げた階級の壁を何としても守ろうとすることが示されている。

水夫のレイフも階級の壁に苦しめられる人物である。彼は艦長の娘に切実な愛を訴えるが、身分違いを理由に退けられる。そこで、自分には解決の目処のつかない問題に直面してレイフは自殺を企てる。彼の恋を成就させるのは、艦長とレイフが赤ん坊のときに取り違えられたという運命のいたずらである。事実がわかったとたんに、レイフは艦長に就任してジョゼフィーヌを妻にすることが可能になる。ギルバートは階級の間の壁が二重にあると指摘しているようである。

『ペンザンスの海賊』においては、階級の問題も扱われるが、主に英国社会を支えていた義務感を諷刺の対象としている。もちろん正常なものではなく、行きすぎた、あるいは、杓子定規の「義務感」が笑われている。主人公フレデリックは義務感の塊のような男である。そんな彼が皮肉にも不法を生業とする海賊の徒弟にされていた。その年季もあけて、正義の道を歩めるようになって大喜びのフレデリックは、心ならずも海賊業に忠誠を尽くしてきた心情を次のように説明する。「徒弟契約の義務に忠実であろうとしたからです。僕は義務の奴隷なんです。子供のときに僕は正式の契約に基づいてあなたの海賊団の徒弟になりました。もちろん、これは間違ったことですが、団長の間違いではなく、僕の側の犯した間違いですから、契約通りにしなければなりませんでした。[21]」望み通りに海賊捕縛の側に回ったフレデリックはこれまでの盗みと略奪の人生の償いをしようと張り切っている。ところが、ここでもメロドラマ作家と同様にギルバートは安易に偶然を利用する。今度は、フレデリックが閏年の生まれで、誕生日が四年に一回しか来ないため、海賊の年季が明けていなかったとする。海賊の団長はフレデリックの融通のきかない性質を利用して、彼の義務感に訴える。案の定、海賊という職業を嫌悪していても、「義務に勝るものはない。どんな犠牲を払っても、義務は果たさなければ[22]」と、フレデリックは残った年季奉公を果たすために海賊団に戻る。結局は、海賊団はスタンリーの娘の機転で捕らえられ、女王陛下のもとで裁判にかけられることになるが、またもや二度目のどんでん返しを使い、ギルバートは海賊を釈放する。海賊は、実は身を持ち崩した貴族であったのである。少将は歌う。

どうか、お許しを、元海賊の王様。
貴族は、あくまでも貴族です。やりたい放題許されます。
身分を回復し、議員の椅子に戻り
わたしの娘たちと結婚してください。美人揃いの娘たちと。[23]

最後には貴族の勝手放題を皮肉っている。ただ、この海賊は盗み、略奪はしても、情に脆く、ずるい成り上がり者の少将などに簡単に騙される。この時代の喜劇に見られるステレオタイプの悪徳貴族とは違う。むしろ、メロドラマで人気を博したセンチメンタルな海の男のタイプに属する。

もう一人、『ペンザンスの海賊』において、諷刺の対象として登場する人物は、スタンリーである。彼は海賊に捕まると、彼らのセンチメンタルな感情を悪用して、孤児だと嘘をついて同情を買い、釈放された。だが、あとでそれを悔やんで、先祖の霊に詫びるために礼拝堂に行くのだが、成り上がり者の彼にとって、先祖とは、流行の廃墟のような礼拝堂とともに購入したものである。金の力で子孫の地位についた、血のつながらない者の犯した不名誉は、誰ともわからない先祖を余計に苦しめるだろうと心配する状況もおかしい。

『ペイシェンス』においては、階級の問題から芸術家とその主張の諷刺に移る。バンソーン城と谷間という流行のピクチャレスクな舞台を背景に、これも流行の審美主義者を追いかける浅はかな女たちと気障な詩人と、素朴な乳搾りの娘との恋のもつれを中心に筋は展開する。思わせぶりな気取った言動で、芸術かぶれの娘たちの憧れの的となっているバンソーンは、自らも認めているように本当は審美主義者ではない。[24]彼は乳搾りのペイシェンスに夢中である。愛の本質を誤解したペイシェンスが、富籤の景品となったバンソーンを引き当て結婚してもいいと申し出るところから筋が動く。これをペイシェンスの愛と誤解して、バンソーンは一時は有頂天になる。ところが、新たな審美主義者、しかもバンソーンより若く男前のグロヴナーの出現で、娘たちの関心が自分から離れてしまうと心穏やかでなくなる。「ねえ、君、君が現れるまでは僕が憧れの的だったんだが」[25]彼はグロヴナーに抗議し、申し出る。「すぐに、完全に変身したまえ。これからは会話は当たり前の話題に限定する。髪も短く切って、後ろを分けること。見た目と服装は絶対に平凡を守ること」[26]という台詞は明らかに当時洒落者の才人として売り出し中のオスカー・ワイルドを連想させる。実際に、この作品の興行を担当していたドイリー・カートはワイルドのアメリカにおける講演旅行の主催もしていて、両方が興行的に成功を収めるためにも、このような作品を望んだと言われている。[27] バンソーンの申し出は受け入れられて、グロヴナーは彼の希望通りありふれた陽気な若者に戻り、バンソーン自身も意地悪で皮肉好きな気分屋を返上するが、結果は彼の期待を裏切る。ペイシェンスは普通の男になったバンソーンには自分が情けをかける必要はなくなったと、喜んで本来の恋人グロヴナーの元へ戻ってしまう。彼に残ったのは以前から一途に彼を慕ってきたジェインだけになってしまう。

この作品で笑われているのは、軟弱な詩人だけではない。英国軍隊の花とも言うべき近衛兵もかなり茶化されて登場する。ギルバートは連隊長の歌の中で、英雄、策謀家、作家、科学者など時代の寵児を集めて鍋で溶かして、エッセンスだけを篩にかけると近衛兵ができるとふざける。[28] 彼らは以前娘たちの恋人だったのだが、審美主義者の出現で失恋してしまった。娘たちの心をときめかすと信じられていた近衛兵の制服さえ、中間色を使っていないと言う理由で嫌われてしまう。[29] 仕方なく、彼らは自慢の制服を脱いで全員審美主義者の服装をまねることにする。

たとえこれが正確な写しでなくても責めないで、
出来合いのズボンを買うのと違い、審美主義者の趣味を
取り入れるのは容易じゃない。中世主義を極めるには時が必要。[30]

これがよく舞台写真や挿絵で見られる有名な光景である。本人たちには不本意な姿だが、娘たちは満足して結婚を承諾する。

次の『アイオランシ』は、子供のときからギルバートが好きだった妖精の国で幕をあける。この始まり方から非現実の要素の強い筋であることが明瞭である。主たる諷刺の対象になっているのは、昔妖精と結婚し一児をも

うけた大法官と英国貴族院議員たちである。大法官閣下は年甲斐もなく自分が後見人になっている若い娘フィリスを妻にしたいと思っている。だからフィリスと相思相愛のストレフォンとの結婚の許可を与えようとしない。大法官ばかりか貴族院議員の半分以上が若く美しいフィリスを狙っている有様である。この作品においては貴族はたっぷり笑い者にされる。恋人たちの二重唱に続いて威張りかえった貴族院議員にユーモラスな行進をさせるアイディアは客席にいたであろう貴族の客を考えるとなかなか大胆で滑稽である。

高らかにトランペットを吹き鳴らせ
　　　　タンタンタラ
誇らかにブラスを打ち鳴らせ
　　　　チーン、ブーン
その堂々たる道を
　この類のない行列が進むとき
　　　　タンタンタラ
お辞儀しろ、お辞儀しろ、卑しい中産階級め、
お辞儀しろ、お辞儀しろ、職人ども、頭を下げろ、ものども
トランペットを吹き鳴らせ、ブラスを打ち鳴らせ。(31)

威張って庶民を見下して、特権を甘受しているお偉方は、我こそはフィリスに相応しい相手と厚かましくも信じている。フィリスに断られた貴族の一人の台詞には、

高い位に恥はない。
わたしたちだって等しく要求する
卑しい生まれの者たちと
　同じく尊敬されることを。
ああ、貴族の血、貴族の血
　徳高い愛が求められるとき
　お前の力は役に立たない。
たとえノアの洪水以来の血統といえども。
　ああ、貴族の血よ。(32)

とあり、一九世紀の喜劇の中でとかく悪者扱いを受けてきた貴族がギルバートの場合はこのような形で滑稽化される。ギルバートの揶揄はここで止まらない。議会の構成員でありながら政治的に無知な貴族、国民の苦しみに無関心で自分の快楽だけを追及する貴族への皮肉は可愛いフィリスの台詞に見られる。「もし、お二人のうち、お一人が貴族の称号を捨て、領地をアイルランドの農民に分けてくだされば、わたしもどちらと結婚すべきかわかりますのに。そんなことをなさらない方がわたしの選ぶ方。(33)」貴族たちにとって大事なのは政治より、女より、学校時代以来の友情であるとしているのも彼らの生き方へのからかいの一つである。

貴族たちに結婚を邪魔されたストレフォンは妖精の助けを借りて、逆襲に出る。それは貴族院議員になることであった。超自然の能力のある妖精が後ろ盾であるから、無能な貴族たちの中でストレフォンはたちまち頭角を表す。そこで彼は新しい法案を提出しようとする。その中には貴族制度に試験制を採用しようというものがある。[34]世襲の貴族の無能や横暴への手厳しい諷刺ではあるが、オペラであるがゆえにあまり深刻に受け止められなかったらしい。どうしても、フィリスとストレフォンの結婚を認めようとしない大法官であったが、アイオランシがかつての妻であり、ストレフォンが息子であるとわかって別れ別れになっていた家族再会[35]も果たされて、目出度く納まる。ただ、大団円の前にもう一つ解決を迫られる問題が出てくる。それは、妖精の国の法律によって、人間と結婚をした妖精は死刑と決まっていたことである。アイオランシは覚悟の上で妻の名乗をしたのだが、彼女に同情した他の妖精も共に死ぬと言い出し、困り果てた妖精の女王に助け舟を出したのは、法律のごまかしを得意とする大法官であった。法文に一字加えることで、すべてうまく行くと教える。ギルバートは最後まで法曹界をからかい続ける。

『王女イーダ』は、シェイクスピアの『恋の骨折り損』を裏返し、メロドラマ化したような筋をもつ作品である。ギルバートがテニスンの作品を土台にして昔書いた『プリンセス』に基づいている。[36]ヒルデブランド王の息子ヒラリオンとガマ王の娘イーダは赤ん坊の時に婚約をしていたが、両国の戦争などで再会までに二〇年の歳月がたつ。新しい女性を目指し女子大を作り、男を寄せ付けないイーダに会うため、学友二人を伴って、大学となっている城を訪れた王子は、男子禁制の城中に入るために女装する。女子大で学んでいる学友フロリアンの妹サイキと教師の一人の協力を得て女子大生になりすました王子たちはイーダに近づく。結局、男を拒絶し通そうとするのは、百人の女性たちの中でイーダ一人となる。父を人質に取られていることもあって、形勢不利なイーダは、路線修正を余儀なくさせられる。この作品では諷刺は女性のほうが中心となっているので、これについてはヴィクトリア朝の女性観とともに後でもう一度触れたい。イーダの父のガマ王が面白い存在である。彼はグロテスクな容姿、毒舌で知られるが、人質となったとき、ヒルデブランド王の扱いがあまりにも行き届いて文句のつけようもなく、それが最高の拷問となり、娘に助けを求める。気難しさを売り物にしているところなどには作者ギルバートの顔がちらと覗いているのかもしれない。

サヴォイ・オペラとしてもっとも有名な『ミカド』においてもギルバートの英国貴族への諷刺は続く。博覧会や美術工芸品の輸入などを通して日本への関心・日本趣味が高まっていたロンドンにおいて、ギルバートの日本への知識が格別優れたものであったわけではない。『ミカド』の中に表現される日本は遠い東洋の不思議な国であり、ミカドは神秘的な存在として軽いからかいの対象になっていると言った方がいいかもしれない。幕開きの日本紳士の歌を見てもそれはわかる。花瓶や、壺、屏風、扇、操り人形といった当時の輸出むけ品物で日本は代表されている。明治維新前後にロンドンを訪れた日本人の一風変わった服装や物腰は新聞や雑誌で奇妙なものとして紹介されている。(37)題名のミカドという言葉自体がヨーロッパの君主とは異なる存在を暗示するものであったらしい。オールコック、オリファント、アーネスト・サトウら外交官の日本滞在記などを通して伝えられたミカドは同じ君主制をとる英国人にも理解を超える神秘的存在であった。(38)一八九一年に発行された雑誌『ストランド』に掲載された子供用の物語にも挿絵入りでミカドが登場する。(39)ここではミカドは「トルコの皇帝より豪華な刺繍やレースで飾った武士や楽師を引き連れ、世界一の美女たちに取り囲まれた」絶対的権力者として描かれている。フランスの話から取ったとなっているが、『ミカド』の影響も年代から見て考えられよう。(40)ギルバートは、ミカドなら、英国の君主には到底許されないような非人間的命令でも下し得るし、観客も納得すると考えたのだろう。「徳高いミカド様は、国を治めるに当たって、女に色目を使った若者はすべて死刑にする」(41)などという突拍子もない命令によって、物語を展開させる。ミカドの登場は二幕に入ってからになるが、「すべての者から服従されている日本国皇帝」(42)と名乗って威風堂々現れる。ちなみに二千年のサヴォイ劇場における『ミカド』では、ミカドは背中に数本のユニオン・ジャックの旗を差し、ビッグ・ベンを真中にしたロンドンの風景を背負って登場してきた。先にも述べたように、諷刺の本体は英国人と英国社会に向けられていることはチェスタートンの指摘[43]を例に取るまでもなく明らかである。

一番目立つのは、ティティプーにおいてしがない仕立屋コーコーが最高権力者の地位に着いてしまったためにそれ以外の役職を一手に引き受けることになったプーバであろう。プーバは、自分の先祖はアダム以前に遡る名門の出身であることを誇り、そのような身分の自分が成り上がりの下で働き、しかも報酬を得ていることを遺憾としている。この時代の英国の高級官僚が多くの役職を兼任し、その地位を利用して役得にありついていた状況を映している。人を軽蔑することは生まれながらに身についていると嘯くプーバは賄賂は取り放題、職権乱用はお手のもので、周りの人物に死刑が迫っても平然としている。それに較べると、成り上がり者のコーコーがもう少し人間的な面を与えられているのは、他の喜劇と共通している[44]。後見人の立場を利用して若い娘、ヤムヤムと結婚しようとしたのは『アイオランシ』の大法官と同じである。自分を守るためにナンキプーを代理に処刑しようとしたのは、庶民的現実対応と逞しさの表れだが、その死刑が現実に迫ってくると彼は執行ができない。平然と首を斬れと言える貴族のプーバとは違う。彼の逞しくも悲しく滑稽な生き方がもっともよく表れているのは、終わり近く死を免れるために、すさまじい年増女カティシャにやむなく言い寄る場面である。可愛いヤムヤムはナンキプーに譲り、王子との結婚を逃して怒り狂っている猛女を口説き落とす場面は観客にもっとも人気のある場面でもある。

『ルッディゴル』も、貴族社会およびそれ以上に貴族になりたがる中産階級を笑いの的にしている。デスパード準男爵家は呪われた家である。先祖が魔女を迫害したために呪いを受けた。

ルッディゴルの領主はすべて
どんなに避けても

一日一つは罪を犯す。
一日一回は必ず。
どんなに避けても、
永遠に逃れられないこの宿命。
休もうとでもしたら、その日のうちに
拷問を受け、死なねばならぬ。(45)

この呪いのため代々の領主は「悪い準男爵」と呼ばれてきた。現当主は生来の道徳家で、この宿命を避けるため、死を装って家を弟に譲り、ロビンと名前を変え、小さな村で実直で礼儀正しい農夫として、平凡で幸せな生活を送っている。好きな女性もできて、結婚を考える頃になって、乳兄弟と弟の出現で事態は急変する。同じ女性を好きになった乳兄弟のリチャードは慎重すぎるロビンがぐずぐずしている間に、彼女に求婚してしまう。毎日、悪事を犯すのに疲れた弟は、兄の生存を知ると大喜びで準男爵の地位を返す。真面目なロビンは嘘がばれては仕方なく、準男爵になる。しかし、毎日一つ課せられた悪事は大変な負担となる。メソディスト派の敬虔なクリスチャンのロビンには大それた犯罪はできず、所得税をごまかす、偽の遺言を書く、狐を撃つ、小切手を偽造するなどで、逃れようとするが(46)、代々の先祖はその程度の悪事では許してくれない。彼らは屋敷のギャラリーの肖像画から抜け出してきて(47)、ロビンを責める。ここでは、貴族を初めとする金持ちが多少なりともやっているようなごまかしが並べられて、それでは悪の度合いが低いと皮肉る。さらに英国の貴族の館に飾られる御大層な肖像画も風刺の的になっている。膝をついて先祖の肖像の亡霊に懇願しながらもロビンは「それにしても、できの悪い絵ですね(48)」と一矢報いるが、亡霊は平然と答える。「まだ描かれてから一〇年しか経たないから下手に見えるだけだ。二〇〇年も経てば、巨匠の作品で通る」[49]。亡霊たちに恐ろしい犯罪を強要されたロビンの歌はやたら貴族になりたがる当時の中産階級に対する痛烈な皮肉である。

州にお住まいの裕福な地主さんたち、
　そこではちょっと目立つことが大事だから
図書館や博物館を建てて
　準男爵の称号を目指している方々、
肉屋さん、パン屋さん、蠟燭屋さん、
　商売に関係するものを何でも蔑むご亭主、
中産階級の暮らしを嫌がり、
　奥方様と呼ばれてしなしな歩きたがる奥さん、
どうか一言忠告させていただきたい。
称号なんて、高い犠牲を払う値打ちのないものです。[50]

もっとも、この台詞は初日の公演が終ったところで、ギルバートが書き換えたもので、それにさらに修正が加えられたが、一九二一年以降には舞台で歌われなくなった[51]。ロビンを不本意な貴族の生活から解放する方法もかなり人を馬鹿にしたものである。ロビンはやはり悪事の強制にたまらなくなって自殺した父の亡霊に、自殺は大罪だから、死の罰を受ける必要はなかったと詭弁を弄して、生き返らせ、父に爵位を返してしがない農夫に戻り、恋人と結婚する。

一週間、邪な準男爵をやってみて、
　またもとの慎ましい農夫の暮らしに戻りたい。
　　農場の雇い人の仕事は、
　　　僕にとっては、この上ない喜び、
　　僕のように生来、内気で大人しい男には。(52)

『ロンドン塔衛士』は、ギルバートがロンドン塔のポスターをたまたま見たことから発展した、エリザベス朝に舞台を設定した時代劇である。財産の乗っ取りを企んだ親戚の告発によって魔術師の罪を着せられ、死刑が迫ったフェアファックス大佐救出をめぐって話は展開する。大佐は自分を陥れた叔父に一泡食わせるために、死刑の直前に結婚を願い出る。どうせ死ぬと思っているから、相手は選ばないと言う。病気の母親を助けるためにどうしても金が必要な旅回りの歌手が束の間の花嫁になることを承知する。ところが、フェアファックスを命の恩人と感謝し、尊敬している軍曹一家が必死で結婚式直後の大佐を脱走させるので、混乱が起きる。生き延びたフェアファックスは目隠しをして、顔も年齢もわからない女と結婚したことを後悔し、どんな女が妻として名乗りをあげてくるか心配する。一方、歌手のエルジーは、式直後に未亡人になれると思ったので、目隠しのまま結婚したのに、見知らぬ男に生涯拘束されることになりショックのあまり気絶する。この奇妙な結婚は、フェアファックスが美しいエルジーを改めて見初め、エルジーもハンサムで格好いい大佐に好意を抱いて、紆余曲折はあるが、目出度く解決する。

　サヴォイ・オペラの中でもっともグランド・オペラに近いと言われているこの作品の中で、風刺という面から注目したいのは、先に述べた道化のポイントである。ポイントがギルバートの風刺の姿勢を代表していることは先に触れたが、彼は筋の展開にも絡んでいる。仲間の旅回りの芸人エルジーが死刑囚の花嫁に選ばれたとき、彼女を好きなポイントは

人生のきまりからすれば、
結婚を約束した女、僕の可愛い
花嫁になるはずの女が、他の男と
結婚するなんて許せない。
　でも、即金で代金が支払われ、
一時間以内に花婿が約束通り、
　入るべき墓に収まるなら、
反対はいたしません。(53)

貧しい道化ゆえに自らの力では恋人の危難を救えない。そこで与えられた機会を利用しようとしたが、予想通りに事は運ばなかった。フェアファックスの脱走を知ったときには愚かな牢番をたきつけフェアファクスの偽の死を工作したりして、恋人奪回を図るが、肝心のエルジーの心が、身分もあり、いい男のフェアファックスに傾いてしまっては成す術もない。知恵者と自認していたし、他の人を笑うのが自分の役と信じていたのに、笑いものになってしまう。登場人物のほとんどが配偶者を得て、落ち着こうとしている中で、ポイントのみが孤独に残される。道化のやり方にかけては精通していても、一般の人間の仲間にはなれない。多くの戯曲やオペラの道化の役を踏襲している。

『ゴンドラの船頭』においては、共和主義者の船頭が成り上がりを代表し、没落貴族とともに風刺されている。数あるゴンドラの船頭の中で、ジュゼッペとマルコは娘たちの人気者である。二四人の美しい娘たちに自分たちの中から花嫁を選んでほしいと迫られた二人は、若く美しい女はどれも同じと目隠しで相手をきめる。全員それで満足しているところに宗教裁判官のアルハンブラが現れる。この作品でも子供のときの誘拐というメロドラマ風の筋立てが活用されている。つまり二人のうちの一人は攫われた王子だったたという設定である。ジュゼッペが二人を代表して「僕たちの親父はこの前の革命の指導者でした。頭の天辺から足の爪の先まで共和主義者の僕たちは、人間はすべて平等と心得ています。抑圧など真っ平ですから、王様は大嫌い。虚飾は忌まわしいと思っていますから、階級も憎い。軟弱な生活も我慢できないから、金持ちもいやです。」[54]と威張って宣言する。しかし、アルハンブラから、二人のうちの一人はバラタリア王の一人息子と聞かされると二人の共和主義はたちまちのうちに揺らぐ。嫌いなのは悪い王だけで、税金を廃止し、ゴンドラの料金以外の物価を下げるような王なら問題はないと考えを修正する。二人のどちらが本物の王子かわからないので、とりあえず二人で混乱状態にあるバラタリア国の王位に着くことになる。船頭仲間も同行して、共和主義により修正された理想の君主国が実現する。国王は陛下と敬われ、豪華な服を身につけ、番兵にも敬礼をしてもらえるありがたい身分なのだから、宮廷において役に立つよう心がけなければいけないというのが、ゴンドラの船頭上がりのにわか国王たちの考えである。その役に立つ国王の仕事が歌にされているが、これにはヴィクトリア女王も興味を示したそうである。[55]もちろん、ギルバートが真面目に君主論などするはずはない。彼が挙げる君主の仕事とは、たとえば外交文書に磨きをかけて外交官を出し抜くとか、威容を整え儀式ばって東洋の君主をむかえるとか、秘書のスペルの間違いを直してやるとかである。[56]鋭い風刺の矢は放っても、根本的には体制維持派であったギルバートは改革主義者を笑いものにしながら、一方では、君主制もちょっとからかっているのである。まさに王族でも貴族でも庶民でも風刺して見せますということだ。

　バラタリア国の王子が赤ん坊のときに結婚していたことで話は複雑にされている。相手はスペインの貧乏公爵プラザトロの娘カシルダである。公爵は娘が「片言しかしゃべれない六カ月の赤ん坊のとき代理人を立てて、非常に裕福なバラタリア王の世継ぎと結婚させた」(57)が、当のバラタリア国に反乱が起こり、王子は行方不明になってしまったので、カシルダは自分が既婚者であることを知らずに育つ。そのためカシルダには親に隠した恋人がいる。しかし経済的に行き詰まって、別れた娘婿を見つけてその恩恵に浴そうとしている両親の願いを無視することはできず、二人のバラタリア国王の前に王妃と名乗り出る。ところがジュゼッペもマルコもすでに結婚をしている状態で、二人の夫に三人の妻というとんでもない難問題に直面する。これは状況の喜劇でもある。やがて王子の乳母であった女性が現れ、王子の身の危険を心配して自分の息子と入れ替えていたことが判明する。カシルダの恋人ルイスこそ真の王子で、すべてがうまくいく。またも安易にどんでん返しが使われている。

　プラザトロ公爵も貴族の身分を商売にして、贅沢な暮らしを維持しようとしている点で、当然風刺の対象である。彼は流行を初めとしてすべてのことで自分は先達であると自慢するが、実際に先頭を務めたのは敵から逃げるときだったという。以前にギルバートは魔法株式会社を作ったが、今度は貴族を株式会社組織にしてみせる。貴族になりたがっている中産階級が称号を手に入れる手伝いをするとか、軍人に有利な官職を斡旋するとか、不身持で評判を落とした女性を社交界に復帰させてやるとかがこの株式会社の業務内容である。貴族の特権を何より大事にする公爵は、バラタリア国王を名乗るゴンドラの船頭に謁見したとき、特別の儀式が用意されていないのを大いに不満とする。このまま共和主義者が娘の夫であったら、公爵の落胆は大きかったはずだが、センチメンタルな喜劇と異なり、ギルバートの用意した結末は不良貴族の期待を裏切らないものである。

『ゴンドラの船頭』以降もギルバートはサリヴァンともう二つ作品を作っているが、この頃になると、彼の興味の中心は創作活動よりも、田舎に獲得した広大な屋敷の主人としての生活に移行したようである。肉体的にも、通風を病んだギルバートにはロンドンの劇場での演出は厳しい状況だった。筋立ても登場人物も諷刺の対象にも新鮮味が乏しくなったことは否定できない。音楽の方は優れていると認められているが、脚本に関してはギルバート自身も失敗と考えていたようだ。『ユートピア有限会社』(58)では、娘の影響を受けて英国かぶれになったユートピア国王と国王よりも威張っている二人の最高裁判事たちの愚行が笑われる。ここでも特権階級とそれに代わろうとする階級の風刺が図式化されている。『大公』では、二人の合作の最初の『テスピス』で利用された劇団員たちが再び使われているが、あまり新しい注目点はない。

女性の登場人物

これまで見てきたように、男性の登場人物は様々な職業からくる変化を与えられていたが、女性の登場人物の場合はヴィクトリア朝の女性の立場を反映している。王女とか、田舎娘とか階級上の違いは見られても、ほとんどすべてが結婚願望だけで生きているように書かれている。結婚以外に女が生きる道がほとんど塞がれていた時代が浮き彫りにされている。ギルバートの描く女を大きく分けると、男が結婚したい女としたくない女になる。若く美しい女は男が結婚相手として望む相手だが、年をとり、容色が衰えたのに反比例して結婚相手を求める気持ちだけが増すばかりの女は、男が逃げたい相手になる。この年配の女性の描き方がしばしば、ギルバートの残酷な女性観と言われるところであろう。しかし、現代の基準で考えれば、若い女の描き方だって残酷で意地悪い見方と読める。恋愛と結婚は喜劇の普遍的テーマである。この人間の一生の重大事がどう扱われるかで喜劇の性質は変わってくる。あくまでも表に出た現象を図像的に捉えるギルバートは恋愛も結婚も掘り下げて問題にすることはない。『魔術師』の中で媚薬を飲まされた村の男女が歌う歌に、男は「結婚してくれるなら、穴も掘ります、土地も耕します」と言い、女が「結婚してくれたら、床を磨いて、パンを焼きます」[59]という歌詞があるが、これがギルバート作品に見られる結婚観を代表し、ヴィクトリア朝の典型的な考えを凝縮したと言える。男は外で生活の糧を得、女は家庭で家事に勤しむ図が浮かぶ。男たちの恋の対象となり、求婚される女は例外なく若く美しい。『アイオランシ』の大法官は後見しているフィリスの美しさをこう称える。

私の知っている若い婦人すべての中で
　このお嬢さんの美しさが最高
唇はまさにバラの花
　瞳の輝きは貴く珍しい宝石[60]

まことに陳腐な賛辞である。しかし、『ユートピア有限会社』で紹介される英国の育ちのよい娘の理想のマナーと並んで、結婚市場に並べられた商品としての女性の価値は、この美醜と老若で決まる。英国婦人の家庭教師ソフィーは教え子の王女たちをモデルにして、文明国の若い女性に求められる作法を次のように示す。男が生意気にも話しかけてきたら、淑女はつんとして「あちらにいらしてくださいませ。私たちはあなたがお思いのような女ではございませんの」[61]と応じる。それでも男がじっと見詰めたり、帽子をとって話を切り出したら、聞かぬ振りを装いながら、抜け目なく男の身分や年収を探る手管をソフィーは伝授する。そのときに無関心を装うために、鼻をつんと上に向ける姿勢を鏡の前の練習で習得することの大切さが強調される。ギルバートの描く女性にあっては、若さは女性の強みであるとともに精神的幼さの現れでもあり、どの娘も一様に自分中心のエゴイストで、狭い心と愚かな判断力の持ち主にされている。『陪審裁判』のアンジェラは裁判官と陪審員の心を一瞬にして捉える魅力の持ち主だが、彼女は結婚寸前で自分を捨てた男を執拗に追いかける『夏の夜の夢』のヘレナを思い出させる女性である。それなのに地位と財産のある裁判官の結婚宣言を聞くと、

限りなき富に囲まれて
弔いの鐘の音は鳴り響く、
　悲しみと嘆きを弔う鐘の音が。[62]

とそれまでの愁嘆場を簡単に葬ってしまう。『軍艦ピナフォア』のヒロイン、ジョゼフィーヌは最終的にはレイフとの恋を貫くが、過程においては現代人から見ると愚かな階級意識に振り回されて迷う。「わたしともあろうものが、生まれの卑しい男を大事だと思ってしまうのを自分に許すなんて嫌になるわ。」と言って憚らない。[63]好きなくせに本人に向かっても「ただの水夫のくせになんという図々しさ」[64]と言う。『ペンザンスの海賊』に登場するスタンレイの娘たちは海辺のピクニックにやってきて、靴を脱いで水遊びに耽り女性が肌を見せることをタブーにしていたヴィクトリア朝にしては大胆な行為で礼儀正しいフレデリックを慌てさせる。男の求愛なんて問題にしないと宣言する勇ましい現代娘であるが、よい相手があれば結婚にいつでも飛びつく姿勢を示している。『ペイシェンス』の審美主義かぶれの娘たちはけっして芸術そのものに傾倒しているわけではない。流行の魔力に引かれているだけだ。軍服の格好よさに近衛兵と婚約してみたものの、物憂げで憂鬱そうで、皮肉屋の詩人が流行りとなれば、早速そちらに乗り換える節操のなさである。時代の風潮とは無関係と見えた乳搾りのペイシェンスは浅はかな思い込みで混乱を起こす。「すべての女性に思われている人を独占するのは許しがたい身勝手」[65]

と思い込んで、魅力的なグロヴナーを一時は諦め、自己犠牲の精神に基づき、魅力に欠け、駄目な男と彼女が判断したバンソーンと婚約する。やがて平凡で当たり前の良さに目覚めたグロヴナーとペイシェンスは最後に結ばれる。バンソーンから若くハンサムなグロヴナーに節操もなく乗り換えていた娘たちは、不承不承、女に気に入られるために軍服を審美主義者の衣装に改めてくれた、近衛兵たちの元に戻る。『王女イーダ』の王女は美しく、徳高く、才知、優雅、ユーモア、知恵、慈悲、勇気を兼ね備えた理想の女性だが、女権拡張論にかぶれ、城の一つを女子大学にして、愚かな男などに目を移さない女の育成に心血を注いでいる。英国において女子が大学に入学許可されるようになった事実とダーウィンの進化論など新しい学問などを笑い飛ばすのがこの作品におけるギルバートの目的だ。テニスンの長編詩にかなり忠実に沿っている作品だが、風刺の箇所にはギルバートらしさと時代の反映が見られる。[66]イーダは所詮、男は猿が進化したものだから礼服に威儀を正しても美人の夫になるのは無理という。イーダの女性優位論は論理性を欠く滑稽なものだ。「数学においては女は男を凌ぐ。心の狭い男の学者はまだ二たす二は四ときめている。でも女は二たす二が五、三、七と状況次第で異なるということがわかっている」[67]と言う主張なのだ。男を拒否するのは王女一人で、とても戦いにならず王子との結婚を受け入れる。王子は仲間の女が頼れないなら男も試してみたらと上手に誘うので、この男となら経験したことのない世界にも連れ添っていけると考えたのだ。王子の学友シリルは、王子ほど王女に寛容ではないから、彼女の不自然な男嫌いをからかう。「僕の心を燃え上がらせるのは、伏し目がちで、しとやかで、すぐ恥ずかしそうに頬を赤らめる控えめな女性」、さらに続けて「派手なヒマワリではなく五月のバラのように頬を赤らめ、口をすぼめ、キスして、キスして……と言う女」[68]と、挑戦する。もう一人の学友フロリアンも「女子大学だって？　狂気じみた馬鹿げた企てだ」[69]と叫ぶが、これら意見の方が作者自身の気持ちに近いだろう。『ミカド』のヤムヤムは女学校を卒業したての頼りない女の子である。年をとっている上、生まれの卑しいコーコーより、若く高貴な生まれのナンキプーと結婚したいが、死刑囚の妻は生き埋めの刑があると聞かされるとすぐ怖気づくような、かわいいが自己中心的人物である。『ルッディゴル』のローズ、『ロンドン塔衛士』のエルジーなども人形のように個性も知性もないかわいいだけの娘たちである。『ユートピア有限会社』のザラ姫はイーダの末裔で、ガートン・カレッジ卒業の才媛となっているが、英国病に犯された青臭い小生意気なだけの娘である。女性が大学に入学を許された当時の風刺雑誌のページを連想させる。(70)

年をとった女の例としては『テスピス』のダイアナ、『魔術師』のパートレット夫人、『軍艦ピナフォア』のバターカップ、『ペンザンスの海賊』のルース、『ペイシェンス』のジェイン、『ミカド』のカティシャ、『ルッディゴル』のハナ、『ロンドン塔衛士』のカラザース、『ゴンドラの船頭』の公爵夫人、『ユートピア有限会社』のソフィアなどがあげられよう。ダイアナは絵画に描かれている颯爽とした狩猟姿ではなく、冷えに悩まされ身体中に布を巻きつけて寒さを凌ぐ老婆と化している。パートレット夫人は媚薬の効果で、身分違いのサー・マーマデュークに求愛されても、当時の女の最大の美徳である有能な主婦としての自信に裏打ちされているからびくともしない。軍艦に物売りに来る陽気なバターカップは艦長コーコランを長年にわたり慕っている。『ペンザンスの海賊』の中で海賊団の女中のルースは年甲斐もなく、息子のように若いフレデリックを娘たちと争う。相手の男に「年をとって醜い」、「顔には皺、髪は白髪」(71)と罵られても、熟年の女の情熱を推しつけようとする。ジェインは若いペイシェンスに心を奪われてバンソーンが自分を愛してくれないのを嘆いて歌う。

年、年を一つ一つ重ねて、美しさは消えていく
女の運命の哀れさよ。
心の底からついて出た私の溜息に、時が

うんざりし、罰として目も霞ませる。
とうとう、不安多い人生の黄昏時にきた。
「髪型」で顔の皺をうまく隠し
口紅、頬紅、真珠の粉、うまく使って
ごまかしの化粧に精を出す。

烏の黒髪、今は白髪、
髪の分け目は広がるばかり、
色白の肌を飾るはシミばかり、
　若々しい足取りに代るは躓きがちの歩み、
うつろに響く笑い声、
澄んだ目には、眼鏡の覆い。(72)

こんな悲しい、滑稽な歌を歌わせるから、ギルバートは年のいった女に不当に残酷だと言われる。『アイオランシ』の妖精の女王も年下の男との結婚を目指す。アイオランシを死刑にしないために法律の条文を変更したことは前に述べたが、その結果、人間と結婚しない妖精は死刑と法律で決められ、何百年もの間独身であった女王も配偶者を探す羽目に陥る。彼女はウエストミンスター宮殿の若くハンサムな衛兵を選ぶ。他の妖精たちも貴族院議員を配偶者に選び、男たちに羽根がはえて全員妖精の国へ向かって出発する。年のいった力ある女の配偶者選びが男と同じように年齢、容貌重視であったりするのがおかしい。『ミカド』のカティシャが、凄まじい女の代表としてしばしば引用される。カティシャは勝手にナンキプーの婚約者を名乗り、若い二人を脅かす。ミカド以上に威張り、周りの者すべてに「お辞儀しろ、お辞儀しろ」[73]と命じるカティシャは圧巻でさえある。ハナは愛する悪い準男爵が悪に疲れて自殺をしてしまったために寂しい独身生活を送っていたが、奇抜な論理で生き返った恋人と結ばれる幸せを掴む。しつこく待った甲斐があったのだ。

もう一つ、年配の女性には筋の上で新しい展開をもたらし、もつれを解決する重要な役目が与えられている。『軍艦ピナフォア』のバターカップは艦長と水夫レイフの赤ん坊のときの入れ替えに関係し、二人の男の運命を逆転させる鍵を握っている。『ペンザンスの海賊』のルースは捕縛された海賊が実は貴族であると明かして、彼らの自由を獲得する。『アイオランシ』においては、主人公ストレフォンの母イオランシがこの部類に属する。命を捨てる覚悟で、隠しとおしてきた結婚の秘密を公表して息子の結婚を可能にする。ここで興味深い点は、ギルバートは若い女性に与えていない頭の良さを年配の女性に備えさせていることである。妖精は見かけは若く美しいが、何百歳にも達しているとされるから年いった女に入れる。妖精の息子、ストレフォンが貴族院議員になったとき、他の貴族たちより有能振りを発揮するのは彼に妖精の血が半分混じっているからである。妖精はインテリジェンスを表すとギルバートは書く。貴族たちが妖精と結婚したことは、彼らに欠けていた知性を獲得したことになる[74]。これもナンセンスの極みだが面白い発想である。若く美しい娘が、軽薄で頼りない存在であるのに対し、年をとった女たちはどれもエネルギーに溢れ実在感を持つ。だが、このような男を脅かす女を描いたのはギルバートが初めてでもないし、最後でもない。王政復古期の風習喜劇や一八世紀のシェリダンの作品にはこのような厚かましくも逞しい年配の女たちが観客の笑いを誘ってきた。古くはチョーサーの「バースの女房」があげられよう。『競争相手』のいつまでも男に注目されたがるマラプロップ夫人などもその例であろう[75]。そうしてこの伝統はギルバートを経由してワイルドやカワードへと引き継がれていく。

ギルバートの風刺を実例を挙げながらみてきたが、男も女も、風刺の対象になった登場人物は罰を受けていないことに気づく。思慮の足りない若者も、愛に飢えた年増女も、欲張りで横柄な貴族も、こすからい中産階級も程度の差こそあれ、幸福のお裾分けにあずかる幕切れが用意されている。すなわち、勧善懲悪を最優先するセンチメンタルな喜劇の原則がまったく無視されているのである。それが軽く、乾いた笑いを招く。作品の内容について、劇場を出た後まで考えさせない。印象に残るのは、どちらかというと、サリヴァンのメロディの方かもしれない。ギルバートの喜劇には死もない。あらゆるものを笑い飛ばすといいながら、人間にとってもっとも深刻な問題には触れない。求婚はどの作品でも繰り返されるが、現実的な家庭生活や人間関係は扱われていない。そのために取るに足らない軽喜劇と片付けられる。それまでに存在した演劇の利用できるところを巧みにつなげたとも言える。

最後に言及したいのは、この他愛もないと評されるギルバートのオペラの脚本が、すぐ後に続くワイルド、あるいは二〇世紀初めのカワードによる風習喜劇の復活への一歩を築いているのではないかということである。もちろんワイルドの喜劇の台詞の面白さ、知的洗練と言う点ではギルバートと比較にはならないかもしれない。ワイルドが喜劇を執筆したのは膨張した生活費をひねり出す必要も大きな要因であった。芸術家としてのやむにやまれぬ衝動が動機とは言いかねよう。才気に頼って観客動員数に優れた先行作品を参考に作っていったと考えてもおかしくない。ギルバートの作品はいろいろな面から暗示を与えたであろう。事実、ギルバートとワイルドの喜劇を比べてみると、筋立て、人物の種類において共通点があるというか、あるいはワイルドがギルバートから借用したのではないかと思われる要素がかなりある。(76) たとえば、サヴォイ・オペラに限って類似点を探してみても、『重要でない女』で扱われる状況は『アイオランシ』そっくりである。『誠が肝心』ではギルバートが繰り返し使った赤ん坊のときのアイデンティティの混乱が鍵を握る。ワイルドの喜劇に登場する若い娘の軽薄な言動もギルバートの娘たちに似ていないこともない。『誠が肝心』に登場する二人の娘たちの当世風の軽薄な思考や発言などからその印象を強くさせられる。ブラックネル卿夫人はカティシャを連想させるところもある。社交界のお偉方の思い上がった態度を滑稽に浮かび上がらせる手法にも共通点は見られる。上品さを保ちながら、機知に溢れ、脳細胞を適当に刺激する作品を求めていた上層の観客の要求に答えるものであった。ギルバートの脚本の中で、筋から独立した台詞の面白さは風習喜劇に似ていないこともない。筋や状況の設定はおざなりであったり、現実を無視したものであり、人物は類型的であることが多い。一方、ワイルドの登場人物の描き方には心理的裏付けも感じさせられることもあるとは認める。しかしギルバートの社会の風潮や風習に鋭い観察の目を向ける点、登場人物の台詞を重視する点などが風習喜劇の復活につながった可能性もあると結びたい。

（1）一九世紀の演劇については T. W. Craik (ed.) : *The Revels History of Drama in English* Vol. 6 Vol. 7, Methuen 1978 と Michael Booth (ed.) : *Enlish Plays of the Nineteenth Century* Vol. III Vol. IV, Oxford 1973 と Sara Hudston : *Victorian Theatricals : From menageries to melodrama* Methuen 2000 を主に参照した。作家としては、T. W. Robertson, Douglas Jerrold, Bulwer-Lytton, Dion Boucicault, Arthur Wing Pinero などを考えた。

（2）シェイクスピアの作品では、『ヴェニスの商人』のランスロット・ゴボー、『ヘンリー五世』のウエールズ人フルーエリンやアイルランド人マックモリスなどの名前を代表的なものとして挙げられる。

（3）ほんの一例を挙げれば、ウィッチャリーの『田舎女房』のマージェリー、シェリダンの『競争相手』のアイルランド人サー・ルシャス・オットリガー、ゴールドスミスの『屈して勝つ』のハードキャッスルなど。

（4）ギルバートの伝記的な部分に関しては、主として Leslie Baily : *The Gilbert & Sullivan*, Spring Books 1952 および Alan James : *Gilbert & Sullivan : The Illustrated Lives of the Great Composers*, Omnibus Press 1989 と Diana Bell : *The Complete Gilbert and Sullivan*, Apple Press 1989 を参照した。

（5） ギルバートの作品からの引用は原則として Ian Bradley : *The Complete Annotated Gilbert & Sullivan*, Oxford 1996 からとり、私の拙い訳で載せさせていただいた。

（6） *The Compele Annotated Gilbert & Sullivan*-Oxford p. 787 l. 541-50.

（7） Oxford 版　P. 787 l. 551-66.

（8） Oxford 版にはこの作品は収録されていない。

（9） Oxford 版 p. 33 l. 343.

（10） Oxford 版 p. 37 l. 385.

（11） Oxford 版 p. 37 l. 403 p. 38 l. 406.

（12） Oxford 版 p. 65 ll. 337-8.

（13） Oxford 版 p. 65 ll. 317-20.

（14） Oxford 版 p. 95 l. 194.

（15） Oxford 版 p. 69 l. 415.

（16） Oxford 版 p. 127 l. 141.

（17） サー・ジョゼフに関しては時の海軍大臣スミスモデル説が伝えられてはいるが、ギルバート自身はこれを否定している。しかし、この人物を作り出すに当たってまったくスミスのことが念頭になかったかどうかはわからない。

（18） Oxford 版 p. 137 l. 345.傍線は筆者。

（19） Oxford 版 p. 163 ll. 169-170.

（20） Oxford 版 p. 181 ll. 493-4.

（21） Oxford 版 p. 195 ll. 34-67.

（22） Oxford 版 p. 241 ll. 234-5.

（23） Oxford 版 p. 261 ll. 586-9.

（24）Oxford 版 p. 291 l. 376.
（25）Oxford 版 p. 343 l. 424.
（26）Oxford 版 p. 343 ll. 433-6.
（27）ギルバートの伝記ではいずれもこのことに触れている。
（28）Oxford 版 p. 279 ll. 154-171.
（29）Oxford 版 p. 289 l. 324 ジェインが制服を批判する台詞は Red and Yellow! Primary colours! となっている。ラファエル前派が鮮やかな原色を蔑み、くもの巣を思わせる灰色のヴェルヴェットのような中間色を好んだのに因んでいる。
（30）Oxford 版 p. 335 ll. 307-9.
（31）Oxford 版 p. 373 ll. 247-61.
（32）Oxford 版 p. 381 ll. 367-80.
（33）Oxford 版 p. 425 ll. 233-5.
（34）Oxford 版 p. 417 ll. 64-5.
（35）家族再会は喜劇の伝統的主題の一つである。
（36）『王女イーダ』はギルバートが一八四七年にテニスンの『王女』をオペラ風に書き直したものに基づいている。枠組みなどには変更が見られるが、登場人物の名前や状況などはかなり原作に忠実である。
（37）幕末から明治初期にかけて英国を訪れた日本人はその容姿、服装、行動によって「ロンドン・タイムズ」を初めとする新聞の記事になったり、あるいは差絵入り新聞、雑誌に様子が書かれた。
（38）英国の外交官で幕末から明治初期に日本を訪れた人たちは東洋の不思議な国として日本の印象を著書に記録している者が多い。特に将軍と天皇の存在は興味をそそったらしい。ローレンス・オリファント、ラザフォード・オールコック、アーネスト・サトウなどである。

(39) *The Strand Magazine : An Illustrated Monthly* Vol. 1 1891 pp. 328-32.

(40) 『ミカド』初演は一八八五年で、大変人気があった演目で、一八九〇年代の初めまでこの作品に関する話題は続いたとみてよい。

(41) Oxford 版 p. 563 ll. 86-94.

(42) Oxford 版 p. 621 l. 297.

(43) Oxford 版 p. 566 註参照。

(44) 中産階級の人物の設定に当たっては、この種の人物に対する一九世紀の喜劇のセンチメンタルな扱いの影響を受けていると考える。

(45) Oxford 版 p. 663 ll. 81-9.

(46) Oxford 版 p. 723 ll. 131-40.

(47) このような魔法の絵を扱った小説や戯曲は当時かなり流行していた。ドッペルゲンガー現象への関心とも関連があると見られる。ワイルドの『ドリアン。グレイの肖像』との関係も考えられる。

(48) Oxford 版 p. 727 ll. 202.

(49) Oxford 版 p. 203-5.

(50) (51) この歌は Oxford 版では註の方にしか載せていない。Norton 社版の全集では p. 387 にここに引用したものが採用されている。

(52) Oxford 版 p. 749 ll. 614-8.

(53) Oxford 版 p. 785 ll. 510-8.

(54) Oxford 版 p. 899 ll. 679-82.

(55) Oxford 版 p. 920 註参照。

(56) Oxford 版 pp. 921 2 ll. 61-124.

（57） Oxford 版 p. 881 ll. 303–5.
（58） この題名については、『閉ざされたユートピア』が定訳となっているが、ザラ姫が英国から連れ帰った財務担当ゴールドの台詞（p. 1035 l. 1210 I'll float it as a Company Limited）からも明らかなように「ユートピア有限会社」の意味が考えられる。会社組織はギルバートがくり返し利用した制度である。
（59） Oxford 版 p. 89 ll. 49–51.
（60） Oxford 版 p. 379 ll. 330–3.
（61） Oxford 版 p. 993 ll. 679–82.
（62） Oxford 版 p. 37 ll. 338–91.
（63） Oxford 版 p. 131 ll. 220–2.
（64） Oxford 版 p. 145 l. 485.
（65） Oxford 版 p. 303 ll. 598–9.
（66） 註（36）参照。
（67） Oxford 版 p. 485 ll. 100–5.
（68） Oxford 版 p. 514 ll. 671–ll. 687–91.
（69） Oxford 版 p. 491 l. 219.
（70） 挿絵入り諷刺雑誌『パンチ』などではケンブリッジやオックスフォード大学に女子学生の入学が許された機会に女子大生を絶好の諷刺対象としている。一八七二年位に始まって一八八七年から一八八八年あたりには特にその種の記事が目立つ。
（71） Oxford 版 p. 203 l. 203–l. 207.
（72） Oxford 版 p. 319 ll. 18–23.
（73） Oxford 版 p. 621 l. 308『アイオランシ』の貴族の行進、註（32）参照。

（74） Oxford版 p. 445 ll. 578-80.

（75） シェリダンの『競争相手』参照。

（76） Michael Booth は *English Nineteenth Plays* の序文で特にギルバートの『婚約者』*Engaged*（1877）とワイルドの喜劇の影響関係を指摘している。

ギルバートとサヴォイ・オペラと「リスペクタビリティ」

新井潤美

W・S・ギルバートは生涯に七〇以上もの戯曲やオペラの台本を書いている。しかし、作曲家アーサー・サリヴァンと共作した、通称「サヴォイ・オペラ」と呼ばれる一四のオペラ[1]を除いてはギルバートの作品が今日、上演されることは稀である。もちろん、演劇研究の分野においては、ギルバートの作品は、特にそのノンセンスの要素がオスカー・ワイルドの『誠が肝心』*The Importance of Being Earnest*, あるいは後の不条理劇を先行するものとして、研究の対象になっているが、いわゆる一般の読者あるいは観客が簡単に触れることのできる彼の作品は、サヴォイ・オペラのみである。

逆にサヴォイ・オペラの人気は根強い。イギリスだけでなく、アメリカ、カナダ、オーストラリアなどの英語圏において、プロフェッショナルな団体だけでなく、多くのアマチュア団体や愛好家のあつまりによって、サヴォイ・オペラは上演されている。特に多いのが、中等学校や高等学校の学芸会での上演である。その理由としては、作品が広く知られている、あらかじめアマチュア向けに書き直された歌や伴奏の譜面が揃っている、などがあげられるが、なかでも重要なのは、サヴォイ・オペラが子供にも安心して見せ、参加させることのできる、だしものとして一般に受け止められているということである。これらの作品は「オペラ」と呼ばれてはいても、台詞の部分が多く、形式としては「オペレッタ」に分類されるものだが、男女の情事や不貞をテーマとし、きわどい性的冗談をもりこんだ、ヨーロッパ大陸のオペレッタと違って、ギルバートとサリヴァンの作品は下品でも不道徳でもない、当時のミドル・クラスの観客が見てもショックを受けない、きわめて「リスペクタブル」なものであった。

一九世紀前半のイギリスの劇場は当時のミドル・クラスの観客にとって、魅力のある場所ではなかった。劇場そのものの汚さやまわりの環境の悪さに加えて、だしものの大部分が、ろくな筋書きをもたない、スペクタクル中心のメロドラマであった。劇場に行くことは、リスペクタブルな娯楽ではなかったのである。しかし、一九世紀半ばから、事情は変わってくる。酒を飲みながら、歌や手品や踊りを気楽に見ることができるミュージック・ホールの擡頭によって、ワーキング・クラスの観客をとられていった、劇場の生き残る道は、当時経済的にも社会的にも勢いを伸ばしていたミドル・クラスを劇場に呼び戻すことだった。このため劇場の経営者たちは（彼らの多くは同時に劇団の座長を務め、役者も務め、劇場の経営も行なうという、「制作者兼主役」actor-manager と呼ばれる人々であった）はさまざまな趣向をこらしたのである。たとえばジャーマン・リード夫妻の経営する劇場は、theatre ではなく、Royal Gallery of Illustration と命名され、だしものの芝居 play は illustration、俳優の役柄 roles は assumptions と呼ばれた。そうすることによって彼らは当時「劇場」という言葉の持っていた堕落したイメージから自分たちを切り離そうとしたのである。また、マリー・バンクロフトは一八六五年にクイーンズ・シアターという落ちぶれた劇場を買い取って改装し、プリンス・オヴ・ウェールズ劇場と呼び名を変え、絨毯やレースを使って、ミドル・クラスの家庭の居間のような空間を作りあげた。さらに一八八〇年に彼女は夫のスクアイヤ・バンクロフトと共に、彼らの経営するヘイマーケット・シアターの一階の、安価な平土間席を完全に取り払い、より高額な椅子席に置き換えるという処置を行なった。劇場の外見だけでなく、だしものも、ミドル・クラスの観客が安心して見ることのできる、センチメンタルな家庭ドラマや、無邪気な恋愛喜劇が上演されるようになり、こうして、少なくとも一部の劇場は「リスペクタブル」な娯楽の場となっていった。

ギルバートの戯曲も、このようにして劇場に戻ってきたミドル・クラスの観客のために書かれたものだった。サヴォイ・オペラ以外のギルバートの戯曲や台本が現在ではほとんど読まれることも、上演されることもないことから、ギルバートはサリヴァンと組んで創作を始めるまでは、名声を得ることがなかったと誤解されることが多いが、事実はそうではない。二人が最初に大きな成功を納めたのは、一八七五年の『陪審裁判』によってであるが、それ以前にもギルバートはジャーマン・リード夫妻のロイヤル・ギャラリー・オヴ・イラストレイションやヘイマーケット・シアターなどで、作品が上演され、注目を浴びていた。とは言っても、当時、音楽界の寵児だったサリヴァンと違って、ギルバートの戯曲はそのすべてが好評だったわけではない。彼の作品にはたしかにヴィクトリア朝のミドル・クラスの観客を憤慨させるような猥褻な要素や下品な言葉づかいは見られないが、センチメンタルな恋愛物語や愛国心あふれる冒険物語に慣れてしまっていた当時の観客の感性を逆撫でするような要素を含んでいた。棘のある風刺と皮肉である。

例えば一八七三年にヘイマーケット・シアターで上演された『邪悪な世界』では、舞台は妖精の世界である。ここには恋愛という感情は存在せず、したがって、誰も罪をおかすことがない、完璧な善の世界である。妖精たち妖精たちは、人間が恋愛のために、毎日のように罪を起こしている下界の様子に心を痛め、彼らを改心させるために、は、人間界から二人の男性を呼び寄せる。ところが皮肉なことに、妖精たちは自分たちが呼び寄せた人間に恋をしてしまい、彼らの世界は逆に恋愛によって「汚染」されてしまう。美しい妖精と人間の男性という、ロマンティック・コメディ、あるいは許されざる愛の悲劇のテーマとしてうってつけのこのすじがきもギルバートの手にかかると、伝統的な恋愛観をくつがえすための手段となるのである。

恋愛は、地上にはびこるあらゆる罪のもと、
人は恋愛のために喧嘩し、
酔っぱらいは愛する女性に祝杯をあげ、
あるいは失恋のいたでから酒を飲む。
守銭奴は愛を買うために金を貯え、
嘘つきは富か愛を得るために嘘をつき、
そうして得た富で愛を買う。
(中略)
騙されてはいけない、恋愛は種でしかない。
そしてそこから育ち、枝を広げる木は
憎悪なのだ![2]

このような台詞は観客を驚かせ、批評家の不興を買い、ギルバートに「皮肉家」「天の邪鬼」などのレッテルが貼られる原因となったのであるが、ギルバートはあえて真っ向うから伝統的な恋愛劇を攻撃しようとしていたわけではない。理想化された「妖精」の世界という舞台設定は、全体を幻想のベールに包むことによって、棘を柔らかくしようとするギルバートの試みのあらわれであった。

じっさい、ギルバートの戯曲の舞台は現実から遠く離れたところであることが多い。それは一八七〇年の『真実の宮殿』のように、魔法をかけられた城であったり、一八七四年の『さかさま国』のように、すべてがさかさまの状態にある架空の世界であったりする。あるいは一八七七年にシアター・ロイヤル、ヘイマーケットで初演

された『婚約』のように、舞台は一応当時のイギリスであるが、人物や状況があまりにも不条理であるため、「現実味」をまったく帯びていないという作品もある。非現実的な設定の中に、現実の世界の人間をおき、その習慣、言動や常識を際だたせて風刺の対象とするという手段は、もちろんギルバートに始まったものではない。たとえば人気滑稽作家トマス・フッド（一七九九―一八四五年）は「学校の先生の外国旅行」「女教師の外国旅行」「移民からの手紙」といった短編小説において、エキゾチックな状況におかれた、ヴィクトリア朝のミドル・クラスの男女をおもしろおかしく描いているし、ルイス・キャロルのアリスの面白さは、荒唐無稽なノンセンスの世界に、ヴィクトリア朝の常識のかたまりであるアリスが迷い込むところにある。あるいは、J・M・バリーの戯曲『あっぱれクライトン』は、貴族とその使用人のあいだの主従関係の逆転という危険なテーマを扱いながらも、じっさいに、貴族とその執事という主従関係が逆転するのは、イギリスから遠くはなれた無人島においてであり、登場人物が無事にイギリスに戻ると、すべてがもとどおりになるという筋書きによって、従来の階級制度が守られ、一応は観客を安心させる結末がもたらされるのである。ギルバートも同様に、その荒唐無稽な筋書きと、非現実的な舞台設定によって、現実の世界を笑い、風刺するという常套的な技を使っているのであり、その風刺や嘲笑が度を超さない限りは、観客の不評を被ることはない。そしてサヴォイ・オペラにおいては、彼の辛辣な風刺と嘲笑は、サリヴァンの音楽によって、さらに効果的に緩和されるのである。

ギルバートとサリヴァンが最初に成功を収めた一幕からなるオペラ『陪審裁判』は一八七五年、ロンドンのロイヤルティ・シアターで、フランスの人気作曲家、ジャック・オッフェンバックの三幕もののオペレッタ、『ラ・ペリコール』（一八六八年、パリのテアトル・ドゥ・ヴァリエテにて初演）の前座として上演された。『ラ・ペリコール』では貧しい街頭音楽家のラ・ペリコールが、あまりの空腹のために、共演者であり、恋人でもあるピキヨを裏切って、ペルーの太守ドン・アンドレスの妾になることを承諾する。しかしいざ食べ物にありつき、空腹が癒されると前言をひるがえし、愛するピキヨのために純潔を守ろうとする。オペレッタにつきものの人違い、泥酔などのごたごたがあった後に、ドン・アンドレスは、ラ・ペリコールとピキヨの愛の強さに負け、ラ・ペリコールは無事に恋人と結ばれる。このオペレッタの台本を書いたのは、ヨハン・シュトラウスの人気オペレッタ『こうもり』の原作者でもあるアンリ・メイヤックとルドヴィック・アレヴィだが、夫婦あるいは恋人どしが、互いを裏切るという誘惑に負けそうになりながら、意志の力あるいは外的要因によって操を守り、愛を貫くという、恋愛喜劇の常套的なあらすじがここにも見られる。

この『ラ・ペリコール』と組み合わされて演じられた『陪審裁判』もやはり、男女の恋愛と心変わりを扱い、幸せな結婚というハッピー・エンドを迎えるが、オッフェンバックのオペレッタとは大分様子が異なる。ここでは心変わりをしたのは男性エドウィンの方であり、それに対して女性アンジェリーナは婚約不履行で相手を訴えるというきわめて実際的な手段で応じ、舞台はその裁判が行われている法廷である。しかもエドウィンは、自分の心変わりに関して、単に「気が変わった」という理由しか挙げることができない。

一日中朝食を食べるのは無理なことだし、
朝食が終わったら昼食に思いをはせても罪じゃない。
それに牛肉にあきたから羊の肉を食べたくなったからといって、
暴食家の誹りを受けることもないだろう。(3)

一方、この事件を裁く裁判官の恋愛および結婚に関する態度も、とてもロマンティックとはいえないものである。彼は自分がいかにして現在の地位につくことができたかを、得々として語ってみせる。

私は三等客車に乗るのには飽き飽きし、
パンと水の食事にはうんざりした。
だから金持ちの事務弁護士の
年増のみっともない娘と恋に落ちた。
（中略）
そのうち私は金持ちになったので、
家内が邪魔になってきた、
だから金持ちの事務弁護士の
年増のみっともない娘とはおさらばだ。(4)

こうして、今は独身である裁判官は、この事件の解決法として、婚約不履行のエドウィンの代わりに、自分がアンジェリーナと結婚する、と宣言する。

一日中こうしてもいられない、
私は忙しいんだ。
（中略）
よし、私が彼女と結婚しよう。(5)

これには誰も異存はなく、喜びのコーラスと共に、幕が閉じられる。

ああ、限りない喜び、
富に包まれる二人、
悲しみも悩みも
もうおしまい。
献身的な愛、
彼はあなたに夢中、
お堀に囲まれた城に
二人は出発する。(6)

初対面の二人のこの唐突な結婚が「限りない喜び」「献身的な愛」として称えられることの馬鹿馬鹿しさは、サリヴァンの華やかなフィナーレの音楽によって緩和される。恋人たちの愛の勝利を歌うという、基本的には「純愛もの」である『ラ・ペリコール』と違って、『陪審裁判』は男女間の恋愛のもろさ、結婚という契約の基盤の弱さを強調したシニカルな恋愛観をあらわした作品である。しかし、『婚約』などの作品の場合と同様、このようなシニシズムは、登場人物や状況の不条理によって、その毒が弱められ、さらに、このシニシズムにも、そして不条理にも不似合いなサリヴァンの甘美な旋律によって観客は、台本の棘を感じながらも、それを不快に思うこともないのである。

ギルバートとサリヴァンの関係は終始友好的というわけではなかった。二人の性格の違い、サリヴァンが、サヴォイ・オペラを所詮娯楽と考えており、オラトリオ、グランド・オペラなどより「芸術的」な創作に集中したかったことなど、さまざまな要因が挙げられるなか、ギルバートの台本の、荒唐無稽で奇抜な構想に対するサリヴァンの不満も、大きな要素である。

四月一〇日、木曜日。二時にギルバート現われる。二時間話す。新しい作品の題材として、私がすでに二年前に退けたものをだしてきた。ある魔法の道具（以前はコインと言っていたが、今回はドロップ）によって、人間が、自分がそのふりをしていた別の人間に変わってしまう、というものだ。つまり、老婦人を演じている若い娘は、ドロップをなめることによって、一時的に老婦人になってしまう、ということらしい。この題材は、作品を非現実的で技巧的にしてしまうという理由で、退けざるをえなかった。長い議論がかわされた。どちらも譲らない。まったくの行き詰まりだ。とは言え、終始友好的な雰囲気を保ってはいた。(7)

これは一八八四年のサリヴァンの日記に見られる記述である。同じ月の二日にサリヴァンは、ギルバートへあてた手紙に次のように書いていた。

『王女イーダ』で私はもう持っているものを絞りだしました。この種の作品にはもうこれ以上貢献できません。私の作曲する歌は、以前の繰り返しに過ぎなくなる危険があり、合奏曲も似たようなものばかりしかできません。

（中略）

私は人間的興味の盛り込まれた、じっさいありそうな話に音楽をつけたいのです。滑稽な台詞は滑稽な状況（深刻な状況ではなく）にのみ語られ、デリケートな状況あるいは劇的な状況においては、台詞も状況にみあうものである、そういう台本を求めています。そういう作品ならば、どこか現実味があり、創作も新鮮なものになり、われわれの合

作にも新たな生命が吹き込まれると思うのです。(8)

この短い記述からも、喜劇に対するサリヴァンとギルバートの見解の相違は明らかである。辛辣な笑い、風刺、シニシズムを、非現実的設定と不条理で包みこんで「リスペクタブル」な観客に受容させようとしていたギルバートと違って、サリヴァンは滑稽な箇所では笑い、悲しいところでは涙を流し、憤るべき場では怒りを表わす、そういったヴィクトリア朝的な「人間味のある」作品を好んだのである。彼にけっしてユーモア感覚が欠如していたわけではないのは、例えば『陪審裁判』や『王女イーダ』における、ヘンデルやバッハのパロディなどからも明らかであるが、それは「滑稽な状況には滑稽な音楽」の例であって、ギルバートの棘のある笑いとはいささか異なっていた。

不本意ながらも魔法のドロップの着想をひっこめたギルバート(その後も懲りずに何度か同じ案をサリヴァンに提示するのであるが)が翌月にサリヴァンに示したのが、『ミカド』の題材である。サリヴァンは喜んで受け入れ、一時危険にさらされていた二人のパートナーシップがとりあえずは持ち直しただけでなく、サヴォイ・オペラの中で現在でももっとも人気の高い作品が生まれたのであった。

新しい作品の舞台を「日本」に設定するというギルバートの判断は適切であった。それは、ギルバートの求める非現実性を満足させるのに十分なほどエキゾチックな場所であり、一方、妖精の世界や魔法使いのいる村などと違い、実在する場所であるという、現実性もあった。さらに、「日本」というテーマは時を得ていた。一八六二年のロンドン万博で日本専用の展示場が設けられ、日本の工芸品が、ヴィクトリア朝のミドル・クラスにもなじみのあるものとなっていた。この展示に感銘を受けた洋服店主アーサー・リバティは、「日本の服地」を扱い始めた。ワイルドをはじめとする耽美主義者たちが「日本のもの」を愛し、"Japanese" が耽美主義のキーワードの一つにさえなったのも周知の事実である。(9) レズリー・ベイリーはその著書『ギルバート・アンド・サリヴァン・ブック』の中で日本について、「当時日本はちょうどその存在が知られはじめていた。日本に関するあらゆるものが不思議で、ロマンティックで、刺激的に思えた」と書いている。(10)

日本に対する興味はさらに、一八八五年にロンドンのナイツブリッジに一月一〇日から四カ月間設置された「日本村」によって、かきたてられた。これはオランダの興行師が、日本に行って職人や芸人を集めてヨーロッパに連れてきたもので、入場料を払えば、「日本の男女や子供が日常生活を送る家並み、商店街、寺や庭園」を見ることができた。(11)『タイムズ』紙には毎朝、「日本村」の広告が載せられ、初日の紹介記事には、「ゆったりとした民族衣装を身につけたこの興味深い異国の人々は、極東から運ばれてきたこの光景にいっそうの彩りを添えている」と描写された。このちょっとした「日本ブーム」の中で、「まったく新しく斬新な日本的オペラ」と宣伝された『ミカド』が注目を集めたのは言うまでもない。

ギルバートは自分の作品が上演される際、役者の話し方や動きだけでなく、舞台装置や衣装の指導も行なっていた。例えば『軍艦ピナフォア』の上演の際にはポーツマスまで出掛けていってじっさいに軍艦を見学し、細かい装飾や、士官や乗組員の振る舞いにいたるまで、舞台で正確に再現してみせた。この真実味の追求は、『ミカド』の初演のときにはさらに顕著である。衣装の大部分はリバティの「日本の服地」を使い、日本の着物を摸して仕立てられたが、実際に日本から取り寄せられた、「約二〇〇年前の」衣装も使われたという。(12) さらに、

古い鎧を日本から買って取り寄せたが、それは使用できなかった。というのも四フィート五インチ［約一三二・五センチ］以上の身長の人間には小さすぎるものだったからだ。しかし不思議なことに、それはきわめて重く、劇団でもっとも力のある、たくましい男でもそれを身に付けて舞台を歩くのは難しかっただろう。(13)

正確だったのは衣装だけではなかった。ナイツブリッジの「日本村」から男性の舞踏家と「ゲイシャ」が呼び寄せられ、歩き方や身振りの手本を示した。

ゲイシャ、別名「茶屋の娘」は、話せる英語はわずかに「シックスペンス、プリーズ」——彼女がナイツブリッジで入れる茶の値段がシックスペンスだったので——だけだったが、魅力的で有能な教師だった。彼女の仕事は劇団の女性に立ち居振る舞いを教えることだった。いかに優雅に内股でちょこちょこと歩き、走り、踊るべきか、そして扇子の明け閉めによって怒り、喜びあるいは敬意を表わし、扇子の蔭でくすくす笑う方法なのであった。[中略] こうしてきわめて細かい部分にいたるまで、劇団員は「本物」そっくりになったのだった。(14)

『ミカド』の初演のプログラムには、「劇団経営者はナイツブリッジの日本村の住民と経営者の皆さまの貴重な援助に感謝の意を表明する」という文章が掲載され、舞台の上の「日本」がいかに「本物」に近いものであるかが強調された。当時、ジャパン・ソサイエティの副会長だったアーサー・ディオシーは、一八九九年一二月一三日の会報の中で、「公衆はこれがきわめて優れた、そして自然な日本の描写であると思い込んでしまった」と書いている。(15) こうして間違いなくイギリスではなく、しかも、たんに幻想や想像力の産物でもない、ある遠い異国という「場所」を得てこそ、ギルバートは思う存分ヴィクトリア朝のイギリスの社会、慣習、階級制度、その他すべて彼の気に障り、嘲笑と皮肉の対象となることがらに対して矛先を向けることができたのである。

『ミカド』は当時では驚異的な、六七二という連続上演回数を記録した。G・K・チェスタトンは「ギルバートとサリヴァン」というエッセーの中で、この作品について次のように述べている。

『ミカド』には最初から最後まで、日本を対象とした笑いはまったくでてこない。この作品における笑いは例外なくイギリスに向けられたもの、あるいはイギリス人にとって一番身近な、イギリスというかたちで知ることができる、西洋文明に向けられたものなのである。(16)

村の重要な役職をすべて一人で引き受け、「金を払えば、ミドル・クラスの人々と食事をしてやってもよい」と宣言する、「アダム以前からの家系を誇る」自称大物、虫も殺せないのに、なぜか「死刑執行大臣」の役職につくことができた「成り上がり者」、人前でいちゃつくのが死刑に値する犯罪となる社会、金さえ払えばこちらの思いどおりになる官僚、これらが日本に実際に存在するかどうかは別として、当時のイギリスの社会に対する風刺であることは観客にとってもあまりにも明らかであった。

As some day it may happen that a victim must be found,
　I've got a little list—I've got a little list
Of society offenders who might well be underground,
　And who never would be missed—who never would be missed!
There's the pestilential nuisances who write for autographs—
All people who have flabby hands and irritating laughs—
All children who are up in dates, and floor you with 'em flat—
All persons who in shaking hands, shake hands with you like *that*—
And all third persons who on spoiling *tête-à-têtes* insist—

They'd none of 'em be missed—they'd none of 'em be missed!

ある日犠牲者を見つけなければいけないかもしれないから
私はちょっとしたリストを用意した。
土の下にもぐった方がよいような、社会の迷惑者たち、
いなくても誰も困らない。
まず、サインをくれとねだるあのひどい厄介者——
それから手がふにゃふにゃしていて、気持ちの悪い笑いかたをする連中
歴史の年号をおぼえていて大人をやりこめる子供らも
そして握手するときにこんなふうにする輩、
女性と二人っきりでいるときにわざわざ話に割り込んでくる奴等
いなくても誰も困らない!

今でも上演されるたびに拍手喝采とアンコールの呼声を浴びる、「死刑候補者リスト」の歌の冒頭だけ見ても、笑いの矛先はどこに向けられているかが明らかである。しかもこれらの人々を死刑にすべきだ、という過激な意見は、舞台が文明とキリスト教徒の国、イギリスではなくて、「きわめて儀式化された言動、自殺と死刑に関する不可思議な考え方、そして専制的で独裁的な統治者が治ている、とてつもなく奇妙な場所」として当時の観客が捉えていた日本だからこそ、観客にも安心感と笑いをもってうけとめられるのである。(17)

日本であり、日本ではなく、イギリスでありながら、イギリスではない。ギルバート得意の矛盾と逆説の作品

である『ミカド』は、その荒唐無稽な筋書きがエキゾチック・ジャパンという舞台設定で正当化され、イギリスの社会に対するギルバートの嘲笑も攻撃も「日本」という設定によって、その辛辣さが緩和され、サリヴァンにとってても創作しやすいものとなり、観客にとっても受け入れやすい作品となったのである。自分たちの価値観を根本からくつがえすほどではない、適度の風刺と自己批判を持って自分自身を笑うことは、「自己満足の時代」ヴィクトリア朝のミドル・クラスの観客にとっては、特に快いことであった。そして、ギルバートとサリヴァンの作品が、それぞれ単独ではその人気を保つことのできなかった一方で、二人の合作のサヴォイ・オペラが「イギリス的伝統」として定着し、今でも愛されているのも不思議はないのである。

(1) ギルバートがサリヴァンと共に書いたオペラの数は正確には一五だが、一八七一年に初演された最初の合作『テスピス』はあまり成功を収めず(初演のときの上演回数は六四だった)、台本は残っているが譜面が失われてしまい、再演不可能となっている。一五のうちの九作品がロンドンのサヴォイ劇場で初演されたため、サヴォイ劇場で初演されなかった初期の作品を含めて、これらのオペラは「サヴォイ・オペラ」と呼ばれるようになった。その題名と初演の年は次の通りである。

一八七五　『陪審裁判』*Trial by Jury*
一八七七　『魔術師』*The Sorcerer*
一八七八　『軍艦ピナフォア』*H. M. S. Pinafore*
一八七九　『ペンザンスの海賊』*The Pirates of Penzance*
一八八一　『ペイシェンス』*Patience*
一八八二　『アイオランシ』*Iolanthe*
一八八四　『王女イーダ』*Princess Ida*

一八八五『ミカド』*The Mikado*
一八八七『ルッディゴル』*Ruddigore*
一八八八『ロンドン塔衛士』*The Yeomen of the Guard*
一八八九『ゴンドラの船頭』*The Gondoliers*
一八九一『ユートピア有限会社』*Utopia Limited*
一八九六『大公』*The Grand Duke*

（2） Why Love's the germ
Of every sin that stalks upon the earth :
The brawler fights for love — the drunkard drinks
To toast the girl who loves him, or to drown
Remembrance of the girl who loves him not!
The miser hoards his gold to purchase love.
The liar lies to gain, or wealth, or love ;
And if for wealth, it is to purchase love.
……
Be not deceived — this love is but the seed ;
The branching tree that springs from it is
Hate!

（3） You cannot eat breakfast all day,
  Nor is it the act of a sinner,
When breakfast is taken away,

　To turn your attention to dinner ;
And it's not in the range of belief,
　That you could hold him as a glutton,
Who, when he is tired of beef,
　Determines to tackle the mutton.

（4）But I soon got tired of third-class journeys,
And dinners of bread and water ;
So I fell in love with a rich attorney's
　Elderly, ugly daughter.
……
At length I became as rich as the Gurneys —
　An incubus then I thought her,
So I threw over that rich attorney's
　Elderly, ugly daughter.

（5）I can't sit up here all day,
I must shortly get away.
……
I will marry her myself!

（6）Oh, joy unbounded,
With wealth surrounded,
The knell is sounded

Of grief and woe.
With love devoted
On you he's doated
To castle moated
Away they go.

（7） Herbert Sullivan and Newman Flower, eds., *Sir Arthur Sullivan : His Life, Letters and Diaries*（London : Cassell & Company）, p. 141.

（8） Sullivan p. 140.

（9） ギルバートも四年前に初演された、耽美主義詩人のパロディを描いた作品『ペイシェンス』の中で、耽美主義詩人を、"A Japanese young man" と描写している。

（10） Leslie Baily, *The Gilbert and Sullivan Book*,（London : Cassell and Co. Ltd., 1952）, p. 245.

（11） 「日本村」については倉田喜弘『一八八五年ロンドン日本人村』（朝日新聞社、一九八三年）に詳しく述べられている。

（12） François Cellier and Cunningham Bridgeman, *Gilbert, Sullivan and D'Oyly Carte*（London : Sir Isaac Pitman & Sons, Ltd., 1914）, p. 192.

（13） Cellier p. 193.

（14） Cellier p. 191.

（15） *Transactions and Proceedings for the Japan Society, London*, December 13, 1899.

（16） G. K. Chesterton, "Gilbert and Sullivan", in *The Eighteen-Eighties : Essays*, ed. Walter de la Mare（Cambridge : Cambridge University Press, 1930）p. 152.

（17） Geoffrey Smith, *The Savoy Operas*（London : Robert Hales, 1983）p. 129.この「日本観」は現在でも一つのス

テレオタイプとして残っている。例えば一九九六年に出版されて英米でベストセラーとなり、日本でもその訳が出ているイギリス小説、ヘレン・フィールディングの『ブリジット・ジョーンズの日記』では、主人公の恋人となる男性の別れた妻が「きわめて残酷な人種」である日本人であることが繰り返し述べられている。

ハーディとサヴォイ・オペラ

深澤　俊

トマス・ハーディ（Thomas Hardy, 1840-1928）が小説家として活躍していた時期は、ロンドンのサヴォイ劇場を中心として「ギルバート・サリヴァン・オペラ」が連日、多くの人びとを集めて演じられている時期であった。劇作家ウィリアム・S・ギルバート（William Schwenck Gilbert, 1836-1911）と作曲家アーサー・サリヴァン（Arthur Seymour Sullivan, 1842-1900）がコンビを組んで、初の軽喜歌劇『テスピス』（*Thespis*）を上演した一八七一年から最後の『大公』（*The Grand Duke*）の上演一八九六年までは、ハーディが出版上の処女作『窮余の策』（*Desperate Remedies*, 1871）から最後の小説『日陰者ジュード』（*Jude the Obscure*, 1895 ただし名目上は一八九六年と印刷されている）までの時期と奇しくも完全に一致する。しかし、ハーディの書簡を調べても、また自伝的要素の強いフローレンス・エミリ・ハーディ著『トマス・ハーディの生涯』（Florence Emily Hardy, *The Life of Thomas Hardy, 1840-1928*）を見ても、ハーディがサヴォイ・オペラを見に行ったという記録には出会わない。また、サヴォイ・オペラのほうでハーディに影響を受けた痕跡もまったくないと言ってよい。同時代のそれぞれに大きな二つの芸術活動が、これほどまでにお互い無関係に存在していたということは、逆にわれわれにこの時代の多様性と、それぞれの芸術活動の異なった特徴を示してくれているとは言えないだろうか。

もちろんハーディが音楽に無関心だったり、芝居に興味がなかったり、あるいはロンドンに出かけることがあまりなかったりというのなら、話は別である。ところが、ハーディは田舎育ちとは言え、あるいは、かえってそのために、子供のときからヴァイオリンを習い、教会の集まりで合奏団の一員として演奏した経験を持っていた。おまけにハーディのロンドンとの関係は、小説家になるまえに建築家アーサー・ブロムフィールドの事務所に勤めていた五年間を別にしても、深いと言わなければならない。美術館などの文化施設のために、そして人との交流のために、ハーディは田舎に本拠を持ちながらロンドンにも住んで二重生活をした。ハーディが演奏会に出かけていることは、書簡集にもちらほら見える。

ハーディの詩に音楽を題名にしているものがある。「モーツァルトの変ホ長調交響曲の主題に合わせた詩行」（『映像の瞬間』*Moments of Vision*）がそれで、内容は恋人とのかつての楽しいひとときを歌ったものである。変ホ長調という調性はモーツァルトの交響曲で幾つか存在するが、一般に知られているのは、第三九番の交響曲だろう。ハーディ自身の原稿には「メニュエット」と書いたあとがあるので、まさにこの曲の有名な、華やかな第三楽章だと察しが付く。ハーディはこの軽快な調べを聴きながら、あるいは思い浮かべながら、若い頃過ごした楽しいときに思いをやる。そこには人生の深淵を覗き込んだり、時の経過を感じ、悔恨を覚える複雑な心理も働いている。ハーディの音楽体験が向かう先は、静寂な内面的なものらしい。

もう一方のサヴォイ・オペラは微妙な内面性の表現よりも、社会風刺や言葉遊び、あるいはリアリズムとは無関係な、奇想天外な筋の運び、そしてこれらをうまく調和させる軽妙な音楽で成り立っている。軽喜歌劇だけあって、雰囲気を作り出したのは作曲家のサリヴァンの力が大きいのだが、一見ばかばかしい筋と言葉遊びで聴衆を芝居に引き込んだのは、幼少の頃から駄洒落の好きなギルバートだった。サヴォイ・オペラとは、まさにギルバートとサリヴァンの共作になるものであって、出来のよい作品は二人の個性がよい具合に結びついた、幸福な結果なのである。しかし、この二人が同じ方向を向いていたと考えてはなるまい。ギルバートが求めていたものと、サリヴァンが望むものとはじっさいは異なっていた。二人は共作者としてコンビを組んだものの、二人のあいだにはげしい葛藤が渦巻いていたことも忘れるわけにはいかない。サリヴァンはもともと軽歌劇ではなく、オラトリオなどの宗教曲を書きたいと思っていた作曲家だった。

＊

当時、イギリスと海峡をはさんだ隣のフランスでは、ナポレオン三世の第二帝政下、ジャック・オッフェンバック（Jacques Offenbach, 1819-1880）が軽妙なオペレッタで一世を風靡していた。かれの作品はばかばかしい筋の、社会の風刺戯画と言ってよいものだが、聴衆をつかむ壷を心得ているという点では、オッフェンバックは才人だった。かれは生涯に一〇〇近い歌劇の類を書いた多作家だが、一八五七年にかれの一九もの演目を携えてのロンドン公演は大成功で、その余波は二〇年にもわたって続いたという。だが、一八六七年八月の『トマホーク』（*The Tomahawk*）の記事に、イギリス人の作家による喜歌劇を演じる、小ぶりの常設劇場を求める趣旨の文が載った。ロンドン公演では、オッフェンバックの演目もイギリス人の趣味に合わせて「品よく」変えられるので、パリで花形のソプラノ歌手シュナイダー（Hortense Schneider）を連れてきても、パリのような出来栄えにはならなかったのだ。借りものの喜歌劇では、聴衆が満足できなくなっていた。

サヴォイ・オペラを求める土壌は、このときすでに出来上がっていたと言えよう。一八六九年、興行師ジャーマン・リード（Thomas German Reed）がロンドンのギャラリー・オヴ・イラストレイション劇場で、フレデリック・クレイ（Frederic Clay）作曲のギルバートの新作オペレッタ『むかしむかし』（*Ages Ago*）を上演したのも、この流れのなかにあった。そしてフレデリック・クレイはサリヴァンの友人だったから、この楽界注目の新進作曲家サリヴァンをリハーサルに呼んだ。ギルバートとサリヴァンは、この劇場で初めて出会うことになった。

サリヴァンは王立音楽院で学んだのち、ライプチヒで本格的なドイツ音楽の勉強をした人である。かれは管弦楽曲、合唱曲の作曲のほか、一八六七年に音楽学者のジョージ・グローヴとウィーンでシューベルトの『ロザムンデ』(*Rosamunde*) の楽譜の発見なども成し遂げたのだが、このころのウィーンはフランツ・フォン・ズッペ (Franz von Suppe) がオペレッタの分野で大活躍で、一八七一年からはヨハン・シュトラウス二世 (Johann Strauss II) のオペレッタも加わり、華やかな闘いが繰りひろげられようとしていた。いまだにわれわれを楽しませてくれるシュトラウスの『こうもり』(*Die Fledermaus*) は、一八七四年の初演である。この風潮のなかでサリヴァンは注文に応じて、初のギルバートとの共作オペレッタ『テスピス』を、一八七一年一二月二六日から翌年三月八日まで、ロンドンのゲイアティ劇場で上演するにいたった。現在、この台本は残っているが楽譜は紛失していて、作品は忘れられた存在になっている。

ギルバートとサリヴァンの共作オペレッタを興行的に成功させたのは、サヴォイ・オペラの興行師として名を残したリチャード・ドイリー・カート (Richard D'Oyly Carte, 1844-1901) である。かれはソーホー地区の小劇場ロイヤルティ・シアターの経営を任されていたが、一八七五年三月に二人の『陪審裁判』をこの劇場で上演して以来、二人のコンビが消滅するまで、いや、そののちまでも、二人の共作オペレッタを上演しつづけることになる。

ここでギルバート・サリヴァン・オペラの、それぞれ初公演のときの劇場名、公演回数を記してみよう。最初の日付は公演初日を、あとの日付は公演最終日を示している。

『陪審裁判』（*Trial by Jury*）　一八七五年三月二五日
　ロイヤルティ劇場　一三一回　一八七五年一二月一八日
『魔術師』（*The Sorcerer*）　一八七七年一一月一七日
　オペラ・コミック劇場　一七八回　一八七八年五月二四日
『軍艦ピナフォア』（*H. M. S. Pinafore*）　一八七八年五月二五日
　オペラ・コミック劇場　五七一回　一八八〇年二月二〇日
『ペンザンスの海賊』（*The Pirates of Penzamce*）　一八八〇年四月三日
　オペラ・コミック劇場　三六三回　一八八一年四月二日
『ペイシェンス』（*Patience*）　一八八一年四月二三日
　オペラ・コミック劇場　一七〇回　一八八一年一〇月八日
『アイオランシ』（*Iolanthe*）　一八八二年一一月二五日
　サヴォイ劇場　三九八回　一八八四年一月一日
『王女イーダ』（*Princess Ida*）　一八八四年一月五日
　サヴォイ劇場　二四六回　一八八四年一〇月九日
『ミカド』（*The Mikado*）　一八八五年三月一四日
　サヴォイ劇場　六七二回　一八八七年一月一九日
『ルッディゴル』（*Ruddigore*）　一八八七年一月二二日
　サヴォイ劇場　二八八回　一八八七年一一月五日
『ロンドン塔衛士』（*The Yeomen of the Guard*）　一八八八年一〇月三日

サヴォイ劇場　　　　　　　四二三回　　一八八九年一一月三〇日
『ゴンドラの船頭』（*The Gondoliers*）
サヴォイ劇場　　　　　　　五五四回　　一八八九年一二月七日
『ユートピア有限会社』（*Utopia, Limited*）
サヴォイ劇場　　　　　　　二四五回　　一八九一年六月二〇日
『大公』（*The Grand Duke*）
サヴォイ劇場　　　　　　　一二三回　　一八九三年一〇月七日

一八九四年六月九日
一八九六年三月七日
一八九六年七月一〇日

この公演回数は、驚異的と言ってよいだろう。この数字は興行としての成功を示すだけではなくて、当時のロンドンの賑わいすら伝えてくれる。ドイリー・カートはただ大衆にこびて、興行成績を上げたというのではない。イギリス独自の軽歌劇が求められている風潮のなかで、もともと作曲に手を染めたことのあるドイリー・カートは、ギルバートとサリヴァンの組み合わせによる音楽作品に、直感的に大きな可能性を見ていたのだ。ギルバートが得意とする上品な風刺や気の利いたナンセンスは、まさにイギリス人の好むものである。これにしっかりとした音楽技法を持った作曲家が、程良いセンチメンタリズムを加えて歌わせれば、一つの文化的ブームを作り出すことだろう。ドイリー・カートは『ブリタニカ百科事典』で「時代の音楽趣味を向上させた」と書かれるほどに、偉大な業績を残すことになる。そして、たしかに『陪審裁判』は一七二八年の『乞食オペラ』（*The Beggar's Opera*）以来のイギリス国産軽歌劇だった。

やがて二人のコンビによる『軍艦ピナフォア』のメロディは、イギリス各地で口ずさまれることになるのだが、この作品にしても一八七八年五月の公演最初のころは劇場の入りが悪く、ギルバートはこの作品で時の海軍大臣W・H・スミス（W. H. Smith）を茶化したことなどを気にして、まじめな戯曲に鞍替えしようとすら思ったほどだ。そのようなとき、パリの万国博覧会の音楽行事のため出かけていたサリヴァンはロンドンへ戻ると、コヴェント・ガーデンで行われたプロムナード・コンサートの曲目に、ベートーヴェンの交響曲と合わせて『軍艦ピナフォア』の音楽を組曲風に入れて、演奏した。これが驚くばかりの大当たりだった。この管弦楽曲のピアノ用の楽譜は飛ぶように売れ、新聞だねになったりして、宣伝効果はてきめんで、八月末には劇場は連日大入りになった。

ドイリー・カートがサリヴァンを共作者に引き込んだことは、まさに大成功だった。これより前の一八七六年にドイリー・カートは、四人の協力者に一人五〇〇ポンドの出資金を募って「喜歌劇協会」（Comedy Opera Company）なるものを作っていた。この資金提供者たちは『軍艦ピナフォア』が不評の時に手を引いたのだが、このオペラが金儲けになると知ると、舞台セットや衣装の所有権を主張して、公演中に荒くれ者を舞台に送り込むという暴挙に出た。これは裁判沙汰になって、けっきょくドイリー・カートの勝訴に終わる。かれは新たなパートナーとして共作者の二人と組むことにして、それぞれが一〇〇〇ポンドずつ出資し、ギルバートとサリヴァンとは必要に応じて六カ月の準備期間で一作品を作るという契約も交わした。これで、一連のサヴォイ・オペラの制作態勢が出来上がった。

このサヴォイ・オペラの本拠地であるサヴォイ劇場（Savoy Theatre）はロンドンの中心部の近くに作られ、一八八一年一〇月一〇日、オペラ・コミック劇場から移した『ペイシェンス』でこけら落としをすることになった。この劇場は科学技術の成果を積極的に採り入れるドイリー・カートの姿勢を反映して、発電設備を備え、電気照明を劇場として初めて採用した。当時はガス灯の時代であり、電気は危険で感電するとか、発火するとかと恐れられていたので、ドイリー・カート自身が観客を前にして布にくるんだ電球を割って見せて、その安全性を証明したという。

現在、イギリスの作曲家のオペラ作品として世界の舞台に乗せられているものは、ベンジャミン・ブリテン(Benjamin Britten, 1913-76)の『ピーター・グライムズ』(*Peter Grimes*, 1945)が目に付くくらいで、たまにヘンリー・パーセル(Henry Purcell, 1559?-95)の作品が採りあげられたりする程度だろう。そのなかで時折ギルバート・サリヴァン・オペラの『ミカド』が上演されるのだから、イギリス歌劇の歴史のなかでサヴォイ・オペラの占める位置は大きいと言わねばなるまい。しかし、一般的にオペラの歴史を語る場合に、サリヴァンの名前は消えかかっている。例えば一九九三年米英同時刊行の『国際オペラ事典』(*International Dictionary of Opera*, St James Press)を見ても、サリヴァンの名も『ミカド』の項目も見つからない。もっともこの事典では、本格的なオペラも残したオッフェンバックにはかなりのページを割いていても、ウィーンやミュンヘンの歌劇場の重要なレパートリーである『こうもり』も、ヨハン・シュトラウスも項目に上がっていないのだから、オペレッタは除外しようとの編集方針なのだろう。

だが、これはサリヴァン自身が引っかかっていた問題でもあったのだ。サリヴァンにとって、サヴォイ・オペラは余技であった。現在の一般的な評価では、サヴォイ・オペラのなかで『ミカド』が高い地位を得ているが、サリヴァンからすれば最高の評価は『ロンドン塔衛士』に与えられるべきものであった。このことは『ロンドン塔衛士』の音楽としての作り方を見れば、一目瞭然だろう。序曲のオーケストレーション、つまりいろいろな楽器の有機的重層性を見るだけでも、サリヴァンの意気込みは伝わってくるし、とくにこの大詰め、フィナーレの作り方の見事さはヴェルディの域に達している。

サヴォイ・オペラには、重大な問題が潜んでいた。当時のヴィクトリア朝の文化的雰囲気からすれば、ドイリー・カートの判断は確かだったが、サリヴァンの音楽の発展という意味では、カートの判断がサリヴァンの悲劇であったと言えなくもない。ギルバートとコンビを組む直前のサリヴァンの作品に、「舞踏序曲」(Overtura [sic] di ballo) という一八七〇年初演の曲がある。この一〇分ばかりの流れるような音楽は、バレエにでもしたら見事な舞台芸術を作り出したことだろう。しかしサヴォイ・オペラの場合、ドラマの展開の上からも音楽を自在に流れさせるわけにはいかないのだ。『ミカド』のなかでこのような流れは、かろうじて第二幕の冒頭の部分などに見られるだけだろう。ようするにサヴォイ・オペラとは、サリヴァンの芸術性を考えると妥協の産物なのだ。ギルバートの強みは小気味よい政治的・社会的風刺であり、それをしゃれたセンスのサリヴァンの音楽でつないで、ばかばかしいノンセンスをばかばかしく見せないで、楽しい娯楽に仕上げてしまうのがサヴォイ・オペラなのだ。おそらく『ミカド』は、ちょっと見ると相容れないようなギルバートとサリヴァンの個性がうまい具合に妥協し、もっとも調和した幸福な例なのだと言えよう。

ギルバートは、政治漫画のように時局を風刺することを得意とした。過酷なだけの立法とか、兼職のために機能しなくなっている行政とか、『ミカド』のなかの風刺はかなり辛辣なのだが、舞台を遠い日本の話にすることで、この辛辣さは虚構世界のまろやかなものになる。ギルバートたちの時代の人びとにとっては、日本とは外交関係を云々するような現実世界の国というよりは、ちょんまげ姿でロンドン万国博覧会のアトラクションとなる物珍しい国だったのだ。芸術上のジャポニズムよりも世俗的な、しかし現実味のない世界として、『ミカド』の舞台であるティティプ市は位置づけられよう。「宮さま宮さまお馬の前に」とか「鬼びっくり、しゃっくりと」という日本語が登場しても、あくまでも虚構空間を補強するためのものだった。新作を作るのに悩んでいたギルバートが書斎のなかを歩き回っていたときに、飾っておいた日本刀が落ちてこの構想がまとまったというエピソードも、日本という国の虚構性をよく示している。ギルバートの頭のなかにあった風刺はイギリスの日常性のなかで蓄積されていたのだろうが、それが現実ではない日本という枠をつけることによって、虚構の作品として完成したのだから。そして、いわばまろやかになった『ミカド』という台本に音楽的真剣さを必要としないまま、サリヴァンは距離を保つようにして作曲をする。一般的な判断からすれば、結果は大成功だった。

このようにして共同作業は進められる。観客の動員数は、驚異的なものだった。だが、サリヴァンの意識は、つねにグランド・オペラの方を向いていた。『ミカド』の三年後に作られた『ロンドン塔衛士』は、かなりにサリヴァンの趣向を入れることに成功した作品となった。音楽的に見ればこちらの方がよくできていたが、ギルバートの芝居は陳腐に見えることだろう。二人の共作者の微妙なバランスを欠くと、サヴォイ・オペラは出来栄えにかげりが出てしまう。このことは、ギルバートとサリヴァンの共同作業の危うさを示してもいる。

だが、先にすこし触れたように、サヴォイ・オペラの利益は、莫大なものだった。純益はドイリー・カート、ギルバート、サリヴァンのあいだで三等分することになっていた。しかし、この関係もいつまでも安泰というわけではない。「芸術家」サリヴァンは思うところもあってあまり気にしなかったのだが、法曹人であるギルバートのほうは分け前に不満で、ドイリー・カートが利益を取りすぎているのではないかと、クレームを付けることが起きた。『ロンドン塔衛士』の次の作品である『ゴンドラの船頭』を上演中のときで、ドイリー・カートは劇場のロビーの絨毯《じゅうたん》取り替えの代金一四〇ポンドまで必要経費に入れたので、ギルバートを怒らせ、これがもとで裁判沙汰になった（ギルバートは最初、絨毯の費用が五〇〇ポンドと思っていた）。この事件は社会にセンセーションを巻き起こすもので、当時の大衆紙『ザ・スター』（*The Star*）は「W・S法に訴える」との見出しで、大げさな記事を書いている。そして一八九〇年九月三日、ローレンス判事のもとで審理が行われ、ギルバートの主張が認められた。だが、これはギルバート・サリヴァン・オペラの消滅を予見する事件だったといえよう。

なにしろ、サリヴァンの志向はこのようなサヴォイ・オペラではなく、オラトリオであり、グランド・オペラだった。ギルバートとドイリー・カートとの争いで、サリヴァンがギルバートの味方にならなかったのにも、ドイリー・カートが本格的なオペラハウスを計画していて、そこでサリヴァンのグランド・オペラ『アイヴァンホー』(*Ivanhoe*) の上演が約束されていたことも、一つの理由になっている。サリヴァンの夢は、オッフェンバックになることではなくて、ヴェルディ (Giuseppe Verdi) のようになることだった。

この『アイヴァンホー』は一八九一年一月末に、ロイヤル・イングリシュ・オペラ・ハウスで初演された。連続一六〇回公演をしたというから、現在、一回のオペラ公演を行うために、指揮者や作曲家が自腹を切っている日本の事情を知るものには羨ましい限りだが、興行的には『アイヴァンホー』は失敗だったという。本格的なオペラ作曲家として名声を得たいサリヴァンの打撃は大きかった。ドイリー・カートにしても、莫大な損失のためにオペラ劇場の運営は不可能になった。いっぽう、訴訟騒ぎを起こしたギルバートも、サリヴァンと組まないオペラはうまくいかなかった。結局のところ、またまたギルバート、サリヴァン、カートのトリオで、サヴォイ・オペラ『ユートピア有限会社』が作られ、上演される。

このオペレッタは南洋の孤島を舞台にしていて、そこは「限られた」世界でもあり、私的「有限会社」でもあるようなところになっている。音楽は書き慣れた作曲家がじっくり聴かせようとしている感じで、伸びやかな流れはけっして悪くない。音楽評論家でもあった劇作家バーナード・ショー (George Bernard Shaw, 1856–1950) が、「以前のサヴォイ・オペラのどの総譜《スコア》よりも、『ユートピア』の総譜がよかった。オーケストラ曲は魅力的、ユーモラスだ」と褒めたのも、頷けよう。

だが、この音楽はそれまでの総決算としての意味を持つけれども、新たな境地を切り開こうとするものではない。しかも、ギルバートの台本のほうはやや退屈なところへもってきて、美貌であっても、才能があるわけではない王女役ナンシー・マッキントッシ (Nancy McIntosh) の出番を多くすることにこだわったから、中途半端なものになった。この南洋のユートピアは、イギリス留学の王女が帰国したのを機会に、王様の命令でイギリス化を成し遂げる。作者はイギリス植民地政策を云々するほどの意識があるわけではなくて、いろいろと欠陥のある楽園がイギリス式になるときの騒ぎを、ひややかに楽しんでいるふうだ。しかもこの作品は、王女がガートン・コレッジ卒の女子大生あがりという同時代の話題性に寄りかかったところもあって、『ミカド』のような普遍性を持ち得なかったことも、『ユートピア有限会社』がのちに上演されなくなった一つの理由だろう。ようするに演劇的にも音楽的にも、両者が作り出す普遍的緊張感に欠けた作品なのだ。

それでもギルバートとサリヴァンは、さらにもう一つのサヴォイ・オペラを仕上げた。『ミカド』のように異国の珍奇さを表面に出すのではなくて、ドイツ系のイギリス王室とその周辺をさりげなく採りあげた『大公』という作品である。とは言っても、登場するのは貴族たちと劇団の仲間たちで、結婚をめぐってのたわいない話なのだ。作品中の「片言のドイツ語《ブロークン・ジャーマン》」とか「片言の英語《ブロークン・イングリシュ》」を話す人物がヴィクトリア女王の一族を指しているという指摘を重視すれば、この作品は王室を茶化していると見られないことはないが、王室を採りあげたのは、風刺の対象というよりも舞台の豪華さのためだろう。

サリヴァンの音楽は、ますます書き慣れたという余裕すら感じさせてくれる。グランド・オペラ的な傑作を書こうという意気込みは後退して、純粋にサヴォイ・オペラの楽しみを追求しているからなのだろう。「『大公』の総譜《スコア》は一つの発展である」としたアラン・ジェファソンの意見は、もっともだと思われる。(1)

だから、こと音楽にかんする限り、サヴォイ・オペラは衰退しているわけではなかったのだ。けれどもオペラとは、一つの演劇として見せるところがある。ことに、サヴォイ・オペラはそうだろう。たしかにギルバートの戯曲は小気味よい風刺を失って、無難なものになりすぎていた。サリヴァンの音楽も、いかに技法が優れていても、劇的変化に乏しくてはオペラ作品としての精彩を欠く。『大公』の舞台そのものはたいへんに豪華で、一時的な見せ物としては面白かったようだが、それが長続きするはずはない。ギルバートが思い入れをした女優ナンシー・マッキントッシは、演技が下手で外されてしまう。ギルバートも、それ以上サヴォイ・オペラを書く意欲を失っていた。

*

サリヴァンの音楽が一世を風靡したとは言っても、ロンドンの音楽界がそれ一色になっていたわけではない。当時の新聞なり、雑誌なりの文化欄を見れば、これはすぐに分かることである。たとえば、絵入り週間雑誌の『グラフィック』(*The Graphic*) の「オペラ」とか「音楽」の欄を見ると、私たちが目にするのは、ヴェルディとかドヴォルザークとかという名前で、現在の私たちのまわりの事情と大差があるわけではない。そこにサリヴァンがどこどこへ行ったと書かれていて、この作曲家の存在が大きかったことも分かる。

トマス・ハーディの趣向は、このヴェルディやドヴォルザークのほうだった。かれが音楽会に出かけている様子は、かれの『書簡集』などを見ても分かる。ハーディはサヴォイ・オペラの喜劇的オペレッタよりも、内省的な音楽のほうが好みに合っていた。さらに厳密に言うならば、田舎の村の教会でかつて演奏された種類の音楽がよかったのではないか。ハーディが子供のころに出向いた教会は、ごく一般的な英国国教会だが、むかしはオルガンなどもなく、村人たちが代々楽器を引き継いで合奏していた。ハーディの家は、ヴァイオリンを弾くことになっていた。ハーディ自身も子供のときに、父親からヴァイオリンの手ほどきを受けている。演奏する曲目は、賛美歌であったり、カントリー・ダンスの音楽であったりした。

この田舎の教会がハーディにとって大きな意味を持っていたことは、詩人ロバート・グレイヴス (Robert Graves, 1895-1985) が語っているところである。

かれはむかし、田舎の村の教会がよきにつけ悪しきにつけ、その村のあらゆる音楽、文学、芸術教育の中心であったことを忘れることができなかった。それからかれはウェセックスの教会の、むかしの弦楽合奏団の話をした。その一つでかれの父も、祖父も、かれ自身も演奏していたので、これらの合奏団がなくなったことを残念がった。(2)

この村の合奏団の解散問題を扱った小説が、『緑樹の陰で』(*Under the Greenwood Tree*, 1872) である。この小説はハーディの牧歌性を描いたものとされるが、注目に値すると思われるのは、この牧歌性が追憶と重なっていることで、ハーディの問題意識は牧歌的な過去の追憶の世界と、牧歌性を失った不安な未来とのあいだの落差なのだろう。以後『日陰者ジュード』にいたるまで、ハーディの小説は、基本的にはこの意識のヴァリエーションであると言えよう。

ハーディが筆を進めるにつれて牧歌性、アルカディア的田園性が薄れていったと言うのは、容易なことだろう。『緑樹の陰で』や『はるか群衆を離れて』(*Far from the Madding Crowd*, 1874) などの初期の作品には、たしかに牧歌性が残っていて、最後の『日陰者ジュード』になると、これがまったく消滅してしまうからだ。

だが、ハーディの自然は、妖精のいる神秘的な森に少年のように目を輝かせた、ワーズワス (William Wordsworth, 1770-1850) の自然とは違ったものだ。ハーディの自然はときに人びとに恵みをもたらし、ときには災害をもたらす。問題は人間のほうで「すべての不調和は、理解できない調和であり、部分的な害悪も、普遍的な善である」(3)と、アレクサンダー・ポープ (Alexander Pope, 1688-1744) のように信じられるかどうかである。ワーズワスやロバート・ブラウニング (Robert Browning, 1812-89) を楽天的詩人にしたのは、まぎれもなくこの信念だったからだ。だがハーディの時代は、自然科学の発達と聖書解釈のあいだで、ぎくしゃくしていた。経済的にも、調和や普遍的な善を人びとに信じられなくさせていた。

おまけにハーディは、田舎や田園を理想化することのない、田舎の人間だったのだ。ギリシアのアルカディアが示すように、田園や牧歌性を理想化するのは、他所に生活するものの夢である。現実のアルカディアは山地のためポリスの形成にも不利で、人びとは牧畜を主な業としていた。そしてギリシア各地に傭兵として、職を求めていた。この不便な、隔絶された場所が、時代が離れ、場所が離れた人びとからは理想郷として、美術や文学のなかで表現される。アルカディアは虚構だからこそ、桃源郷としての意味を持ち得たのだ。

ハーディにとって田園生活が恵まれたものであるかどうかは、たぶんにそこの人間関係に左右される。自然現象そのものについては、ハーディの態度は中立だといえよう。『カスターブリッジの町長』（*The Mayor of Casterbridge*, 1886）の自然現象もヘンチャードに幸いしたこともあれば、災いとなったこともある。自然がヘンチャードにとって都合の悪いもののように見えるのも、自然現象が味方したヘンチャードの出世については、作品のなかにあまり書かれていないだけのことだ。『ダーバヴィル家のテス』（*Tess of the d'Urbervilles*, 1891）のなかでは、トールボットヘイズの素晴らしい自然もあれば、フリントコム・アッシュの厳しい自然もある。自然がどうであろうとも、田舎の人間はそのなかで生きるしか方法がない。そうしていくうちにも人間には喜びもあるだろうし、ただ耐えるしかない辛いこともあるのだろう。

人間の宿命を描きながらも、ハーディの小説はごく狭い人間関係で成り立っている。戯曲『覇王たち』（*The Dynasts*, 1903-8）の場合は、ウォルター・スコット（Walter Scott, 1771-1832）の叙事詩に見られるような鳥瞰的視点があるが、小説の多くは時代の流れを背景に持つとはいえ、扱われるのは田舎の村の数家族にすぎない。その点では、ジェイン・オースティン（Jane Austen, 1775-1817）と大差があるわけではない。だが、雰囲気がまったく違ってしまうのは、扱われる人物の階層の違いに加えて、取り返しのきかない、あるいは繰り返しの不可能な出来事がハーディの小説を支配しているためである。

たとえばジェイン・オースティンの『エマ』(*Emma*, 1816) のなかで、エマ・ウッドハウスがお節介をして、ハリエット・スミスと農夫との結婚をやめさせたにしても、エマの思い違いが明らかになったときに、ハリエットはこの農夫と幸福な結婚をする。繰り返しがきく人生には、笑って済ませることのできるゆとりがある。ところがハーディの『テス』の場合、やっとテスの価値を理解して戻ってきたエンジェルと結ばれるには、テスは同棲を強要したアレックを刺し殺すしかなかった。テスが一時的にエンジェルと結ばれることがあっても、殺人者テスとエンジェルの幸福な繰り返しはありえない。そこから、ハーディの悲壮性が生まれている。

ハーディの描く人物たちの悲壮性と、牧歌性はいわば相反する領域にあるらしい。そしてここでの牧歌性とは、人里離れた自然のなかで牧童が笛を吹く、というものではない。ハーディの小説の人物が村落共同体に属しているかぎり、かれらを取り巻く牧歌性は消滅していないことに注目する必要があるだろう。たとえば『緑樹の陰で』が牧歌的だというとき、運送屋デューイの家のクリスマス・パーティの情景や、メルストック合奏団の存在が欠かせない。これらは、村落共同体が確実に存在していることの、明白な証として描かれているからだ。

ハーディにとって残念だったのは、この村落共同体が思い出の世界に入ってしまったことであった。運送屋デューイの家の楽しい情景も、デューイ家を中心とした、クリスマス・キャロルを歌って歩く合奏団の人たちも、ハーディの子供時代の追憶のなかにある。かつては、キャロルの一行のなかでまごついているようなトマス・リーフのような若者も、共同体のなかではしっかりとした持ち場を与えられていた。この、村の教会を中心として村人たちは結束し、宗教的・精神的にも、文化的・芸術的にも一つのものを創り出してきたシステムが、ハーディの現実の世界から、追憶の世界へと移行してしまう。この変化は、大きかった。

おそらく運送屋デューイの家の情景と、ハーディ自身が父母と過ごした自宅の情景とは、重なる部分が大きいだろう。この子供時代の懐かしい情景を、ハーディは『青い眼』(*A Pair of Blue Eyes*, 1873) のなかでもう一度描いている。この作品の主人公である若い建築家、スティーヴン・スミスの生家である、石工の家の情景がそうなのだ。ハーディの両親が話し合っている情景の思い出が、この第三六章を生んだのではないかと想像するのも、見当はずれではないだろう。もっとも雑誌連載の段階から単行本として刊行される際には、かなりの部分が省かれてしまった。とくに市長がスティーヴンのことを誇らしく思って、「ストラットフォードにはシェイクスピアがおり、ペンザンスにはデイヴィがおり、ブリストルにはチャタートンが、ロンドンには誰かしらが、そしてセント・カーズにはスミスがいる」と演説したと銀行経営者が述べる部分は、やっと世に出たばかりのハーディが劣等感を克服した気負いで記しているのだが、作家としては気恥ずかしい余分なものだったのだろう。

だが、建築家スティーヴン・スミスにとって、自分のことを誇りに思ってくれる故郷があるということは、重要なことなのだ。ハーディの現実感覚からすると、世間の流れはこの故郷を失う傾向だった。『帰郷』（*The Return of the Native*, 1878）のクリム・ヨーブライトは故郷のもつ価値に目覚めて帰ってくるが、肝心の故郷ではそれがすんなりと認められる雰囲気にはない。いっぽう『カスターブリッジの町長』のなかでは、よそ者のヘンチャードにたいしても村落共同体の暖かみが投げかけられる。破産したヘンチャードに種子店を持たせようとする、町の有力者たちの援助がある。ここではもともとの土着性は、問題ではないらしい。新たに町の有力者になったファーフレイも、北からきたスコットランド人だからだ。地縁的な共同体も代々その土地に生活するものから、よそ者をも含む共同体へと枠を広げている。このことは同時に、共同体の変質を意味するものでもあっただろう。

ヘンチャードの場合は、最後に、共同体の枠のなかに縛られるよりも、型破りな自己に相応しい道を選ぶ。エリザベス・ジェインにかんして嘘を付いてしまったし、嘘で繕った偽りの世界から離れることが必要だったからだ。ヘンチャードはエグドン・ヒースの原野のなかで、寂しく死んでいく。それこそが、本質的に正直さを求めるヘンチャードの生き方としては、当然取るべき道だった。

この共同体の変質と、そこからの個人の離反、これがハーディにとっての大きな問題であり、その時代の問題でもあった。この共同体の変質を、社会学者フェルディナント・テンニース（Ferdinand Tönnies, 1855–1936）にならって、ゲマインシャフトからゲゼルシャフトへの移行と言うことは簡単だろう。ゲゼルシャフトは契約によって成り立つ社会であり、ファーフレイは典型的ゲゼルシャフト型人間として描かれている。共同体が変質をしていくなかで、ファーフレイのような人物が支配的になるのは、当然の流れなのだ。

ところが、この当然の流れが「田舎の村の教会」の意味をも変えてしまう。かつての教会の持つ意味とヘンチャードとは、不可分な関係にあるといってよい。ヘンチャードは近代化されない時代に相応しい人物だが、ハーディはこのヘンチャードのなかに、ある種の郷愁をこめて、問題はあるが失ってはならないものを見ている。この視点は明らかに近代化批判なのだが、町長夫人となったエリザベス・ジェインを中心に作品の結末を語る説教口調によって、読者はこれとは別の方向付けをされてしまうようだ。


彼女の教訓は彼女自身に、ある反射作用をもたらしたため、彼女は、カスターブリッジの下層階級から尊敬されることと、社交界の最上層で名声を高くすることのあいだに、なんら個人的差別も認めることができないと考えるようになった。実際、彼女の地位は、ありていにいえば、感謝してあまりあるほど目ざましいものだった。彼女がそれにたいして、あからさまに感謝していないからといって、彼女の罪とはいえなかった。彼女は経験から、彼女のように、突然道の途中で豊かな陽光に照らされた時でさえ、かつて悲惨な世界をわずかによぎったという名誉（といえるかどうか）は誇示をほとんど必要としないことを、当否は別として、教えられていたといってよかった。が、彼女にしても誰にしても、ただ与えられているものでしかないという彼女の強い考えは、それ以上の価値がありながら低く評価されている人もあるという事実に、目をふさがせなかった。そして、幸福な人間のなかに自分を置いてみるにつけ、彼女はなにか執拗につきまとう霊の力に驚かざるをえなかった。成人にたっして完全な平静がゆるされるということは、彼女のようにその青春期において、幸福が苦痛という普遍的な劇にあらわれる、たまさかの挿話《エピソード》にしかすぎぬということを学んだ人にはじめて許されるように思われたのである。(上田和夫訳)

この語りからは、階級差の否定と、人生の大半が苦痛であるというメッセージが、伝えられる。これはハーディがしきりと述べていることで、おそらくかれの信念なのだろう。だが同時に、この言葉は作品を締めくくるときの、一種の常套表現であることに注意しなければならない。この表現のなかに、作品のテーマが集約されるというものではない。『カスターブリッジの町長』は、人生の大半が苦痛であるという枠のなかで、「近代化」以前のゲマインシャフト的共同体の崩壊を描いたものである。変質した共同体は、個人にとって強い絆を持つものではなくなった。特異な立場に置かれた個人は、共同体の枠から容易に離れてしまうのだ。それが、ヘンチャードの孤独な死の意味でもある。ハーディが郷愁を抱いている、村の教会が機能している状況だったならば、ヘンチャードは一生涯村の一員であったかも知れないのだ。よそで、干し草刈りの仕事を求めることもなしに。

＊

サヴォイ・オペラが一世を風靡して、そのあと衰えていった背景には、あまりにもその時代の風刺に比重がかかっていたことが挙げられる。一時代の現象の多くは同時代の人びとにとってのみ大きな意味を持つが、これは時の経過のなかで意味が薄れていくからだ。ハーディの場合は、作品のきっかけはその時代の現象であっても、つねに時代を超える意識が働いていた。ゲマインシャフト的共同体の崩壊の問題は、ハーディの最後の小説『日陰者ジュード』で、人間存在の意味の問いかけという苦渋に満ちたかたちで提示される。少年ジュードは農村共同体から変質したゲゼルシャフト的契約社会のなかで生きていて、鳥を追うことで報酬をもらい、生き物に憐れみをもつことなど許されない状況なのだ。青年期にきゅうに結婚することとなった相手のアラベラも、変質した農村社会の一員だった。ジュードはけっきょくこの社会を出て、新たな夢を求めて都会人として暮らす。そしてやはり田舎出身とはいえ都会人の、スーとのつき合いが始まるのだ。

スー・ブライドヘッドという人物は、ハーディの作中人物として珍しいタイプだが、知的で近代的な、一九世紀末の「新しい女」を描いたのだと、発表当時から言われていた。そしてジュードを苦しめるという意味で、スーは「宿命の女」としての意味づけもなされている。だが、このスーとジュードの難しい関係に、あるいはアラベラとも絡んだ複雑な関係に、ハーディの近代化にたいする微妙な姿勢が見られるのではなかろうか。合奏団があり、村落共同体に支えられていたむかしの村の教会を、ハーディが懐かしむといっても、ハーディはそのむかしの姿のまま固定することを望んでいたわけではない。近代的な科学技術の成果は、ハーディの認めるところだった。『カスターブリッジの町長』のマイケル・ヘンチャードも、ファーフレイの近代合理主義の成果を高く評価しているのだ。問題なのは、ヘンチャードがこの近代合理主義についていかれないことである。

ハーディがまさに「現代の」問題としてジュードをめぐる状況を描いたとき、かれの頭には近代合理主義の成果にたいする称賛と戸惑いが入り交じっていたように思われる。アラベラが変容し、醜くなった農村社会を表現しているように、スーは新しい近代的都会生活を具現化している。その知性はすばらしく、シェリー的な観念の世界を自由に飛び回ることができるようだ。スーが観念的世界の住人で、現実性に乏しいのも、ハーディが新しい都会人にたいしてリアリティを見いだし得ないでいるからである。ジュードはむかしの農村共同体に根を持たない者として、そしてアラベラがその一員である農村社会から脱却した者として、スーとのつき合いに期待をし、積極的に入り込もうとする。しかし、スーとの調和はついに達成されないのだ。最後にジュードがアラベラとふたたび結ばれるのも、ジュードにはゲゼルシャフト化した農村社会しか受け入れ先がなかったことを表している。すばらしい成果を生むかもしれなかった近代性は、ジュードに接近はしても、ジュードのものにはならない。ジュードにとって近代的な都会生活は、観念の世界として存在し得ても、実体となり得ないのだ。近代性にたいする作者ハーディの戸惑いが、このようなかたちを選ばせたのだろう。

新しい都会人を、ハーディは作品化できなかったわけではない。初期の『青い眼』のなかに登場するヘンリー・ナイトなどは、ロンドンに住む都会人の批評家である。『恋の霊』（*The Well-Beloved*, 1897）の彫刻家ジョスリン・ピアストンもポートランド島出身とはいえ、ロンドンの都会人といってよいだろう。ところがかれらにしても、観念を追い求める者として性格づけられてしまっている。ナイトのエルフリードにたいする愛はまだよいとして、ピアストンの場合は完全な観念化である。ハーディ自身は若いときに建築家修業でロンドンに出て以来、かなり晩年にいたるまでロンドンと故郷ドーチェスターの両方に居を構えていた。それだからこそ都会生活も、田舎の生活も十分に知ってのことである。ハーディにとって都会の生活は、音楽会に出かけたり、展覧会を見たり、ほかの作家たちとつき合ったりするにはよかったが、人間の生活を発見する場所ではなかったようだ。ハーディは根本的には大地に根ざした、『はるか群衆を離れて』のゲイブリエル・オウクのような生き方に意義を見いだしていたのかもしれない。この生き方が過去の、郷愁の世界に属するものになるとしても。

だがハーディは好むと好まざるとにかかわらず、この都会生活がのちの時代の主流になることを、承知していたように思われる。ただし、それが人びとにとって幸せである保証はなかった。『帰郷』の段階では、クリム・ヨーブライトはパリという都会の生活に違和感を覚えて、故郷のエグドン・ヒースへ帰ってくる。しかし『日陰者ジュード』では、主人公には故郷と言えるものもなく、育てられた田舎には居られなくて各地を転々とする。この状況は『ダーバヴィル家のテス』で、すでに予想されていた。故郷を追われたテスは、家族の生存をかけて、アレックの同棲者として新興の保養町で過ごさなければならない。地縁的濃密な人間関係は消え失せて、周りの社会とは淡泊な人間関係が出来上がるのだろう。この人間関係のなかにいるテスをエンジェルが尋ねあてるのに、郵便配達人から住所が突き止められたのは、幸いだったが。

『日陰者ジュード』は、生活環境の変化によって生じる個人の不安を、当時の新しい問題とからめながら、追究したものとなった。古い慣習は意味が薄れ、個々人の抱く価値は多様化する。だが人びとは、それぞれ個々の価値観に、確固たる自信が持てるわけではない。かつての共通の基盤で、共通の尺度を持ち得た時代の安心感は、ジュードたちのなかからは消えている。在るものは、社会の因習と自分たちが違うという、孤立した感覚だけである。人間関係を作るにも個性はそれぞれ異なっているから、うまく調和するか否かは、それぞれ個別の問題である。スーのような「新しい女」とのつき合いは、新鮮味があると同時に不安をも抱えていた。スーのほうでも、ジュードとの実験的な生活は、確信に支えられていたわけではない。「ぼくたちの考え方は五〇年早すぎたから、役に立たなかったんですよ」[4]と語るジュードの言葉は、田舎という故郷を失って近代的都会生活者となった者の、不安と気負いの混ざった感情を表現している。時代の先をゆくという点では気負いを持つことが正当化されるが、実体としての確信よりも観念が先に立ち、二人の関係はシェリー的な関係として作品のなかでも言及される。これは純粋であるという位置づけよりも、近代的悲劇の誕生と言うべきものであろう。少なくとも『日陰者ジュード』のなかでは、登場人物の挫折で終わっているからなのだ。

（1） Alan Jefferson, *The Complete Gilbert & Sullivan Opera Guide*, p. 317.

（2） James Gibson (ed), *Thomas Hardy : Interviews and Recollections*, p. 135.

（3） Alexander Pope, *An Essay on Man*, Epistle I.

（4） *Jude the Obscure*, Part Sixth, Chap. x.

第三部　トマス・ハーディ

「アリシアの日記」における語りについて

永松京子

I

ハーディはその生涯に四〇あまりの短編小説を書いている。それらは、彼の長編小説ほど評価が高いわけではないが、その題材、作風ともさまざまで、かなりの興味を引く作品も多い。一八八七年に書かれ、マンチェスター・ウィークリー・タイムズ（*Manchester Weekly Times*）に掲載された「アリシアの日記」（'Alicia's Dairy'）の特徴は、何といっても、その語りのスタイルにある。題名が示すとおり、この物語は主人公アリシアの日記から成り立っていて、一切の事件が彼女の口から語られる。この日記というスタイルは、ハーディの作品の中では珍しいものであり、そのスタイルを採用したところに、他の作品にはない独特の味わいを生み出そうとする作者の試みがあると思われる。

ハーディの他の作品の中にも、たとえば「憂鬱な軽騎兵」（'The Melancholy Hussar of the German Legion'）のように、「わたし」という語り手が登場するものはある。しかし、その「わたし」は聞き手に対して語るのであり、他者の存在を前提とした物語になっている。自分以外の者が知るはずのない日記は、まさしく自分だけを相手にすればよいのだから、「アリシアの日記」は、そこに最大の特徴があるといえよう。

そもそも日記とは、その日におきた出来事を、またそれについての自分の気持ちを他者の目に触れるという心配なく、思いのままにつづれるもののはずである。書き手は日記の中に、誰はばかることなく、自由に素直に自分を表現できるという通常の考えを受け入れるなら、「アリシアの日記」においては、主人公のなまなましい声を詳しく直接聞き、彼女の正直な感情の発露を目の当たりにすることができると、読者が期待しても不思議ではない。

ところが、この日記を一読して明らかになるのは、他人に遠慮する必要のない日記においてさえ、自分に不都合なことは削除し、あるいは歪曲し、本音をさらけだすことを極力避けようとするアリシアの姿勢である。当然のことながら、第三者の語り手が語る物語とちがって、日記のなかでは、アリシア自身を含めてあらゆる登場人物たちは、彼女の目を通して描かれるが、その目はけっして公平ではない。それは、他の人物たちを正確に把握せずに、不当な評価を下す一方で、自分の言動は、たとえそれが非難されるべきものであっても弁護し、なんとか正当化、美化しようと努めているのであり、このような不公平なゆがんだ他者や自分への見方が彼女の日記の特色となっている。

だが、アリシアの文章は、自己主張が控えめで、他人への思いやりに満ちているように書かれている。たしかに、彼女は妹の許婚を密かに愛してしまったが、最後には諦めて身を引いたのであり、彼女の日記は自分より妹を大切にする自己犠牲の精神に富んだ女性の告白という体裁をとっているため、一見、彼女の本音の隠蔽は成功しているかにみえる。しかし、彼女の使っていることばを調べてみると、慎み深い女性にはふさわしくない単語が見られることも事実なのである。たとえば、妹のためにいろいろ努力をしたが、かえって事態を悪化させたことを悔いて、彼女は「より正しい判断を巧妙に捻じ曲げすぎたために」(for a too ingenious perversion of her better judgement)(1) 自分は罰せられるべきだと言っているが、ingenious ということばは巧妙さ、狡猾さを、また

perversion ということばはねじれ、ひねくれを連想させ、彼女の慎ましやかさとはそぐわない感じを与える。とはいえ、このようなことばが使われるのは、背後にひねくれた狡さがあるのに、彼女はそれを謙虚さ、善良さで隠していて、そこに、この日記における彼女のしたたかな巧妙さがあるためと思われる。

しかしながら、実は、彼女の巧妙さは、作者の巧妙さと裏表の関係にある。作者は、アリシアにその技を存分に発揮させつつ、そうすることによって、かえって彼女のからくりを暴き出し、無効にしてしまうのである。前述の ingenious perversion というような意味深長なことばを彼女に使わせ、その文章の中に彼女の意図しない意味を潜ませ、彼女が隠蔽しようとする本音を暴くのは、作者の技のひとつである。あるいは、彼は彼女の企みが次々と失敗するプロットをつくりあげ、ひとつのうそが露見しそうになると、あらたなうそを重ねていかねばならない彼女の慌てぶりを明らかにしてしまう。また、作者はアリシアの日記を七つの部分に分け、そのひとつひとつに題名をつけているが、その題名がまた複数の解釈ができるもので、アリシアの書いた文章とは矛盾するように仕組まれている。一人称で書かれた彼女の日記に三人称を使った題名をつけることで、作者はアリシアの文章から距離を置き、それを冷静に見ていると考えられる。それによって読者もまた、彼女の言いなりに日記を受け入れることにいわば待ったをかけられ、日記の信憑性を疑いたくなるのである。

T・R・ライト（Wright）はこの作品を「病的な物語」(a morbid tale)(2) とよんでいる。イギリスの片田舎の牧師館で父を助け、母にかわって妹の面倒をみるという一見、極めて生真面目で地味な生活を送る女性の日記のどこが「病的」なのかは、自分の人生を自分に都合のいいものにつくりかえて記録しようとするアリシアの巧妙さとその破綻を解明することによって、明らかになるであろう。

アリシアは日記の中で、終始自分を妹への愛情あふれるやさしい姉として書き記している。妹のパリへの出立を悲しみながら見守っているという日記の出だしから、妹への深い愛情が主人公の筆からにじみでているかのようである。

言いようのない寂しさを感じながら、家の中を歩き回る。かわいい妹のキャロラインが今日お母さまと旅行に出かけてしまい数週間は二人に会えないからだ。……でもわたしは妹にあまり行ってほしくない。世間から離れたここでの生活がつちかってきた、妹の特徴となっているあの子供のような純真さや優しさがいくらか失われてしまうのではないかと心配だ。(二五八)

細やかな心遣いをみせているようなこの日記の始まりの部分においてさえ、実は、アリシアの妹への態度の異常さがうかがえる。この旅行を歓迎できない真の理由が、妹が「子供のような純真さ」を失うのではないかという心配にあるというアリシアの文章には、たかだか二歳年下の妹を子ども扱いし、まるで自分の所有物のようにそばに置きたがっているという不自然さが感じられるからである。「わたしの方がキャロラインより精神的に強い。これまで妹が些細なことでひどく悲しむたびにどれほど支えになってやったことだろう。」(二五九)とも、「わたしの方が(ほんとうの母親よりも)キャロラインの母親らしい。」(二五九)とも、アリシアは述べているが、これらの文章から感じられる彼女の自信は妹への愛情が厚い証拠とは考えにくい。むしろ、わずかに年下の妹に対し姉の自分が優位にたちたいという強い支配欲が見え隠れし、ほとんど同い年の姉妹の間の感情としては、異様とさえ感じられる。

正直なところ、冒頭のアリシアの「悲しみ」は「怒り」の別名である。「キャロラインが異国の旅にでかけ、私が残るなんて！　いつもとは逆の立場だ。幸か不幸かたいていわたしが出かける方と決まっていたのだから。」（二五八）という嘆きに表現されているように、イギリスに置いておけば子ども扱いできた妹が、自分をさしおいてパリへ行き、自分の支配下にいないことがアリシアには腹立たしいのである。父の手伝いをするために、妹に同行しなかったという孝行娘のふりをしているが、彼女が不満を隠しきれずにふと表にそれを出してしまう瞬間が、このような形をとって日記の中に現れてきてしまう。そして、それがアリシアが表現しようとする妹思いの姉のイメージを裏切ってしまうのである。

いいかえれば、日記の冒頭からアリシアは表と裏の二面性を持つ人物として登場してくるのである。彼女が言わんとするのはもちろん自分がどれだけ妹を愛し、心配してやっているかであるが、それを日記の表とすれば、その背後には、妹に負けまいとし、彼女を思い通りに抑えつけたいという欲望が潜んでいる。当然、アリシアは自分の日記に表側だけを記録しようとするのだが、ことばづかいや文章の端々に裏側が透けて見えるのであり、それが彼女の日記の矛盾点となっているのである。

「おまえの案内役であり相談相手であり、もっとも親しい友人」（二六二）であると、アリシアは誇らしげに妹にとっての自分の役割を並べているが、実際には、姉の保護を必要とするほど、キャロラインが弱いのかどうか、その点でも日記は矛盾している。確かに、妹は「不幸にあうと雨に打たれた百合の花のようにうなだれてしまう」（二六四）という表現がある一方で、その持ち前の性格は「たとえ傷が深くてもすぐ癒える」（二六四）「朗らかで楽天的」（二六五）なものであるともいわれ、弱いとは決めつけられないだろう。後にキャロラインは、許婚をベニスにまで追いかけていくという大胆不敵な行動にでて、皆を驚かすくらいであり、「感じやすく、か弱い子供」(a sensitive fragile child)（二六三）といったアリシアの妹をさすことばは、妹本人の性格を正しく表すというよりは、アリシアがことさら脆弱な妹のイメージを作り出すために、使っている表現ではないかと思われるのである。

　妹が飼っている子馬のごとく、彼女をペットのように自分の支配下においておきたいという欲望をもっていればこそ、妹に恋人ができたと聞いたとたん、アリシアの苛立ちがいっそう強まるのも無理はない。キャロラインの手紙にシャルル・ド・ラ・フェスト（Charles de la Feste）という男性の名が出たその日から、アリシアは妹が恋に落ちたと決めつけ、妹の行く末を心配し始める。だが、この心配もうわべだけのものにみえる。彼女の言い分では、純真な妹は恋を知らないのだから、「あの子はこの初めての不思議な感情に動揺して」（二五九）いて、自分が彼女を守ってやらなければどんな「厄介で危険なこと」（二五九）に巻き込まれるかもしれないとされている。しかし、年頃の妹に恋人ができても何の不思議もないのであり、逆にアリシアの心配の仕方が異常なのではないだろうか。なぜなら、彼女の文章は、妹を守りたいといいながら、大人の女性になりつつある妹をもはや子ども扱いできない苛立ちと、田舎暮らしで男性に縁のない自分に比べ、幸運に恵まれた妹へのやっかみとを感じさせるのだから。たとえば、それを端的に示すかのように、彼女は「わたしがここにいたら、この人（フェスト）を油断なく見張り、その真意を確かめてやるのに。」（二五九）という文の中に、jealously「油断なく」という単語を混ぜ込んでいるのである。この単語一つによってさえ、彼女の本心が妹への妬みであって、心配など口先のものにすぎないとわかってしまう。彼女自身がこの男性に是が非でも会ってみたいという欲望が、この単語にはむき出しになっていて、文章の表面的な意味を否定しているのである。

　半月後に、二人が婚約したと聞いたときのアリシアの文章に、まったく喜びの表現がないのも、彼女の嫉みを考えれば、当然と思われる。

かわいいキャロラインとド・ラ・フェストさんの婚約……が告知された。……お母さまはこの青年について何もかもご存知のようだ――わたしはよく知らないのに。わたしはキャロラインの姉なのだから、この人についてもう少し教えてもらっていてもよかったのにと思う。（三六〇）

自分の知らないうちに決まった結婚の性急さを非難するばかりのこの文章が、妹への思いやりからうまれたとはいえまい。妹に出し抜かれたという悔しさがこれをアリシアに書かせたのであり、そのために彼女はこの結婚を素直に喜ぶどころか、ついつい不満があらわれてしまうのである。同様に、「妹が自分よりはやく婚約するとは。」（三六二）と嘆いてみたり、「自分の方が先に父の財産をわけてもらえるはずだったのに」（三六二）と不平を述べたりすることばも、姉の面子をつぶされたという焦りと怒りがなければでてこないはずであろう。

アリシアの悔しさは、彼女の描く両親の姿からも察せられる。彼女によれば、母は妹をよく見張っていないうっかり者で、父は「どんな困難をも処理できない」（三六三）お人好しということになっているが、これほど両親が不注意で無能な人物であるかどうか、彼女のことばをうのみにはできないであろう。実は、母はこの青年に「すっかり満足している」（三六〇）のであり、父は「運命を静かに受け入れている」（三六二）のだから、妹の婚約を喜んでいるのであり、ただ一人不満なアリシアだけが、自分のうっぷんを両親にあてつけていると思われる。妹への腹立たしさから、彼女は周囲の者たちを正確に描かず、自分の偏見を反映させた彼らの偽りの姿を記しているのである。

ということは、つまり、アリシアの最大の虚偽は、いくら妹について書こうとも、そして父や母に言及しようとも、彼女の関心は彼らにはないということである。彼女の真の関心の的は妹の許婚であり、妹への心遣いは許婚への興味をカモフラージュする口実にすぎない。シャルルという名が妹の手紙に出たとたん、日記をこの人物についての記述で埋め尽くしていく彼女の熱意は、もはや彼のことしか彼女が考えていないことを意味していよう。その容姿、年齢、職業、住処、人柄等々、あれこれと推測し、何ページも書き連ねていくアリシアは、まるでこの男性のイメージに取りつかれたようであり、妹はもはやこの許婚に言及するための単なる媒介物でしかない。たとえば、「妹のために今すぐこの人に会いたくてたまらない。会って徹底的に調べて、妹のような宝物を保護することになる人が本当はどんな人なのか知りたい。」(三六三)という文章にしても、彼と会いたいのが妹のためではなく自分のためでなければ、この異様なほどの熱烈さ、特に「会いたくてたまらない」とか「徹底的」というような表現が感じさせる強烈さは、うまれてこないであろう。

この男性がアリシアの心のなかで家族などとは比べものにならないくらい圧倒的な位置を占めていることは、母の死の場面にも明らかである。母が危篤になったと聞けば、母の命より妹の婚約が無効にならないかと心配し、母が死んだという知らせが届けば、妹の結婚式をはやく挙げてほしいという母の遺言を聞いて安堵するアリシアの様子は実に冷酷であり、彼女の心の中では、家族の命の心配より、いまだ会ったことのない男性への思慕の念の方がどれだけ強いかが露呈している。

作者は第一章にSHE MISSES HER SISTER(三六八)という題を付けている。文字どおりにとれば、アリシアの妹の不在を惜しむ気持ちを表しているだろうが、もうひとつの意味が隠されていることも忘れてはなるまい。妹を気に懸けているようで、実はあっという間に関心の対象がその許婚に移ってしまい妹など念頭にないアリシアの心境の変化を、この題名は読者に告げている。見知らぬ男性への思いのために、心の中では家族さえ見捨ててしまっている非情さ、勝手さが彼女の日記の底流としてあることを、作者はすでに第一章から示しているのである。

III

物語の後半では、姉妹の住処へやって来たシャルルを、アリシアがいかに周到に妹から引き離していくかが焦点となる。その際、彼女が利用するのは、妹の美点としてかつては称揚されていた純真さ（simplicity）である。それは今では未熟さ、幼稚さと同義になり、妹を許婚と不釣り合いにするおおいなる欠点であると批判され始める。妹を単純無知な小娘としてシャルルの目に映るようにし、彼を失望させるという目的がなければ、アリシアが絵画をよく知らない妹のそばで、ラスキン（Laskin）の『近代画家』（*Modern Painters*）をとりだし読みふける必要があっただろうか。あるいは、森の中に散歩に出かけた際、妹をさしおいてシャルルと絵画についてひとしきり話し合った後に、ひとりだけこっそりと別の道に入り、シャルルに自分を探させる必要があっただろうか。いずれの場合も、妹たちの邪魔をしないように彼らから離れたのだと弁解しているが、妹をのけ者にし、自分だけがシャルルに接近する機会をつくりだす結果となっている。

こうしてシャルルを妹から引き離しておいてから、アリシアは彼の気持ちが自分に傾いていると確認することも忘れてはいない。テーブルの上に置かれたアリシアの写真に彼が口付けをしたという一件も、偶然の出来事というには、あまりにも作為的にみえる。アリシアが言うように、この写真は置き忘れたのでそこにあったのだったら、なぜ彼女は物陰から彼が写真に接吻するのをじっと見ているのだろうか。写真という小道具を使い、彼女は彼の反応をじっくり観察する機会を設けているとしか思われないのである。

シャルルに愛の告白をさせる場所として菜園を選んだところにも、アリシアの企みが感じられる。四方が壁に囲まれたこの場所を彼女がひとりで訪れた直後に、彼が入ってくるタイミングの良さは、彼女が「たまたまここへ出かけていった」（二七一）のではなく、無人の場所へ彼を誘い込み、秘密の会話をかわすことをはじめからねっていたような印象を与える。そして、案の定、ここで彼はアリシアへの思いを語り、彼女もまたことばでは彼を拒絶しつつ、彼を愛していることをにおわせて、彼に期待を持たせ、彼らの親密さは一層増していく。

これらの一連のふるまいは、意図的になされたのではないと彼女は次のように力説する。

妹を裏切るようあの人に仕向けたことはない。彼に近づかないよう気を配ってきたし、二人の会話に加わることも根気強く断り続けてきた。でも全部無駄だった。あの人がこの家に来て以来ずっと、この破滅的な愛情の逆転が起こるように何か不幸な運命が支配していたような気がする。（二七〇）

「破滅的」や「運命」といったアリシアの重々しいことばは、妹を遠ざけ、許婚を魅了するためにしかけた彼女の数々の罠を知っている読者には、その大仰さだけが鼻につく。正しくは、彼女はあの手この手を使ってシャルルを籠絡しているのだから、この文章は事実の反対を述べていることにしかならないことになる。

実は、彼女自身の文章さえ、自分のこの主張を裏切っているのである。キャロラインとの結婚に気が進まなくなったシャルルが姉妹のもとを去ってしまうと、アリシアは「この悲しいドラマの一幕は終わってしまった――何の甲斐もなく。」（二七二）と書いている。なぜ、ここで演劇のことばが使われるのか。それは、シャルルの注意をひくために、彼女がドラマを演じていたからであり、また彼女の演技には十分な計算が隠されているからではないか。表面上は自分には何の思惑もないと言いながら、アリシアはもっとも悟られたくない彼女の思惑を、直接的には表現しないまでも、日記の中の微妙な言葉づかいによって、自分では気がつかずに、（もっとも作者は彼女にこういう言い回しをさせることで大いに意図的に）垣間見せているのである。

策略家としてのアリシアの才がもっとも発揮されるのは、シャルルがイギリスを去ったショックで、キャロラインが病気になったときである。外国に滞在するシャルルに対し、アリシアは妹の病状が深刻になり、医師がさじを投げたとたん連絡を取り、イギリスに戻り妹を慰めるように懇願する。もはや、妹にこの男性を取られる心配がなくなってから、ふたたび、彼を自分の家に呼び寄せる彼女の注意深さは、彼女が妹の病気を心底から悲しんでいるというより、シャルルを獲得する千載一遇のチャンスとして期待していることを示唆していよう。そして、彼に妹との結婚式を、それも法律的には無効な形ばかりの式を挙げることを承諾させるのだが、この結婚について彼女はつぎのように述べている。

……私はある考えにとりつかれ、すぐさまあの人に提案した。それは次のようなものだった。妹の愛情を思いやって、少なくとも結婚式の形（form）をとることには同意なさるべきだが、それは法に則った結婚である必要はなく、沈み込んだ妹の心を満足させる形式的なもの（form）でよい。そうすれば、妹はあの人の妻になったと感じることで、言葉では言い表せないほど心を慰められるにちがいない。それなら、たとえ妹を失うことになっても、もし本当にそれが好都合と思われる（if it indeed should be deemed expedient）なら、わたしはいつの日か彼の法律上の妻になる資格を失わずにすむ。（二七四）

彼女のこの提案を、彼女が言うとおり、病んだ妹の心を慰めるためのものと受け取ることは不可能であろう。formということばが繰り返されるのは、アリシア自身がシャルルの妻になる権利を確実にしたうえで、妹のために心を砕いているようにふるまう見せかけを暗示し、この結婚が内容のない形式でしかないように、彼女の妹へのおもいやりもうわべの演技であることを連想させる効果があると考えられるからである。さらに、利己心、私利私欲を連想させるexpedientということばをわざわざ使っているのも、自分の都合しか考えず、あらゆることを自分の利益になるように進めていこうとするアリシアの姿を雄弁に語っている。しかも、この一節の後、彼女はシャルルに妹の死後、一年たったら彼と結婚するという約束までし、その約束をfurther inducement（三七四）と表現しているのである。これもまた、いかにも彼に誘いをかける手練手管を彼女が駆使している印象を与えるといえるだろう。いずれのことばも、妹の死を当然の前提として自分の将来の計画をたて、それを着々と実行していくアリシアの薄情さを示し、彼女の文章の表面上の意味を否定しているばかりでなく、彼女がもっとも知られたくないその冷酷な本性をありありと表わしていると思われる。

日記の中に、彼女は自分たちの三角関係について、「すべては漠としてわれわれの進む方向も定かでない」（三七三）とも「一体この苦しい紛糾はどういう結果に終わるのだろう」（三七二）とも書き、この関係が彼女の意志で生まれたものでもなく、また、彼女がコントロールできるものでもないと繰り返し述べている。しかし、この章の題名がHER INGENUITY INSTIGATES HER（三七三）となっていることからも明らかなように、実は登場人物たちの進む方向を巧みに決め、どういう結果に行き着くかを定めているのはアリシア自身なのである。しかも、この妹の結婚のアイディアを、アリシアは父の留守をねらって翌日には実行してしまうのであり、その素早さや、周囲の者たちを自分の意のままに動かす強引さは、自分の思いを遂げるためなら、他の者を犠牲にしても一向に意に介さない彼女の意志の強さを物語っている。謙虚で思いやり深いように自分を思わせようとする文章をアリシアが書いていても、この彼女の行動は驕慢で身勝手そのものであるのだから、彼女の偽善ぶりが際立つばかりでしかない。その意味で、彼女の文章は彼女のねらいとはまさに正反対の効果をもっているのである。

こうして妹とシャルルの仲を引き裂くことに成功していくアリシアであるが、作者はけっして彼女の思い通りにことを運ばせてはいない。彼女の策略のクライマックスともいうべき妹のみせかけの結婚の後、彼女の計略は次々と失敗を続けていく。重病の妹は、アリシアの予想に反して健康を回復し、シャルルの妻の座をねらっていた彼女の希望を打ち砕く。そのうえ、シャルルを夫であると信じている妹がベニスまで彼を追って家出してしまうと、形ばかりの結婚の一切がばれてしまう。妹を幼稚でおとなしい娘と過小評価していたために、アリシアはこの妹の大胆な行動によって、しっぺ返しを受け、彼女が勧めた結婚はいまや偽りであると知れ渡り、彼女もそれを「まがいもの」(mockery, counterfeit)(二七六)であり、「ぺてん」(imposition)(二八〇)であり、「裏切り」(treachery)(二七一)であると日記の中で認めざるをえないのである。

しかしながら、妹を罠にかけたことが隠し切れなくなっても、アリシアはまだ自分の非を認めない。妹の病気に動転してこんな企てをしたのだと次のように弁解する。

> 恐ろしい死が近づいている時、人は判断力のバランスを失い、同情をかきたてた相手のことしか見えなくなり、その人との永遠の別れが近いと思って、その時の危急の要求に応えるためなら何でもしてしまうものだ。(二七六)

もちろん、アリシアのつもりでは、この「相手」とは妹のことを指すであろう。ところが、シャルルを獲得するために意を砕いてきたアリシアの懸命さをすでに知っている読者には、これはシャルルとしか読めないのである。このような文章で自分を正当化しようとすればするほど、善人ぶった表面の背後にある彼女の自己中心的な本心がかえって浮き彫りにされてしまう。その意味で、この釈明は彼女の助けになるどころか、彼女の評価を下げるものでしかないのである。

しかも、ここまで事態が明らかになっても、彼女はすべてを告白することを頑強に拒絶する。シャルルへの思いを決して明かさず、ただ妹の病気を軽くしたい一心で偽りの結婚を計画したのだと白をきり続けるのである。しかし、あくまで妹思いの姉の仮面を保持しようとすればするほど、彼女の究極の目的は決して果たされない。なぜなら、この仮面にしがみつくならば、彼女は「シャルルがどう反対しようが、姉としての面子（honour）にかけて彼を（妹と）結婚するように説き伏せねばならない」（二七六-二七七）からである。すなわち、良き姉を演じるのであれば、妹には話をしてうまく事をその方向へ運ばなくてはならないし、妹への愛情などは押し殺して妹の結婚を成就させなければならず、そうしなければ仮面は破れてしまうのである。

こうなると、アリシアは遮二無二いままでとは反対の行動をとりはじめる。腹を立てた妹をあわててなだめ、ためらうシャルルに強引に妹を受け入れさせるアリシアは、しかしながら、自分の利益を守るために動くのであり、他人を犠牲にしてもまったく気にしない身勝手さはかつて二人の仲を裂こうとしたときとなんら変わりはない。シャルルが妹とではなく、アリシアと結ばれたいと強く希望しても、彼女は手のひらを返したように「あなたは妹のものです。わたしに他にどうしろとおっしゃるのです。」（二八四）と素っ気無く言い放ち、もはや彼の愛情より、自分の面子のほうに重きを置いて彼との結婚を拒絶する。

しぶしぶ妹との結婚を承諾したシャルルがアリシアにたいし、「これは名誉の（honour）の問題です。……けっこうです。それでは愛ではなく名誉をとりましょう。」（二八四）というなかで、前述のアリシアの台詞の中でも使われていたhonourが再びでてくることは、アリシアの態度の急変とのかかわりで重要であるだろう。アリシアにとってのhonourとは、名誉といった立派な高潔なものではない。それは、自分の邪心を隠し、善人ぶるために必要な世間体、体面であり、そういった自分が他人からどう見られるかといったうわべだけの体裁を守ることに汲々として、本来最も大切なはずのシャルルの愛情を簡単に無視してしまうところに、実はアリシアの罪があるはずである。honourということばにさまざまな意味が込められることによって、アリシアの建前と本音、表と裏が映し出され、同時に本来、彼女が隠し通そうとやっきになっている、彼女の建前に執着した、かたくなで冷ややかな人柄が描き出されているのである。

アリシアが妹とシャルルの仲を取り持つ場所として、「滑らかな青海原にコルク製の町が筏のように浮かんでいるようにみえる」（三七九）ベニスの、「重さを支えられそうもない大地のなかにめりこんでいきそうに」（三八三）建っているフラーリ寺院が選ばれたのも、もちろん意味があるだろう。一見美しく見えながら、下からしっかりと支える堅固な基盤のないこの町も、堂々たる建物でありながら、そばによってみれば荒廃し、死のにおいの漂う寺院も、表面上の体面や面目に固執しているアリシアのうつろな態度と照応し、彼女の誠意のなさをさらに強調しているといえよう。

裏と表の二重性は、結婚式の直後に起きたシャルルの死にもうかがえる。表向きは、貧しい老人に施しをするために堰を渡ったときに水に落ちたという美談になっているが、本当は自分から入水自殺したという彼の死の真相をアリシアだけが理解している。しかも、彼女はベニスで彼のことば「どんな結果になってもしりませんよ。」（三八四）を聞き、彼の死の決心にうすうす感づいていたのだから、そしてそれでも何の手も打たなかったのだから、彼女は自分の体面のために彼を見殺しにしたともいえよう。結局、妹思いのやさしい姉という演技を止めなかったばかりに、なにより大切なシャルルを失ってしまうという最悪の結果を、彼女はみずから招いているのである。

しかも、恋人の喪失という手痛い経験をした後でさえ、アリシアはまだこの演技を続けている。事件から五年後に日記に付け足した追記のなかで、妹の結婚を報告する彼女が、いまだに仮面をかぶっているのは間違いない。かつてみせかけの結婚を画策したときに偽の牧師を演じた男、アリシアに心をよせているのを利用して彼女が妹を欺くために共犯者にした男を夫として妹と結びつけ、彼女は相変わらず自分の横恋慕や、シャルルの死の真相について口をとざしている。こうして自分の罪を秘密にしておいたまま、「これでもうわたしたちは皆、妹に対して犯した罪を償ったことになる」（三八七）と平然と書いていることからみても、彼女は今でもやさしい姉として妹を思いやっているように装いながら、思いのままに妹を操っているとわかる。「願わくば、妹が再び欺かれませんように。」（三八七）という誠に白々しい文で日記をとじている、この妹を騙しつづけている女性の実像がどんなものか、われわれには容易に想像がつこうというものである。

V

だが、不思議なことに、再三にわたり妹から恋人を奪おうとしていながら、アリシアはシャルルといっしょになれるチャンスが来ると、いつもそれを逃している。菜園の中で愛の告白をしたあと、シャルルは妹に結婚を中止したいと打ち明けようとしたのだから、もしアリシアがそれを許せば、事態は変わっていただろう。ベニスでは、妹は一度はシャルルを拒絶したのだから、フラーリ寺院でアリシアは彼と結婚式を挙げることさえできたのである。ところが、ここでも彼女は彼を押し止め、せっかくの好機をいかしていない。彼を誘惑する数々の策略を仕掛けておきながら、いざとなると、彼を自分のものにすることを避け続けるのは、彼女が体面や見栄にこだわるからだけだろうか。

この問題に答えようとするならば、アリシアの恋の特徴を考えなければならないであろう。彼女のシャルルへの思いは、現実のなかで着実に発展していくのではなく、幻想のなかで育まれていくものである。そもそも彼女の恋の始まりからこの特徴は顕著である。彼女は実際にシャルルを見てから恋に落ちたわけではない。妹の手紙の中に彼の名が出た瞬間に、急速に彼に思いを寄せていくのである。皮肉なことに、彼女は、妹が彼に会って以来、のぼせ上がってしまったと次のように非難していた。

今あの子に（彼の）具体的な特質を見る目はない。彼をありのままに見ることもできない。妹には彼が後光に輝いているように見えるのだ。（三六二）

アリシアは社交なれしていない妹は男性を正しくみる目がないと言いたいのだろうが、しかし、妹以上にこの男性のことを知らずに、しかも妹以上に早く熱をあげていくのはアリシア自身なのである。「彼をありのままに見ていない」とは、アリシア自身のことをいみじくも言い当てていることになるだろう。

実際にシャルルに会ってからも、アリシアは彼の具体的な描写をできるだけ避けているようにみえる。彼の魅力とは、「単なる外見以上の」「なにか神秘的な魅力とか人をうっとりさせる力といったようなもので」（三六四）、そのため「彼の詳細を少しも正確に描写してみせること」（三六四）はできないといわれる。彼の風貌も、「形のよい知性的な額」「完璧な眉」「説得力のある声」（三六八）といった表現がならべられ、具体性に欠けている。まるで、実物のシャルルの容姿や物腰を目にしても、妹の手紙に書かれたわずかな情報をもとに想像のなかでつくりあげていたシャルル像を、アリシアはまだ壊さず、持ち続けているようなのである。

シャルルもまたアリシアと同じ気質の持ち主のようにみえる。「まるで夢の中で動けなくなったように呆然と」

(二六七) アリシアを見たり、「夢想から醒めたように」(二六八) はっとして彼女から視線をそらしたりするこの男性は、夢に浸りやすい人物であるからこそ、アリシアとの間に親近感が生まれていくのも無理からぬことと思われる。このような二人であれば、現実の中で一歩一歩関係を深めていくより、むしろ現実によって幻想が壊されることを阻止する方が大切なのであろう。

「幻想を追う女」('An Imaginative Woman') の主人公エラ (Ella) をはじめとして、ハーディの作品においては幻想のなかで恋をする人物は珍しくない。彼らは遠くから相手を盗み見ることによって——アリシアがゴンドラを降りる妹と許婚をじっと見守っているように——、また相手を思い起こさせるものを大切にすることによって——アリシアが妹の手紙のなかのシャルルの描写を繰り返し読むように——、自分の恋心を煽っていく。幻想を保とうとするあまり、彼らは相手から距離をとり、J・ヒリス・ミラー (Hillis Miller) がいうように、実際に相手が獲得できると、愛することを止めてしまう場合さえあるのである。(3)

日記とは、アリシアがそのような幻想に浸る場としては、最高であろう。他人の目にふれるはずのない日記においては、何を想像しようが、どれだけ幻想を膨らませようが、誰にも咎められないのだから。もちろん、すでに考察したように、アリシアは自分の気持ちをすべてあからさまにしたわけではないが、それでも彼女の感情は他人にむかってなら口にできないような激しいものまで書き記されている。日記であればこそ、彼女は自分の心のなかをここまでみせることができたといえよう。

アリシアにとっての日記のもうひとつの利点は、人物描写を詳しくしなくてよいということである。自分しか読まないのであれば、自分の身近にいる登場人物たちについて、たとえ妹やシャルルのような重要な人物であれ、実際の容貌や性格などを克明に描かなくてよい。K・ブレイディ (Brady) は、この作品の欠点は人物たちの性格描写がはっきりしないことだといっている。(4) しかし、語り手と主人公が同一人物であり、しかも他人にむかって語ることのない日記では、本人が知っている人々についていちいち詳しい説明をしないのが普通である。一般の物語ならば、語り手は登場人物たちをある程度、客観的に描く必要があるだろうが、日記は自分のためにつけるのだから、細かい描写はなくともかまわない。その意味でも、日記はアリシアの幻想を保持するのに格好の場となっていると思われる。

ハーディは少年時代、あるいは若者の時代、小道や教会や馬の背の上などにいる少女たちを遠くからみかけては魅了され、ひとりで恋心を抱いていたといわれている。(5) 彼自身、幻想的な恋に陥りやすい傾向があったのだろう。そして、その点では、作者とアリシアはよく似ているといえるかもしれない。

アリシアが日記のなかに書いているのは、彼女を主人公とした恋物語である。まだ会う前から妹の許婚に強い関心を持ち、彼を妹から離して自分が近づいたり、また妹に無理矢理くっつけたりと、二人を意のままに動かしながら、彼女は物語を作り上げているのである。そして、作者は、彼女にこの物語を語らせながら、彼自身が魅力を感じ、実際に経験をした幻想的な恋に浸る者の心の内を描くことができる。彼にとっては、アリシアとシャルルが現実の世界でどのように関係を深めていくかではなく、ひとたび恋という幻想にとりつかれると女主人公の心のなかにどんな感情が渦巻いているかを明らかにすることに関心があるのではないか。いいかえれば、彼は、恋の甘い幸福感ではなく、普通の物語であったならさほど露にできなかったであろう、アリシアという女性の心のなかに巣食っている身勝手さ、片意地さ、悪賢さ、妹への異常なほどの競争心、嫉妬までを含めて、そのうえ、そのような自分の心の暗い部分を隠そうとする狡さ、卑しさまでをも、思い切り掘り下げて書こうとしたのではないか。このいささか意地の悪い目的を果たすために、日記は作者にとっても最良の形式であったろう。そして、この形式のおかげで、読者もまた、わがままでありながら外面のいいアリシアという女性がもっとも秘密にしておきたいはずの心の奥底を、こっそりと覗き見ることができるのである。

（1） Thomas Hardy, *Life's Little Ironies and A Changed Man*, The New Wessex Edition, （London: Macmillan, 1977） p. 277. 以下、「アリシアの日記」からの引用は、すべてこの版によるものであり、かっこ内はページを示す。なお、日本語訳は『トマス・ハーディ短編全集第四巻』（大阪教育図書、二〇〇〇）収録の津田香織訳を用いたが、変更を加えたところがある。

（2） T. R. Wright, *Hardy and the Erotic* （London: Macmillan, 1989） p. 103.

（3） J. Hillis Miller, *Thomas Hardy: Distace and Desire* （Harverd University Press, 1970） p. 120.

（4） Kristin Brady, *The Short Stories of Thomas Hardy* （London: Macmillan, 1982） p. 175.

（5） F. E. Hardy, *The Early Life of Thomas Hardy 1840–1891* （London: Macmillan, 1928） pp. 25-26. Martin Seymour-Smith, *Hardy* （London: Bloomsbury, 1994） p. 30.

レクイエムとしての『貴婦人の群れ』
——家系図《ペディグリー》に記されなかった男たち

小林千春

序

『貴婦人の群れ』(*A Group of Noble Dames*)(一八九一)というタイトルから、貴婦人たちの優雅な生活、ロマンチックな恋愛の数々、そして幸せな結婚を期待した読者は、一篇、一篇読み進めるごとに、その期待が裏切られていくことを感じざるを得ないであろう。最初の物語と最後の物語は、一応ハッピーエンドらしく終わってはいるものの、ロマンチックな物語とはいえないし、その他の物語は、みな悲しい結末で締めくくられている。舞踏会、美しい絹のドレス、貴婦人たちの白い肌を飾る煌めく宝石の数々、そんなものはこの物語の世界にはない。繰り広げられているのは、夢ものがたりとは程遠い、嘘、裏切り、冷酷さが充満している、おどろおどろしい世界である。これが人間の本質かもしれないとあきらめてみても、読み終わったあとにある種の後味の悪さが、失望感が、残ることは否めない。しかしながら、繰り返し読むたびに、その奥に秘められた、ハーディ独特の物語の世界が、実は、厳然として存在しているのが見えてくる。いったいこの作品の中で、ハーディは何を読者に伝えたかったのであろうか。

ノーマン・ページ（Norman Page）が、紹介したこの新聞記事は、この疑問を解く鍵になるかもしれない。

一九八九年の一〇月、一人の男が、Derbyshire 州にある Derwent valley の人里はなれたある場所で首を吊って死んでいるのが発見された。身分を証明するようなものは何も残されていず、洋服のラベルさえも剝がされていた。が、ポケットの中から、一冊のペーパーバッグが、発見された。それは、トマス・ハーディ（Thomas Hardy）の短編集、*A Group of Noble Dames* であった。新聞は、この奇怪な悲劇を一面記事としてとりあげ、「おそらく」としながら、「このわけありな男性は、報われない愛の犠牲者であったであろうと推測される。」と報じた。[1]

身元がわかるものを一切残さず、洋服のラベルまでとったこの男性が、不用意にこの本をポケットに忍ばせていたとは考えにくい。この本のなかにある何かが、彼を死に駆り立てたのか、彼の苦しみと共通する何かが、あるいは、彼が伝えたかった死の原因の手がかりに関する何かが、このおよそ、一〇〇年前に執筆されたハーディのこの短編集の中に描かれていたに違いない。

I　語りのダブル　ストラクチャー

ハーディは『貴婦人の群れ』のそれぞれの物語を tale のスタイルでまとめている。アーヴィング・ハウ（Irving Howe）は story と比べて、tale の特質について、tale とは通常、自然にできたあるいは社交上のコミュニティ（social community）を形づくっている聴衆（audience）に対して、話し手（a speaker）が話かけることによって語られるあるいは繰り返し語られていくものである、と解釈している。[2] そしてこの短編集は、ノーマン・ページ（Norman Page）[3]やクリスティン・ブレディ（Kristin Brady）[4]が指摘しているように、ボッカチオ（Boccaccio）の『デカメロン』（*Decameron*）やチョーサー（Geoffrey Chauser）の『カンタベリー物語』（*The Canterbury Tales*）における語りの手法をまねている。『カンタベリー物語』が巡礼者によって語られるように、この物語もまたこの「ウエセックス博物古物研究会」（The Wessex Field and Antiquarian Clubs）のメンバーである、郷土史家、老外科医、田舎の主席司祭、感傷的な会員、教会会員、赤ら顔の麦芽製造人、陸軍大佐、名門出身の人、穏やかな紳士、しゃれ男、がそれぞれの物語の話し手となっている。このtaleの中では、コミュニティとして、このメンバーがいて、彼らのなかから、すでに述べた一〇人の話し手たち、（speaker）が登場する。そして、話し手以外のメンバーがaudienceとして存在する、という構成になる。そこに、ハーディは、万能の語り手（an omniscient narrator）を、さらなる語り手として使用し、'tale' として成立させている。

この 'tale' の手法により、私たち読者は作品に対して、通常のstoryと比べて話し手（speaker）と語り手（frame-story narrator）、の両方の視点を意識し、さらにaudienceの視点をも含めた総合的な解釈を強いられることになる。この様な点で、他のハーディの作品とは異なる独自性がこの短編集には備わっている。この語りの手法は、Bradyも指摘しているように[5]、読者はstory tellerとも会員たちとも違った見方で、読者の新しいモラルで、客観的にこの作品の解釈をすることができることに貢献している。この手法が作品のトーンに独自の味わい深さを醸し出しながら、一方では、この話は一〇人の貴婦人の実話なのかも知れないという錯覚を読者に与えている。

一つには、この物語が、'historical tale'[6]と呼ばれる様に、史実をもとにして、述べられているからかも知れないし[7]、ハーディ自身が序文で御婦人たちから資料を提供してもらった、と述べていることもこの錯覚を与えることに寄与しているかもしれない。しかし、それだけでなく巧妙にかつ入念にハーディは、その工夫と仕掛けを作品の中に盛り込んでいるのである。

まず、序文をもう一度振り返りたい。序文の中で、ハーディは「州史のなかにおける家系図（pedigree）を単に図表としてとらえれば、無味乾燥な対数表にしかみえないが、その中に潜むなんらかのエピソードを加えることにより、生き生きとした胸ときめくドラマに一変するのではないか」[8]、と述べている。家系図をドラマに変えるために、ハーディは、prosopopoeia（活喩法）[9]――これは不在の人や故人などを現存している人のよう行動をさせる表現法である――を使用している。家系図に記されている、つまり過去に生きていて、今は故人となった人をよみがえらせようとしたのである。ヒリス・ミラー（Hillis Miller）は、この『貴婦人の群れ』をまさにこの手法の典型と考え、次のように述べている。

トマス・ハーディは『貴婦人の群れ』の最初の物語（「初代のウエセックス伯爵夫人」）の最後の数パラグラフで、prosopopoeia を導入している。prosopopoeia の問題はすでにこの物語のわく組みのなかに、正しく組み込まれている。これらのパラグラフのなかで、語り手は、男性のクラブメンバーたちが、死んでいる女性についての物語が語られていく地方の博物館において、剝製の鳥、奇形の蝶、化石になった雄牛の角、有史以前の貝塚、などに命を与えることと、物語を語るという行為の中で、死んでいる貴婦人たちに命を与えることを平行して描いている。これらの出来事は両方とも、厳密な辞書の意味からいっても、prosopopoeia である。これらは、不在のもの、生命のないもの、死んでいるものに生命を与えているからである[10]（カッコ内は筆者）。

ミラーが指摘するように、prosopopoeia の使用はハーディにより非常に入念に導入されている。セッティングとしても陽の燦燦と照る公園ではなく、奇形の蝶、化石になった雄牛の角、有史以前の貝塚、などが陳列してある町の博物館であり、外は薄暗く陰気な嵐の日、季節は秋というのに、薄ら寒く、暖炉に火をともさなければならない午後としてグロテスクな雰囲気をあえて創っている。そして語りの手法としても、story の形式より効果的な tale の形式を用いることにより、貴婦人たちの物語を speaker が語りかけるという設定によりあたかも貴婦人たちが生きた時代にタイムスリップし、あたかも彼女たちの生の声を聴いているかのような印象を読者に与えている。

ハーディが選んだ舞台は、眠っている貴婦人たちを呼び起こすには、うってつけの場所であった。貴婦人たちの話は暖炉に灯がともされると同時につぎつぎへと披露されていく。家系図をモチーフとして使い、さらに prosopopoeia の手法を重ね合わせ、そこに'tale'としての語りのストラクチャーを使って、入念に織り上げられたタペストリーが、この短編集『貴婦人の群れ』である。

II　仮面を纏った貴婦人たちの犠牲となった男たちへのレクイエム

この短編集の構成および語りの手法に関しては、すでに述べたとおりだが、もうひとつ重要なことをつけくわえたい。それは、このクラブの会員がすべて男性で、しかもこの貴婦人たちの物語が、すべて男性の話し手によって、語られているという事実である。なぜ、これらの語り手は全員男性なのであろうか。たまたまこのクラブのメンバーが、全員男性であっただけだろうか。この疑問は一話ごとのタイトルの下に、小さな活字で印刷されている、話し手であるアノニマス的な男性の文字をみるたびに沸き起こってきた。もしかしたら、ハーデイは、ただ単に貴婦人たちのベールを剝ぎ取るのが目的ではなく、むしろこの貴婦人たちに翻弄された男性を描きたかったのではないかと。そう解釈すると、話し手と聴衆が、そして時々現れる語り手までもが、ある種のアイロニーをもって貴婦人たちを語っていることの説明がつく。このことが、もしかしたら、この短編集をポケットに忍ばせて、死んでいったあの男性の心理と一致するのではないだろうか。この疑問を解決すべく以下の三篇を分析してみたい。

はじめに、第三話として収められている、「ストーンヘンジ侯爵夫人」（'The Marchioness of Stonehenge'）について言及したい。話し手のこの貴婦人へのトーンは、最初から、徹頭徹尾皮肉に満ちている。彼女のことを類稀なる魅力の持ち主と誉めそやしながら、一方では、求愛され、お世辞をいわれ、ちやほやされることに満足していたとこき下ろす。ふとした気まぐれから、身分の低い青年と秘密の結婚をしたが、それはまるで、「どんな熱烈な狩猟愛好家でも、仮に一生涯、毎日、鷹や猟犬のあとを追わなければならないとすれば、そんな狩猟が、最大の苦痛、不幸だと思うだろうし、気晴らしに鉱山仕事や、ガレー船漕ぎにも飛びつこうというものだ。」と皮肉たっぷりに解釈をする。彼女の場合は、あまりに毎日青年貴族や紳士からちやほやされたものだから、社会的に下の、まったく地位もない平凡な青年を単純に珍しく感じ、恋の相手として選んだとしている。

ブレイディはこのキャロラインという女性（のちのストーンヘンジ侯爵夫人）を他人のもっているものばかりを欲しがる、甘やかされた子供のようだと指摘する。[11] 事実彼女は手に入ったものにすぐに飽き、他人のものをまた欲しがるという行為を繰り返す。この身勝手な欲張りな女性の犠牲となるのが、名前さえも記されていないこの哀れな青年であった。キャロライン嬢のいいなりに秘密の結婚をして、わずかな期間で彼女の心変わりに気づいたショックで心臓発作を起こし死んでしまった青年。そればかりか、死体を葬ってもらえもせず、死ぬほど恋焦がれた妻に死んだのちも、地面を引きずられ、家の前に捨てられ、あげくのはて、結婚自体もなかったこととされ、ミリーという田舎娘が妻だった（ミリーはこの青年に想いをよせていたが、青年の方の気持ちには言及されてはいない。）ことにされ、彼女との間にできた子供までも、捨てるがごとくミリーにあげてしまうのだ。この哀れな青年は、キャロライン嬢が、〝ストーンヘンジ侯爵夫人〟のタイトルを得るための捨石となったのである。もちろんストーンヘンジ家のペディグリーのなかにも彼の名は描かれてはいないし、後の世に生きる人は彼の存在すら知るよしもない。

この物語を通して、話し手のなかには、ストーンヘンジ夫人の後悔とか苦悩についての言及はあるものの、彼女の犯した罪を和らげるようなトーンには至っていない。この物語の最後にメンバーの一人は、(感傷的な会員となっている)は彼女の罪について以下のように解説する。

The sentimental member said that Lady Caroline's history afforded a sad instance of how an honest human affection will become shamefaced and mean under the frost of class—division and social prejudices.(12)

感傷的な会員は、キャロライン嬢の身の上話は、真面目な人間の愛情が冷たい階級の上下や社会的偏見の下で、いかに恥ずべき卑しいものになるかを示す悲しい一例を提供するものだと言った。

この見解はかなり曖昧でさまざまな解釈ができるかもしれない。この場合、正直な人間の愛情(an honest human affection)はほんとうに、冷たい階級社会と社会的偏見のために、恥ずべき卑しいものになったのであろうか、という疑問が生ずる。捨てた息子に拒絶され、悲惨な死をむかえたキャロライン嬢の人生に同情の余地はないことは、息子が冷たく言い放つ言葉、「はっきり申し上げますのなら、あなたはかつて、私の誠実で正直な父を恥ずかしく思っていました。それゆえ、私は今、あなたを恥ずかしく思います。」に凝縮されているのである。ミリーに育てられたこの青年は、非業の死をとげた彼の父の、仇討ちを全うしたのである。

次に、第五話として収められている作品、「アイシーンウェイ夫人」('The Lady Icenway')を取りあげてみたい。目に傷がある教会委員によって、夕食後に暖炉の火よりもかすかな蠟燭の光のもとで話された、この貴婦人の物語は、女性の残酷な面を浮き彫りにし、彼女のために闇に葬むられていった、やはり、家系図に記されなかった男の物語である。話し手は、マリア(のちのアイシーンウェイ夫人)を一九歳時までさかのぼって話をはじめる。孤児で伯父とともに暮らしていたマリアを次のように紹介している。

. . .a young lady who resembled some aforesaid ones in having many talents and exceeding great beauty. With these gifts she combined a somewhat imperious temper and arbitrary mind, (三〇六)

多くの才能と並はずれた美貌を持っているという点で、これまでに語られた何人かの貴婦人たちに似ている若い令嬢が住んでいた。こういう天賦の才に加えて、彼女は幾分横柄な気性と気ままな心をまた持っていた。

多才で人並みはずれた美貌をもちながら、同時に横柄な気質と身勝手な心も併せもつという男性にとってはある種のコケットリーを備えたマリアは、アンダーリングという外国の紳士を恋の虜にするのだが、そのときの彼の心境を話し手は、「彼は彼女の魅力から全く逃れられないようであった。逃れようとかなり努力したが。彼女から逃れる見込みは全くないと明らかに思ってはいたものの。……」とまるで毒蜘蛛の巣にかかった無力な蝶であるかのように表現している。そして二人は、結婚することになるのだが、彼と一緒に南米ギアナの農園に渡るいわば新婚旅行のさなかに物語は急転するのである。そこで彼が、涙ながらに実は道徳的にも恥ずかしい女と結婚していて、別れはしたものの、どこかでその女は生きているという告白をしたからであった。ここからがこのの女性の本性が露呈される。このとき話し手は、あえて以下のようにつけくわえていることに留意したい。

It was she who came first to a decision as to what should be done—whether wise one I do not attempt to judge.（三〇七）（下線は筆者）

どうしたらいいかと先に決断を下したのは、彼女の方であった。——今はそれが賢明な決断かどうかを私は判断するつもりはない。

上記の‘I’とはもちろん話し手、教会委員であり、マリアの下した決定が、賢明かどうかは判断できないとあえて言っているのは、むしろその決定に対して肯定はできないといいたいのではないかと推測される。そして彼女はこの夫に対し、非情ともいえる提案をする。第一としては、彼女はすぐに本国イギリスに帰ること。第二として、夫はマラリアにかかって死んだことにすること。そして第三として、夫は永遠に彼女の前に決して姿をあらわさないことというものであった。一九歳ぐらいの「あまり世間を知らない」娘が下した結論にしては、あまりに冷酷、冷静でしっかりしすぎているとの矛盾を受けるが、このあともまた驚くべき筋書きが用意されている。その後マリアは、爵位を持った男性と再婚する。再婚相手のアイシーンウェイ卿（Lord Icenway）は年上で顔立ちもよくなかったが、この結婚が、彼女と前の夫との間にできた子供の立場を強化するという意味で、得になる結婚との判断から決断したのであった。その後しばらくして、前の夫アンダーリングが、かつて結婚した女が死んだので、マリアと再婚するために戻ってくるが、彼女がすでに再婚していたことを知り、失意のうちに彼女の前から姿を消す。

読者はこの結婚により、もう一人の男性、アイシーンウェイ卿が加わり、ストーリーが三角関係と縺れ込みそうなことを悟る。前の夫は大陸で財産すべてを失い、再婚を夢見ていた元妻にも裏切られ、残っているものは子供だけと、マリアの屋敷に舞い戻ってくる。結果としては、皮肉にも、新しい夫の決断で、庭師として前の夫を屋敷内に住まわせることになってしまったのである。かつての横柄な性格は、レイディというタイトルを得たことにより、ますます増幅し、彼女への献身的な愛を持ちつづける前の夫に対して、より高圧的で支配的なものとなる。話し手のトーンは、この前の夫に対して同情的で、彼女の決心が妥当だったかとか、配慮とかがあるべきではなかったかと、非難のトーンが色濃くなっている。このあたりから前の夫に関する描写も増えている。読者に同情の気持ちを喚起する印象的な箇所としては、アンダーリングがやっと待ち焦がれた子供の寝顔をみせてもらえるところである。

He was in his little cot, breathing calmly, his arm thrown over his head, his silken curls crushed into the pillow. His father, now almost to be pitied, bent over him, and a tear from his eye wetted the coverlet.（三二）（下線は筆者）

子供はすやすやと寝息をたて、片腕を頭の上に投げ出し、絹のような巻き毛はくしゃくしゃになって枕にうずもれたまま、小さい小児用の寝台に寝ていた。今は哀れに思われるほど父親は子供の上に身をかがめたが、涙が眼からこぼれ、掛けぶとんをしめらせた。

初めてみる我が子の寝顔に涙し、過去の自分の行いに後悔する姿を故意に話し手は強調する。同時に、変わらぬ夫人に対する想いと、それにもまして父性に目覚めた男の苦悩と葛藤を読者に訴えかけている。父親の深い愛情は繰り返し述べられているのにもかかわらず、母親の子供に対する愛に関する描写は、ほとんどない。[13] さらに二年もの間、彼は、「庭師」以上になることを許されず、夫人と子供の姿をちらりと見ることだけを楽しみとして、庭師の仕事をつとめた。話し手は子供の口から、このようにいわせている。「あの庭師さんの目は、とても悲しそうだよ。どうして、あの人はあんなに悲しそうにぼくを眺めるの?」("That gardener's eyes are so sad! Why does he look so sadly at me?"(三二)と。彼の罪は重いとしても、彼は充分罰をうけ、そして償った。もう許してもいいのではないかと云っているかのように聞こえてくる。反対に夫人の冷酷な仕打ちに対する非難の響きが、作品の主旋律として流れてくる。

前の夫の臨終に際して、初めて自分の酷い仕打ちに気づき、後悔し、「よくなっていただかなければなりませんわ。よくなっていただけなければ! それには理由がありますの。わたしこれまで、あなたにつらく当たってきましたわ。——それはわかってますの。二度とそのようにはいたしませんわ」("You must get well-you must! There's a reason. I have been hard with you hitherto—I know it. I will not be so again.")(三三)とマリアに彼は言う。彼は答えて、「遅すぎたよ。君、遅すぎたよ。」"Too late, my darling, too late!"(三三)とつぶやく。*Tess of the d'Urbervilles*(ハーディは、この作品の執筆を同じ年の一八九一年七月から連載をはじめている)のなかにおける、テスとエンジェルとの関係に酷似していることはいうまでもない。

また、ある意味では、アイシーン卿も彼女の術中に陥ってしまった、犠牲者かもしれない。メンバーの一人、本の虫(the Bookworm)がコメントするように、彼は、全く疑うことを知らない人だったのかもしれない。名前が象徴するように氷、(ice)のように冷たく感情が希薄な人として描かれている。このことが、皮肉にも、彼を三角関係の泥沼にはまることから救ったのである。'a haughty lady' としてアンダーリングに君臨し、アイシーンウエイ夫人となった陰には、失意の中、死んでいった一人の哀れな男性が存在していたことを、ハーディは書きたかったのではないだろうか。彼女の家系図の中に、この男性の名を見ることは決してない。

家系図に記載されなかった男性の三番目の例として、第九話の「ハンプトンシャー公爵夫人」('The Duchess of Hamptonshire')について触れたい。前に述べた二つの物語と違いヒロインのこの貴婦人に対して、話し手である、穏やかな紳士(the Quiet Gentleman)、は、終始一貫して同情的である。この物語は、運命に翻弄された一組の男女の、典型的な純愛悲恋物語といえる。この貴婦人は、アイシーン夫人やストーンヘンジ侯爵夫人のように性格のなかに、横柄さや野心や冷酷さといったものは微塵もみられない。この話し手は、彼女のことを「彼女の美点は、品性に備わった抵抗力というものではなく、悪事に対する生まれつきの無欲にあった。彼女にとっての悪事とは、肉の塊を草食動物に与えるようなもので、意味のないことだった。」('Her virtues lay in no resistant force of character, but in a natural inappetency for evil things, which to her were as unmeaning as joints of flesh to a herbivorous creature.')(三四一)と説明する。思いをよせる副牧師のオールウイン・ヒル(Mr. Alwyn Hill)とは冷徹な牧師の父親の強力な反対により結ばれることが出来ず、彼女をherbivorous(草食動物)としたら、carnivorous(肉食動物)の典型のようなハンプトンシャー公爵に見初められ、無理やり結婚をさせられてしまう。(14) 結婚生活は地獄のような日々の連続で、彼女は憔悴しきっていく。アイシーン夫人やストーンヘンジ侯爵夫人のように幸せというものを、タイトルを得てそのポジションのなかに見出せたとしたら、城での優雅な生活、「指輪を数えたり」「ガラスや銀器を使った食事」などに満足していたら、もちろんこの悲恋物語は成り立たない。この公爵夫人となるエミリン(Emmeline)という女性はこの種の女性たちとは全く異なる種類だったのである。

このストーリーのなかで、もちろん同情すべきはエミリンである。地獄のような結婚生活から逃れようとして、外国に移住しようとしている元恋人の副牧師に一緒に連れて行ってくれと迫るが、道徳上まちがったことはできないと拒絶され、船の上で病死してしまうという運命は悲劇のヒロインそのものである。が、この副牧師についてはどうであろうか。ブレイディは、「この副牧師が、エミリンを夫の手から救うことを、節操という観点から拒絶したのはかすかなエゴイズムの現われである。[15]」と解説するが、はたしてこれをかすかなエゴイズムの形（'a subtler form of egoism'）と呼べるのであろうか。いくら想う女性の頼みとはいえ、聖職者として、結婚して公爵夫人となった女性を一緒に連れて行くことはできないと断わることを、勇気がない、身勝手な行為と呼ぶべきだろうか。そしてこの彼の決断が、痛恨の思いで断ち切った愛する人を、死に追いやってしまったと苦しむ彼の姿をハーディははまぎれもなくこの恋愛の被害者として描いている。

ハンプトンシャー家の家系図には、たった二カ月あまりで、失踪してしまった公爵夫人はどのように描かれているのであろうか。もちろん彼女の周辺のどこをさがしても、彼女の恋焦がれた、副牧師の名を見つけることはできないだろう。公爵についてもブレイディは、「ハンプトンシャー公爵は徹頭徹尾に残酷で、利己的である。[16]」と述べているものの、彼もまたあの運命の出会いの午後、ボンネットをかぶっていない、一七歳の彼女を見て一瞬'the spirit'かと思い、恐ろしいまでの恋の情熱を燃やしてしまった時から、彼女によって、人生を狂わせられた一人かもしれない。たった二カ月で突然妻に出て行かれ、元恋人の副牧師と駆け落ちしたと知り、（実際はそうではなかったが）死ぬ一年前まで、侘しい一人暮らしを続けたのだから。結婚直後も恋人のことばかり思っている妻を見ては、歯がゆく、腹だたしくて、嫉妬の余り責めたてたに違いない。このように読んでいくと、登場人物の三人ともが、運命に翻弄された犠牲者といえる。

ハーディが家系図をモチーフとして、ドラマに仕立てあげたことを念頭にしながら、家系図のなかに記されなかった男たちに焦点をあてつつ、「ストーンヘンジ侯爵夫人」「アイシーンウェイ夫人」「ハンプトンシャー公爵夫人」という三つの作品を解釈した。他の作品に関しても、同じように報われない思いを抱いて、家系図の陰で眠っている男たちがいる。異常な愛の形を表現して、この短編集でも異彩を放っている「グリーブ家のバーバラ」（'Barbara of the House of Grebe'）のバーバラの恋人、エドモンド（Edmond Willow）もこの見地から言えば、同じである。また、家系図に、かろうじて載っているかもしれないが、貴婦人によって、不幸な生涯を余儀なくされた例としては、「ペネロープ夫人」（'The Lady Penelope'）の三人のナイトたちも見方によっては、犠牲者であろう。一見、貴婦人たちの物語にみえるこの短編集も、読み方によれば、貴婦人たちの生け贄となった男たちの物語としても読み取れるのである。

III　エピグラフに封じ込められた意味

この短編集のエピグラフに、'. . . Store of ladies, whose bright eyes / Rain influence.'（たくさんの婦人たち、その涼しい目元が大きな影響を及ぼす）というミルトンによる『快活な人』からの引用が載っている。ブレイディはハーディが、この引用を彼が創作した貴婦人たちにアイロニカルにあてはめ、女性たちは加害者というよりもむしろ被害者であると解説している。(17) しかしながら、一方では、この引用をそのまま素直にとらえることもできるのではないだろうか。本稿の二章で扱ったように、視点を変えてこの作品を読めば、やはりこれらの目元涼しい女性たちは、確実に男性たちに影響をあたえたのである。それもひどく残酷な影響を。

ハーディの多くの作品に見られるように、結婚への懐疑的な気持ちは、至るところに充満している。例えば、第二話の「グリーブ家のバーバラ」のなかで、ハーディは語り手を使用して、次のように結婚について述べさせている。

In the meantime the young married lovers, caring no more about their blood than about ditch-water, were intensely happy—happy, that is in the descending scale which, as we all know, Heaven in its wisdom has ordained for such rash cases; that is to say, the first week they were in the seventh heaven, the second in the sixth, the third week temperate, the fourth reflective, and so on; a lover's heart after possession being comparable to the earth in its geologic stages, . . . (二五二)（下線は筆者）

話は変わって、結婚した若い恋人たちは、血統のことなど全くきにかけずに、この上なく幸せであった——幸せといっても、それは下り坂の幸せであり、われわれ皆が知っているように、知恵のある神様は、このような性急な結婚には、そのように定めてあるのだ。すなわち、最初の一週間は二人は第七天国にいた。第二週目には、第六天国に、第三週目にはほどほどのところに、第四週目には、反省するようになるという下降の状態であった。相手を自分のものにした後の恋人の心は、地球の地層の成立段階にたとえることができる。

と、結婚について皮肉たっぷりに解説する。「我々皆が知っているように」、など読者を強引に彼の結婚観へと引きずりこむ。「ペネロープ夫人」のなかでも、「昔、昔、あるところに、たいそう美しいおひめさまがいました。あまり魅力的なので、三人の騎士たちが、決闘をしてでも彼女を手に入れたいとおもいました。」と、いったおとぎ話のような始まりを用意しながら、「お姫様は、その一人と幸せに暮らしました。」というエンディングでは終わらない。そこには、一人の貴婦人が、三人と順番に結婚し、挙句の果て、どの相手とも幸せになれないといった皮肉で不気味な結論が用意されている。

この結婚ということを考えるとき、序文にある家系図が、再び浮かんでくる。序文で、家系図のなかの年代を念入りに比べてみたいとハーディは述べている。彼が、家系図に触発されて、その奥に潜むドラマをみつけることに、駆り立てられていたことは、いうまでもないだろう。*Complete Poems* に収録されている、家系図（*The Pedigree*）というタイトルの詩（一九一六年）がある。最初の三つのスタンザを引用してみたい。

家系図（*The Pedigree, 390*）

I

夜の深みに身をかがめ、
歴史家が　我が家のものとて与えてくれた家系図を
私は覗きこんでいた。半ば衣服も脱いだまま　それを見るうち
カーテンを引いていない四角な窓のガラスが　老いた月の　水のような
光を部屋に流れ込ませた
そして　ひたひたと動く波の膜越しに見る　漂うイルカの目の如く
無言で冷たい月が泳ぐ所を　緑の粘液状の雲が足早に過ぎ去った

II

そうして、　わたしの先祖が種を蒔いた　系図の木を眺め
ある夫がある妻と結ばれて、その子孫がその二人の下に
血統を作って　地図化される　数々の象形文字を眺めるうちに

ついにその縺れは私の頭を混乱させ、
系図の枝々はねじりあって、しなびて皮肉な顔となるように見えた
顔は〈魔術師〉のように　目くばせをし　窓の方向へ合図を送り
魔法の力で　私に　再び窓を凝視させた

III

窓は今や一つの鏡だった
そしてこの鏡の中に私は　長大な遠近画法の奥行きをなして
私を生むに至った祖先の姿が　誰もが一族独特の顔をして次々と
奥へと小さく連なるさまを　跡づけることができた
これらの人々が　その名をこの記録図のそれぞれの場所に
その後　書き記されてきたのだ、
私の物腰、体形、顔付きをした、何代も何代もの人々が。(18)

第一連で、夜、ひとりで、家系図を覗きこむ〝私〟が描かれている。そしてその家系図を 'the chronicler gave / As mine'(19)「歴史家が、我が家のものと与えてくれた」という。第二連で、〝私〟自身の先祖の物語に思いを馳せ、その遠いむかし、どのような夫と妻がいて、この系図の木（sire-sown tree）ができたのかと不思議に思う。'Pedigree' とはフランス語（古語）で、pie de grue, crane's foot から派生した言葉である。系図のかたちをつるの足に見立てたからである。〝私〟はいう、「ある夫がある妻と結ばれて、その子孫がその二人の下に血統を

作って地図化される」と。人は突然この世に現れるのではない。何代も何代も、運命的な出会いが、ドラマが、結婚が、男女の物語があり 'hieroglyphs'（象形文字）がつくられていくのだ。結婚の日付、再婚の日付、そして死亡の日付、眺めていると頭が混乱してくる。と吐露する。第三連で、〝私〟は鏡のなかに、〝私〟の祖先の姿を見る。それは、まるで家系図を見るがごとく、「私を生むに至った祖先の姿が、誰もが一族独特の顔をして次々と奥へと小さく連なるさまを跡づける」のであった。次の行で続ける。「これらの人々が　その名をこの記録図のそれぞれの場所に　その後書き記されてきたのだ」と。

この『貴婦人たちの群れ』に収められた一〇の物語も、この家系図をモチーフとして書かれていることは、述べてきたが、この詩を読んで、ハーデイが、おそらく〝書き記されなかった〟貴婦人たちの祖先たちに注目しても不思議ではないとの意をさらに強めた。もちろん、歴史的事実との信憑性は定かではないが、最初に述べたとおり、この物語を論じるうえで、このことは余り意味をもたない。なぜなら、これはあくまでもハーディの家系図をモチーフにしたフィクションなのだから。この短編集の最後の物語（「令嬢　ローラ」）のエンディングで、ハーディは我々にこの一〇の物語が、一晩の夢物語でしかないと印象づける。博物館員が、暖炉の火を消し、館員が、部屋の鍵をかけると、眠りから覚まされた、「剝製の鳥」や、「ローマのヴェスペイジアン皇帝の兵士たちの頭蓋骨」が、元の置かれていた場所に戻っていったように、prosopopoeia によって目覚めさせられた、過去に生きた貴婦人たちと彼女たちを取り巻く人々は、また深い眠りについたのである。Prosopopoeia の魔法は解かれ、話し手も、この話のことを思い出すことすらない、忙しい日常へと戻っていった、とハーディは言う。「生前どんなに美しく高貴であっても、死んで二〇年もたつ貴婦人の人柄などにはそうすぐには想いを馳せることなどできないということもわかっている」と。このようにして、歴史は繰り返されるのだとハーディは云いたかったのかもしれない。

このような一連の解釈のなかで、私の疑問は明らかになった。ひっそりと失意のうちに首を吊って、死んでいったあの身元不明の男性は、この短編集の意味することをはっきりと理解していたのだということが。彼は、この短編集が女性の犠牲になっていった男性たちへのレクイエムだということを。そして、ハーディこそ男性の弱さ、脆さの真の理解者であるということをきっと確信していたに違いあるまい。一世紀を経た今も尚、ハーディの人間本質をつく洞察力は、脈々と息づいている。

（1） Thomas Hardy, *The Complete Stories*, Norman Page ed., J.M.Dent, 1996, p. vii.
（2） Irving Howe, *Thomas Hardy*, Macmillan, 1985, p. 78.
（3） Norman Page は、*The Complete Stories* の introduction において、Chaucer と Boccaccio の作品の中の語りとの類似性に言及している。
（4） Kristin Brady も著書、*The Short Stories of Thomas Hardy* (Macmillan, 1982), p. 90, p. 93 で Chaucer と Boccaccios からの影響を指摘している。
（5） Brady, p. 54.
（6） Norman Page は *The Complete Stories* の introduction において、'The stories collected in *A Group of Noble Dames*, held together by a simple framework reminiscent of Chaucer and Boccaccio, belong to this same category of historical tale,' と述べている。
（7） Brady は史実を基にして述べられていることについて、次のように言及している。'Five of the ten narratives are based on Hutchins—two in skeletal details only, three more specifically. One 'The Duchess of Hamptonshire,' incorporates an incident recorded in Early Life.' Brady, *op. cit.*, p. 85.
（8） *A Group of Noble Dames* の日本語訳は、『貴婦人の群れ』（東京・千城、一九八二）から、上山　泰・内田能嗣訳のものを使用させていただいた。

（9） OED の定義によれば、"A rhetorical figure by which an imaginary or absent person is represented as speaking or acting," だとしている。

（10） J. Hillis Miller, 'Prosopopoeia in Hardy and Stevens', ed. Lance St. John Butler *Alternative Hardy*, St. Martin's Press, 1989, p. 112.

（11） Brady, *op. cit.*, p. 63.

（12） Thomas Hardy, *Collected Short Stories*, Macmillan, 1988, p. 289.

本稿で使用した *A Group of Noble Dames* のそれぞれの物語に関するの引用は、すべてこの版からのものであり、カッコ内の数字はページを示す。

（13） Brady は著書（*The Short Stories of Thomas Hardy*）のなかで、アンダーリングの父親としての愛情が強調されているのに対して、アイシーン夫人の母性愛に対してはほとんど触れられていないことを次のように述べている。'In her story, maternal affection is barely mentioned, and her coldness to her child is measured by her lack of sympathy for his father's paternal feelings — feelings we are not meant to undervalue despite the excessively romantic manner in which he expresses them.' (p. 69)

（14） Hardy は物語の中で、この公爵のことを次のように語っている。"He dined alone, drank rather freely, and declared to himself that Emmeline Oldbourne must be his." (三四三)

公爵の肉食動物的イメージは、食事を一人で食べ、酒をたらふく飲み、エミリンを自分のものにするということの一行で、さらに強化されている。

（15） Brady, *op. cit.*, p. 81.

（16） Ibid.

（17） Brady, p. 53.

(18) この詩の訳に関しては、森松健介訳『トマス・ハーディ全詩集 II』(中央大学出版部、一九九五)を使用させていただいた。

(19) Thomas Hardy, *The Complete Poems*, ed., James Gibson, Macmillan, 1979 pp. 460-461.

アーサー・ヒュー・クラフからハーディへ
――主題の継承と類似

森松健介

アーサー・ヒュー・クラフ（一八一九―六一年）は、アーノルドと並んで、最も早い時期から神の不在とそれが人間社会に及ぼしうる悪しき衝撃を詩の主題として取り上げた詩人である。ハーディは、アーノルドからの影響を何度も自ら語っている（『自伝』に一〇箇所および第六詩集「弁明」）のに対して、クラフの影響には自ら触れてはいないために、クラフとハーディとの関連については、従来は言及されることがなかった。しかし最近になって、『ハーディ伝』を書いたターナーは、この詩人のハーディへの影響を繰り返して説き、特にハーディは一八八〇年の病気のあいだに、T・H・ウォードの『英国詩人集』を読み、収録されていた『ダイサイカス（心二郎）』などのクラフの詩群に影響されたとしている（Turner 78)。

実際、神の不在という問題については（そしてそれ以上にこの問題から派生する人間社会の未来のありように対する懸念については）明らかに両者のあいだにはきわめて類似した扱い方が見られる。その影響関係がかりに間接的であるとしても、ヴィクトリア朝の詩のテーマの必然的な発展過程を経て、ハーディがこの大問題についてクラフを継承していることはあまりに明らかである。我が国へのクラフの紹介が遅れていることからしても、この問題について紙幅を割くことは許されるであろう。

クラフからハーディにまで流れ着いている具体的なテーマは、大きく分ければ二つある。一つはキリストが復活して人間界に影響力を持ち続けていることに対する否定色の強い懐疑、あと一つは神が存在しない場合に人が陥る倫理の欠如と既成価値観の良き部分の崩壊に対する憂慮である。この倫理喪失の問題は、人間の欲望の充足に歯止めがかからなくなることを同時に意味する。これは人間社会存立の基盤そのものの変質を促す。しかも「神不在」は永久的に人間社会に居座るのであるから、これは時間が推移しても恒に「現代」の問題であり続ける。喪失のあとに、イェイツの「再来」に見るような怪物の覚醒が生ずる問題である。

さてクラフは神不在の問題と正面から取り組みながら、生前にはその主題による作品を公表しなかった。彼はその作品の主たる主張をうち消す反歌まで用意した。この仕方でクラフは世間と対峙しようとした。ハーディの場合には、それから半世紀のちの詩人として当然ではあろうが、この主題の作品を、とくに第一、第二詩集では当時奇矯と思われたほど目立ったかたちで公表した。一見二人の詩人は異なった世間知をもっていたかに見える。しかしヴィクトリア朝的な通俗宗教主義・楽観主義と対決した苦渋は両者に際だって共通するものである。この主題によるハーディの詩編は非難され続け、ついに彼はその第六詩集に「弁明」(“Apology”、拙訳『トマス・ハーディ全詩集II』では「我が詩作を擁護する」と訳した)と題される序文を書いたのである。その直接の目的とするところは、それまでの五つの詩集とともにこの第六詩集をも不当な批判から護ろうとすることである。しかしより本質的には、この力の入った序文は、のちに詳説するクラフの長詩『ダイサイカス』自体がそうであるのに似て、ハーディの世界観の表明、人間社会の未来に対する警告の意味を色濃く有している(まもなくこの序文全体を分析してお目にかけよう)。これは彼の詩論であるとともに、彼の倫理論でもある。

ハーディの場合には世界観の表明がすなわち詩論の展開であり、詩作には倫理観が絡む、とする論の成り行きには注釈が必要だろう。ハーディは、ヴィクトリア朝半ばに見られた詩の本質論争、すなわち詩は主として人間のありようについての考察に係わるべきか、感覚的、官能的な表現に重きを置くべきかについての論争のうち、結果として前者の詩の機能を最大限重視した詩人であったと私たちは言わざるをえないのである。彼の詩は世紀末を起点として発表されたものにしては、驚くほど官能的な恋愛描写に縁遠い。世に言う彼の「哲学詩」（その多くは神不在を主題としている）が初期諸詩集の中核をなすものであることを私たちは認めなくてはならない。そしてこの「弁明」のなかで弁明され擁護されるのは、まさしくこれらの詩である。これらが、新しい時代の示した真理に沿って、世界と人間を詩人の誠実を窮め尽くして歌ったものであったことがこの「弁明」では主張される。わざわざハーディにとっては異例中の異例と言うべき、序文を兼ねた長文の詩論を彼が書いてこの種類の詩群を弁護しようとしたことのなかには、これらの詩がハーディにとっていかに重要なものであったかが如実に示されている。

ヴィクトリア朝の上記詩論争に係わった人々から見ればこれほど皮肉な結果は予測もできなかったであろう。上記の考察派の批評家は主としてキリスト教的世界観を肯定的に作品において表明することを詩人に求めていたのであったが、ハーディはその世界観を放棄せざるをえないというかたちで英詩的伝統（人間と世界の有りように係わる真実を探り表明する伝統）を受け継いだからである。ハーディの先行詩人のなかで彼の場合と極めてよく似たかたちでこの問題に誠実に対処したのが、アーノルドであり、そして特にクラフであった。のちに示すクラフの詩がどのように苦渋に満ちた態度で真実を述べようとしているかを我々が認識するならば、そしてクラフがいかに世間からの弾劾を懸念していたかを知るならば、ハーディの「弁明」はそのままクラフの詩の弁明としても用いることができると感じられよう。

そこでクラフとの関連を述べつつ「弁明」におけるハーディの主張を分析したい――「分析」という語は大げさに聞こえるかも知れないが、彼がこの「弁明」のなかで、神不在を特に中心テーマとして述べているということさえ、こんにちまで指摘されないできているのである（ピニオン Pinion やベイリー Bailey はその注釈書において ペシミズムには言及しつつも懐疑論や無神論については触れていない）。神不在論を露骨な言葉遣いによって表に出すことは、自分の詩の擁護のために得策ではないと考えたに違いないハーディによって、この最大の論点は、好意的に彼の作品に接する者（「弁明」のなかの言葉で言えば「通行証の発給が不要な読者諸賢」）によってのみしか直ちには感知されないような、慎重な書き方がなされているからである。だから分析が必要である。また、なにゆえに論者（森松）は神不在というテーマにこれほど拘るのかという読者に対しては、詩人が世界の真の姿であるとしている立脚点を見据える以外には、その詩人を理解することはできないからだと答えておきたい。この理解のないところから、今なお英文学史の教材にほとんど必ず現れる「ペシミズム作家」としてのハーディ像が拵えられたのである。

「弁明」の最初の部分でハーディは、第六詩集には「受動的で軽い伝統的な」詩文に混じって「能動的で深刻で露骨な」詩文がちりばめられていると言い、この後者に属する作品こそが自分が最も注力している作品であることをにおわせる。「思索家というものは、悪の存在とか無実の人々に対する処罰の不当性などを説明・弁明しようとする際に、この宇宙における存在に関して己の心をよぎる全ての思考を書き連ね」て当然なのに、当今ではそれが「ほとんど許されもしない」ことを自分が認識していることを述べる。〈宇宙における存在〉とはこの場合絶対者や神を指していることは明らかである。ついで彼は「ある種の年経た宗教典礼の美しさと忠実な奉仕」を否定する者ではないが、」と慎重に前置きしたうえで（ハーディは生涯にわたって英国国教会の祭礼や式典には情緒的に惹かれ続けたことはよく知られている）「この種の問題についての『執拗な問いかけ』や『全的な疑念』の表明がほとんど許されていない時勢では、文化の上での『麻痺的な行き詰まり』が招来される」と述べる（ここでも〈この種の問題〉とは絶対者に関する問題のことである。また〈執拗な問いかけ〉と〈全的な疑念〉という言葉によって、絶対者の有無及びその属性への執拗な疑問の提出、そして容赦のない懐疑論・無神論の示唆などを指しながら明言を避けたのである)。そして一〇〇年近く前にハイネが、永遠の権利を有する人の魂は鐘の音にあやされて眠らされてしまうことのないものだと言ったことに言及する（ハーディが〈鐘の音〉を教会の説法の意味に解しているのは明らかである)。このあたりでハーディが特に強調したいのは次の論点であろう。

筆者の作品に関して「ペシミズム」であると囃し立てられている代物は、実際には、現実の探求におけるこの様な「問いかけ」に過ぎないのであり、これは魂の改善、身体の改善へ向けての第一歩に他ならない。

このあとに批評家によく言及される彼の詩からの一行、「もし改善への道があるなら、まず最悪を直視する必要がある」が引用されるのである。しかしこの場合、〈最悪〉とは何を指すのかということについての理解のないままこれを引用しても無意味である。この一句を収めた本歌では、これは「全て世はこともなし」と観ずる安易なヴィクトリア朝的楽観主義者と対立する考え方として打ち出され、それ以上の明確化は避けられていたのだが、「弁明」では〈最悪の直視〉は〈執拗な問いかけ〉や〈全的な疑念（の提示)〉と同義であることは論をまたない。つまり〈最悪〉とは神の不在のことなのである。そしてこの意味での〈最悪〉を直視し、ハーディがのちに経験する世間との対立を、ハーディと同様の誠実さで我が身に課した先行詩人の一人が、のちに詳しく見るとおりクラフであった。そのような先輩として、上記一八八〇年の病臥以降のハーディがクラフを意識していたことは想像に難くない。クラフはいわばこの〈直視〉のため一八四八年にはオクスフォード大学のオリエンタル・カレッジのフェロウの職を辞することを決心したのである。

認めたくない現状でも、よりよい方向に向かうためには見据えなくてはいけない。クラフもハーディも二〇世紀の西欧人がキリスト教をほぼ全面的に失うことを遠くから既に望見していた。ハーディは「弁明」の次の一節で言う（これはブライアン・グリーン《Brian Green 47》の指摘のとおり、ダーウィンの進化論を発展させた改良主義であり、ハーディはのちにこの考えにも甘さがあったことに気づくのだが）。

現実を探索し、探索の課程で現実を一段階ずつ率直に認識し、可能な限り最善の成り行きを見出そうとする態度、端的に言えば進化的発展説によって改善を行うのである。しかるにこれが「ペシミズム」だと囃される。

ハーディの主張するところは、このあとの文章の「良きサマリア人」の示唆が示すように、半死半生の状態にある人間界（第六詩集は一九二二年刊。戦禍もまだ生々しかった）をレビ人のように「看過・抛擲」してはならない、むしろ「良きサマリア人」となって、すでに苦渋に満ちてしまった二〇世紀の現状に手を差し伸べ、未来の世界に「ラヴィング・カインドネス（慈愛）」が発揮されるように唱道し、未来の地球の苦痛を最小限度に抑制すべきだということである。

ハーディの希求は神がいないという事実を世に喧伝する事にあるのではなく、その事実の認識の上に立って世界の苦をいかに押しとどめるかにある。この点でもハーディはクラフに似ている。以下に見るとおり、クラフの場合には神不在によって予想される苦渋は主として人間個人の問題であったのに対して、ハーディはこの問題をむしろ社会や国家の問題という次元に高めて考えるのである。

「弁明」ではこのあと、詩人は常套的な麗句を弄する愚を捨てて「詩歌の真の機能」、すなわちアーノルドの言う「諸観念の人生への適用」に身を捧げるべきではないかと再度問いかけ、この問いはとりわけ、私の詩のなかの通例奇矯ということばで非難されてきた「哲学」と呼び慣わされてきたものに関連する。このような「哲学的」方面への、とりわけそれが必要である場面への、諸観念のかかる適用を行えば、それがどんな作家だろうと、世間からは冷酷きわまりない判定が下されるのは不可避である。

ここにハーディはアーノルドのことばを引いているが、アーノルドはクラフの親友である。彼は、エドワード・アレグザンダー（Edward Alexander）が多岐にわたって示しているとおり、自分の詩作の大部分をクラフに見せて、自分がその作品に寄せた思いを彼に披瀝している（しかもアーノルドの詩の全ては「諸観念の人生への適用」を実行に移したような作品である）。クラフもまた「諸観念の人生への適用」をアーノルドにも増して誠実に行った詩人であった。アーノルドも神の消失を主題とした「エトナ山頂のエンペドクレス」を自己の詩集から削除せざるをえない苦しみを味わったが、クラフも前に述べたとおり、真実を語った詩編を公表することができなかった。ハーディが上記引用の文章を書いたとき、この二人の先輩を念頭に置いていた可能性が高い。ハーディはさらに言葉を継いで、「今日の芸術と文学、および〈高邁な思想〉が危うい前途しか持ち得ないでいることを嘆き、

今次大戦の暗黒の狂気によって若い人びとの精神的興味が野蛮化してしまったせいか、全ての社会階層に利己主義が恥ずかしげもなく養われてしまったせいか…私たちは今、新たなる〈暗黒時代〉の脅威に直面しているように思われる

と嘆くとともに、このような事態が惹起されたのは、無能な批評家のせいである以上に時代的な病弊のせいであ

るとして、今後の人間社会のために、詩歌、純文学一般、非教条的な意味での本質的宗教（「この三者は同一物の別名であることが多い」とハーディは書く。アーノルドの晩年の意見によく似た考え方である）が手を携えて発展すべきことを説く。英国国教会に対してすら、ハーディは「篩《ふる》われるものを取り除く」ことを期待する。すなわち自然科学の真理に反する教条を篩い去ることを期待したのである。神秘的な絶対者を失ってなおかつ成り立つ、文学や詩歌と同義の宗教――このようなものが発展して世の支えとなる以外には、暗黒時代が再来するとハーディは感じたのである（そしてこの第六詩集出版の四年後、一九二六年には英国国教会へのこの期待が裏切られたという注釈がこの第六詩集に付せられることになる）。精神の支柱としての詩歌に対する期待は、この詩集の出版の時点ではハーディにはなお強く、「弁明」の実質上の末尾は「詩歌の持つ混合融和の力によって、世界を滅亡させないために保持しなければならない宗教と、同じく世界の存続に不可欠な……理性的認識との大連合」ができることにハーディが希望を託して終わっている（しかしハーディは人生の終わりがけに書いた詩「我らは終末に今近づいている」（*We Are Getting to the End*, **918**（以下ハーディの詩のあとの番号はJames Gibson版全詩集による詩番号））のなかで人類に対する希望は全て放棄すると歌ったのだが）。ハーディがどんなに人間の未来に心を砕いていたかがここから読みとれようし、またこの感覚がいかにクラフやアーノルドのそれと通い合うものであるかも感じ取れよう。

上記のハーディの考え方、神の消失のあとに宗教のいわばエッセンスの存続を希求する考え方を見るならば、彼がいかに苦しみながらキリスト教から離れていったかが想像できる。その姿はまさに、神の存在を知覚できなくなった自己が、翼を失った鳥さながらに地に落下する姿だった（「知覚なき者」*The Impersipient*, **44**）――

僕の心は　彼らの知るあの安らぎを知らない、

彼らには〈すべて世はこともなし〉と
語りかける神様が　僕には何一つとして
〈すべて良し〉を語りかけてはくれない、……
ああ、翼をもぎ取られた鳥が　どうして喜んで
地に向けて落ちていったりするものか！

ハーディという鳥は常に空に向かっていたかったのである。先輩クラフもまた（アーノルドもそうなのだが）同様に、気乗りのしないままキリスト教から離れていったことをハーディは感づいていただろう。先に示した職を辞した時点でのクラフは、キリスト教そのものに全的な懐疑を向けたわけではなく、ただ「信仰箇条」への疑念を公的に退けてエリート職を選ぶ、ということを敢えてしなかったのだった。この決断は、国家体制的宗教への懐疑という、詩人としての良心に基づいた、真実を選ぶ行為である。つまり、好んでそうするのではない、ぎりぎりの選択だった。初期のクラフのこの態度にも、「翼をもぎ取られたくない鳥」としてキリスト教の良き影響力を最大限に保持していたいという気持ちがありありと見て取れるのである。

さてクラフの詩業について述べなくてはならない。

クラフは辞職以前からすでにダヴィード・フリードリッヒ・シュトラウス（一八〇八―七四）の「高等（上層）批評」を熟知していて、短詩「シュトラウスを歌う」（*Epi-Strauss-ium*）を著している。高等批評についてはハーディもまた印象深い詩を書いているので、まずこのクラフの詩を取り上げたい。表題にはW・E・ホートンの指摘（三三）のように、スペンサーの結婚讃歌 'Epithalamium' の捩りであって、「シュトラウスについて」の意味と同時に「シュトラウス讃」の意味が重なる。シュトラウスの『イエスの生涯』（*Das Leben Jesu*, 1835-6）は一八

四六年にジョージ・エリオットによって *The Life of Jesus, Critically Examined* 三巻本としてドイツ語から英訳された。自然科学上の真理と合致しない四福音書の記述を史実ではないと論じる本書の主張は、世紀中葉のイギリス懐疑思想を決定的に促進することになる。クラフのこの著作についての扱いはキリスト者として誠実であって、福音書作者たちがキリストの生涯を神秘的な事跡で粉飾した初期の時代は今や去り、直接キリストに触れることのできる理性の時代がやってきたという讃歌を書いたのである。キリストを太陽に喩えて、朝（初期の時代）には諸聖人（福音書作者）のステンドグラス越しに（色づけされて）見られた太陽が、いまや直接目に触れるようになったと歌う。その全編は――

マタイとマルコ、ルカと聖ヨハネは
すべて消え失せ、世を去った！
そう、あの方《かた》は　初めのうちは夜の暗い帷から抜け出たあと
まだ水平だった光線を東方の絵入りガラスのあいだから投げかけ
彼らの豪華な肖像と　あい混じり合い
自分の栄光をそこで遮られて肖像群の上に消費しておられたが
今はもう　南西の空に至り、飾りのないガラス窓を通して
教会内部の表面に　その輝かしい光を投げかけてしまわれた。
するとその光輝のなかに、とあなたはおっしゃるのですね、
マタイとマルコ、ルカと聖ヨハネは見えない、消失した、と？
失せたのですか？　失せて二度と取り戻せないのですか？

しかしながら
そのあいだ、その礼拝のお御堂は、光溢れて
かりに華麗ではないとしても、より誠実な輝きに満ち、
青空にあの〈聖なる天体〉が　誰の目にもはっきりと見て取れる。

すなわち福音書作者の語った神秘説の介在なしに、キリストが誰にも直接にその光を投げかけるようになったと歌うわけで、キリスト教的道義の放棄に向かう傾向は全く示していない。シュトラウスにより、キリスト教の教義はより明確化・簡素化されたとしてクラフは彼を称えているのだ。すなわちこの詩はアーノルドが七〇年代になって二つの宗教論のなかで辿り着いたと同じ結論——近代科学とキリスト教との調和という主題を歌っているわけである。ここでもハーディが、「弁明」のなかで同じ結論へと向かって論を進めたことを想起しておきたい。

そしてクラフはその後さらに宗教への懐疑を深めて行くし、彼の影響がハーディに行き着くまでにシュトラウスの書の扱いも当然時代の変化を被ったのは事実である。しかしハーディはクラフの主題を受け継ぐようにして、シュトラウスの決定的な影響を物語る詩——キリスト教の神秘や、自然科学的にはあり得ない聖書の記述を否定する短詩「品格ある市民」（*The Respectable Burgher*, **129**）を書いた——今日の「品格ある市民」は「アダムが実在したことを疑ってみるとか／ノアの洪水は一地方の災害でしかなかったと考えるとか／そして、頭の固い連中に睨まれるのを覚悟で／予言者がことの起こりを予知する前に／全てのことが起こっていたのだと論じてみるとか」してみて当然だ、神学者が平気でこうほのめかしているのだから、とハーディは市民の一人に歌わせている。

ハーディが宗教と人間の心理について歌った「人間に対する神のぼやき（*A Plaint to Man*, 266）」をここで取り上げてみたい。第一連では人間が歴史の古い巣穴から出て宗教を持つに至った時点が示され、第二、第三連はこう続く――（//印はスタンザの切れ目を示す）

おお人間よ、なぜお前にはあの時、祈りを捧げるために
姿かたちがお前にそっくりなこの私を
作り出さねばならないという不幸な必要が生じたのか？//
私の徳、私の力、有用性は
私を造った者のなかに　すべて宿っているに違いない、
私自身のなかには　それはあるはずはないのだから。

ハーディはここで、人間が神を造ったのであって神が人間を創造したのではないことを歌っている。これは甚だ印象深い詩句ではある。しかしこの発想は、アーノルドの「エンペドクレス」におけると同様に、しかしより明瞭な筆致でクラフが「イスラエル人がエジプトを出たとき」（When Israel came out of Egypt）と題される一二六行からなる詩（一八四六―七年代については Phelan 36）のなかで示している。これは人類における宗教史を語る趣があり、ハーディの認識の源かも知れない。

この詩の第一連（一―一二行）では、今日あちこちでこれこそが神であるという叫びが起こっているが、人間よ、雑音に耳を傾けるな、また不信仰を受け入れるなという意味のことが歌われる――

見よ、こちらに神あり、そちらに神ありとの虚しい叫び！
　おお人間よ、これを信ずるなかれ、
このとおりの虚しい仕方で、古代の異教徒は
　こちらへ　またあちらへと走り回った。
旧来の〈宗教〉が首を横に振って
　苦い悲しみを篭めて「当初から予言されていた
無神論者の不信仰の日が来たのを
　皆の者、眼にするがよい」と語るけれども
雄々しい勇気をもって、お前の大人の精神に可能な
　より良い役割を引き受けよ、
不信仰を受け入れるな、それを信じるな、
　それを信じるな、おお、人よ！

このあと第二連から第四連までは、古代の、キリスト教以前の宗教の歴史を概観する――それは夜中に当地に王が来ていると誰かが叫ぶのを聞いた人が、戸外に飛び出して、最初に見つけた人を王と誤認するのとよく似て、古代の人々は神ならぬ神を信じた。そしてこの傾向はギリシャの神々への信仰をも生んだが、ついにシナイ山の頂上でモーセが「余こそその一者なり」と語る真の神に出会った――。
　第五連の前半では、この神の声の後も、これに耳を貸さない諸時代が続いたり、人類の幼児期の思想が何度も人類につきまとったりしたことを歌う。五一―八行では、劇的に今日的な認識が示される――

そして昔　シナイ山の頂上から
〈神〉が「余こそ一者である」と告げたように
そのように　今　〈彼〉は厳格な科学によって声を発し、
私たちに告げて曰く、「世に〈神〉は無し！
大地は化学作用の諸力によって機能する。天とは
〈天空に位置する機械仕掛け〉のことだ！
そして人類の心と精神は
それ以外の全ての物と同様に　時計仕掛けだ！」

〈天空に位置する機械仕掛け〉(Mécanique Céleste) は、懐疑とその克服を主題としたカーライルの『衣裳哲学』の第一書四章のなかで、ラプラスの言葉として用いられたものをクラフが引いた一句 (Phelan 38) である。今日の知識人は、多かれ少なかれこのような機械的唯物論と自然科学の真理という、いわば今日的な一者の声に耳を奪われるというのである。このように上の一節は一九世紀中葉にこうして登場した懐疑論とその発生源としての自然科学上の真理を、テニスンの『イン・メモリアム』の同種の記述に匹敵する明快さで述べたものとして注目すべきであろう。しかしそれと同時に私たちは、ハーディが上記の詩 (266番) の後半で、人間が原初の文明のなかで苦しみの処理方法として神 (私) を拵えたことを述べたのち、自然科学の洞察が私=神を消滅させる様を語っていることにも目を向けておきたい――

そして今、私を留まらせてくれない光のなかで、

洞察者の　神を殺すまなざしのなかで
私が日一日と縮み細っていく今

ハーディは、こんな「今」こそ新しい真実、すなわち人間が頼りにできるのはただ己の知性のみという真実を見据えるべきだと歌うのである。そしてハーディが神は死んだとして「神の葬列（*God's Funeral*, **267**）」を書いたことは比較的良く知られている。ここでも彼は、人間こそが神の作り手であるという考え方を長々と徹底的に披瀝してクラフやアーノルドから一九三〇年代のフロイト（「ある幻想の未来」は人が神を拵えていく心理過程を詳述している）に至る時間の半ば（「神の葬列」の制作年は一九〇八―一〇年）にあって橋渡しをしている。その第二連以下を掲げよう。〈像〉とは神のことである――

おお、人間によって投影された〈像〉よ、近頃では
私たちと同じ姿だと想像されていた者よ、あなたの葬儀のあとに
一体誰が生き延びられよう？　やがては生かしてはおけない者を
なぜ私たちは作り出す気になったのだろうか//
最初はこの〈像〉を　嫉み深く獰猛な者に仕立てながら
時代が過ぎるにつれて私たちは、〈像〉の性質として
正義やら、境遇に苦しむ人々を祝福する意志やら、
忍耐強さ、様々な慈悲心やらを与えてきたのだ//
そして私たち人間の　初期の夢と　慰められる必要とに

促された結果、私たちは自らを欺く羽目になり、
自分が造りだした者を　自分の作り手だと間もなく思いこみ
自分が想像した者を　自分で信じ込んでしまった

しかしハーディは後年の詩人であるからクラフを超えていた。と言うのは、クラフは先の詩の制作の時点では、この懐疑論に対してもまた懐疑の心で接するのである。クラフの第六、第七連を読んでみたい。次の第四行の「これ」とは、自然科学の示す「真理」であることは、これまでに歌われた内容から明らかであろう。

むかし　雷が轟き、山が振動したときに
その言葉が〈古代の神の真理〉を
外界に語り明かした　あの〈声〉がそうであったように
これもまた　現代の〈真理の声〉なのか
ああ、〈真理の声〉ではない。これはただの雲、
その中に　意味をなすただ一つの像も、それに似た外形も
けっして見えることのなかった
あの濃い暗黒の雲。
それはあのシナイ山を包み込んでいた雲による
濃い暗黒に過ぎないのだ。
愚鈍に驚くだけで　この民族はただ立ちつくし、

〈やがて来る福音〉(the Coming Sound) を疑っている。

自然科学的真理を宗教的真理に変わるものとして受け入れる精神はここには見えない。この詩では自然科学は真理を感知できなくする暗雲である。雲が隠しているのは昔のままのキリスト教なのか、人類の新たな指標としての未知の真理なのかは、次の第七連が示唆する。すなわち、クラフは近未来のこととして、選ばれた〈予言者的な魂〉が、黒い雲の内部から、あえて一柱の〈神的存在 (Deity)〉を探し出そうとすること、この〈魂〉は「黒い無神論的諸体系と、それよりも暗い人々の心の絶望のなかから」すでにこの〈神的存在〉の声を聞き取っているとこの連で歌っている。この〈魂〉はモーセに準えられる。また一九世紀の自然科学への跪拝者と物質主義者は、〈魂〉がシナイ山に入って神を求めているあいだに平原で邪教を始め、黄金の牛を崇めて踊り狂った旧約聖書の大衆に準えられる。しかしこの選ばれた〈魂〉とは、どのような人物を指すのであろうか?

この詩の書き始められる前年の一八四五年九月には、オクスフォード運動の主宰者ジョン・ヘンリ・ニューマン (一八〇一―九〇) がローマン・カトリックに転じ、運動の同志たちやクラフその人に大きな動揺を与える。この作品はこれを念頭に置いて読まれるべきだという主張 (Phelan 36) にも一考を与える価値はある。だがニューマンはここにいう予言者的な魂であろうか? 彼は新たなシナイ山から真理を携えて帰ってくると一時的にせよクラフに感じられたのであろうか? これはクラフの伝記に照らしてあり得ないことと思われる。むしろこの詩は「ニューマンが、真理を求めて問いかける精神を早々と放棄したことに対する批判の一端」(Phelan 36) としてこそ意味を持つ。つまりこの〈魂〉は、募ってくる物質主義に抗して新しい精神的価値を見出そうとするクラフ自身や、その友アーノルドを示唆していると読むべきである。クラフが状況をそのまま受け入れることを拒み、次なる価値観の模索を試みていたことには疑念の余地がない。

ハーディがこの点でもクラフと極めてよく似た心情を吐露していることに私たちは目を向けたい。今しがた引用した「神の葬列」の第一四連では「闇に慣れた私の目には　後方の低いところに／ほの白い　しかし確かな微光が差しているように見えた」と歌い、一五連では「少数者」だけではあるけれども、この光を目にしている人々の姿をハーディは暗黒と対照して歌っている。人に救いを与える次なる思想の出現を、クラフ同様に、曖昧に期待しているハーディの姿がここに見える。ところでクラフは、のちに読む『ダイサイカス』その他の作品のなかではこの上記の主題をさらに発展させて、自然科学的真理→神の消失→物質主義→倫理の崩壊という、今後必然的に予想される西欧世界の混乱を憂えることになる。詩の主題はこの崩壊に対抗することのできるような新たな価値観の探索となる。そしてこの連鎖的な西欧世界の混乱とそれへの対抗措置の探求こそはまさしく、ハーディがその全詩集の中で取り組むことになる問題である（その全容については改めて述べる機会を得たいが、彼は過ぎ去った人生の全てを、今も実在する意味深いものと見なして最大の尊重を表明する。いわば人生の新たな意味づけを行ったのである）。

しかしクラフの、今しがた論じていた詩では、まだ神の消失を既定事実とすることなく、宗教的真実の優位性が示唆される外見が保たれている。第八連以下を読むならば、なおさらこれは明瞭になるが、このエッセイの論点からは離れるので省略したい。ただここに見られるキリスト教寄りのオプティミズム、すなわち自然科学や物質主義に対抗できる何かを誰かが暗雲の彼方からモーセのように持ち帰るだろうという期待は、クラフが後年放棄するに至るものである。この点でこの詩は予言的詩作としては失敗（Biswas 239）なのだ。雲のなかへ分け入って何かをつかもうとしているのは、おそらく詩人自身だったのであろう。つまり、彼はこの段階では暗雲のなかから持ち帰って人に示すものを見出すことはできなかった。いや、その後もクラフにはそれはなしえなかったのである。しかし、この無神論の雲のなかで何か新しい意義あるものをつかみ取ろうという努力を実質上詩人ハーディに託することになる。

さてクラフはこのあと急速に宗教的懐疑を深め、前に述べた「信仰箇条」への署名拒否以降は、作品にも率直にそれを表すようになる。「復活祭――一八四九年のナポリ、(*Easter Day. Naples, 1849*)」は、先に読んだ「シュトラウスを歌う」と同様に、シュトラウスの高等批評に反応して歌われた詩である。この詩が公表されたのはクラフ没後四年目の一八六五年であり、題名にもかかわらず、書かれた年代は一八四九年とは言えないけれども、当然その年以降の作である。同じ題材を用いながら、この詩では懐疑の表現が劇的に直裁的なものへと変化している。躊躇なくキリストの復活を否定する初めての詩であるから、これはこの時代の懐疑を歌った作品としては極めて重要な作品である。

一方ハーディも第一次世界大戦の諸国の苦しみを歌い戦死者たちに哀悼を捧げる短詩「雨のそぼ降る復活祭の朝(*A Drizzling Easter Morning*, 620)」で「彼は復活したのか」と問いかけ、キリストの復活を否定する。両詩の繋がりを知る点でも、邦訳のないクラフのこの短詩については全訳を掲げる(五、六行目と最終行に鉤括弧を付けるが、原文にはこれらはない)。

頭上に炎と燃える太陽よりも激しい熱気に身を焼かれつつ
僕がナポリの罪まみれの大通りを歩み過ぎるとき
僕の内部で心が　熱く火照った。だがついに
頭が軽く、明るくなったのだ、それは僕の舌がこう語った時だ、
「キリストは復活しなかったのだ!」

「キリストは復活していない。間違いない。
彼は地下深く横たわり、腐り果てている
　キリストは復活していない
石が転がされて無くなっていたって、また墓が
　もぬけの殻だったって、何だというんだ！――
　そこになければ、ほかの場所にあったはずだぜ
ヨセフが〈彼〉を初めにおいた場所に無ければ、なあにその場合
　ほかの男たちが　あとになって
〈彼〉を移した場所にあったのさ。どこかもっと貧相な土の中で
　遙かな大昔のことだが
〈腐食〉が　あの悲しい完璧な仕事をやり終えたのさ、
　こちらでは〈腐食〉がまだほとんどやり始めていなかった仕事を。
　おぞましい　わいてくる蛆虫が
僕たちが最も崇めるべき〈聖油を注がれた御方〉の
命を与え賜うお姿の　その肉を今も食用に供している（ここで「蛆虫」wormと「お姿」formが韻をふむ）
〈彼〉は復活していない。間違いない。
　彼は地下深く横たわり、腐り果てている
〈彼〉は復活していない

土より出でし者、土に帰り、塵は塵に帰る、
不正なる者についてと同様、正しき者についても然り――
キリストは復活していない。

あの女たちが、まだ暁が白み始める前に
大いなる一人の天使を、あるいは多数の天使を
いや、〈彼〉その人を見たと称したとて　何とあろう？
その場でもその時もその後にも、どんな時にも場所にも決して
〈彼〉はペテロにも〈一〇人の使徒〉にも　姿を見せなかった。また
雷に怖れ戦いた時以外には、目のくらんだサウルにも姿を見せぬ
後年に創作された福音書や信経のなかでは別だとしても
〈彼〉は本当には　復活せずにいる、
キリストは復活していない。

また〈一〇人の使徒〉が、伝えられている話のように、
幾度も幾度もキリストを見、聞き、触ったとしても何とあろう？
エマオの宿へ、またカペナウムの湖のほとりへ
パン裂きをした〈一人の男〉が、つまり
人間が喋れない言葉を語った〈一人の男〉が　現れて

彼らとともに食い、飲み、立ち、歩き回ったとて何とあろう？
　これを「懐疑した」人たち、「彼ら」はよくぞ疑った！
ああ！　真のキリストは、これらのことが起こっていたときにも
聞きも喋りもせず、歩きも夢見もしなかったのだ、悲しや！
　キリストは復活していない。間違いない。
彼は地下深く横たわり、腐り果てている、
　キリストは復活していない。

ちょうど　どこか都会の巨大な群衆のあいだに、
二転三転する噂、曖昧でしつこく声高な噂が
はっきりとした出所も知れずに湧き起こり、
　事実も、言い出した人物も判らないまま、
　誰も　それを否定することもできず
確証する事もできないまま、流布されてしまうように、
ちょうどそのように　かの不可思議な風聞は広がったのだ
　　しかしやはり彼の人は
感覚もなく地下深く、腐り果てつつ横たわっていた。
キリストは復活していない。間違いない。
　〈彼〉は復活しなかったのだ！

キリストは復活していない

土より出でし者、土に帰り、塵は塵に帰る、
不正なる者についてと同様、正しき者についても然り——
そう、かの〈正しき者〉についても　また然り。
これこそが　真実なる唯一の正しき福音、
キリストは復活していない。

〈彼〉は復活しないままなのか、我らも復活しないのか？
おお、我ら、賢明ならざる者たち！
我らは何を夢見ていたのか、目覚めて何を見出すのか？
汝ら丘よ、我らの上に落ちて覆え、汝ら山よ、我らを埋め尽くせ！
我らが自分の宿命の日と思いもしないうちに訪れてきた闇、
全体が墓である呪われた世界からやって来た闇と
巨大な暗黒のなかで
キリストは復活しないでいる！

食え、飲め、そして死ね、なぜなら我らは騙された者だから、
大いなる天空の下なる全ての生き物のうちで

かつて最大の希望を抱いた我らこそ　最大に絶望的、
かつて最大に信じていた我らこそ　最大に悲惨。
　キリストは復活しないでいる。

食え、飲め、遊べ、そしてこれらを至福と考えよ！
　この現世以外には　天国はない。
地獄もまた　ない——この大地以外には。
大地は二重三重に地獄の機能を果たし、
　善人をも悪人をも同様に
この上なく平等な　災厄の分担量でもって
苦しめてやまず、そして同一の塵へと還元する、
　不正なる者をも正しき者をも
　キリストと同一に。そして〈彼〉もまた復活せずにいる。

食え、飲め、そして死ね、我らは後に残された遺族だから、
この広い天の下の全ての生き物のなかで
かつて最も高い希望を持った我らは　最も絶望的、
かつて最大に信じていた我らこそ　最大に信仰なき者。
　土より出でし者、土に帰り、塵は塵に帰る、

不正なる者についてと同様、正しき者についても然り――
　そう、かの〈正しき者〉についても　また然り。
これこそが　真実なる唯一の正しき福音、
　　キリストは復活していない。
〈聖墓穴〉のそばで泣くなかれ、
汝ら女たちよ、君たちにとっては
〈彼〉の世話をしていたあいだ〈彼〉は大きな慰めではあったが。
〈彼〉の頭部を布で覆い
木綿の襞で　傷ついた手足を巻いて
〈聖遺骸〉の埋葬を準備した女たちよ、
そして汝の〈驚嘆の目を見張る胎内〉に〈彼〉を宿した女も。
そうだ、エルサレムの娘たちよ、そこを去れ、
君たち自身の　悲しく血を流す心に最善の包帯をせよ、
家に帰り、生きている子供たちの世話をせよ、
君たちの地上の夫に愛を注げ。
君たちの愛情を天上の事物に捧げるなかれ、
それらは蛾と錆が腐食し、早々と終わりを迎える代物だから。
祈らねばならないのなら、祈ることができるのなら、祈り給え、

死をこそ求めて。なぜなら汝らが男よりも愛した〈彼〉は死んだのだから
　キリストは復活していない。間違いない。
　彼は地下深く横たわり、腐り果てている、
　　〈彼〉は復活しなかったのだ。

汝ら、ガリラヤの男たちよ！
なぜ立ち上がって天を見るのか、汝ら、天には〈彼〉を見ることはないだろう、
〈彼〉はこの世から天に昇ったことも　この世へ戻ってきたこともないのだから。
汝ら無知で怠惰な漁夫たちよ！
ここを去れ、汝らの小屋と小舟と、内陸の故郷の湖畔へと赴け、
人々ではなく、魚をこそ捕らえよ、
汝らが何を望み求めようとも
ここでもあちらでも、汝らは二度と〈彼〉に逢うことはなかろうから。
汝ら　哀れにも錯覚していた若者よ、家に帰れ、
行脚のためにうち捨ててきた古い網を繕い給え。
割れたオールを結び合わせよ、裂けた船帆に　継ぎを当てよ、
あれは実際、「たわごと」だったのだから。
　〈彼〉は復活しなかったのだ。

アーサー・ヒュー・クラフからハーディへ

おお、なおこの先にやってくる時代の善き男たちよ、
君たちは　見なかったからこそ信じるだろうが
おお、警告を受け取るがよい！　賢明であり給え！
もう二度と　懇願する両目と
強い願望のすすり泣きとで
空《くう》にして虚ろなる空白に望みを託すな、
君ら自身と同じ人の子でない　母なる大地の処女懐胎による
もう一人のあり得ない子の再誕生を求める望みを託すな。
しかし君たちにこれ以外の生がないのなら
腰を下ろして満足せよ、これで間に合わせるしかないのだから。
　〈彼〉は復活しないでいる。

一目よく見て　あとは去るがよい、
身分低き、また聖《きよ》き、心厚い汝らよ！
そしてまた　汝ら！　他の人が聞いたからと言う理由で
福の言葉を語り伝える業を担う汝らよ、——
自分の知らないことを崇拝している汝らよ、
上に述べたことを心に収めてここから立ち去るがよい、
　〈彼〉は復活しないでいるのだから。

だからこそ　我らの時代の復活祭に
我らは起きて(rise)やってくる。そして見るがよい！
我らは〈彼〉を見出さない、
聖なる場所に、庭師も他の者も見あたらぬ、
〈彼〉を埋葬した場所を語る者もいない！
内部にも外部にも音もしない、どこで主の遺体を探せばよいのか、
あるいはどこで生きている主に会えるのか？　教える言葉も聞こえぬ、
天使の翼のきらめきも見えない、
天からの　澄み切った呼びかけも聞こえない。
さあ、ここを後にして　黙ったまま
これらのことを考えよう、それが最善なのだ、
〈彼〉は復活していないのか？　そのとおり、間違いない――
彼は地下深く横たわり、腐り果てている――
〈彼〉は復活していない。」

「食え、飲め」の繰り返しがハーディの同種の思索詩「酒飲み歌（*Drinking Song*, 896）」を想起させるこの詩の全編を読んでみても、最後まで、この悲観的な内容を収拾してこの時代の宗教詩のほぼ全てに見られる敬神への回帰へと向かう気配は全く見えない。それどころかキリストの復活を否定するのを基点として人間一般の死後の再生をも否定し、天国も地獄もこの世にのみ存在することを歌い、だから食い、飲み、遊べと奨めるのである。

この作品が『ダイサイカス』の冒頭に取り入れられていることをここで特に記憶しておきたい。
収拾・回帰の方法はクラフ独特の方法による。つまり、上記の詩の続編を作ってあたかも前編が作者の本意ではなかったかのように装うのである。彼は上の詩の一種の反歌と言うべき短詩を書き、その死後未亡人がこれを「復活祭第II」(*Easter Day II*)と題した。未亡人としてはこの反歌こそクラフの本音であったと思いたかったに違いない。なぜならこの詩の末尾には「キリストはなお復活しているのだ」(He is yet risen)というリフレンが鳴り響くからである。「罪深い街路」で「私」は売春の客引きに美しい女のことを囁きかけられる。「私」は「内なるもう一人の私」と語り合い、「復活」の精神的な意味での真実性を認識する。これは本歌の詩句の多くを裏返しに使う一種のパロディではあるが、意図的な論理性の欠如は詩句の表面上の意味を風刺と感じさせる。

汝らは絶望するなかれ、彼らの信仰をなお共有する汝らは。
〈彼〉は死したりとはいえ、〈彼〉は死してはいない。
　逃れ去ったとはいえ、去ったのではない
姿を消したりとはいえ、失われたのではない
〈彼〉は帰らぬとはいえど、また〈彼〉は地下深く
横たわり、朽ち果てているとはいえど
　真の〈信条〉のなかでは
なお実際　〈彼〉は復活しているのだ
キリストはなお復活しているのだ

(二七‐三〇行)

そして最終連では「希望は臆病を征服し、喜びは悲しみを征服する／あるいは少なくとも、信仰は不信仰を征服する」と歌うけれども、先行詩の内容を覆すには詩句はあまりに教条的である。テニスンの『イン・メモリアム』の疑いの歌が信仰の歌によって見事に吹き飛ばされる成り行きとは正反対に、この反歌は、不信心をとがめられた場合に備えて緊急避難的に、ひとまず作っておいたという印象が強い。

他方クラフは「現代の十戒」（*The Latest Decalogue*）というコミカルな短詩をI、IIの二編作り、「姦淫を犯すなかれ／姦淫から利益は生じないから。／盗みを働くなかれ、空虚な業だから／騙すことがこれほど儲けになるというのに」（一三–一六行）のような物欲主義批判を展開する。そして唯一神の信仰を奨める第一行は、I、IIともにその理由として、二柱の神を背負う（金銭的）負担に人は耐えられないからとする。聖書に対するコミットメントを多少なりと失った詩人のみがなしうる発想がここには見られると言えよう。

クラフとハーディの最大の類似点は、自分にとって見えないものを見えると言う必要はないと宣言したことであろう。彼らの時代と社会だけではなく、詩人が真理を歌うためには見えないものは見えないと表現することが基本的に必須である。やがてハーディは「〈誠実〉に寄す（*To Sinserity*, **233**）」のなかで、人生が悲惨に明け暮れ、信仰も信念も朽ちて行く現実を直視しようとすると、〈慣習〉がこれを見咎めて

それなのに〈慣習〉は大声を上げる――「その考えとは縁を切れ、
悲しいときでも、喜ばしいと言い給え、
信じていなくても信じると言い給え、
知覚が働かなくても　目の当たりに見て取ってくれ給え！」

と脅迫してくる様を歌う。

一方クラフは詩集『アンバーヴァリア』（*Ambarvalia* 一八四九）所収の 'Why should I say I see' で始まる無題詩で、自分が世間の常識に従おうとして、自分の信念とは異なった考え方の持ち主のように振る舞っていることを自己批判する。上記の「現代の十戒」のなかでも、「日曜に教会に出席するのは／世間を味方に付けておくのに役立つだろう」と皮肉っているのと同じ考えに立脚するものである。無題詩の一一行目までを見よう。


なぜ僕は　見えていないものを見えると言う必要があろうか？

なぜ実際にはこのような僕でありながら、僕でない必要があろうか？

愛してもいないものに愛を示し、怖れていないものを怖れてみせる必要があろうか？　そしてなぜ、
聞こえもしない音楽に合わせて　あちこちへ踊る必要があろうか？

　必要の理由はただ一つ、街路で静止するものは　あちらこちらへ
　押しのけられ　突き飛ばされるから。

そしてダンスの途中で止まるものは　踊り手たちの足で蹴飛ばされるから――

出逢う全ての踊り手に　押され、捻られてしまうから。

　彼は　悲鳴を上げて泣くだろうから、
　　それに踊りのパートナーだって、また同じこと――

　　　パートナーはどうすればよいというのか？


つまり、妻への思いやりから「僕」は聞こえない調べを聞こえるかのように偽って踊り続けるのである。実際

クラフの妻は、上記の「復活祭——一八四九年のナポリ」についても、これは現実の邪悪を目にした夫クラフが、これではキリストが復活しているとは言えないと義憤を漏らした作品であると述べて夫を弁護する類の良妻でもあり「善女」でもあった（Thorpe 228)。

他方ハーディは先の「誠実に寄す」の最後をこう締めくくる——

——だがもし人々が真実の事物を見てくれるなら
そして幻想を斥け、事物を直視してくれるなら……//
事実はそこから予測される事態を、かつ〈人生〉は
その不名誉を、ともに改善できるかも知れないのに。

彼はクラフのほぼ五〇年あと（一八九九）に、詩人の誠実について同じことを歌っているのである。

さてクラフの長編詩『ダイサイカス（心二郎）』(*Dipsychus and The Spirit*, 1865）の執筆開始に至るまでの、この長編詩の前触れと言うべき関連詩編は、以上に見たような発展を見せてきたのであった。この長編詩こそは、ハーディが確実に読んだことが冒頭に書いたとおり実証されていて、かつ彼に最大の影響を与えたと思われる作品であるから、これに紙幅を割くことを許されたい。

ダイサイカス、すなわち二つの相反する心を持った男（それゆえに『心二郎』と邦題を付けてみた。また主人公の名の読みに関してはＤＬＢを参照し、意味の上から適当と判断して日本における従来の読み「ディプシカス」を改めた）についてのこの作品は、冒頭から、語り手自身の過去の作品への言及をもって始まる。(1)

さて一八五〇年の最初の草稿では、登場する二人の主役の名前は、ファウスト伝説を典拠にしたFaustulusと

Mephistopheles であった。しかし第一次改訂の途中から二人はダイサイカスとザ・スピリットへと名を変える。元は誘惑される人間と誘惑する悪魔であったものが、二重の精神の層を持った人間と、善悪どちらの意味をも持つ存在に成り変わる。そして実際に作品を読み進むうちに、ザ・スピリットもまた〈心二郎〉の精神の片半分として読めてくる。作の後半ではザ・スピリットはむしろ〈俗悪な常識〉の化身として登場している。冒頭、ダイサイカス（以下、「心二郎」と混用）はイタリアのヴェネチアに来ている。彼は「心の悩み」（性欲を示唆していることは明らか）を癒す良薬として詩を読む――それは己の詩、しかもキリストの復活を否定する、我々が先ほど読んだあの詩「復活祭――一八四九年のナポリ」である。

本来は人間の悩みを癒す薬剤代わりに詩を用いるのは、現実界の乱脈とは対照的な魅力的な秩序――想像上の美空間に描かれる理想的人物、宗教的正義の顕在、容易に認識可能な自然美など――を提供することができるからであろう。ところが上記の詩は、キリストは蘇生していないという無秩序への導火線が、心二郎に救いをもたらす。スピリットは「キリストは復活していないだと？　おお、なるほど、それがお前の信条だとは知らなんだ」と驚く。心二郎は自作のこの詩が、いかに自分に安堵を与えるかを再び述べる。

この詩はナポリの街頭で思い浮かんだものだ、そして、その薬効はたちどころにあらたか、あの時ナポリでも、また今ヴェネチアでも。ああ、思うにヴェネチアでも同様にキリストは復活していないのだ。（第二改訂版　1.1.33-36）

先に第三版では作者の本音が抑制されるという説を掲げたが、第三版の次のスピリットの台詞は、上記の台詞の前に置かれており、これは当時の良風美俗にさらに挑戦するものである。

この分だと次には彼は　神の不在を言い出すぞ。
三日目にキリストが復活したということは
ちゃんと聖書に書いてあると思っていたのに。

さて心二郎の居る広場では、群衆が現世を楽しみ、聖マルコ聖堂の鐘楼の先端は空中に霞んで見えない。人々は何をしているのかと尋ねる彼に、スピリットは（第三版、I・五〇－五四では）次のように答える。

この刹那（the minute）を楽しんでいるのさ、
そして刹那のなかの現にある幸せを、
例えば、アイスを。夕べの空気を。
人との集いを。またこの美しい広場を。
あちこちに見える　可愛い顔を。

この瞬間、この刹那を楽しむ――これは一九世紀が先へ進むにつれて、やがては芸術界のモットーとなる言葉であり感覚である。ハーディによっても、この時間感覚が継承発展させられることは従前の拙論（「詩人ハーディの時の意識の発展」＝中大人文研紀要26号）で詳しく跡づけたところである。群衆はそして「幻想としてではなく現実に存在する」という意味での'substantial'な幸せ（'blessings'という宗教用語が世俗化されて使われる）を楽しむのである。またクラフは、最後の行の「可愛い顔」に娼婦の連想を与えている。神の喪失による空虚を埋める力を持つもの、それは肉欲の満足をおいてはほかに考えられないという、世紀末から二〇、二一世紀にかけての大多数の人びとが、まるで覚醒したかのように抱くに至る感覚の先取りがすでにここに見られる。心二郎はこの群衆を見て、天を仰いで祈る。スピリットは冷笑し、

我々の孤独な、信仰心の篤い、気高い気持ちの後に
追いかけるように　より甘い気分がやってくるのさ。
神を敬う気持ちが　どんなに易々と　より地上的な感情へと
移り変わるかを、知らない奴がいるだろうかね？
（三版Ⅰ・七四‐七七）

次のⅠ幕Ⅱ場（Ⅱ版）では、美しいヴェネチアの風景、アルプスの眺め、生き生きとした舟や女たちの描写に挟まれて、心二郎の深刻な問いが発せられる。

僕に取り憑く　この質問責めの声は何か？
何の声？　どこからの？　誰の声？　どうすればそれが判る？
僕自身の声か？　誰かの声か？　僕自身の悪しき考えなのか、
それとも何か外部から働きかける力なのだろうか、
いずこへとも知らぬ方向へと僕を連れ去ろうとしているのは？

この「声」が官能の満足へと突き進んでも良いのではないかと囁く声であることは、このあとに執拗に続くスピリットの、官能的な女性の描写によって推察がつこう。〈聖母被昇天の祝日〉にさえも、ヴェネチアの娼婦た

ちは誘いを仕掛けてやまない。心二郎はこれを必死に斥ける。

止めよ、止めよ！　おお、天よ。去れ、去れ、去れ！
何たることだ！　エヴァの耳元に悪賢く座していた　ひきがえるも
これほどに毒に満ちた夢を　囁きかけはしなかった！

（三版II・三四–三六）

場所はヴェネチアのパブリック・ガーデン（つまりエデンの園が示唆されている）。また上記のひきがえるはミルトンの『失楽園』（IV・八〇〇）に用いられた比喩。クラフがこの場面で心二郎に対して、神の存在を信じてその命に従うかどうかの選択を迫っていることはこのことから明らかである。しかし「創世記」や『失楽園』では神の存在が自明のこととして描かれるのに対して、クラフはここで神存在への疑念を存在への信念と等価の力を持つ考えと見なして描いていることを、私たちは見逃すわけには行かない。

他方スピリットは、ヴェネチアの女の脚を賛美しつつ、娼婦を「汝ら女神たち」（ye deities!　II・38）と呼ぶ。やがて世紀末に神に替わって官能的な美が人間の最大の崇拝の対象になる前触れである。スピリットはまた、女の肉体を讃えるフランス語による小唄の末尾に二行続けて「恋しきもの、失われた時よ」（二版一・二・四三、三版II・四七）を繰り返す。'Carpe diem'（現在を楽しめ）は中世以来の伝統的な詩の主題とはいえ、このコンテキストでの「時」の登場は、ペイターの『ルネサンス』の「結語」でやがて顕在化される、世紀末芸術のマニフェストと言うべき「刹那の重要性」を再び強調したことになる。

これに対してダイサイカスは、自然の美に呼びかけて、官能の快楽へ向かう傾向から自分の心を救えと祈願する――

澄み切った頭上の星よ、汝薔薇色の西空よ、
僕の存在を君たちの存在のなかへ取り上げてくれ、
僕の官能を引き取って、君たちのみに　恭順を尽くさせてくれ、
君たちの本質的純粋に僕の頭脳を浸してくれ。巨大なアルプスよ、
荘厳な雲に　山頂をぐるりと包まれつつ
僕らのたわごとを　厳しく見下して一蹴するかに見える山々よ、
僕を導いてくれ――僕を君らの許へ連れ去ってくれ。護ってくれ！

（二版一・二・五〇-五七、三版II・五四-六一）

これは一九世紀中葉において、神とともにもう一つの人の心の大きな拠り所であった自然美への訴えである。自然美さえ人の慰めではありえなくなるという主題もまたハーディの詩にたびたび登場することは、従前の筆者の諸論文に詳しく述べたところである。ロマン派詩人の価値観がなお意味を持ち続けることができるかどうかが、クラフにも問われる。

この直後にスピリットは、心二郎が女の目配せに気づいたのを見て取り、「ほら！　俺たちも右へ倣えをして、一つやってみようじゃないか？」と言う。この台詞によってスピリットは当時の世相の代弁者としても登場していることが判る。

ダイサイカスは女に惹かれる。彼には金がある。だが女を追う目的について自問するので、スピリットはそんなことは女が直ちに教えてくれるよと彼を笑ううちに、女は去り、手遅れになったことを彼はスピリットにからかわれつつ、この場は終わる。(2)

これまでの情景から察せられるとおり、神の在・不在についての人間の信念は、性的放縦を自己に是認するか

どうかによって試されるという形をこの詩は提示する。ここには一九世紀後半のみならず、二〇世紀以降の長い年月を支配することになる問題が顔を覗かせている。性や恋愛・結婚の倫理・慣習だけではなく、家族や家庭とそれらを根幹とし単位とした人間社会の構成と、価値の組立て全てに係わる大きな論点が、神不在の問題と連動する形では初めて、英文学に登場したと言えよう。

実際この場面での心二郎の科白は、良き家庭の担い手である女性を無視して、女をただの雌の動物として見なす瀬戸際まで落ち込んだ自己への嫌悪の表明である。まず彼は、快楽の世界を虚偽の世界と断ずる(3)——

しかも僕は半ば屈しようとした！　何と無思慮な俺様！
おお弱虫の愚か者！　ああ神よ、我々はいかに平穏に
より良い自己を捨てて　より悪しき自己の中へ移り住み、
また我らの理性が知っていた真実の世界を放棄して
我らの空想が作り出す　虚偽の世界の中へ移り住んで、かつ、
それに気付かぬことか——おお弱虫の愚か者！
(一・三・四―九)

スピリットは、君は一日に何度もそれに憧れているくせにとからかうが、心二郎はこれには屈せず、

ああ月よ星星よ、許せ！　澄んだ天空よ、汚れのない姿から
君の純粋さを僕に注ぎ返してくれ。おお、大いなる神よ、
なぜ、英知にかけて、恩寵の名にかけて、なぜ、

聖人の名にかけて、また母親たち、姉妹たち、貞淑な妻たち、
僕らが見てきた天使のような女の顔にかけて
僕らが推し量ってきた天使のような女の精神、
穢れのない可愛い子供たち、純粋な愛、
これらのものの聖なる思いの名にかけて、いったいなぜ、
一瞬という短い時間のあいだだけでも　僕は
この底意の深い淫乱に、貞淑であるべき耳を傾け、
この汚い極道者と語り合ったのか？
（一・三・一四−二四）

このような、ヴィクトリア朝の性道徳の見本と言うべき心二郎の見解に対して、スピリットは、性行為は春の野で苺を摘むも同然に罪のない自然的営為であることを長々と力説する（一・三・二九−六三）。ヴィクトリア朝の正統説と異端説が対置されているのである。

同様に、女性のセクシュアリティについてダイサイカスはヴィクトリア朝の正統説——彼女らには性的欲求は無いに等しい——を述べ続け、スピリットはこれを誤りとして嘲笑する。第二改訂ではこの部分が一五〇行を超えるが、第三では約半分の長さに短縮されている。クラフは次のような科白を不穏当として自己検閲したのであろう——心二郎が、男性は青春期の性欲の発散を済ませた後では（そのような汚い液体の流れ去った後では）より清浄な流れがその後を満たすと信じたいと述べて、

この状況を、ある種の男たちについてと同様に

娘たちについても　そうだと実際考えたいものだ。だが僕は
女性は男性のようではないと知っている。エヴァは
アダムのようには作られてはいないのだ。
スピリット　　　　　　　　　　　　　　　　馬鹿な！
女たちだって好きなんだよ。それで十分じゃないか。
ダイサイカス　男について信じられるとおり、善良な娘についても
彼女が　退屈な仕事日の時間を過ごしたのち、そして
労働の長い単調さを終えたのちに、後ろ指を指されずに
この種の奔放な休憩時間を金で手に入れることができて
そのあと元気を取り戻してこの豪華な宴から立ち上がり、目覚めて
髪をうち振り、前のとおりに活気を得て　堕落することなく
元の仕事に戻っていけると信じることができればいいのに。
だが現実はそうではない。
（一・三・七四―八六）

ダイサイカスはヴィクトリア朝の慣習的な考え方から一歩踏み出して、男女の平等が存在するのなら、そして貧しい娘にも、娼婦を買う金のある男と同等の権利と機会が生じるのなら、という前提を挙げて、その上でなら官能の満足の道に進んでもよいと言う。長編詩『トウパー・ナ・ヒュオシッチの小屋』（*The Bothie of Toper-na-Fuosich*, 一八四八）で下層の娘への共感を示したクラフは、この作品でも上記のような考え方を示す一方で、貧しさ故に売春する女への同情を示す——「慎ましく内気な娘が／買い手を求めて流し目をくれる、悪の華のよう

な街娼に／なり果てるなんて、見るも恐ろしい」（一・三・九四-九六）。そして欲情すら失った娼婦をダイサイカスは描写する（一・三・九九-一一三）。第三改訂を経てなお生き残ったダイサイカスの科白がこれに続く――

僕が信じられれば！　エヴァの子孫のどんな女も
ただ動物的な快楽を注がれるためだけに、また五分間の快楽を
雄のために生み出す目的で　造られ拵えられ
育てられはぐくまれたのだと信じられれば！

（一・三・一一八-一二一）

彼の結論は聖なる結婚による良き家庭生活を得るために、身を清く保つことである。心二郎の心の一方はヴィクトリア朝的良心である。

甘く美しい家庭の絆をこそ、
そして神聖な結婚の美徳をこそ歓迎したい、結婚生活の
希望と配慮をこそ。人の子の親としての思いと
幼い子供たちのおしゃべりと、同胞たちの良き言葉、
法律の是認、そして俗悪なものをさえ
美しい結晶に変形させる
永続性と習慣をこそ　歓迎したい。

（一・三・二〇四-二一〇）

次の第一部四場（オクスフォード版のIII場）ではスピリットが、ダイサイカスを有産階級の社交の場へと誘おうとする。社交界の女との「正しい恋愛(virtuous attachment)」を成就させるためである（ここでもスピリットは当時の正統的・世俗的良識を代弁する）。ダイサイカスは、外見のみを不自然に飾って感じよく振る舞う社交界の流儀を拒否する。青春を失いたくない彼は、青白い草木の温床と言うべき社交界の作法が春の緑の自発性を殺ぐことを怖れる。社交界への批判と反発は、一九世紀初頭以降ずっとロシア文学において最も強いが、クラフにもその一端が見られる。

次の第一部五場（オクスフォード版のIV場）はゴンドラのなかでの場面。最終改訂では、主人公の心が苦しんで働く人々へと傾く点が強調され、贅沢と快楽が批判され（引用はオクスフォード版＝第三改訂より）、

どうして　僕は笑い、歌い、踊ることができよう？
　ここで僕の歓楽に機会を提供してくれるために
飢えた兄弟が労苦していることを思えば
　僕の心そのものが　萎縮してしまう。（第三版IV・四七―五〇）

他者の苦しみから生まれた己の喜びを彼は喜びと感じることができない（同上IV・五一―五四）。余の矛盾を言い立てるダイサイカスを揶揄してスピリットは「ただ、ある一つのことについては人の認識は皆同じ／すなわち神には世界を正すつもりもなく、我らの力もそれをなしえない」（同IV・一六―一七；第二版一・五・五七―五八）と言い、だから世をあるがままに受け取り、快楽を罪と思うなと忠告する。心二郎は人生もゴンドラ遊びのようにのどかであるべきなのに、現実はそうではないと嘆くと、スピリットはワーズワスの句を風刺的に引用してロマンチックな夢

とダイサイカスの理想主義を嗤う（同二九〇–九三）。

さてヴェネチアのリード（The Lido）の場、すなわち神不在を主人公が語る場はオクスフォード版すなわち第三改訂ではここに続くものとされている。しかしフェラン（Phelan）はこの作品における、先に我々が読んだ詩編「復活祭――一八四九年のナポリ」の構造的重要性に着目し、この先行詩への言及は『ダイサイカス』の冒頭と第一部の末尾に置かれるのが適当という考えから、この場面は決闘の可否を論じる場面の後に置かれるべきものとする。賛成である。その上決闘場面にはキリスト教の信者であるが故に決闘を避ける科白があり、主題の発展から考えて神不在の科白はこの後に来るべきであろう。この観点から決闘可否の場面を先に見るならば、ここでダイサイカスは「何か、どうでもいいような／社交界の出来事、たとえば偶然に、困惑する僕の腕に／退屈な一時間ぶら下がっていた、髪巻き紙のような／つまらない人形のことで」（二・六・一四一–四四）決闘なんかできない、と言う。オネーギンの腕に長々とぶら下がったオリガのような女を、ここでは人形と言っているのである。つまり、他の人々の苦しみとは無関係の、自分が我慢すれば済む類のことには過激な反撃はしない、まして剣を抜くべきではないという、二〇世紀後半になってようやく真に男らしい考え方とされるようになる見解を心二郎は披瀝する（そしてハーディは、この場面に呼応するように、物語詩「町の住人たち（*The Burghers*, **23**）」の主人公が、妻を奪い去ろうとしている妻の情人との決闘を避け、妻をも許すさまを描いている）。作品『ダイサイカス』が、未来における望ましい考え方をも描こうとする作品であることを示す一例である。

またこの場面では、ダイサイカスが学校でも喧嘩をしたことがなかったことが言及され、その理由は男らしさの欠如なのか、「それとも僕らの信仰の神聖な教義が／あまりに強力に他の考え方を斥け、僕の心には感情を／僕の頭には観念を、染み込ませたためか？」（二・六・一九五–九七）と彼に語らせて、後者こそがその理由であったことが示唆される。つまり彼によって具現されている文化が、そしてその行動基準が、すべて神の正義によって支えられ、決定されていることが示される。この後に神の不在と宗教懐疑の、リードの場面が続くのである。
この場面ではダイサイカスとスピリットは船に乗って、ヴェネチアの湾と外洋のあいだの小島群、リード海水浴場へ向かう。ダイサイカスは唐突に自分が見た夢について話す――

僕は夢を見たんだ。朝の光が射すまで
一晩中　僕の頭のなかで鐘が鳴っていた
最初はちりんちりんと、そのあとでは間をおいて
また、ちりんちりんと、また、間をおいて。
とても颯爽と陽気に、それから、とてもゆっくりと!
おお、喜び!　そして恐怖。　歓喜、そして悲哀。
チリン、チリン、神は不在、チリン、チリン、
ドーン、神は不在、ドーン、
神は不在、ドーン、ドーン!

(一・七・七－一五)

鐘の音は繰り返され、同じ科白の第二連では鐘の音に混じって「さあ、踊って遊ぼう、陽気に歌おう」(一・七・一七)「足取り軽い　可愛いい娘さん／僕のベッドへおいで――悪いことではないのだから」(同一九－二〇)「ボトルの栓を抜け、あの歌を歌え」(同二二)「愚かなお嬢さんなんて、つまらない相手／時代とその弱点を　誰が糺すのか?」(同二四－二五)など、禁じられていた歓楽が解放される夢、時代の禁忌が取り払われる夢が語られる。第三連では鐘の音と、踊りと歌への誘いに続いて、ダイサイカスは「真面目なイギリスの男たちよ」と働く階層に呼び

かけ「さあやり給え、君たちイギリス人だけが　この世が与えることのできるものを／知らなかったと言われることのないように」（同三三-三四）と快楽への勧めを語り、続けて、

イタリア人、フランス人、いやドイツ人さえも
天国への思いは全て放棄してしまった。
なのに君たちだけはまだぐずぐずしている——馬鹿だよ、君たち、
学校で習ったことに縛られているなんて。　（同三五-三六）

この詩全体としては、神の消失が人間の倫理観や価値観全体を崩壊させることについての怖れを最も強く表明しているが、この科白では神の存在とそれによる縛りが人間性を抑圧していることに対して反逆する精神が優位に立っている。これら二つの関心は、相い衝突する方向性を持ちながら、両者ともこの世紀が先へ進むにつれて文学のなかにより顕在化して行く。ハーディの文学もその例外ではない。そしてこの場に続く部分では「何事も新しいものはない、何事も真理ではない／ドーン、神は不在、ドーン」（同四四-四五）という、この後繰り返されることになる科白が入って、価値基準の喪失と相対主義の醒め・勃興が予言的に示される。また、これに続いて、男女の愛の絶対性も否定される——

おお、ロザリー、二人とない僕の恋人よ、
君は「愛は真実なり」と考えているに違いない。
そして僕だって　君のかぐわしい胸の上に横たえてもらえば

もうほとんど、そのように信じたくなるだろう。
おお、人に知られもせず、見られることもない二人の隠れ家では
「愛は真なり」という空想を、恐ろしい〈事実〉と二人とのあいだに
まるで衝立のように立てておくことにしよう。

（同四六-五二）

この科白の措辞から「愛は真実」という考えが幻想に過ぎないこと、〈事実〉は恐るべきものであることが示されているが、さらにあの鐘の音は二人の臥所へも聞こえてくる――「聞け聞け聞け、おお、恐怖の声よ／あれはここにいる僕らにさえ、ここにさえ届く／ドーン、神は不在、ドーン」（同五六-五八）。

恋愛と結婚の神聖が神不在によって消え失せるとすれば、戦争の不条理の是正（ハーディも多数の戦争詩で批判したように、これも一九世紀楽観主義が夢みていたことの一つだった）もまたあぶくと消える運命にある――

汝ら兵士よ、やってくるがよい、したい放題
望みを遂げるがよい、なぜならそれが正義だからだ
君たちの衝動にこそ信を起きたまえ、
君たちの足下で　愚か者たちが塵と果てる。
遺憾千万！　おお、悲しみと悲運よ、
善なるものは弱く、邪悪は強し。
おお、神よ、いつまで待てばいいのですか(how long, how long)？
ドーン、神は不在、ドーン。

（同六五-七二）

戦争の不条理が問題にされているだけではなく、「強者」によって表されている成功者一般が邪悪であることも示唆されている。そして‘how long,’のあとには‘for Thou (= God) to put it to rights,’を補って解すべきであり、戦争の場面にも一般の世にもはびこる「力は正義」という悪しき正邪の基準がいつまで経っても横行することを予言している——なぜならそれを糺す神は不在なのだから。この強者による弱者の過酷な圧迫は、神不在の故に是正の手段はなく、例外は——

例外はただ一つ、今日は支配者の立場にある強者も　いつの日か
他に仕える身に堕ちるかもしれぬという陰険な望みがあるのみ、
地獄の悪魔に　いつ彼らが罪の償いを迫られるかも知れないから。
おお、世の邪悪よ、罪と悲しみよ！
そして重荷よ、存在しない救いの手よ！
おお、神よ、神よ、どちらが最悪なのだろう、
呪う者であることか、呪われる者であることか、
犠牲者となることか、殺人者となることか？　ドーン、
ドーン、神は不在、ドーン。

（同八四–九二）

絶対的な正邪の基準が存在していれば、同胞を呪い、殺人者となることが「最悪」だったのに、この価値基準が倒立して、強者たることが善、犠牲者となることが最悪という価値体系がやがてやってくる——ダイサイカスの悪夢は一五〇年後の私たちの時代を適切に予言している。そして次のスタンザ（同九三–一〇七）では、強者に対抗

しようとする全ての文明価値の遵奉者、すなわち聖職者のみではなく、「平和についての通俗なる夢想家」、「給金を支払われて正義を説く執政官、警察官」などが説く「小便臭い商人のえせ正義」よりも、「自分の剣を最もうまく抜くことのできる輩」が強要する「法規」の方が厳格にも有効であることが歌われ、再び「ドーン、神は不在、ドーン」。

ここまでの神なき世界の描写は、クラフの親友アーノルドの「ドーヴァ海岸」に歌われた「暗闇の平原(darkling plain)」のクラフ版である。得体の知れない愚劣な軍隊が夜な夜な衝突しあうアーノルド的現代世界を、クラフはここでより理知的に描いている。そしてアーノルドがその暗闇のなかの唯一の光明として提示した恋人(新妻)との誠実な人間関係と同種のものをクラフは次のスタンザで持ち出す。しかし彼はアーノルドを追い越す。なぜなら、官能のみが君臨する世界には精神的価値は存在の場を与えられないとして、彼は「愛」の価値の崩壊を予言する(Greenberger 176)からである。

お互いの腕のなかでは　僕たちは忘れてしまう、
悪党の仕業も、不当な仕打ちも、突然の恐怖も。
確かに地上には正義はなく、天上には神はない、しかし
僕らのいるところには、愛があるではないか?
いや、何だと、何だと? お前もまた立ち去るのか? だってどうして
死んだ真実が　恋人の誓いのなかだけに生きていることがあろう?
何と、お前も、お前もまた失われるのか? ドーン、
ドーン、神は不在、ドーン。

(同一二一―一九)

これらの詩行を統括するのが、次のスタンザである――

僕は夢を見た、夕刻から明け方まで、
一晩中　一つの鐘が　鳴り響かせていた、
放蕩な快楽と黒々とした悲哀を、浅薄な喜びと巨大な苦痛を。
僕は鐘を止めようとした、だができなかった、
夢はなお　続きに続き、一度も途切れはしなかった。
日中の明かりが　白いカーテンを抜けて僕のベッドへ
流れ込み始め、僕の枕元へ　天使のように
光が立って　僕に触れたときにようやく――僕は目覚め、
見回して言った、「これは夢だ」と。

（同一三〇-二九）

描かれてきた神不在の世界像は、こうして夢のなかへ閉じこめられ、心二郎は海水浴をしてこの「悪夢」を忘れる。しかしこのあと、スピリットもまた、世俗的な人々の、神の在・不在についての当時の平均的な意識と思われるものを長々と描き出す。心二郎によって示された思索的な知識人の懐疑と、一般的世人の宗教観とが並置されるわけである。知と世俗との協動によって、この問題がこの詩の中心主題として明確にされている。だがスピリットの語る考え方には、心二郎の分身が心に共有する世俗性でもある。それを具体的に見よう――

スピリットは心二郎に向かって、君はベランジェ（Pierre Jean de Béranger, 1780-1857）のような享楽主義者を読むから、そんな夢を見るんだとからかう。実際にはクラフは最初はベランジェではなく、ヴォルテールの名を

出すつもりだった（Phelan 196）。先にも見たようにハーディはのちに「高等批評」を詩に歌い、日曜には教会通いを止めて「あの穏健なるヴォルテール君を読もう」（「品格ある市民」）と書く。しかしクラフの年月にはヴォルテール君は懐疑論者としてあまりにも悪名高かった。そして本来懐疑論や無神論を語る役割を担うはずのスピリットには「俺は宗教なんて得手ではない」と言わせ、宗教的正統説への挑戦は避けさせる。懐疑は心二郎の夢に閉じこめられたままなのである。むしろスピリットには、当時の平均的英国人の日常を代弁するように、引用が長くなるが、次のように語らせるのである（この姿は心二郎の心の一部でもあろう）——

英国国教会に俺は所属している、だが
〈異論者〉と言われる奴らだってそんなに間違ってはいないとも思う。
奴らは下品な犬どもだが、しかしどんな信条を持とうとも
それによって地獄行きになる者はいないと思うよ。
俺は自分の国教会をおおいに重んじる、
教会の儀式や命じることを怠りはしない。
教会には日曜日に一度だけ出席する、
祈禱書についても　良く知っている。
赤ん坊が生まれる度に洗礼を受けさせ、それどころか俺の妻はまた
生涯に一度、出産の感謝の儀式を教会で受けたいと聞かなかった。
妻は　語るも残念なことながら、最近は
すこしオクスフォード運動のシンパだが、

事を円満に収めるために　俺も
復活祭には聖餐式に出席した。
一年に一度かそこら　上品なことを
して見せておくのはいいことさ。
だが今度は君がやって来て耳を澄ましてみたまえ、
そしたら聞かせ、気づかせ、判らせてやるからさ。

（同一三六―五三）

ここからスピリットの側の、一般人が抱く懐疑の現状報告が続く。

悪人たちは言う、「神は居ないんだ、
　実際これはありがたいこと(blessing)だ、
だって神が居たら、俺たちをどんな目に遭わせたことか、
　想像だけしかしなくて済む方がよいからな」
若者たちは考える、「神は居ないんだ、
　あるいは実際には　神が居るかもしれないとしても
神は、人間の男がいつまでも常に
　赤ん坊ではないことくらい判っていたと思うよ」

（同一五四―六一）

商人は「仮に神が居たところで、少し金を儲けても、神は悪くは思うまい」と考え、金持ちは「神が居ても居なくても小さな問題だ、神だか誰だかのお陰で我が家は安泰だから」と言う。この問題を考えさえしない人々は、元気でそれを考える必要もないあいだは、神は居ないと思っている。素朴な田舎びとや、たとえば「初恋の最中で、うら若く幸せで／幻想に対して感謝している人たち」、また一方罪びとや「老齢や病気や悲しみに襲われた人びと」などは神が居ますと考えている（同一六三-八五）……。世人の宗教態度をこう総括したのち、スピリットはダイサイカスが海水浴をして元気になり、神の不在を忘れたのをからかって「今日は復活祭当日だ、そしてこのとおりヴェネチアのリードでは／見よ、我らの主キリストは本当に復活した、おお！」（同一三四-三五）と言ってこの場面を締めくくる。

こうして詩は終結部へと移る。第二改訂では次の場面以降を第二部とする。そしてこの場面には改訂による異同が多いが、雨宿りをしているうちにダイサイカスが自作の「復活祭」を再び口ずさみ始め、これをスピリットが常識的立場から「君のこの詩には強いシュトラウス臭があることに／疑いはない」（三・一・四三-四四）と言って混ぜ返すという内容は共通している。スピリットの助言は、ドイツ人（シュトラウス）なんか止めよ、イギリスのバトラー司教の著作『宗教の類比』（一七三六）と『説教集』（一七二六）にこそ影響を受けよということである。つまり司教が言ったとおり、世俗的事物についてと同様、宗教についても事物を説明しても無駄、人生が不可思議なのと同様、神も不可思議なのだと思え、というのである（同四七-六八）。この一八世紀的妥協が時代錯誤であり、一九世紀の知識人はもはや問題を曖昧のままに放置できないことをクラフは充分意識して歌っている。

さらに次の美術館の場面（三・二）では、ダイサイカスがティティアーノの宗教画「聖母被昇天」を近代的な非宗教画と比較して、キリスト教絵画に自分は本能的に心を惹かれることを告白する。これはアーノルドの「グランド・シャルトルーズ修道院からの詩行」が、理性の上では宗教離れしてしまった語り手が情緒的には強い宗教への愛着を示す姿と酷似している。またハーディも半世紀ののちに、同じ内心の矛盾を前述の「知覚無き者」で歌うほか、自己の宗教関連詩全体においても同じ精神の傾向を示している。クラフの場合を具体的に見るならば、上記の近代的絵画、バイロンが剣を抜いている絵の近くに――

そのほど近くに、神秘の至福ある天国へと受け入れられて、
見よ、恍惚とした処女マリアが　復活し、昇天する(rise)！
これを見てとろけて火のような涙を流す情愛深い眼に
ああ何故にこの絵は虚しくも訴えてやまないのか？

（三・二・九－一三）

「虚しくも（vainly）」とは歌われているものの、これは知性には受け入れられないという意味で虚しいのであって、心は既にこれを受け入れている。キリストの復活を疑う詩を作り、神不在の夢を見た心二郎が、マリアの蘇生と昇天（上記'rise'は一語で双方の意味を表す）の絵画を見て、これをきっかけに今後の自分の生き方をどうするかという、この作品の帰着点となる問題と取り組み始める。これはアーノルドの「グランド・シャルトルーズ修道院からの詩行」に共通する、そしておそらく彼を受け継ぎ、ハーディに受け継がれる、精神の二分裂である。心二郎は「利益のためでも名声のためでもなく／快楽の危なっかしい夢のためでもなく//また空疎な芦笛(田園詩）を吹くためでもなく／意味のない肉体に彩りを添えるためでもなく――」

そのようなためでなく建設的に生きなければならないというのなら
我らが高貴な行為のゆえに　神の名こそ讃えられよ(God's name be blest for noble deeds)。

（同一九－二〇）

一般に'be blest for'は、主語の属性や行為のゆえに主語が讃えられ感謝される意味を表すが、ここでは明らかに'noble deeds'が人間側の行為を表している。ダイサイカスにとっては、世俗的価値に依拠しない高貴な生き方のためには、神の存在こそが拠り所だと歌っているのである。これは保守的に聞こえるが、表皮をめくれば神不在の際には彼は高貴な生き方を放棄するという意味が表面化する。

ここで彼はスピリットを「メフィストフェレス」(同四四) と呼び (なおこの場面ではあたかもスピリットが初登場するような印象を読者に与える。冒頭に使うはずだった場面を後ろで用い、推敲する暇がなかったのかも知れない)、この自分の分身の要求と取り引きしながら自分の身の進路を定めたいと言う (同五五-五九)。スピリットは心二郎の結婚相手を勝手に選んで (とは言っても心二郎の片半分が選んでいるわけだが)、その女との結婚を彼に奨め、「(宗教上の理想主義者としての) 良心のとがめは背後に捨て去りなさい」と忠告しつつ、また聖職者になれ、そうでなくても法律家になれと彼に奨める。ダイサイカスは自分の世俗的分身の英知にとにかく耳を傾けてこの場が終わる。彼は絶対的な判断基準を持ち得ず、世俗の声に行動基準を教わろうとするわけである。先にもちらと触れたが、価値判断における相対主義への移行がここに現れており、ハーディでは小説『微温の人 (*Laodicean*, 一八八一)』、『ジュード』、詩「酒飲み歌」など多くの作品においてこの問題はより深刻なかたちで受け継がれる。

ここまでの場面では新しい時代の知的な青年の行動を左右する基本的人生観の設定がなされてきた。しかし上に見たとおり、彼の精神の基盤は、神の在・不在、絶対的な判断基準の在・不在を巡ってまことに脆弱である。彼はだから行動に移るのをためらう。次の第二部三場では、前の場で奨められた法律家になることについても遅疑逡巡し、宗教家になることについても、

かつて旧世界が旧世界独特の言い回しで
〈神と共に歩む〉と名付けた正しい生き方なんか、もはや見出すのが
実際には期待できないとなると、今や神の新たな御意は、
人間は全く神のことなど考えず、重荷を背負って歩みに歩み、
神が人間に割り当てたこの世界を、何とかできるかぎりに
有効に用いるべしということらしい。
（三・三・八－一四）

と考えてこれも遅疑逡巡。スピリットの奨める類の結婚についても

次に愛。僕にはまず考えられない――
蛇も探し当てられない楽園のなかに安住することになる
新たなアダムと第二のエヴァの登場する古めかしい牧歌劇のお陰で
これらの　僕を狂わせかねない精神内部の不協和音が
汚れのないメロディ豊かなセクエンツェアに変えられるだとか、
僕らの生活に満ち満ちた　いろいろ議論のある難問全てが
永久に解決されることができるだろうとか、考えられない。
なのに僕は、人の心は他者の心に誠実に呼応して脈動し得ると思っている。
（三・三・一四－二二）

一方では結婚という楽園が、精神上の難問（神の問題・そこから生じる倫理上の問題）を解決してはくれないと

思いつつ、一方では愛し合う男女の心は、協調して鼓動しうるという希望は捨てられない。恋愛の神聖への信と希望を断って「いつの日か女王が自分の座として求めるかも知れない玉座に／誰か無資格なつまらない女を座らせてしまうのは」嫌なのである。

こうした、生きかたの様々な選択に直面して、ダイサイカスは行動に移ることができない。彼は、行動によって新たな時代の懐疑を裏付けるようなおぞましい現実と向き合うことになるのを予感している。

行動、それは僕をよろめかせる。なぜなら僕は
希望を持って過ごしてきたからだ。弱さ、怠惰、軽薄、不決断、
これらの中にあってなお僕は希望してきた。だが行動は
希望を犠牲にすることのように思われる。待つほうがよい。
賢人たちは待つのだから。

（三・三・三八-四二）

可能性を秘めた、今の無垢な状態を失うのは御免だ、と彼は――

今ここでは　冴えない、開かない花に見えても
やがては天国的な風土の中では自由に開花するかも知れないあの
〈清浄無垢(Innocence)〉を、今、立ち枯れにさせるなんて！

（三・三・七九-八一）

この理由から、世の争いには加わるまいと彼は思う。だがこれでは人生から取り残される心配もあるので、他

方で彼は実生活に加わった自分を想像してみる。世は数字と計算の時代（同一〇八-一四）だが、その目的が自己の選択した、魂の相関物ならば、こうした時代の苦役も我慢できると彼は一度は考える（同一一五-一六）。しかし近代的産業を担う混雑した工場での機械の末端にあっては、個人はせいぜいピストンやヴァルヴをいじくることしか許されない（同一三〇-三）。こうしてクラフは、工場生産を例に取りながら、複雑化した一九世紀半ばの社会における個人の無力化をも描いている。人は労働の目的さえ定かには知らず、他人のやるとおりに行い、給金を貰う。「食する者は奉仕すべし／そして他の奉仕者（servants）がするとおりに奉仕せよ」（同一三七-三八）――この命令に従うことのできないダイサイカスは「おお、自分の考えを空に打ち上げて／純粋な姿の柱と化して、全ての人に見せたいものだ！」（同一四〇-四一）と思うのだが、実際には現代の人間は個を主張することができず、珊瑚虫のように自己の排泄物でもって将来の島を築くことしかできない（同一四三-四四）。こう考えて彼は世の定めを受け入れることにする。このあたりにも、以下の終結部にも、ハーディの継承する問題が続出する。

ここで舞台裏からスピリットが（と思われるが、ト書きは無い）声を掛ける――「世の定めを受け入れよ！（＝submit. 以下、〈屈服せよ〉とも訳す）それが常識というものだ（同一六〇-六一）」。敬虔、献身などの諸観念や愛や美は天上界に属する理念に過ぎない、現世には常識しか通用しない――

自分のすぐ傍のここで、事物をただあるがままに
見て取ることは、真昼の空に
何か「特別な輝く星」を見つけようとすることなんかより
ずっと立派なことなんだよ、君。そんな星は　夜ならば
見えることも見えないこともあろうけれど、

昼の光の中では　もうはっきり、見えないに決まってる。
曖昧な霊感なんて、飾り気のないきちんとした常識に
立ち勝ることなんてあり得ないんだよ、その常識が言うのです、
屈服せよ！　世の定めを受け入れよ！　と。

（三・三・一七三-八一）

スピリットのこうした説得を受けて、ダイサイカスは終幕の四つの場で、常識と妥協して良いかどうかを再三独白の形で自問する。

彼の希求の最大のものは、現実に目に見える自然の美や人間社会の情景を超越してその彼方に存在する「より大いなるもの（a More, 二・四・三九）」である。その命ずるところによって彼は、慣習的な価値観を超えたより大きな美徳（ampler virtue）へと向かいたいのである。一時代の慣習が不道徳（sin）と見なすものと人類の未来における発展との関連を、「我々が不道徳と呼んでいるものは／より大きな美徳への道程を苦痛に満ちて／切り開いて行く糸口だと僕は思いたい」（同四三-四四）と彼は述べ、

どのような変革であれ、
今はめでたく発展を遂げたものであっても、最初のうちは
精神存在の深奥に射込まれた一つの激痛、自責の念に似た激痛で
なかったものがあろうか？　何かを行うこと、
何かはっきりと一つのことをしようと決心すること、
習慣的なものや旧来のものを去り、慣習と慣例との安楽椅子を

捨て去るということは、弱々しい精神にとっては
犯罪を犯すことのように見えるのが常だ。　（三・四・五四－五八）

ところが自分の精神は女々しく、自らの裁量で選択することができず、他から強制されるのを待つ――「そして神の存在を、その何らかの形での存在の必然を待っている（waiting a necessity for God, 同六三）」。神の命令という絶対的な基準に強制されて初めて行動に移れるに過ぎない人の限界を、分身ダイサイカスを通じてクラフは悔しげに描く。ここには、倫理的問題について個人としての人間は、神による強制なしにはたして自発的選択ができるだろうかという二〇世紀的な問題が先取りされている。

彼は自己の魂の声に忠実であるべきことに思い当たる。しかしその時、その自己そのものが分裂していることに気付くのである――「おお、ふたえから成る自己よ！／そして僕はそのどちらにも不忠であるとは（O double self!/ And I untrue to both. 同七一－七三）」

片一方の〈僕〉は旧世界から逸脱していて、その目には、愛と信仰（信義）、家族の絆、友人との会話、書物・芸術・研究、祈り、高貴なものへの賞賛など全てが下劣な、追うに値しないものに見えてしまう。また他の〈僕〉のなかでは、魂は安全にあるべき位置にあって、精神の針は正確に、指すべき両極を指している。その両者の合体としての「心二郎」は「我が魂よ、元通りの道に戻れ」（同九五）と呼びかけ、主日にパトモスのヨハネに倣って聖霊とともに居る自己の存続を希求する。聖霊とともに居るのは「七日のうち一日だけでも／十分ではないか？」（同一〇〇－〇二）、なぜなら「もしこの純粋な慰めが僕の心を見捨てたりしたら／他の全てはどうなるというのだ？　僕はこの喪失を敢えて冒すつもりはない／我が魂よ、元通りの道に戻れ」（同一〇一－〇四）

この詩についての従来の解釈（批評史の概略はBiswas 376ff）は、自己の進路と生き方についての主人公の逡巡

が、上記の引用の前後に見られる宗教問題に左右されていることをなぜか見落としている。「理想主義者と現実主義者との葛藤」（Biswas 409）が描かれていることは確かだとしても、その根本には、理想主義的に生きるには、どのような価値基準に立って何を理想と考えるか、現実と協調するにしても、どんな価値判断に基づいて、現実をいかなるものと解し、故にどこまで妥協するのかという問題がある。しかもこれがいわば平面的に思惟されるのではなく、あくまでキリスト教徒としての確乎たる判断基準に基づいて行動するという旧来の（元通りの）安息を求めるか、それとも神の消失した世界の、もう一人の〈僕〉の示す方向へ進むかという、別個の問題と絡み合わされる。この両方に絡まる神の在・不在と、絶対的倫理基準の有無――ここにこそこの詩の主題があることだけは、拙論をお読みくださった方には納得していただけよう。言い換えれば心二郎自身の中に知的プロセスを経て二つに分裂した保守と革新があるほかに、スピリット自身の中にも、生きる者にとって不可避な、旧道徳から見ても許容される現実主義と、新たな物質主義・官能主義という神の支配が失せつつある現実世界を容認する、いわば新現実主義とが混在している。スピリットがダイサイカスの片半分でもあることを思えば、ダイサイカスは四分五裂している。

この二部四場の後半では、上のような心二郎の考えをスピリットが風刺して、他の誰よりも自然的本能を大切に思うくせに、本能を怖れ、それを用いようとさえしない君は、喩えて言えば「舞踏会場の隅に鬱々として座って／自分は賢いと思って自己を慰める男さ、その間会場は／活気とダンスで鳴り響いている、というようなものだ」（同二・一三）と言う。心二郎は言葉の上では反発する。スピリットが再度、常識に従うようにとの内容を歌って次の場に移る。

二部五場では、前の場で今こそ決断の時かと思ったダイサイカスの度を超した欲望、行動への激しい希求は一時的に消える（ここでこの「行動」という言葉が何を行うことを示すのか、それは曖昧化されている。世間を相手にした、妥協と協調の行動であるというのが表向きの意味だが、ヴィクトリア朝文学における性の表現を読み慣れた読者なら、この曖昧さ故に、この「行動」には性行動が含まれていると読むであろう。詩は、娼婦を買うかどうかという問題から始まったし、スピリットの奨めの一つは常識的な結婚だった）。欲望充足の機会と決心とが一致することのないまま、自分は行動を起こせないでいることを語ってのち、彼は、行動への欲求は今は眠っているに過ぎず、やがてまた襲ってくることは知れているとして、

だが知れているからといって、それじゃ僕は自らの主義に背いて
本性(Nature)を駆り立て、（邪悪なものである）欲望に
無理強いをすべきなのか？
（三・五・二六-二八）

と、なお逡巡してスピリットを追い払うが、やがてついに「鋼の刃が――肉と骨を魂から引き離す刃が、／神の二枚刃の剣より鋭利な刃が」（同七四-七五）魂の中に入り込んだことを告白する。

それ故に、さらば！　永久に、これを最後に、さらば、
敬神の念に満ちた汝ら人生の甘美な、単純なものたちよ、
良い書物、親切な友、神聖な気分よ、そして荒れる人生に対して
甘い日曜日のような安息を与えてくれるものの全てよ、
また、大地を天国にしてくれる全てよ――そして歓迎するぞ、
邪悪の世界よ、冷淡になる心、思いやりにはドアを狭める

計算ずくの頭脳よ、嘘を吐く唇よ、
おとなしく見えて偽る目よ、貪欲な肉よ、
〈世間〉よ、悪魔よ——歓迎、歓迎、歓迎するぞ！

（三・五・七八—八六）

ここでも二部三場と同様、舞台裏から声が聞こえる——

事物のこの厳しい必然性（stern Necessity）が
我々の存在の　全ての側から鳴り響く。
我らの熱心な行動が攻撃を仕掛けても
必然の鉄の壁に虚しく阻まれ、倒れ去る。
ひとたび必然の女神が方向を指さすなら
賢い者たちは　ただ従うことのみを考え、
女神がしつらえたとおりに人生を受け取り、
そして何が起ころうとも、必然の定めを受け入れ、
さらに受け入れ、受け入れる。

（三・五・八七—九五）

この「厳しい必然性」は、物理的必然とも自然科学の法則とも言えるものである（バイロンやアーノルドもこの意味の必然の力を歌っている。Phelan 221n.）。性欲も示唆されている。これに逆らって考えを巡らす輩に対しては、女神は拷問を加える、とこの声は言う。ダイサイカスは、悪魔の放った洪水に溺れる者のように悲鳴をあげ

る――「深い水の中には足場がない」（同一〇七）。そして彼はこの場の終わりまでなお抵抗するので、スピリットから「お前が口にする夢みたいな懐疑を詩に歌って、古き良き歌の断片を連ねることによって／その懐疑から救われて見せよ。世の人は疑いもなく、その詩が気に入るだろう」（同一五〇―五一）としてからかわれる。この二行はこの詩を書くに当たってクラフがテニスンの懐疑克服の詩『イン・メモリアム』を意識していたことを、また一八三〇年代以降の懐疑とその克服の詩をも念頭に置いていたことを、如実に物語っている。そしてクラフはこの二行により、自分の詩は懐疑の克服という流行に倣うものではないと言いたげである。

次の二部六場の冒頭では、ダイサイカスが夢かうつつか天の声を聞いたことを語る。苦難のときには我々天使に呼びかけよ、というその声の中にも「必然がお前を襲ってきたときにも（呼びかけよ）」（三七）という一句があり、唯物主義的な必然、自然の要求としての必要がここでも「苦難」の一つとして意識されていることが判る。彼は、

　　　　おお、惨めなことだ、
世俗を攻撃する有利な地点を得るためには
世俗と取引をし、世俗相手に実習をしなくてはならないとは。
大男を襲うには、まず最初に（ああ、何たる背信！）
大男のふるまうパンを食べなければならないとは。
（三・六・四四―四九）

と述べ、自分が定めに従う（屈服する）のは時間稼ぎのため、武器と円熟を身につけるためにすぎない、身を起こして相手に斬りつけるまで安全のために伏せているだけだ、「どれだけ自分が屈服するにしても／それは反逆

するためでなくてはならない」（同五九–六〇）と自分に言い聞かす。スピリットは、これをダイサイカスの態度の軟化と見て、自分の思い描いたとおりの方向に彼が進むのを見て喜悦に浸る。
最終の場二部七場では、スピリットの実名がメフィストフェレスであること、また彼はビーリアルその他悪魔との連想の強い名でも呼ばれることがあることなどが強調され、ダイサイカスが少なくとも形式上はスピリットの軍門に降るかたちで詩の本文が終わる。締めくくりに先だってスピリットは

やれやれ！　君は愉快なことだとは思わないのかい、
否定しがたいものと現にあるものをもってることを？
君自身が　周りの人々と同じであることを目にし、
君の足が　地についているのを感じることを。
（二・七・八一–八四）

と語る。第三改訂重視のオクスフォード版は最後の一行を、ダイサイカスの「もういい、黙れ！　従《つ》いて行くから。」としているが、第二改訂ではその代わりにスピリットの傍白のかたちで

サン・マルコ広場で、夕闇が降りたあと、
おお、あいつを試してやろうじゃないか、おお
イエス・キリスト様よ、おお、そのとき俺が
心づけの金を貰えなかったら、こりゃ面白いぞ。
（二・七・八六–八九）

という幕切れがあり、詩は冒頭に戻って広場の娼婦が再びほのめかされる。

このようにこの作品では、後半の部分に神不在の問題をあからさまには言及せず、全体としては主人公は悪魔の導きに従うのではなく、一九世紀の平均的な常識を受け入れて終えたという印象を強くあとに残す。しかしこの問題が当時の知的な青年の人生態度に対して、いかに重大な影響を及ぼすかを、いくつもの主人公の科白が示してきた。アーノルドの詩とは違って、懐疑思想や神不在の問題はそのままのかたちでは放置されずに、形式上はダイサイカスの夢の中へ閉じこめられて二度と舞台には現れない。だが作品後半からの引用が示すとおり、この問題こそがダイサイカス＝心二郎に最大の心の分裂をもたらしていることに疑いを差し挟むことはできないであろうハーディもまたこの種の心の分裂（『ジュード』に最も顕在）を引き継いでいることは言うまでもないが、ここに詳述できないのが残念である。（この拙論は中央大学『人文研紀要』29号の拙論「Arthur Hugh Clough の *Dipsychus and The Spirit*」に加筆発展させたものであることをお断りする。）

（1）　テクストについて――、これまで標準的と見なされてきたオクスフォード版『アーサー・ヒュー・クラフ詩集』収録の『ダイサイカス』はクラフがこの作品に手を加えた最後の草稿である。これは第三次改訂を重視し、推敲を経た詩行を示してはいるが、クラフは多くの作品について「とかく〈自己欺瞞的な後知恵〉をひねり出して、改訂をすればするほど作品を弱めてしまった」（McCue xiii）というのがほぼ実情である。この作品については、上記第三次改訂によってさらに反常識的な色彩を強める部分があるのを諸家は見落としているのだが、確かに第一部の一、二、四、五場では、クラフ自身による不適切箇所の削除（bowdlerization: Phelan 153）が行われている。本稿では第二改訂版を採用した Phelan 編のロングマン施注版とオクスフォード版付録の異本集注を併せ参照し、また「後になるほど自己の本音を黙らせようとした」（McCue xii）という認識に立つペンギン版にも目を通しつつ、一方の版本に欠落している部分は他版で補いつつ論じることにした。

（2） 次の場についてはテクスト上の問題が大きい。フェラン版第一部三場には第三改訂＝オクスフォード版にIIaと記された第II場の次場面および第III場が対応する。フェラン版は第二改訂とそれにピン留めされていた二つのばらの原稿を合体させたもの。後者を採り、この場についてはフェラン版の行数のみを示す。

（3） この六行の科白は第三改訂ではIIaのあとの第III場冒頭に置かれる。

引用・参考文献

Alexander, Edward. *Matthew Arnold, John Ruskin, and the Modern Temper*. Ohio State U.P., 1973.

Armstrong, Isobel. *Victorian Poetry, Poetics and Politics*. Routledge, 1993.

Bailey, J. O. *The Poetry of Thomas Hardy*. North Carolina U.P., 1972.

Biswas, Robindra Kumar. *Arthur Hugh Clough: Towards a Reconsideration*. Oxford U. P., 1972.

Gibson, James (ed). *Thomas Hardy: The Complete Poems*. Macmillan, 1976.

Greenberger, Evelyn Barish. *Arthur Hugh Clough*. Harvard U. P., 1970.

Hands, Timothy. *Thomas Hardy: Distracted Preacher?: Hardy's Religious Biography and its Influence on His Novels*. Macmillan, 1989.

Houghton, Walter E. *The Victorian Frame of Mind*. Yale U. P., 1957.

———. *Arthur Hugh Clough: An Essay in Revaluation*. Octagon Books, 1979.

McCue, Jim. "Introduction" to *Arthur Hugh Clough: Selected Poems*. Penguin, 1991.

Miller, J. Hillis. *Thomas Hardy: Distance and Desire*. Belknap Pr. of Harvard U. P., 1970.

Phelan, J. P. *Clough: Selected Poems*. Lomgman Annotated Text. Longman, 1996.

Pinion, F. B. *A Commentary on the Poems of Thomas Hardy*. Macmillan, 1976.

Thorpe, Michael. *Clough: The Critical Heritage*. Routledge, 1972.

Turner, Paul. *The Life of Thomas Hardy*. Blackwell, 1998.

Williams, David. *Too Quick Despairer: Arthur Hugh Clough* Rupert Hart-Davis, 1969.

Zietlow, Paul. *Moments of Vision: The Poetry of Thomas Hardy*. Harvard U. P., 1974.

第四部　世紀の変り目から二〇世紀へ

『トーノ・バンゲイ』における専売薬とセクシュアリティ

糸多郁子

一　はじめに

H・G・ウェルズの小説『トーノ・バンゲイ』は一九〇六年に書き始められたが、最初に人々の前に登場したのは、雑誌『イングリッシュ・レヴュー』の一九〇八年一二月号から一九〇九年三月号に四回に分けて掲載された時であった。出版当時からこの小説は評判となり、文壇でも高い評価を与える人々がいた。例えば「彼の最も優れた、最も力強い本」(1)と評したアーノルド・ベネットや、友人への手紙の中で「君は『トーノ・バンゲイ』を読まなくてはならない。……それは彼の書いた一番良い小説――私が読んだ中で最も良い小説だ」(2)と書いたD・H・ロレンスなどである。が、「非常に粗悪なスターンの作品」(3)のようだ、と話に脱線が多くまとまりがないことを主な理由として低い評価を下す者も少なくはなかった。

『トーノ・バンゲイ』の批評には、大別して二つの流れがあると思われる。一つはデビッド・ロッジに代表される流れで、「英国の状況小説」、つまり商業主義の発展が貴族・地主階級中心の古い社会秩序を破壊していくという当時の英国社会における変化を映し出し、かつそれを批判的に眺める小説として読むものである。ロッジは、この小説の主役は英国であるとし、退化・病気・死のイメージを多用して商業主義の広まりによる英国社会の衰退を描いているとする。[4] 後でまた触れることになるが、この流れの一つとして、コンラッドの『闇の奥』（一八九九年）を思い出させるようなモーデット島でのエピソードをとりあげて、反帝国主義小説として見るものもある。[5] もう一つの流れは、『トーノ・バンゲイ』にモダニスト小説的な面を見出し分析しようとするもので、[6] 流動的で不安定な語り、語り手が常にフィクション性を読者に意識させるメタ・フィクション的要素、メタファーやイメジャリーの多用などに焦点を当てており、この場合、前述した「脱線の多さやまとまりのなさ」が積極的に評価されることになる。更に最近では、モーディット島で理由のない殺人を犯しながらも罪の意識をもたないジョージに対し、殺人や暴力を特徴とするポスト・モダンの映画との共通点を見出す批評[7]もある。

本論は『トーノ・バンゲイ』のテクストを歴史との関わりという観点から読もうとするものであり、その点ではロッジらに近いと言えるかもしれない。しかし本論は、題名にもなっておりテクスト内でかなり大きな位置を占めているように思われるにもかかわらず、詳しく論じられることのなかった専売薬にまず注目する。当時の社会において専売薬がどのような存在であったのかを検討し、テクスト上の専売薬であるトーノ・バンゲイとの比較を試みる。そしてそこに現れる相違に着目することから、このテクストには単なる商業主義批判とはまた別のイデオロギーが織り込まれていることを確認し、何がテクストに隠蔽されているのかも考えてみたい。

二　専売薬とトーノ・バンゲイ

このテクストの題名『トーノ・バンゲイ』は、語り手であるジョージの叔父エドワード・ポンダレヴォーが開発・販売して巨万の富を築くことになる、専売薬（特許薬とも訳される）である強壮剤の名前から取られている。まず初めに、このような専売薬をめぐる当時の状況を考察し、テクスト上に現れるトーノ・バンゲイと比較してみたい。

まず、専売薬とはどのようなものを言うのであろうか。これは独占的に販売することが法的に認められた薬のことで、新しい薬を開発した者が調合の明細を特許局に提示して申請をすると、公開審査の後に専売特許が与えられた。専売薬の歴史は長く、最初のものは一六七三年の「ゴダァド氏ドロップス」であると言われる。[8]ただし、特許は正式の医者以外でも誰でも申請でき、しかも薬が効くかどうかを証明する必要はなかったため、何の効果もなく時には有害でさえあるインチキ薬でも特許が取れ、薬の箔付けに役立ってしまうという結果を招くことになった。[9]

一九世紀後半からは専売薬を使用する層が一気に拡大したが、それは一八五〇年から一九一四年の間に医薬品の販売額が四〇〇パーセントの増大という驚異的な伸びを示した[10]ことや、有名なジョセフ・ビーチャム氏のように専売薬で富豪となる者が続々と出現したことからもわかる。専売薬の急激な浸透ぶりは広告の力によるところが大きいと言われる。一九世紀後半からの大衆向け雑誌・新聞の創刊ラッシュにより、大衆が広告を目にする機会が増えたが、特に雑誌は専売薬の広告収入に支えられていたと言える[11]ほど専売薬の広告に溢れていたのである。その頃から専売薬業者達も大胆になり、専売薬を何にでも効く万能薬として宣伝することが多くなったため、誇大広告の代表的なものとして非難されるようになった。[12]また専売薬業者は薬の成分をなるべく秘密にしていたが、ほとんどの専売薬の成分はグリセリン、砂糖、重曹、澱粉などでしかなく、一八世紀からあった、専売薬はインチキ薬だという声が更に高まった。社会的地位の高い人々からのこのような批判に応えて、一八六八年から一九〇九年の間に議会は専売薬を規制する法令を六つも通過させたのである。[13]

しかしそれにもかかわらず、二〇世紀になる頃でも専売薬の商売の勢いはそれほど衰えてはいなかった。その理由は幾つかあるが、その一つとして、政府は一九世紀前半から専売薬に印紙税をかけるようになり多額の税収を得ることが出来たため、実際には法をあまり施行したがらなかったということがある。一九〇八年の一年間だけでも政府は四千百万個の商品に専売薬印紙を貼り、それらで得た税金は三百万ポンド以上に達していたのである[14]。『トーノ・バンゲイ』でも、ジョージが叔父の商売に参加するべきかで迷っている時、「大瓶を作るのは瓶代を含めて約七ペンスだろう、そして我々はそれを専売薬印紙代プラス半クラウンで売ることになるのだ[15]」と計算する場面がある。つまり、政府も税収を上げるために専売薬業者と結託していた面があったと言えよう。

また正規の医者達にしても、専売薬業者を非難する者ばかりではなかった。なぜならかなりの数の医者達は、ニセ医者である専売薬業者達と持ちつ持たれつの関係にあったからである。医者達が専売薬を大量に購入することにより、専売薬業者は多くの利潤を得て箔もつくということがよく見られたし、逆に医者の方は、時に業者達の行う様々な実験の結果を自分達の治療に取り入れていた。その上、業者達は病気の初期段階にある患者に専売薬を与えて医者の所には行かせず、その結果病が重くなり治療費がはるかにかかるようになってから患者を医者に行かせるというやり方で、間接的に医者を儲けさせていたのだ[16]とも指摘されている。本来、医者にとってニセ医者は商売敵であるはずだが、裏では両者の利害が一致することが多々あったと言えよう。

そもそもこのような癒着ともとれる関係が成り立つのも、当時は医療の知識がまだそれほど複雑化・高度化していなかったことにより、本当に効く薬とニセ薬との境界線がはっきりしていなかったことに大きな原因がある。医者が専売薬を使用することがあったのも、業者に儲けさせるためとは限らず、医者自身にも薬物に関する大した知識がなく、昔から売れている薬なら効くだろうというブランド信仰があったからである[17]。また前述したように、専売薬業者が開発した薬の効果が認められ、正規の医療に取り入れられたという例は昔から少なくなかった。正規の医者は自己のアイデンティティ確立のために医者とニセ医者、効く薬とインチキ薬の分節化を行おうとするが、その企みはもとから破綻しており、「専売薬はインチキ薬ばかり」という非難にはあまり信頼できる根拠はなかったと考えられる。

次に、以上のことをふまえた上で専売薬であるトーノ・バンゲイがどのように描かれているか検討してみたい。まずトーノ・バンゲイの成分についてだが、ジョージが叔父にそれを尋ねた時のことは次のように書かれている。

「で、それは何なのですか。」と私は執拗に迫った。

「うーん、」と叔父は言い、それから前のめりになって片手で口を覆いながらそっと言ったのだ、「それはこういうものにすぎないんだがね……。」

(しかしここで、あいにく良心の咎めというものが邪魔をするのである。なんと言ってもトーノ・バンゲイはいまだよく売れる商品であり、それはまだ――商人達の中でも特に――私から買った人たちの所にあるのだ。だめだ！　私は正体を明かすことは出来ないだろう。)

「何しろ、」と叔父は目を大きく見開いて額にしわを寄せ、ゆっくりとした内密のささやき声で言った、「それは（彼はここで味をつける物質と芳香アルコールに言及した）……のおかげでおいしく、また（ここで二つの強力な精力剤の名を挙げたが、一つは肝臓に著しい作用を与えるものである）……のおかげで刺激的なんだ。」「そして（ここで彼は他の二つの含有物を挙げて）……がいい気分に酔わせてくれるんだよ。元気が出るんだ。それから（私は最も大切な秘密に触れてしまいそうになるが）……がある。」「さあこれで終わりだ。私はそれを調合法に関する古い本から取ったんだよ――（ここで肝臓に強い影響を与える、より有毒な物質の名を挙げて）……以外のすべてをね。」[18]

この一節は読者に対しても秘密を明かさないユーモラスな書き方になっているが、この専売薬は大した効果もないどころか有害でさえあることが示されており、アルコールを含むことから常用癖を生み出す可能性までも示唆されている。トーノ・バンゲイは「有害無益なもので、少々刺激的で香が良くて人を惹き付けるので悪い習慣になりやすく、人々はより強い強壮剤を常用するようになりがちで、肝臓の弱い人には気付かぬうちに危害を加えるものだ」[19]というジョージの言葉がそれを端的に表している。専売薬にはアルコールなどの常用癖をもたらす成分が入っていることが多いと一八世紀以来言われており[20]、ここはそれを反映していると考えられる。そしてそのようなインチキ薬であるからこそ成分を秘密にしなければならないのだ、という当時の専売薬のイメージに沿った書き方となっている。

またトーノ・バンゲイの効能に関しても、叔父は万能薬とは言わずともかなり誇張して売ろうとしているのである。それを示しているのが次の一節である。

「ジョージ、トーノ・バンゲイは船酔いに効くと思うかい？」
「効かないと思いますよ。」
「うーむ！　試してみる分にはかまわないさ、ジョージ。やってみるだけなら大丈夫だよ。……効能を言うのに控えめにしたってしかたないよ。[21]」

叔父は、効かないと分かっている病気でも平気で効能に付け加えるつもりであったことがわかる。これもすぐに万能薬であると宣伝したがった専売薬業者達のカリカチュアであると言えよう。ちなみに、叔父は事業が絶頂期にある時、『英国医学新報』と『ランセット』という雑誌を買収して「多数の専門研究を操作」しようとして失敗するが[22]、特に後者は、実際に一九世紀にいかさま医療の告発キャンペーンを長期にわたって繰り広げ、万能薬の成分を暴露したりしたことで有名な雑誌なのである。[23] 現実に存在する雑誌の名前が言及されることで、叔父の薬のインチキさが読者にリアリティを伴って印象づけられることになる。

専売薬普及への広告の深い関与についてもテクスト内で言及されている。ジョージと叔父のトーノ・バンゲイをめぐる事業に関する、工夫を凝らした広告文が何度も登場するのは言うまでもない。それ以外にも、ジョージは叔父の事業の手伝いを頼まれた時、詐欺のような商売への協力には気が進まず、「とにかく、正直な静かな商売もありますよ。本当に必要とされるしっかりした商品を供給して、大声で宣伝などしないものが」[24]と言う。また彼は「私は私達が設立したそれらの壮大な事業のうち、一つとして人間の生活に何らかの真の価値を付け加えたものはなかったと言うことができる。トーノ・バンゲイのような幾つかの事業は、どんな正直な基準からしても全くの詐欺であって、広告で覆った無価値な物を渡してお金を稼ぐことであったのだ」[25]と言って、広告が専売薬の広まりにいかに大きく貢献したかを示唆している。

このように、テクストに現れるトーノ・バンゲイの姿は、一見すると当時の専売薬をめぐる状況をそのままなぞったものであるように見える。しかし、前述したように、実は専売薬業者の繁栄には政府や正規の医師達の利害も絡んでいたのであり、インチキ薬の正確な定義も難しい状況であったにもかかわらず、このテクストでは専売薬業者にすべての罪が着せられているのである。「どんな商売がそのやり方において詐欺でないのか知りたいもんだ。大々的に広告している商売をしている者は誰だって、珍しくもない物を珍しい物だと言うことによって売っているのさ。」という言葉や、「トーノ・バンゲイが世間にとってキナの樹皮ほどには素晴らしい大発見ではないかもしれないということを認めるよ、だけど重要なことはね、ジョージ——それは商売になるんだよ！」[26]等の言葉が示すように、叔父エドワードは確信犯的な詐欺師として提示されている。一方、政府や医者の関与に対する明確な批判は何もなされていないのである。

政府についてはともかく、医者がニセ医者顔負けの様々なインチキを行って儲けているという声は当時実際にあがっていた。その一つが、ウェルズも一時所属していたフェビアン協会の会員、バーナード・ショーが書いた『医者のジレンマ』という劇（一九〇六）とその序文として付けられた「医者に関する序文」（一九一一）である。医者も頼りにならないのであれば、人々が専売薬に頼っても不思議はないだろう。従って、専売薬業者だけを非難していれば済むわけではないのは明白だったのだ。にもかかわらず、『トーノ・バンゲイ』では専売薬業者だけが非難を浴びるのはなぜなのだろうか。当時のイデオロギーがどのようにこのテクストに働いているのかを次に考えてみたい。

三　専売薬と国家

前節で述べたように、専売薬トーノ・バンゲイは、広告の力を頼って売りさばいているだけの中味のないインチキ薬として描かれている。よってそこだけを取り上げれば、専売薬業者エドワード・ポンダレヴォーは、生産自体よりも売ることの方が重要視され始めた、いわゆる消費社会へと移行する時代[27]に財をなした商人達の象徴であると言うこともできる。そして、『トーノ・バンゲイ』で専売薬業者が非難されるのは、帝国主義的な政策を支えていた商人達や商業主義を批判するためだ、という説明も可能であるだろう。確かに、ジョージの語りには商業や帝国主義を批判する箇所が多数存在し、行き過ぎた商業主義の悪影響を読者に納得させようとする。例えばジョージは、英国の現実にあるものは「欲深い商売、卑しい利益追求、厚かましい広告」であって、この帝国には希望が見出せない、と言う。[28]しかし本論では、一見してそれとわかる商業主義批判とはまた別のイデオロギーもテクスト中に見出せるということを論じていく。『トーノ・バンゲイ』の中で、表面上は大きく取り上げられていないが確実に存在している性の問題に注目し、その観点からテクスト上の専売薬トーノ・バンゲイを考えてみたい。

このテクスト全体の長さからすれば、性や恋愛に関する言及は多くないためか、従来の批評ではそれらについてほとんど議論されてこなかった。しかし、短いながらも重要だと思われる一節がある。例えば、友人であるユーアトが自分の性欲に翻弄されているという悩みをジョージに打ち明け、性欲は何のためにあるのかと聞く時、ジョージは「それは種の連続性を確保する方法だと僕は思うよ」[29]と答えている。これは子孫を作るためという一見当たり前の答えのようでもあるが、男女間の性的関係に関して男女の個人的な感情には重要性を置かず[30]、生殖による種の保存というダーウィン的な生物学の側面からのみとらえようとしている発言であるとも言える。そしてそれを社会的観点から言い換えれば、社会の維持・継承のための方策として性的欲望を考えるということである。ジョージにとって男女の恋愛や性的欲望は、それによる出産そして社会の継承という観点からのみ重要性をもつようなのだ。

それを更によく表しているのがマリオンとの出会い・結婚・離婚のエピソードが始まる所に書かれている一節である。

恋愛は、個人の生活の非常に重要な事実であるばかりではなく、社会の最も重要な関心事である。なんと言ってもこの世代の若者達が夫婦になる、そのなり方が国の運命を決定するのだ。国家の他の問題すべてはそれに付随するものなのだ。そして私達は、興奮し失敗ばかりする若者達がそのことの重要性を偶然知るようになるのに任せておくだけで、あきれた顔つきや感傷的なたわごと、下劣な噂話、偽善的な決まり文句で一杯の戒め以外には彼らを指導する手段を何ももたないのだ。[31]

この一節で恋愛は個人の問題を超えてしまい、国家的な問題として語られており、更にそのような重大な問題を若者任せにしてなんら介入しようとしない周りの大人の責任までもが追求されている。ここから窺えることは、一九世紀後半以降顕著になってきた、支配者階級が労働者階級に対して新たな支配の方式を用いる動き、つまりフーコーが言うところの「結婚と出産と余命についての国家的管理・経営を組織しようという、医学的であると同時に政治的な計画」[32]を行おうとするイデオロギーがこのテクスト中に浸透しているということなのである。

ここで簡単に一九世紀末から二〇世紀初頭の歴史的状況に触れておきたい。[33]この時代には、世界における英国の支配的地位が揺るぎ始めたため、英国は植民地を増やすことで優位を確保し続けようとしたが、植民地をめぐる各国との戦争で良い結果が得られず、人々は不安と焦燥感をつのらせていた。そのような中で生産性や戦争時の兵力の増強を考えた時、その道具としての「人々の身体」が注目を集めることとなったのである。その傾向をよく表しているのが、ローズベリーによる一九〇〇年の言葉である。

私達の国のような帝国はその第一の条件として、「帝国にふさわしい人種」、つまり精力的で勤勉で勇猛果敢な人種を必要とする。精神と肉体の健康が、全世界の競争において一国の地位を高めるのである。適者生存は、現代世界の状況において絶対の真実なのである。[34]

彼は、「適者生存」という社会ダーウィニズム的な用語を用い、国民の身体の健康を帝国の世界的地位の維持と明確に関係づけて語っている。一八九九年から一九〇二年のブーア戦争時の医学報告書において、兵役検査で相当数の若者が不合格になったことが明らかとなり、特に労働者階級の身体の貧弱さが憂慮されたことが更にこのような傾向に拍車をかけたと言われる。これを放置しておけば、質の悪い人間の割合が増えて国民の「退化」(degeneration)が起こり、帝国が衰退していくのではないかという声が高まった。

この状況を打開するために考えられた対策には二種類ある。第一に、労働者の待遇を改善して生活水準を向上させると同時に、衛生・栄養などに関する教育を彼らに与えることである。第二に、労働者階級にアルコール中毒や売春・犯罪などの不道徳な習慣がある者や、体格が貧弱な者が多いのは遺伝のせいであるとみなし、全国民中の労働者階級の割合を抑えようとする遺伝優生学的な対策である。一九世紀末から国全体の出生率が下がっていたが、特に中産階級ではバース・コントロールの普及や、植民地支配のため国外にいる男性の数が増加したことによる女性の非結婚率の上昇、高い生活水準維持のための少子化などによって出産率が急激に下がりつつあった。そのため労働者階級の人口に占める割合が高まるのではないかという恐れがあったのである。この人口調整を行う対策には二つの方向性があって、優良な遺伝子を持つとされる者、つまり中産階級の人間同士の結婚を奨励してその数を増やすという積極的遺伝優生学と、劣悪な遺伝子を持つとされる者、つまり労働者階級の人間を殺したり出産を制限して数を減らすという消極的遺伝優生学に分けられる。

ただし、中産階級にとって、労働者階級だけではなく貴族階級も人数は少ないにしろ他者であり、自己のアイデンティティ確立のために差別化を図らねばならない存在である。よって、例えば一九〇七年設立の優生学教育協会の人々は、貴族などの富裕な階層は激しい生存競争に参加する必要がないので徐々に退化・衰退するが、学問を身につけることで社会的地位を向上させる中産階級のホワイトカラーはますます栄えていく、と考えたのである。[35] ちなみに、その考え方をよく表す例として、ウェルズの『タイム・マシーン』(一八九五年)がある。地上人であるエロイ達の無気力で退廃的な様子は貴族階級の未来の姿とされていて、「あまりにも完璧に安泰な状態のおかげで、地上人達はゆっくりとした退化の動きへと、つまり、身体の大きさや体力、知性における全般的な衰えへと導かれてしまったのだ」[36]と書かれている。結局、労働者階級も貴族階級も、理由は異なるにしろ、退化していく存在とされ、中産階級、中でも特に学問によって競争社会を勝ち抜いていく知識層が英国を担っていく責任をもつことになる。

以上のような社会状況と『トーノ・バンゲイ』をつきあわせた時に見えてくるものを考えてみたい。出産を国家的な問題としてとらえる考え方がテクスト中に存在することは前述した通りだが、その考え方の基となる国民の「退化」という言説も、目立たぬながらも明らかに存在している。ジョージがウィンブルハーストにあった叔父の小さな薬屋で徒弟をし始めた頃、彼は「田舎への移住や、都会生活が私達にもたらす退化（degeneration）について、ひどくたくさんのくだらない話を耳にする」[37]と言っており、また商売に本格的に乗り出した頃の叔父について次のように言っている。

私は次のことにふと気付いた。彼はウィンブルハーストの時以来身体の大きさが相当小さくなったし、砲弾を飲み込んだような太鼓腹は以前よりかなり目立って恥知らずな様子になっているし、彼の肌は以前より疲れた感じで、いまだにきちんと合っていない眼鏡の間にある鼻は前よりずっと赤くなっていたのだ。そしてちょうどその時、彼の筋肉は前よりずっと締まりがなくなり、動きにおいても前ほどは機敏ですばやいということがないように思われた。しかし、そこに座っている彼は私には突然全く小さく見えたのであるが、彼は明らかに自分の変化がもつ退化的（degenerative）な性質に気付いていなかった。[38]

この引用において、叔父の身体の、外見だけでなく運動能力も含んだ意味での衰えが「退化」という生物学的用語を使って描かれている。インチキな商売が成功するにつれて、叔父はテクストにより退化の徴候を持たされていくのである。労働や戦争に従事するための体格や筋力という面での身体の「退化」を恐れるという当時の問題意識がここに垣間見られる。

ジョージも、空中飛行の実験を行うようになった頃、自分の精神と肉体に締まりがなくなっていることに気づき、愕然とする。それは、トーノ・バンゲイの成功によって大金が入るようになり、暴飲暴食や過度な喫煙をしたせいなのだが、ジョージはそれをすぐに社会ダーウィニズム的な生存競争と結びつけていく。

こういう時代より前には、多くの人々に食べ過ぎるということはなかった。なぜならば、好むと好まざるにかかわらずそんなことはできなかったからで、ごく少数の人々以外は皆、避けることの出来ない労働や個人的な危険によって「適者」でいられたのだ。今や、もし自分の水準を十分に低くして誇りなどというものにとらわれなければ、ほとんど誰でも一種過分なものが手に入れられるのである。人は、ごまかしをしたりうまく逃げたり快楽にふけったり怠けたりしながら現代の生活を送ることができ、本当に飢えたり怯えたり情熱をかきたてられたりすることもないのだ……。(39)

ジョージにつきまとっている恐れとは、生存競争から解放されることによって『タイム・マシーン』のエロイ達と同じように精神も肉体も退化していくことなのである。そこで彼は「トレーニングにとりかかり、何カ月間もトレーニングし続け」て、「毎日神経や筋肉に少し効くようなことを何か」やるようになる。(40)商売が成功して自堕落な生活に陥る叔父やジョージに、退化の影が忍び寄っているのである。

次に、増大することを懸念されていた労働者階級が、テクスト上でどう表象されているのかを見てみたい。主要な登場人物について考えてみると、労働者階級とはっきりわかる人物はいない。ただし、ジョージの父親がどういう人であったかについてはテクスト上でわざと隠されていて[41]、ジョージの階級は曖昧なままになっている。が、父親がどのような人間であろうと、ジョージ自身が科学を学ぶ優秀な学生であったことを考えれば、ジョージは少なくとも労働者階級の典型的な人間とは考えられないだろう。

個人ではなく労働者階級全体に関してであれば、目立たないが注目すべき短い言及が幾つか見つかる。そのうち二つを挙げてみると、一つはジョージがロンドンで窓から失業者達の行列を眺めた時の印象を述べたもので、「彼らは霧を通して半分亡霊のように見え、黙って足を引きずり、いつ果てるともない灰色の行列を作って歩いていた。……彼らはよろよろとした恥ずべき流れを作っていて、それは通りに沿って滲み出している、競い合う文明社会におけるどぶの排水のようであった[42]」という部分である。この中で人々は社会における生存競争の敗残者として示されている。もう一つは、叔父夫婦がガーデン・パーティーを催した際の、ホックベリー婦人による「私はこの町にいる人々を『貧乏人』とは呼びません。……彼らは『群衆』(Masses) なのです。私はいつでもバグシュートさんに、彼らは『群衆』なのですからそういうものとして扱われるべきなのだ、と言っているのです[43]」という発言である。これらの二つの引用において、労働者階級は個人性を剥奪された、惨めで汚らしい群でしかない。数が多く不潔で軽蔑すべき存在とする、中産階級の多くが持っていた労働者階級観が表現されている。

そして、遺伝的に劣ると考えられていた労働者階級の比率が上がることにより国民全体の質が下がるという恐怖は、次に挙げる、放射能を含むクワップという物質に関するジョージのコメントに透けて見えるのではないだろうか。

私にとって放射能とは物質の本当の病気である。さらにそれは伝染する病気である。それは広まる。劣化しぼろぼろに砕けた原子を他の原子の近くに置くと、それらもほどなく揺れ動き、まとまった状態であることをやめるという習慣を身につけてしまうのだ。それはまさに、社会における私達の古い文化の衰退というもの、つまり伝統や特質、堂々とした態度の喪失が物質において起こることなのだ。私は、私達の地球に生じたこれらの説明出来ない溶解力のある根源的なもの……について考える時、私は私達の世界全体が最終的に侵食されて乾腐し、消散するというグロテスクな幻想にとりつかれるのだ。……もし一人の人間――もし一人のくる病の幼児が――いわば偶然によって生まれ、役に立たずに死んでいくということがあり得るならば、なぜ種族全体にそういうことがないと言えるだろうか？(44)

これは、放射能の害について語り、そこから徐々に社会の変化に対する不安へと話を進めている一節である。放射能が広がるというのは、放っておけば労働者階級が次々と繁殖し増える、というように読み替えられるであろうし、また労働者階級の割合が増せば、中産階級の文化が労働者階級の文化に侵食されていき、最後は国全体が滅びるという主張として解釈できるのである。

では、このような帝国の状況と専売薬トーノ・バンゲイがどのようにつながるのだろうか。前述したように、一九世紀後半から専売薬は爆発的に広まり、巨額の富を手にする業者が次々と現れるが、それは、以前には買い手のほとんどすべてが中産階級以上の人々だったのに対し、労働者階級の経済状態が以前よりは改善され彼らに購買力がついたせいに他ならない。「労働者階級の増大した購買力で最も優先的に買われたのは医薬品だった」(45)からである。したがって、専売薬に関する問題は昔からあったにしろ、一九世紀末から二〇世紀初頭の専売薬問題は主に労働者階級についての問題と結びつけて考えることができると考えられる。そして労働者階級にも専売薬が広まったという状況は、政府やそれを構成している支配者階級にとって、印紙税収入が入るとはいえ、基本的にはあまり歓迎すべき事態ではなかった。なぜなら、世間で言われるように「専売薬はインチキ薬」で有毒な物質を含むこともあるとすれば、中産階級以上の人々の身体にとって危険な物であるばかりでなく、今や労働力・兵力を生み出す重要な道具としての労働者階級の身体を脅かすものとなるからである。

また、常用癖を生み出すアルコールなどを含有している専売薬もあると言われていて、労働者階級の健康面における管理・統制の観点からはそのような薬は好ましくないのは当然である。ヴィクトリア朝期に、中産階級が労働者階級の精神と身体の堕落を防ぐという目的で何度も禁酒運動を行ったことを考え合わせると[46]、専売薬に対する反発にはそれに似た面もあったと思われる。そのような反発が、実際にはあまり施行されなかったとはいえ、薬事法（一八六八―六九年）、食物・薬物販売法（一八七五年と一八九九年）、劇薬及び薬物法（一九〇八年）などの法律の制定につながるのである。そして専売薬を広めるのに大きく役立った広告産業も同時に非難され、俗悪広告法（一八八九年）などの法もできるが、それらの法は「人間の身体をはっきりと頭に置いて考え出されたもので、ひとつの場所――身体とそれの多種にわたる作用――に対する政府のヘゲモニーを主張する目的でできたのだ」[47]とトマス・リチャーズは論じている。労働者の身体に対する管理・統制が、政府の管理が届きやすい正規の医者たちの手からニセ医者達の手に渡ることを阻止するため、法が必要となったのである。

前節で見たように、テクスト上のトーノ・バンゲイも、効果があまり期待できないばかりか肝臓に害を与えかねない物質やアルコールも含有しており、悪い習慣になりやすい薬とされていた。するとトーノ・バンゲイは、国民、特に労働者階級の身体を害し国民全体の質を下げる属性を備えた薬として表象されていると言えるだろう。

悪い習慣になる薬と言えば、クローラルという薬の名前も登場する。最後の方で、ジョージが貴族階級の娘ビアトリス・ノーマンディに結婚を申し込む場面である。彼女は「今朝私は頭痛がするし、目が痛むわ。光は私から消えてしまって、病んだ疲れた女になっているの。……この贅沢で怠惰な生活によって私はだめな人間になってしまって、いまや習慣も趣味もすべて間違ったものになってしまっているのよ」などと言って断るが、その直後にジョージの語りとして「今日に至るまで私は彼女が『クローラル』と実際に言ったのか、言ったと私が思ったのかを決めることができない。たぶん半分無意識のうちに行った診断によってそれが私の頭に閃いたのだろう」(48)と書かれている。抱水クローラルは催眠剤や鎮静剤に使われる、中毒を引き起こしやすい薬品である。彼女の言う「間違った習慣」の一つにクローラル中毒があるのだろう。そして「病んだ疲れた女」であるということは、薬により彼女の身体が退化していることを表す。このエピソードは、怠惰な生活を送る貴族階級は退化するという考え方の表れであることは明白である。と同時に、このクローラルは医者が処方したものなのか専売薬に含まれる成分なのかは定かではないものの、常用癖をもたらす薬が退化を引き起こすという点において、トーノ・バンゲイの持つ意味を支える役割を果たしていると言えるだろう。

次に指摘したいのは、トーノ・バンゲイと性をめぐる問題との関わりについてである。この薬には、専売薬がもつイメージの一つである性との関わりを暗に示す徴候が見られ、それがこの商売の否定的な描き方にもつながっていると考えられるのである。その徴候を以下に挙げてみたい。まず、トーノ・バンゲイは強壮剤ということになっており、初期の宣伝文句は「精力の秘密」(49)であるが、これは疲労回復というだけではなく当然性的な含みもある。ジョージが事業を手伝い始めた頃に使われていた宣伝文句「あなたは仕事に飽きていませんか？　食事に飽きていませんか？　奥様に飽きていませんか？」(50)はそれをよく示している。また前章で引用した、叔父がトーノ・バンゲイの成分を説明する一節で、叔父は「元気が出るんだ（Cocks their tails)」と言っているが、ここでget upの意味の動詞として使われているcockは、名詞では男性の性器を意味する。このことも、性的な意味での精力を暗示していると言えるだろう。この薬は性的な活動を促進するものとして提示されているのである。性欲が増大させられることは必ずしも悪いこととは言えないが、無分別な性行動を引き起こし、劣悪な遺伝子を持つ者を増加させる可能性をも意味してしまうのである。

更に、ジョージ達はトーノ・バンゲイが成功すると毛髪刺激剤や歯茎の衰えを防ぐ口内洗浄剤などの補助剤を販売し始めるが、[51]これにも性的な暗示がある。これらは病気を治すというよりも老化防止の薬といったもので、健康よりは美容を主な目的としたものである。実際に、病気を治療するよりは予防のための、そして美容のための専売薬が世紀末頃から広く売り出されるようになっていた。[52]健康から美容への比重の変化は、労働の道具としての身体から見られる身体へ、つまりジェンダーによって規定される男性美、女性美をもつことを前提とした身体への移行、という身体をめぐるイデオロギー上の変化を示している。[53]見られるものとしての身体観は中産階級以上ではすでに一八世紀に存在し、美容の薬も使われていたが、[54]そのブルジョワ的身体観が労働者階級にも浸透し始めたことになる。この身体観により、労働者階級にも労働より美しさ・若さの維持を優先する傾向が生まれることが当然予想され、中産階級や国家にとっては歓迎できない傾向である。その上、ジェンダーによって決められた美しさを追求することには、異性を魅了するという性的な目的が第一にある。したがって、これら美容目的の薬も労働者階級の性的意識に介入し、無分別な生殖活動を促進する可能性があると言えよう。これもトーノ・バンゲイの商売がテクスト上で否定的イメージを与えられる要因となりうると思われる。

このテクストには、国力の低下を招きかねない無分別な性行動を批判する動きが確かに存在するのである。ジョージは身体の美しさのみに惹かれてマリオンと結婚するが、彼女は、ガス会社の臨時雇いである父親が「Hを落とした発音をする」[55]ことから、労働者階級すれすれの下層中産階級の女性と考えられる。そのような階級の、しかも「平凡な頭脳の持ち主」[56]である女性との衝動的な結婚からは子供が生まれないのである。また離婚の原因となる、エフィーというタイピストの女性に惹かれるのも外見の性的魅力に対してだけであり、この関係においても子供は生まれない。つまりこのテクストでは、階級的な区別を乗り越え知的な能力差を無視した、性欲にだけ基づく関係は、何も有益なものは生み出さない無駄なものとして提示されてしまうのである。

『トーノ・バンゲイ』というテクストには、正規の医療制度から逸脱した専売薬を扱ういかさま商売が成功する様子を描くことで、儲けさえすればよいという商業主義的社会のあり方や、それが発展した形と言える帝国主義的政策を批判しようとする力が働いている。しかしその一方で、帝国主義の更なる発展を支えるための、国民の健康で有能な身体を維持しようとする、いわば逆の力が同時に働いていることもまた事実なのである。あからさまに語られることはなくとも、貴族階級の堕落の中産階級への波及、労働者階級の人口増加など、退化に対する知的中産階級の強い恐れが抱え込まれたテクストの一つと言えるのである。

（1） Arnold Bennett, "Review", *New Age*, 4 March 1909, in *H. G. Wells: The Critical Heritage*, Patrick Parrinder, ed., Routledge & Kegan Paul, 1972, p. 156.

（2） D. H. Lawrence, "To Blanche Jennings, 6 March 1909", in *The Letters of D. H. Lawrence* Vol. I, James T. Boulton, ed., Cambridge Univ. Press, 1979, p. 119.

（3） Hubert Bland, "Review", *Daily Chronicle*, 9 February 1909, in Patrick Parrinder, ed., *op. cit.*, p. 146.

（4） David Lodge, "Tono-Bungay and the Condition of England", *Language of Fiction*, Routledge & Kegan Paul, 1966, pp. 214-242.

（5） Anthea Trodd, *A Reader's Guide to Edwardian Literature*, Harvester Wheatsheaf, 1991, pp. 30-31.

（6） 例えば J. R. Hammond, *H. G. Wells and the Modern Novel*, Macmillan, 1988, pp. 85-102 など。

（7） Daniel Born, *The Birth of Liberal Guilt in the English Novel: Charles Dickens to H. G. Wells*, North Carolina Univ. Press, 1995, pp. 140-164.

（8） 石坂哲夫『くすりの歴史』日本評論社、一九七九年、一一七頁。

(9) 田中京子訳、ロイ・ポーター『健康売ります—イギリスのニセ医者の話一六六〇—一八五〇』みすず書房、一九九三年（Roy Porter, *Health for Sale: Quackery in England 1660-1850*, Manchester Univ. Press, 1987）、四一—四二頁。

(10) W. Hamish Fraser, *The Coming of the Mass Market, 1850-1914*, Macmillan, 1981, p. 139.

(11) Thomas Richards, *The Commodity Culture of Victorian England: Advertising and Spectacle, 1851-1914*, Verso, 1991, pp. 177-178.

(12) 春山行夫『西洋広告文化史』下巻、講談社、一九八一年、四二三頁。

(13) Thomas Richards, *op. cit.*, pp. 170-172.

(14) *Ibid.*, pp. 170-171.

(15) H. G. Wells, *Tono-Bungay*, J. M. Dent, 1994, p. 120.

(16) Thomas Richards, *op. cit.*, pp. 181-184.

(17) *Ibid.*, p. 180.

(18) H. G. Wells, *op. cit.*, pp. 114-115.

(19) *Ibid.*, p. 120.

(20) ポーター　前掲書、六五頁、二〇一頁。

(21) H. G. Wells, *op. cit.*, pp. 136-137.

(22) *Ibid.*, p. 205.

(23) ポーター　前掲書、三一五—三二二頁。

(24) *H. G. Wells, op. cit.*, p. 119.

(25) *Ibid.*, p. 197.

(26) *Ibid.*, pp. 118-119.

（27）Rachel Bowlby, *Just Looking: Consumer Culture in Dreiser, Gissing and Zola*, Methuen, 1985. の第1章を参照。

（28）H. G. Wells, *op. cit.*, pp. 346–348.

（29）*Ibid.*, p. 95.

（30）高橋和久「ウェルズの小説に見られる特性をめぐって――『トーノ・バンゲイ』を中心に――」（橋本槇矩・佐野晃他『裂けた額縁――H・G・ウェルズの小説の世界』英宝社、一九九三年）の六七―七〇頁では、ウェルズは男女間の恋愛の個人的な感情面を書くことに興味がないのでそのような場面は省いてしまう、と指摘されている。

（31）H. G. Wells, *op. cit.*, p. 145.

（32）渡辺守章訳、ミッシェル・フーコー『性の歴史I　知への意志』新潮社、一九八六年（Michel Foucault, *Histoire de la Sexualité, I, La Volonté de Savoir, Gallimard*, 1976）、一五〇頁。

（33）この歴史的状況については、Ann Davin, "The Imperialism and Motherhood", *History Workshop: A Journal of Socialist Historians*, 5 (1978), pp. 9–65. などの議論によるが、拙論「帝国の危機と女性――H・G・ウェルズ『アン・ヴェロニカ』――」（『津田塾大学紀要』第二八号、一九九六年）にて論じたので、ここでは概略にとどめる。

（34）Ronald Hyam, *Empire and Sexuality: The British Experience*, Manchester Univ. Press, 1990, p. 74.

（35）Jonathan Rose, *The Edwardian Temperament 1895–1919*, Ohio Univ. Press, 1986, pp. 140–141.

（36）H. G. Wells, *The Time Machine*, J. M. Dent, 1995, p. 45.

（37）H. G. Wells, *Tono-Bungay*, p. 60.

（38）*Ibid.*, p. 118.

（39）*Ibid.*, p. 251.

（40）*Ibid.*, p. 252.

(41) *Ibid.*, pp. 49-50で、叔父は父親についての情報をジョージに与えないようにし、読者にも情報が与えられない。
(42) *Ibid.*, p. 207.
(43) *Ibid.*, p. 212.
(44) *Ibid.*, p. 297.
(45) W. Hamish Fraser, *op. cit.*, p. 139.
(46) 井野瀬久美恵編『イギリス文化史入門』昭和堂、一九九四年、一四四—一四六頁。
(47) Thomas Richards, *op. cit.*, pp. 169-170.
(48) H. G. Wells, *Tono-Bungay*, pp. 343-344.
(49) *Ibid.*, p. 111.
(50) *Ibid.*, p. 129.
(51) *Ibid.*, pp. 134-136.
(52) Thomas Richards, *op. cit.*, pp. 193-194.
(53) この議論に関しては、英国ではなく日本の状況を取り上げたものではあるが、川村邦光『オトメの身体——女の近代とセクシュアリティ』紀伊國屋書店、一九九四年の二二—六八頁が参考になった。
(54) ポーター　前掲書、二〇八—二一〇頁。
(55) H. G. Wells, *Tono-Bungay*, p. 148.
(56) *Ibid.*, p. 103.

E・M・フォースター

深澤　俊

二〇世紀初頭のイギリスの小説家、E・M・フォースター（E. M. Forster, 1879-1970）にとって、ベートーヴェン（Ludwig van Beethoven, 1770-1827）は世界を見る目を与えてくれるという意味で、重要な芸術家だった。フォースターの小説『ハワーズエンド邸』（*Howards End*, 1910）は、第一次世界大戦まえの社会的・精神的な不安状態のなかで書かれている。一般の知的な中流階級から見ると、当時の産業資本家の勢いのよさや、ストライキを背景にした労働者階級の発言力の増大は、社会や文明の秩序を乱し、人生の基盤を揺るがすように思われていた。

イギリスの階級制度は、厳密にはわれわれには分かりにくいところがあるけれど、この小説のなかにはシュレーゲル家というドイツ系の知的中流階級が登場する。中流とはいってもアッパーミドル・クラス、つまり中流の上層階級というわけである。そしておなじく中流上層階級だけれどもシュレーゲル家よりは下の産業資本家、ウィルコックス家が登場する。そしてもう一つ、労働者階級のなかから知的な世界にはい上がってきた下層中流階級のレナード・バストというサラリーマンがいる。これらの階級は、それぞれ違った考え方をして生活している。それらがばらばらに存在していること自体が、現代社会の問題なのだろう。文学者のような知的中流階級は、労働者階級の出身であるD・H・ロレンスをも含めて、かなりのものが産業資本家や工場労働者にたいして、違和感や不安を持った。フォースターは二〇世紀の社会を見据えて、中流階級が持っていた伝統的文化と産業資本家などの力を融合させようとした作品を書く。そして現代社会の問題点を浮き彫りにするのに、フォースターはベートーヴェンを使っている。

フォースターは音楽に造詣が深かったから、音楽をかなり意図的に作品の中に採り入れた。この小説の第五章は、ベートーヴェンの「第五交響曲」が重要な主題として書かれていて、「ベートーヴェンの第五交響曲が人間の耳に入った音のなかでもっとも崇高なものであると、一般に認められるのではなかろうか」という書き出しで始まっている。作者の音楽の聴き方とよく似た聴き方をする登場人物、ヘレン・シュレーゲルは、「第五交響曲」を聴きながら、第一楽章では英雄たちや難破船のことを思い、美しい第二楽章をはさんで第三楽章に英雄や鬼が出てくるのを見る。第三楽章になると鬼はそっと、でもぞろぞろと現れて、この世の中に輝かしいものだとか、英雄的なものは存在しないかのように振る舞う。象の踊りが入ったあと、鬼たちはまた現れる。世の中は恐怖と虚無に満ちあふれている。それを押しのけるのはベートーヴェンで、かれは輝かしい勝利をもたらし、鬼を吹き飛ばしてしまう。そしてヘレンは考えつづける——

そして鬼たち——そんなものは、本当は存在しなかったのだろうか？　そんなものは臆病や不信心の妄想に過ぎないのではなかろうか。健全な人間なら、こんなものは即座に追い払うのではないだろうか。ウィルコックス家の人たちや、ルーズベルト大統領なら、そう言うだろう。でもベートーヴェンは、まっとうだ。鬼はじっさいそこにいたのだ。また戻ってくるかもしれないし——いや、戻ってきた。人生の輝きなんてものは吹きこぼれて、湯気と泡になって消えてしまうようだ。それが分解するとき、恐ろしい不吉な音がして、一匹の鬼はますます悪意をさらけ出し、宇宙の端から端まで静かに歩いていく。恐怖と虚無！　恐怖と虚無！　光り輝いている世界の城壁だって、崩れ落ちるかも知れないのだ。

けっきょくベートーヴェンは、うまくいくようにする。かれがもう一吹きすると、鬼どもは散らされてしまう。輝きが噴き出し、英雄的なもの、青春、生と死の偉大さが戻ってくる。そして、超人間的な歓喜のうねりのなかで、ベートーヴェンは第五交響曲を終える。でも鬼はいるのだ。いつ戻ってくるか分かったものではない。勇敢にもベートーヴェンはそう言っている。だから、ほかのことを言っても、ベートーヴェンは信頼できるのだ。

ベートーヴェンの音楽を思い出すことのできる人なら、この部分は最後の楽章のなかに第三楽章が繰り返され、もう一度第四楽章が高らかに始まる部分だと理解できるはずである。音楽を聴きながらいろいろな雑念を思い浮かべる癖のあるフォースターは、みずからの世界観をベートーヴェンを通して語っているのだ。一見したところ安定して見える生活にも、「恐怖と虚無」が潜んでいる。ウィルコックスのような実業家やルーズベルトのような政治家には分からないかも知れないが、ベートーヴェンは作品のなかでこれを勇敢にも語っている、というのだ。

現代生活に見られる「恐怖と虚無」とは、何だろうか。フォースターにとってそれを考える原点は、敏感な少年時代にさかのぼる。二〇歳台半ばにして建築家の夫と死別して未亡人となった母アリス・クララ（通称リリー）は、四歳の息子エドワード・フォースターを連れて一八八三年三月、ロンドンの北四〇キロばかりのところにある、ハートフォード州スティヴネージ近郊に、「鴉館《ルクスネスト》」という家を借りて住み着いた。この家はかつて切妻造りの古い農家だったが、近代的に改装されていて、以後一〇年間フォースターが少年時代を過ごすことになる住まいとなる。

フォースターにとって、「鴉館」はすばらしい思い出の場所だった。「子供部屋は楽しいところだった」し、家の周りには馬の囲い地《パドック》やリンゴの木があり、前に池があった。庭に大きな楡《にれ》の木があって、西日よけになっていた。

この家の様子は、そのままハワーズエンド邸として、作品化される。古き良きイギリスの田園がなかば理想化されて、現代に生き延びている姿なのだ。じっさいイギリスの現実の田園生活がけっして楽なものではなかったことは、農民たちの生活を調査した人びとの語るところだが、ヨーロッパの人びとは古代のむかしから牧歌的な田園生活に憧れる一面を持っていた。紀元前三世紀のギリシアの詩人テオクリトスは、初めのころ現実的な田園生活を送る牧童をうたったが、やがてかれにとって田園生活とは、やかましい都会から離れた場所でののどかな生活というイメージに変わり、紀元前一世紀のローマの詩人ウェルギリウスを経て、「理想郷としての田園」である「アルカディア」が誕生する。それ以来、アルカディアと都市文明、あるいはアルカディアと現実の田舎といった対比は、ヨーロッパ文学のなかで大きな流れを作ってきたといえよう。フォースターの発想も、この流れから解放されていない。フォースターは、現実の少年時代の思い出のなかに「アルカディア」を発見した。これは自分を育《はぐく》んでくれた、母への回帰であったのかも知れない。

この「アルカディア」が、現実の産業重視の社会ではむしばまれていく。『ハワーズエンド邸』のなかで産業資本家ウィルコックス家の人びとは、ウィルコックス夫人を説得して馬の囲い地をつぶし、自動車の車庫を作った。近代的物質文明が居場所を確保したという意味で、象徴的である。さらにウィルコックス家の人びとは、現実のフォースターの家のようにリンゴの木ではないが、実りの悪いブドウの蔓を切ってしまいたいところだった。これには夫人のやり方と願いが勝って、実りの悪いままブドウの蔓は生き延びることになった。古い非能率的な田園生活も、まだ死に絶えてはいない。このウィルコックス夫人には、フォースターの母のイメージがつきまとう。だがハワーズエンドが変えられ、ウィルコックス夫人が作品の途中で他界するあたりに、二〇世紀に

「アルカディア」を維持することの難しさが語られている。

このような状況から、人びとは「恐怖と虚無」を感じさせられてしまう。「アルカディア」をむしばむものの存在にたいする不安なのだ。困ったことに、この存在に荷担している人たちは、自分たちが悪いものに荷担していることを意識していないし、よき世界がむしばまれていること自体に無神経である。ベートーヴェンの音楽が偉大なのは、ベートーヴェンの時代を超えた二〇世紀にまで「恐怖と虚無」の意味するものをわれわれに感じさせることなのだ。

フォースターは、ウィルコックス家に表されている近代化と勤労の意味を否定しているわけではない。放っておけば荒れ果てていく田園を救ったのは、ウィルコックス家ですらあるからだ。作品のなかでマーガレット・シュレーゲルが言うように、何千年ものあいだ、ウィルコックス家のような人びとが働いてきたからこそ、列車や船のような快適なものができ、シュレーゲル姉妹のような文学好きもそれに乗せてもらえるのだ。「かれらの精神がなかったとしたら、生命は原形質《プロトプラズム》から抜け出せていなかったかも知れない。」(一九章)

フォースターの関心は、たぶんに社会に向けられている。個人の内面を掘り下げるというよりも、社会的な次元に関心が向けられる。とくに現代で問題なのは、社会のなかのいろいろと違った考え方を、対立ではなくどのように調和させるかである。

社会の不調和は、意見の違い、見方の違いに由来する。現代生活を「堅実に」見ていくか、「全体を」見ていくかといったことだけでも、人生態度が変わってしまう。フォースターによれば、ウィルコックスは「堅実に」ものを見て、マーガレット・シュレーゲルは「全体を」見るのだという。(1)『ハワーズエンド邸』ではこのヘンリー・ウィルコックスとマーガレット・シュレーゲルが結婚することで、作者の思い入れが伝えられる。現代の問題は、個人が機能的に調和し得ないことなのだ。これは、少し前の時代から始まっていた。アルカディアとしての田園とは言わないまでも、農村共同体の消滅は一九世紀後半の作家たちにとって大問題だった。このことは、ジョージ・エリオットを経てトマス・ハーディへと至るイギリス小説の流れを見るだけで、明らかなことだ。

二〇世紀の作家であるフォースターは、ジョージ・エリオットのような一九世紀の作家たちが懐かしんだ農村共同体を、別の形で再現しようとする。時代が変わったのに、過去を懐かしむだけでは意味がない。一八世紀に農村共同体が果たしていた役割を、二〇世紀社会がどのようにして回復し、実現するかに、眼が向けられなければならぬ。

フォースターは、産業資本家ヘンリー・ウィルコックスと芸術志向の知識人マーガレット・シュレーゲルとを結婚させることによって、二〇世紀にふさわしい社会的調和を実現しようとする。この結婚は伝統的なものと新しい価値観との融合でもあるし、イギリス社会を閉塞的にしている階級の壁を、取り除こうとする意欲の現れでもある。このようにして作品世界では、一つの人間関係は解決を見る。そしてフォースターは、もう一つの人間関係にも眼を向ける。

だが、マーガレットの妹ヘレン・シュレーゲルと、下層中流階級レナード・バストとの融合は、作者フォースターにとって処理の難しいものだったに違いない。知的文化に憧れるレナード・バストは、火災保険会社に勤めるサラリーマンだが、かれがシュレーゲル一家と接触を持つようになったのは、ベートーヴェンの「第五交響曲」が演奏された音楽会がきっかけだった。音楽の世界に没頭したヘレン・シュレーゲルは、上の空でレナード・バストの傘を持ち帰ってしまう。その傘を取りに行ったことで、シュレーゲル家とバストは知り合うことになるが、バストの勤める保険会社の経営状態を心配したシュレーゲル姉妹の好意が裏目に出て、転職したバストはかえって職を失う。このバストにたいする意識から、ヘレンは衝動的にバストと関係を持ち、子をもうける。罪の意識から、ウィルコックス夫人となったマーガレットをハワーズエンド邸に訪ねたバストは、チャールズ・

ウィルコックスから一撃を受け、そこへ書棚の本が崩れ落ちてきて、心臓発作を起こして死ぬというわけだ。

この最後の部分はヴァージニア・ウルフが、リアリズム小説から象徴主義に移行する際に、技法的に失敗した例として指摘しているところだが、ウルフは「レナード・バストのうえに倒れた本棚は、おそらく薫製化した文化のたいへんな重みで落ちてきたことだろう」(2)と皮肉っている。レナード・バストという作中人物はウルフからもからかわれ、作者フォースターからさえも始末に困る存在になっているかのようだ。レナード・バストは文化に憧れながら、表層的なものしかつかみ得ていないと見える。

だが、制作技法的なことを言えば、レナード・バストとヘレン・シュレーゲルとの関係を描くのに、作者はかなりの新しい試みをしていると言えよう。第五章のヘレンの「第五交響曲」の聴き方は、フォースター自身の聴き方をほぼそのまま使うかたちで世界観を表したのだが、作品最後でレナードがハワーズエンドを訪ねていくときの描写にも、この「第五交響曲」の音楽が重要なモチーフとして現れる。「またまた太鼓の音がして、鬼たちが宇宙をゆっくりと歩き、喜びからは表層性が取り除かれなければならない。この喜びはかなり矛盾しているようだが、かれの悲しみから出たものなのだ。死は人を滅ぼすが、死の観念は人を救う——これが今のところ与えられる説明としては、いちばんよいものだ。」(3)レナードの悲しみから本質的な喜びが生じる。バストがヘレンにたいして犯した罪の償いは死をも考えることであり、そう考えることから喜びすら生まれてくる。そのもう一方でバストは肉体的にも変調を感じており、「かれの身体の内側で、扉がいくつも開いたり閉じたりしているようだった。かれは背中を壁に持たせ掛けて、ベッドのうえに起きあがって眠るしかなかった。」

ここにはバストが心臓発作で死ぬことのリアリズム的説明と、ヘレンの世界を思いやるバストの心理的説明がなされている。ヘレンたちの援助は断り、血縁からの経済的援助に頼って命だけはつないでいるバストの結末を、作者は音楽的な技法を借用して締めくくろうとする。この作品の場合、音楽的な技法といっても、フォースターがおもに採り入れたのは、ベートーヴェンのような古典技法ではない。むしろ、音楽評論家であり英文学者でもあるジョン・ディガエターニの指摘するように、ヴァーグナー流の示導動機《ライトモティーフ》がこの作品にちりばめられていると言う方がよかろう。(4)「第五交響曲」の「鬼たち」もフォースターが感じ、作品のなかでヘレンにも感じさせている一種の示導動機となっている。これらを作品のなかで、どのように効果的なものにするかが、作者の腕の見せ所だろう。

バストの死というクライマックスを迎えたとき、フォースターはむしろ「第五交響曲」のフィナーレに見られるような、ベートーヴェン的な高鳴り《フォルティシモ》を必要としたようだ。そのクライマックスのためにいろいろな示導動機やシンボルを用意して、バストが憧れてはいても自分のものにできなかった、文化の象徴としての書物の雪崩に押しつぶされるシーンを描いたのだった。けれども、『ハワーズエンド邸』のようなリアリズム小説では、ウルフも指摘するように、おそらく手法としては成功しなかったのだろう。とはいうものの、フォースターが伝えようとしたメッセージまでもが、意味がないわけではない。そのうえ読者にはっきりと読みとれることは、バストのような下層中流階級を処理するのに、作者がかなり苦労していることなのだ。この苦労をしているということ自体が、下層中流階級の問題の処理の難しさを物語っている。けっきょくはバストとヘレンのあいだの子が、ハワーズエンドを相続するという含みを持たせて作品を終えることによって、イギリスの伝統を担うのはいずれは下層中流階級であろう、との認識を示している。

フォースターには下層中流階級なり、労働者階級のことが分かっていなかったという指摘があるが、表面的にはおそらくその通りだろう。批評家ジョン・コールマーは、マーガレット・シュレーゲルがウィルコックスの実業の世界を認めると言っても、「彼女にせよ、その創造者にせよ、経理は別にして仕事というものを想像できないように思われる。農業労働者や工場労働者の労働については、小説は何も言っていない」(5)と批判する。たしかにフォースターにとって、労働者階級は部外者としてかいま見るものに過ぎなかった。だが、その階級の人たちの持っている力に一種の敬意と怖れを覚えていることは、「アンセル」(“Ansell”) という労働者階級の幼友達を描いた短編や、『ロンゲスト・ジャーニー』(*The Longest Journey*, 1907)、『眺めのいい部屋』(*A Room with a View*, 1908) といった一連の長編小説を見れば明らかである。たしかに労働者の労働については描かれていないかもしれないが、その人たちの生命性を必要としている作者の期待が分かる。『ロンゲスト・ジャーニー』の主人公で、足の不自由な中流階級のリッキーは、異父兄弟で労働者の生活をしているスティーヴンが酔って鉄道線路の上に寝ているのを救おうとして、命を落とす。これはスティーヴンに未来を託す希望の現れでもあるのだが、逆に言えば現在の中流階級の現状にたいするペシミズムなのだ。ある種の閉塞状態を感じていたフォースターは、自分から見て他者である労働者たちや、下層中流階級に解決へ抜けだす道を求めたのではなかったか。そしてこのような現状認識に、ベートーヴェンの音楽はきわめて重要な鍵を持っていた。

(1) *Howards End*, Chap. xviii.
(2) ‘The Novels of E. M. Forster,’ *The Death of the Moth and Other Essays*.
(3) *Howards End*, Chap. xli.
(4) John Louis DiGaetani, *Richard Wagner and the Modern British Novel*, Associated University Press, 1978, pp. 90–108.
(5) John Colmer, *E. M. Forster*, Routledge & Kegan Paul, 1975, p.102.

科学の可能性と芸術のはざまで
――オルダス・ハクスリーの思考背景を探る

戸嶋真弓

序

人間はなぜ恋をするのだろうか。人類愛や男女間の恋愛は果たして科学によって解明されることは可能なのか。また、時には不愉快な感情を持ったり、自己の抑制が効かぬほど憤慨してしまうのはなぜだろうか。人間はある日取り憑かれたようにキャンバスに向かって画布の上に絵の具を散らしたり、足の向くままに遠出をしてそのまま故郷に二度と戻らぬ旅路を歩んでいってしまうこともある。そして、自己抑制の欠落は、結果としてしばしば自殺や暴力などに代表される反社会的かつ破滅型の行動パターンをともなってきた。このような行為を行うかたわらで、音楽、絵画や彫刻、建築、あるいは詩、戯曲や小説などの文学作品をものした人々は、ある時は「芸術家」と名付けられ、栄誉を与えられ褒めそやされ、またある時は他のもろもろのカテゴリーに分類され、社会の本流から逸脱したアウトサイダーとして、どちらかといえば否定的な呼び名をつけられてきたのである。

ゴーギャンの絵の前に立つ時、その絵を見る人は、彼はなぜタヒチまではるばる出掛けて絵を描いたのかと思うこともあろう。ゴッホはなぜ耳を切り取り、銃を握って自殺をしたのか。あるいは、ランボーはなぜ「地獄の季節」を書き、故国を離れて旅を続け、アフリカでの商売にまるで活路を見出したように精を出していたのか。バイロンは恋人のことを考えながら、ただの気まぐれや物見遊山、あるいは気晴らしのために周遊旅行を続けていたのか。ゲーテのイタリア紀行は、イタリアに対するただの憧れだけがゲーテをつき動かしたのか。彼の描く若きウェルテルは、恋人に手紙を書きつつ一体何から遁走したがっていたのか(1)。

紀元二〇〇〇年の現在、こういった問いは、人間の脳内物質、特に脳内神経情報伝達物質の研究、つまり生命科学や分子遺伝学、あるいは脳神経医学といった分野の研究領域においてある程度は解明されつつあると言ってもよいだろう。他の分野では、フロイト以降の精神医学に注目してもよい。精神分裂病、躁鬱病、神経症は、三大精神疾患と呼ばれ、つい先頃まで研究対象として一世を風靡してきた感がある。認知心理学、青年心理学などのいわゆる「心理学」は二〇世紀を彩る学問として、研究分野を広げてきた。しかし、これらのどの分野においても、「ヒトはなぜ恋愛を小説の題材として描くのか」という問いには根本的には答えられていない(ヒトではなくネズミやショウジョウバエが書いてしまったら、これは科学史上の大事件となるだろう(2))。

それでは、まず、恋愛と称されるものは、脳内物質、分泌物、という観点において、行動学的にはどのように関連性があるのだろうか。例えば、ネズミの一種は、近交弱勢(近親相姦によって遺伝子が弱体化すること)を避けるために異性の匂いをかぎ分けてから交尾を行うというが、現在ではこういったことも行動遺伝学の簡単なテキストを介して知ることができる。個体の識別は、何もネズミに限ったことではなくて、人間ですら腋下などから分泌されるフェロモンと呼ばれる情報伝達物質に左右されて、ある種の行動をとることが解明されつつある。しかし、人間のいう「恋愛」という現象や感覚については果たして動物と同一のものと考えて良いのだろうか。実は、ショウジョウバエですら、性行動以外の「恋」をするという説もあり、現在科学的な証明がなされつつあるのだが。

このように考えると、H・G・ウエルズが『モロー博士の島』において、モロー博士にピューマの人間化を実験的に行わせ、ピューマの生体改造を行って二本足歩行をさせたり言葉を話させたりに成功したものの、「人間的な生命体」にならなかった際にそのピューマの様相を表現した「動物らしいいやらしさ」という言葉は、二〇世紀の今では完全には納得のゆかないものとなってしまう。なぜならば、生物学において「ヒト」と呼ばれるいわゆる人類は、表現体こそ違えど染色体レベルではその数がハエよりも多い、あるいはチンパンジーと多少異なるだけということになってしまうという考え方もできるからである。ヒトもチンパンジーもハエも、そしてピューマも「恋」をするならば、その「恋」の質には差異があるのだろうか。[3]

もし差があると仮定するならば、ヒトとヒト以外の動物とを隔てている「恋」の要素は結局何なのだろう。しかし、この問いに答える時、現在の時点ではどういう意味でも慎重にならざるを得ない。いささか使い古しの感は否めないが、〈言語〉と〈自意識〉という二つの言葉を比較的狭義の意味でとらえ、あわせて考察する必要性があるからである。そして、これらの言葉はオルダス・ハクスリーの小説を読もうとする時には、どうしてもキーワードとして考察する必要性があると思われる。

ハクスリーは、まずヒトの生活における営みには二つの要素があると考えていたようだ。論理性のあるシステムとしての〈言語〉を主に運用コードとして使用し、〈自意識〉を中核とする頭脳に支配される〈知性〉と、動物的で時に〈知性〉が抗い難い状態に陥る「恋愛」を含む〈感情〉である。この対比はハクスリーのいかなる作品にも変奏曲のように音色を変えつつも顔を出している。

この〈感情〉を発生させる外界からの刺激の中でも最もヒトが「人間らしい」レベルになる行為をハクスリーは「恋愛」ととらえていたのではないだろうか。ヒトは言語と自意識を持つことで「人間」になり、言語や自意識が伝統や慣習を生み出し、その伝統や慣習に操られつつも他の動物とは違ういとなみを見出そうとしていると考えており、ヒトだけが、「人間」になろうという努力をし、他の動物との違い、そして他の個体との違いを明確にしようという自意識を持っているという結論に達していたのではないだろうか。そして、それを言語のレベルで表したいという欲望を持つものもまた「人間」だけであると考えていたと思われ、〈感情〉の表現形態の一環としての〈芸術〉と一種のイデオロギーとしての〈科学〉に代表される〈知性〉と二本の思想が絡み合った形でハクスリーの作品の主幹をなしていると思われる。

人間、つまりヒトの個体間の差というのは、分子のレベルでは個人的に異なる糖タンパク質らしいことも最近の科学研究により知られるところとなった。ところが、オルダス・ハクスリーは、現在よりも七〇年ほど前の時代にこのような予測を行っていたのである。人間は様々な性格や感情を持つが、それらの性格や感情は、脳の神経細胞の構造と働き、分泌物の質と量に左右されるという見解は、オルダスの思想体系の根幹をなしている〈科学〉が当時すでに導き出しつつあったものである。

しかし、オルダスにはどうしても〈科学〉という一本の柱のみの考え方では「ヒト」は「人間」にはなれないと考えていたふしがあり、「科学」の持つ可能性の危険性もレイチェル・カーソン同様予告していたのである（オルダスの兄であるジュリアン・ハクスリーは、カーソンの予見の持つ正当性を評価していたと思われる）。

小論は、オルダス・ハクスリーの作品の中に見出される〈科学〉の可能性と、オルダスがその科学の可能性にどのように芸術性を読み取ろうとしていたのかを考察するものである。(4)

一　『すばらしい新世界』はいかにして成立したか——その背景を探る

オルダス・レナード・ハクスリーは、英国でも名門といわれる家庭の出身であり、その祖父トマス・ヘンリー・ハクスリーはダーウィンの進化論の提唱者であった。この祖父については、しばしば「ダーウィンのブルドッグ」などと悪口を言う者もあったようであるが、一族中には文芸と深いつながりのあった者も多く、ハクスリーの家庭環境は、当時の英国において、学問的に「十分に恵まれた家庭」と呼んでも差し支えのないものであったと思われる。また、ハクスリー自身も学業における成績が抜群に良く、一四歳までは特に激変も無く、経済的にも比較的波風の立たない生活をしていたことは、その伝記が伝えている通りであろう。

最初の転機は一九〇八年に訪れた。母親が癌のために亡くなったのである。そして、その後のイートン校時代には、失明の可能性に悩まされたという。

祖父が博物学者、兄のジュリアンが生物学者であったオルダスは、自身もまた科学者の道を志していたが、この眼病のために科学者の道を断念せざるを得なかった。しかし、読書、特に科学的、百科全書的な知識獲得への熱烈な志向は捨て難く、視力の回復とともに百科事典の読破を試みており、この嗜癖ともいえる〈知識獲得への志向〉は、後年まで続く。

第一次世界大戦の勃発は二〇歳で迎えている。もっとも、軍役はハクスリーの望むところではなかったようであるが。その後は、ブルームズベリー・グループやD・H・ロレンスとの親交によって芸術に対する態度を深め、詩や小説、紀行文そして評論などを次々とものした。(5)

一九三七年以降は主にアメリカ合衆国内で過ごし、カリフォルニアが終の住処となった。アメリカでの彼の主たる仕事は、ハリウッドのシナリオライターであり、アメリカに移り住むまでの間従事していた文芸作品の評論や小説の執筆というハクスリーの業績から考えると、ある意味で職業的方向転換をしたとも言えるが、実際のところは、ハクスリーの〈テイスト〉は変わっていない。ハクスリーに備わっていた〈科学の可能性〉に対する態度に見られる一種独特の〈信仰〉ともいえる肯定的な感情および信条と、その〈科学の可能性〉に関して長らく持ち続けた〈畏怖の念〉は、ハクスリーの全ての作品群に必ずと言っても良いほど立ち現れている。そして、その〈科学〉についての知識や想念は、単なる科学小説として結実したわけではなく、むしろ〈科学〉とは対局にあるとも考えられる〈感情〉あるいは〈情念〉との結び付きを果たし、言語化されたと言えよう。ハクスリーは〈感情〉と呼ばれるものが、実は科学的な作用によって生成されるものだということを理解していたのではないだろうか。人間の脳内にある物質が何らかの機会を得て変化し、人間の情動行動を支配するのだということをこの作家は十分に理解していたのだと思われる。しかし、第一次世界大戦の終焉を迎え、世界が激動にされされている一九三〇年代には、今日では普通名詞として用いられている「分子生物学」や「遺伝子工学」は生まれていない。メンデルの法則に基礎を置く遺伝学、生物学には関心が寄せられてはいたものの、脳内ホルモンや脳内環境は依然として未知の領域であり、全くといってもよいほど解明されておらず、従って一般的な知識としては普及していなかった。ハクスリーは人間の行動を変化させる薬物と、その薬物がもたらす感情や感覚の変化にも大いに関心があり、この関心は後の評論『科学・自由・平和』や小説『島』などへと結実していったのである。ハクスリーの先見の明と鋭い洞察力とを十分に表した筆力は、七〇年を経ても十分鑑賞に耐え得ると思われ、また彼が小説群の中で予見したことは、実現されていることも多い。

もちろん、〈科学〉という概念を小説に持ち込むことが新機軸であるとか、ハクスリーが科学小説、あるいは空想科学小説の第一人者であるなどと述べる気は毛頭ない。何を持って〈科学〉と呼ぶのかということを詳細に問わなければ、小説に〈科学的なヴィジョン〉を持ち込むことは、ヴィクトリア朝には既に始まっており、それどころか、現在ではゴシック文学の名著と呼ばれている『フランケンシュタイン、または現代のプロメテウス』がメアリー・シェリーによって書かれていることを考えれば、一八一八年には既に充分〈科学小説〉が萌芽する土壌があったのだということができよう。文学的に見ても十二分に肥沃なこの土壌は、一七七〇年代からその後

の英国の人々の生活や思想をを変容させることになる産業革命によってあらかじめ豊饒を約束されていたとも考察されよう。(6)

ヴィクトリア女王が在位していた一八三七年から一九〇一年の間という時代をまず考えてみよう。例えばこの時代の初めには、鉄道が現れ、改良され、熱狂的なファンを産んでいるが、このことは、その後の小説に多大な影響を与えている。つまり、登場人物の行動範囲は「鉄道」という高速移動可能な装置によってピカレスク小説の主人公以上に広くなり、内燃機関が人々に知られるようになってからは、「エネルギー」、そして「科学」および「化学」という概念が巷に広がることになったのである。一九世紀は化学物質の合成が急速に盛んになった時代でもあり、その勢いに乗って現在では一〇万種類を超える化学物質が世界中で生み出されている。

もちろん、こういった、今では一般的になった概念（世界中どこでもそうであるとは言わないが）がごく普通の人々の生活に馴染むためには随分と時間を要していることは否定できまい。しかし、一九世紀の後半には、既に人間の身体については解剖学的、生理学的な研究が進んでおり、臓器の働き、酵素の作用などもかなり解明されつつあった。ハクスリーの『恋愛対位法』の舞台として用意された一九二八年には、すでに肝機能の働きについての論文が科学者の間では普通のこととして受けとめられており、新聞でも紹介されている。

ハクスリーは、『恋愛対位法』にエドワード・タンタマウント卿という人物を出自も立派であり財産も名誉も備えているが「科学」という名のイデオロギーに染まり、他人との情緒的なかかわりが持てないマッド・サイエンティストとして登場させ、当時の社交界には受け入れられない自己中心的な世界を持った男性像の典型例として描いている。

社会的に望ましい人物であるかどうかということは、不文律として社会の枠組みや風潮が決めることである。本人の努力や才能以前に求められるものも多いことは、いかなる人間社会にも共通している。ヘンリー・フィールディングの『トム・ジョーンズ（一七四九年）』において、なぜ主人公のトムが、根拠のない他人からの中傷によって恩人であるオールズワジーの家を出なければならなかったか、ジェイン・オースティンの『高慢と偏見（一八一三年）』において、登場人物の女性たちは、いかなる来歴を持った男性と結婚したがったかを考えてみれば努力や才能よりも、出自、出身階級、そして財産目録が人間の属性としていかに重要であると考えられていたかが容易に見てとれることであろう（オースティンの小説に頻出する「財産」とは、男性側が持つべき「結婚」の前提条件である）。

もちろん、「素行」や「態度」といったものがその登場人物の社会における取り扱われ方と全く関係ないとは言えない。オースティンは拝金主義に警鐘を鳴らすがごとく、「善意」、「尊敬」および「愛情」を最終的に理想的な結婚の条件として提示している。しかし、結局登場人物の女性たちは皆「財産」のある男性と結婚してしまうのである。

さて、トマス・ハーディの『日陰者ジュード（一八八五年）』においては、主人公のジュードは出生におけるハンディはあったものの、苦労して働き、教職という「地位」を得る。そして結婚にこぎつけるが、結局は〈決断力のなさ〉が自滅を誘うことになり、物語の最後では寂しい死を迎えることになる。孤児という境遇を乗り越えて何度も自身の立場を変化させたり、また幸福感を得る機会を与えられていながらも、そういった機会を生かす「能力」は持ち得なかった人間像は、「財産」や「地位」というハードルは越えられても、〈不幸という感覚を乗り越える能力〉の欠如が他人の愛情や幸福感を得ることの難しさにつながるのだということを物語っている。これはウィリアム・メイクピース・サッカレーによる『虚栄の市（一八四七―四八年）』の主人公ベッキー・シャープが恵まれない境遇にもかかわらず、次々と男性を手玉にとり、操縦し、社交界で一定の「地位」と「財産」とを得ながら逞しく世の中を渡って行ったのとは対照的である。

また、この作品と同時代に書かれている『デイヴィッド・コパーフィールド（一八四九年）』の主人公デイヴィッドは出生時に父親不在という、時代背景を考えると充分不運な境遇にあったものの、「財産」はないが幸福はあるという呑気者のミコーバーに出会い、また人々に親切にしてもらったり、恋愛体験を通して幸福感を感じつつ、物語の最後には小説家として成功し、「地位」と「財産」を得ることによっていっそうの幸福感を得ている。チャールズ・ディケンズの作品の中でも、一九六〇―六一年に書かれた『大いなる遺産』の中でピップが孤児としての来歴を持つところから始まり、「財産」と「地位」は得るが、幸福感を持つことが難しかったという設定とは対照的ではないだろうか。もっともピップは、孤児ではなかったということが後に明かされるのだが。同じように出生の秘密が後に明かされる『オリバー・トウィスト（一八三八年）』では、悪漢は全て滅び、主人公が幸福な生活に入るところで終わっている

あるいは、『嵐が丘（一八四七年）』を考えてもらってもよい。孤児としてアーンショウ氏に拾われたヒースクリフは、「地位」も「財産」も手に入れるが、そのことを安易に幸福だと思える能力は与えられていない。筋書きを読めば分かることではあるが、キャサリンという一人の女性に固執し、寂しい境遇で死んで行くという物語の終わり方は、同年出版の『ジェーン・エア』が、孤児で始まりさまざまな試練を経た後に〈愛情〉に満ちた結婚をし、幸福感を感じるという終わり方とは対照的であろう。

この時代における社会的な望ましさというものは、その人物が生息する「世界」というよりも、その人物が所属する「世間」や「社会」における価値基準がもとになっている。そのため、まず安易な受け入れられ方として、「出自」、「地位」、「財産」がその人の所属する、あるいは所属したいと願うグループが受け入れるものでなくてはならない。

しかし、ハクスリーの描く社会は、英国社会の狭い範囲だけを舞台にしてはいない。確かに、『クローム・イ

エロー』が描かれたころは、まだハクスリーも若く、ヒトラー率いるナチスの台頭にもまだ間があった。ロレンスの影響を受け、不完全なもの、非永続的なものに関心を示していた時期もあった。それが世界大戦を経験することで、地球という広い範囲を相手にすることになり、人間が〈科学〉によって分析され、従来の価値観において重要とされていた前述の要因にとって替わった、〈ものごとを効率的に、しかも不幸感なしに処理する能力の高さ〉が価値基準となることの恐ろしさを実感し、その〈科学〉が地球上の価値観を統一しようとする全体主義と結び付くことのさらなる恐怖を覚えたに違いない。事実、一九二九年の世界恐慌の後、ヨーロッパは様々な意味において崩壊の危機に直面していた。このような、〈科学〉というキーワードを巡って英国社会の価値観が大きく変遷していった一種独特な時代背景を背負って『すばらしい新世界』は、一九三二年に出版されたのである。[7]

二　『すばらしい新世界』再訪

では、この『すばらしい新世界』とはいかなる小説であるのだろうか。[8] 舞台となっている場所は、架空の未来社会であり、フォード暦七世紀の世界である。この年号は、西暦でいえば二七世紀にあたる。しかし、西暦は二〇世紀に起こった大戦後に廃止されたという設定がなされており、大量生産とオートメーション化の産みの親である「フォード」にあやかってつけられたこの「フォード暦」という時代の名称自体が、すでにハクスリーが懸念していた後の世界を表しているようだ。なぜならば、まず、この世界では全てが自動化されているわけではない。人類の階級分けが一九世紀よりもさらに進み、人間の「能力」と呼ばれるものは必ずこの世界独自が取り決めた「階級」とセットになっており、その人間が発生するよりも前の段階で決定されてしまうからである。そして肉体労働は下層階級に生まれついた人間が全て行い、上層階級の人間は〈知性〉を活用させる頭脳労働を行うことと定められている。フォード暦以前に「道徳」と呼ばれていたものは否定され、とりわけ「親」、「家族」「家庭」は死語となり、忌み嫌われるべきものとして扱われている。

この世界では、小説の冒頭で紹介される「中央ロンドン人工孵化および条件反射養成所」なる施設が全ての人類の行く末を決定づけている。ムスタファ・モンドと名付けられた総統の元に世界的階級的秩序が整然と組み立てられており、アルファ、ベータ、ガンマ、イプシロンの四つの階級を構成し、これらの階級は、人間が発現する「能力」を発生段階において科学的に処理されることで規定されている。つまり、この世界においては、人間は、持つべき思想、受けるべき教育、生きるべき場所、財産などがこと細かに予定調和として定められており、どのような場合でも階級間の〈機会均等〉などということはあり得ない。全ての生活、思想を支配する秩序は、生まれる前に遺伝子のレベルで決定されてしまい、しかもさらに人間の行動の均一性を高めるために、「条件反射」を核にした教育システムを一貫した方法で施し、社会という名の〈共同体〉を維持しているのである。

人工孵化研究所では、三〇〇人の受精係を動員して、科学的に「人間」と呼ばれる一種の〈世界維持装置〉を作成していく。この時代には、世界が一つの共同体的「国家」を形成しており、この「国家」と呼ばれている体系化されたシステムが、そのパーツである人間や自然環境をコントロールしているのである。実験室の装置の中で次々と生み出される「人間」達。ハクスリーは、その光景を以下のように紹介している。

「ガラス窓の外はもう夏だというのに、部屋そのものが熱帯的な暑さだというのに、どこか寒々としていて、荒涼とした光が窓から差し込み、実験用の服を着た人の姿や鳥肌の立った学者の姿を探してみても、見あたるのは実験用のグラスやニッケルやわびしく光る陶器類ばかりである。すべてのものが、冬さなかのような寂しさを競っている。作業員の上着も真っ白で、手には蒼ざめた屍色のゴム製手袋をはめていた。光はまるで凍りついたようで、幽霊のような死相を帯びていた」(9)

ハクスリーは、百科事典を持って旅行に出掛けるほどの博覧強記の才人であった。科学に対する信奉心も並外れて強く、彼の描く世界には必ず、何に対しても科学的な分析を行う人物が登場し、そういった人々はハクスリーの小説世界の形成には欠かせない要素となっていることは間違いない。事実、〈科学〉というキーワード無しには、この小説家の世界は語れないばかりか読み解くことすら困難であるといってもよい。

次々と人間がチューブやボトルの中で生成され、女性が胎生することがない世界。男女の差は純粋に男性器を持っているか女性器を持っているかということだけの性別による違いだけという世界。そして、男女が性交による快楽だけを貪り、不愉快な感情は「ソーマ」と呼ばれる精神安定剤で全て消し去ってしまう世界がここには呈示されている。

この世界では、「感情」につき動かされて自分を見失うなどということは許されない。チューブの中で精錬された卵によりアルファという階級に生まれ、その階級にふさわしい条件反射の訓練を受けた人間は、やがてその階級に求められている価値を体現しなければならない。すなわち、社会の中でも最高の価値を担っているのだから、体格も良く、常に感情が安定していて機嫌も良く、同種の人間との付き合いもそつなくこなし、異性にもてて、それでいて肉欲に溺れることなく、美しいものを好まなければならないことになっている。アルファよりも低い階級の人間は、仕事も選択することができない。体格も生まれつき「アルファよりも劣っている」ように科学的に合成され、形成される。そして、人間として瓶の中から取り出された後は、美しいものに感動する感性や、いろいろな思想や発想を持つような〈知性〉も持ち得ない人間になるように、つまり「余計なこと」を感じたり考えたりしない人間として成長を遂げるべく条件反射プログラムによって躾けられるのである。そして、さらに訓練によって、与えられた仕事を不満のないようにこなしていくように矯正される。「不満を持つ」という感情自体が、この世界では禁忌事項になっているのである。ここでは全ての階級から「不快感」を取り除き、感情的に安定した社会が維持されるために、小説、詩、戯曲などは存在することすら認められていない。人々は複雑な人間関係を避け、安易な設定で感情をゆすぶられない娯楽「体感映画（フィーリ）」を好み、「自分たちの知らない世界があるかもしれない」などとは考えられないように日々〈操作された世界〉を生きているのだが、それは、遺伝子を操作された上に、矯正的に洗脳ともいえる感情教育を施されたほうが本心ではどうあれ、信条として「本人のためにもよい」と、総統をはじめとする世界の頂点に立つ人々が考えているためなのである。

いわゆる全体主義を大袈裟にした物語的展開を見せている『すばらしい新世界』の物語の軸には、もう一つの世界が存在する。それが「ニュー・メキシコ」という場所にある先人類保護区である。この保護区には、「新世界」が「不必要」として排除してきた様々なものが存在しており、それらは呪術や通過儀礼といった習慣に代表されている。

もともとこの「新世界」は、それが成立する前段階においてある実験が行われ、その結果を考慮した結果として極めて人工的に製作されたものであった。このことはこの先人保護区から「新世界」へと連れて来られた「サヴェジ」と呼ばれる青年（事故によって保護区に置き去りにされる結果になったベータ階級出身の母親であるリンダがつけた名前はジョンというのだが）とムスタファ・モンドの会話部分で紹介されるのみであるが、人間が集団を人工的に構成する際に、どのようなことが起こりうるかという、ハクスリーの考え方を垣間見ることができる。

「……それはフォード紀元四七三年から始まった。総統たちは、キプロス島から先住民をすべて追い払い、二万二千人のアルファ人の集団を選びとってここに住まわせた。農業や工業のあらゆる設備と道具を与え、好き勝手にやらせることにしたのだ。ところが、その結果を見るかぎり、まさに理論の予想を裏書きしたも同然だった。土地はきちんと耕作されず、工場は皆ストライキ。法律は無視され、命令は守られない。低級な仕事に割り当てられたものは、高級な仕事にありつこうとしてしょっちゅう陰謀を企て、高級職にあるものは、是が非でも現状維持に固辞してまた陰謀を企む。六年たたぬうちにひどい内乱を引き起こしている始末だ」[10]

キプロス島で行われた実験社会は、結論として、ウィリアム・ゴールディングの『蠅の王』を連想させる混沌と暴力に満ちた結末を迎えた。ただし、そこにはさまざまな設備や道具がふんだんに用意されていただけに、欲望の噴出の表現は大規模になってしまったようであるのだが。

サヴェジは総統ムスタファ・モンドに向かって「あなたたちはそういうもの（ここでは、先住民族が行っていた通過儀礼と蚊や蠅などの害虫など、文明社会が排除してきたもののことを指す）をなくしてしまった。まったく、あなたたちらしいやり方ですよ。辛抱することを覚える代わりに不愉快なものは何でもなくしてしまう」と言い、新世界のあまりにお手軽な幸福感や簡便さを批判する。総統は、「文明があれば、崇高さや悲壮感は全くいらないんだよ」と言い、この世界には戦争や対立が存在しえず、文明というのは人々が安定し、愉快に暮らすために「情熱」やある種の説明し難く抗いがたい「感情」というものを払拭した世界のことをいうのだとサヴェジに向かって説く。

ハクスリーは「すばらしい新世界」という言葉を、サヴェジが初めて先人保護区から出て、人間が孵化器で生み出される世界へと到着し、まだその世界に希望を抱いていた時にレーニナというサヴェジが愛情を感じた女性に対して言わせている。しかし、その台詞は、サヴェジの母親であるリンダが息子に字を教えようとして不本意ながらも与えたシェークスピアの『テンペスト』からの引用であった。リンダがかつて住んでいた新世界においては、感情を揺すぶられたり、人間がその自我を喪失するような感情に向かわせる読み物などは焚書の憂き目にあっており、一般の人々の目に触れさせないように社会的配慮がなされていたのである。

総統はさらに、住民が感情的に「健康」であることが肉体を壮健な状態に保ち、ひいてはそのことが社会を安泰に存続させる要因となるということを説くのである。また、この世界においては「神」と以前呼ばれていたものがいかに不要であるか否かということについて、稀代の論客であるその総統とサヴェジは神学問答を繰り広げる。以下はその問答の一部である。

「危険をおかして生きるということには何も意味がないのでしょうか」「それは大いに意味がある」と総統は答えた。「男女ともに時々アドリナル（副腎）を刺激される必要がある」

「何ですって？」とサヴェジは意味が分からずきき返した。

「それが完全な健康の第一条件であるのだ。だから、V・P・S療法を強制的に施行しておるのだよ」

「V・P・Sって、何ですか？」

「激情代用薬のことだよ。規則的に毎月一回行われる。身体の全組織にアドレナリンを充満させる。恐怖と怒りに代わる完全な生理学的代用品だ。デズデモーナを殺したり、オセロの手で殺されたりするといった、あの強壮剤的な効果には全く劣ることなく、しかも全然不都合な事がない」

「でも、わたしはその不都合が好きなんです」「われわれは違う」と総統は言った。「われわれは、物事を愉快にやるのが好きだ」

「ところが、わたしは愉快なのは嫌いなんです。わたしは神を欲している。詩を、真の危険を、自由を、善良さを欲しています。わたしは罪を欲するのです」
「それでは、全く、君は不幸になる権利を要求しているわけだな」とムスタファ・モンドは言った。
「それならそれで結構です。わたしは不幸になる権利を求めているんです」[11]

この後もサヴェジと総統の問答は続く。外見は若く保ち、六〇歳程度の寿命とともに外貌が保全状態のまま息をひきとるというこの社会においては、「老い」も許されないことが述べられる。それだけではない。死にいたる病気、飢餓、非衛生、恋愛感情を含む不安や精神的苦痛などもすべてここでは論外の問題なのであった。いかなる理由においても、脳内物質が攪乱されるなどという身体状況は、いたずらに人を惑わし、社会全体の秩序を崩壊させる迷惑になりかねないという、〈科学〉信仰の視座に基づいた見解がここには提示されている。

ハクスリーがこの小説を出版したのは一九三二年のことであり、それまでもハクスリーは第一次世界大戦後のヨーロッパの知識層の価値観の混迷状況を描く諷刺作家として知られていたが、この小説によっていっそう反ユートピア世界を描く小説家としての地位を築いていくことになる。反ユートピア小説は、衆知の通り、英国小説のスタイルとしては決して珍しいものではない。むしろ、スウィフトの『ガリバー旅行記』やジョージ・オーウェルの『一九八四年』、H・G・ウエルズの『モロー博士の島』などの名前を知らない英国人の方が珍しいだろう。

オルダス・ハクスリーによる反ユートピア小説の成立状況としては、『すばらしい新世界』の出版される四年前の一九二八年に上梓されたハクスリーの代表作の一つである『恋愛対位法』をまず考察しなければならないだろう。この小説中の登場人物は皆〈恋愛〉という現象に取り憑かれているかのように描かれている。しかし、ここで扱われている〈恋愛〉とは、いたって観念的なものと科学的な情動行動とに分類され、ハクスリーが影響を受けたとしばしば言われ、実際に付き合いもあったD・H・ロレンスの描く世界とは一線を画している。ロレンスは性と自我と階級とを問題とし、肉体と性行為の描写を忌避してきたそれまでの英国文学と袂を分かった作家として知られているが、それは、読者の性への欲情をかき立てるスイッチを入れられては困ると為政者が判断したためにほかならない。ロレンスの筆には読者の性欲をかき立てる脳内物質の分泌を促す何かがあったに違いないのである。ところが、ハクスリーは肉体や性行為を「科学的に描写する」手法を小説に持ち込んだ。しかも、例えば「芸術か猥褻か」という選択を迫られた時には、多くの人々が「芸術」と答えるような、描写の選択をしているのである。

登場人物の一人である青年ウォルター・ビドレイクとの恋に全てを捧げ夫であるカーリングと別れたマージョリーは、肉体的な快楽よりも「精神的経験」を重んじる女性として描かれており、「教養ある、文字の上で燃える恋愛」を望んでいる。彼女がなぜウォルターとの恋に安直ともいえる落ち方をしたのかは、以下のように述べられている。

「彼女は恋愛という観念を好んだ。好きでないのは、恋人というものであった。それも、遠くに離れている想像上の恋人ならばよかったのだが。情熱の文通による交わりは、マージョリーにとっては申し分のない理想的な男性とのお付き合いであった。もっとよいのは、女性と直接お付き合いすることである。女性は、遠く離れた男性の長所を皆兼ね備えている上に、目の前にいるという利点がある。同じ部屋に一緒にいて、しかも郵便局をいくつも経たその向こうにいる男性と同様に何を要求するでもない。顔を突き合わせていると本心を明かせないのだが手紙では自由で熱烈な思いを書き送ってくるウォルターは、マージョリーには両性の長所を合わせ持っていると見えたのである。」[12]

この時点で既に妊娠しているマージョリーが、ウォルターとの肉体的な接触を避けたのではないということは明白になっている。しかも、ウォルターはマージョリーに〈愛情〉を感じられなくなって、その夫エドワードが科学のとりこになっているルーシー・タンタマウントという女性に肉体的な快楽を求めるようになっているという設定がなされている。エドワードは、先述の〈科学〉信仰の虜となったマッド・サイエンティストである。

これだけならば、単なる不倫の繰り返しのフーガかロンドとなって、〈よくある恋愛話〉として片付けられてしまうのだが、ここに現れている男女関係をつぶさに観察してみると、興味深い結果が得られると思われる。〈情欲〉と〈分別〉を含んだ〈愛情〉の狭間で迷うウォルターは、マージョリーに精神的恋愛を強いられている。そのウォルターが性行為を持ちたいという情欲の矛先を向けているのは、夫を「科学」という一種のイデオロギーに奪われたルーシーである。

ウォルターがルーシーに抱いているのは、性欲以外の何物でもない。しかし、いくらウォルターがルーシーを早くベッドに連れ込みたいと思う描写が続いていても、その度に様々な、いわば「つまらない邪魔」が入り、なかなか思いをとげることができない。その姿は滑稽ですらあり、その滑稽さが読者にある種の余裕を与え、その余裕が作品に漂う緊張感を緩和させているのである。

ロレンスの文章や筋立ては緊張感が高く、「つまらない邪魔」や滑稽さは感じられない。また、中心となっている登場人物の性格設定が基本的に生真面目である。『恋愛対位法』においては、マージョリーは充分賢明で生真面目な女性として描かれているものの、ルーシーはコケティッシュで、冷めている。ウォルターを手玉にとり、「恋愛」のうちの性行為だけを充分に楽しもうとしている様子である。タンタマウント卿という夫を捕獲することで、「財産」も「地位」も「名誉」も手に入れ、とりあえず社会的な境遇には満足しているので、あとのお楽しみは「恋愛」という言葉に覆いをかけられたスリルに満ちた性生活である。

そして、このカルテットの他に、芸術家として活動をしている人生に対して常に真面目なマークとメアリーのランピオン夫妻（マーク・ランピオンは、ロレンスがモデルだと言われている）、インドに駐在し、異文化に浸っていながら常にイギリスを第一の基準と考えているフィリップとエリナーのクォールズ夫妻の挿話をからめていく。また、その一方で、読者は、バーラップという編集関係者が、亡くなった妻の友人であるエセル・コベットへの一方的ともいえる情動的な片思いに耽り、さまざまな欲情を正当化しようとする想像上の試みを覗き見ることもできるのである。

このように多彩な複数の人物像を小説の中で操る腕前は、オルダス・ハクスリーならではの感がある。男女はたいてい二人一組になり、それらの組が複数となって一種の〈群れ〉を形成している。そしてそれらの群れが集まって作るのが〈社会〉という構図になっているが、群れから離れているものも何人かいる。離れているものは、ある時はアウトサイダーとなり、社会に望まれない人物像になる。これは『すばらしい新世界』や『ガザに盲いて』、『クローム・イエロー』についても同様のことが言える。

結び　『すばらしい新世界再訪』はどこへ向かっていたか

一九五八年に出版された評論集『すばらしい新世界再訪』の序文には、「人生は短く、情報はきりがない」という文章が見られるが、この序文を読めば、ハクスリーがおよそ五〇年後の現実社会を見通す目を持っていたということがよく分かる。この序文にはまた、「問題は、自由ということなのであって、自由の敵はモノが膨大にあることだ」と書き、物質的な価値に重きを置く社会においては、物質を獲得することが自由を産むのではなくて、その反対に不自由さを産むのだということを説いており、芸術もまた同様で、何もかも用意された社会では畢竟生み出され得ないということも示している。[13]

物質の多様化と量産が、どのような意味でも人間の自由を剝奪し、精神状態を悪化させ、豊かな芸術を創作しうる状況や精神状態を奪い、貧困さを形成していくのだという考え方は、ハクスリーの作品のいたるところに見られる。その作品群の全てに見られると言っても過言ではない。

例えば、ハクスリーの初期の小説の一つである『クローム・イエロー』は、イングランドのとある館の中で起こる様々な人間関係や人間模様の在り方を描いたものであるが、ここにはハクスリーが晩年まで持ち続けた「感情」と「知性」との拮抗状態に関するテーマが既に十分に見られる。この小説に登場する人物は、頭脳を駆使し、知性を磨き、教養を高めて人間としてのレベルを高くし、内的な完成度をより高めようとしていても、結局は肉体というモノに欺かれてしまうのである。[14]

ハクスリーの小説の形態の特徴としては、数々の挿話を、登場人物どうしの会話と、他の文章による説明という形で表わしていることが多く、描出話法や、複数の語り手の視点などの手法はつとめて採用しておらず、戯曲的な面を持つ。どちらかといえばオーソドックスな書き方の小説が多いと言わざるをえないだろう。しかし、ハクスリーは、自分の知的背景や思想を読者に分かりやすい形で見せることには長けていた。物語を展開させて行くことはすなわち読者を教育し（悪く言えば調教し）、自分の思考を説き、読者を懐柔することに成功しているのである。

さて、『すばらしい新世界』において、ハクスリーが成立することを懸念し、警鐘を鳴らした世界は果たして将来、現実の世界にやってくるのであろうか。その可能性は十分にある。なぜならば、ハクスリーの描く新世界と同様の構想を持っていた科学者は実在し、彼の懸念していた独裁者の世界は地球上のある部分では猛烈な勢いで実現しつつあったのであるから。

人類の未来に社会主義と共産主義と科学を持ち込もうとしていたその実在の人物の名前はジョン・デズモンド・バナールという。この人物は、一九二三年にロンドンのロイヤル・インスティテューションでX線回折による有機化合物の結晶分析の研究に参加し、後の第二次大戦間には英国政府の科学ブレーンとして被爆の影響などの調査研究において活躍した人物である。合同作戦本部で科学顧問を努めており、一九四四年の六月、第二次世界大戦を連合国側の勝利に導いたといわれるノルマンディー上陸作戦において地形や気象などの緻密なデータを分析し、大いに貢献した。しかし、バナールは知性を十分に使える環境は生み出すことができたものの、その一方で自分自身ではどうにもならないほどの性欲に悩まされていたというエピソードも残している。そして、〈新世界〉を生み出せるほどの構想を持った〈知性〉的な面と抑え難い〈欲情〉を持ったこの人物は、社会主義と共産主義を信奉し、未来構想の実現を夢見ていたという[15]。

そして、独裁者の世界。ヒトラーはいわずもがなであるが、バナールがロンドンで研究を行っていた一九二四年、南アフリカでは国民党の首領であったヘルツォーグが有色人種と白色人種の差別を徹底的に肯定する発言を行い、ロンドンではどの新聞もトップの見出しをこの発言で飾った。人種間の差別だけではなく、それぞれはあくまで自分自身の地位においての幸福を望まねばならないという階級的な差別感をこの人物は抱いており、南アフリカはこの後も随分長い間アパルトヘイトの問題を抱え続けて苦しむこととなった。この時代はまた、インドにおいては英国の植民政策に対し、ガンジーが立ち上がっていた時代である。

そしてラジオ時代の到来。〈科学〉は電波を通して一般大衆にも馴染みが深くなった反面、一九一〇年代から二〇年代にかけて普及したラジオとラジオ・ドラマは聴取者の洗脳に近い〈教育〉を行ったとも考えられる。また、オーソン・ウエルズによって仕組まれた一九三八年の「火星人襲来事件」は科学が発達する一方で、人間の集団行動の特性や、デマに弱い心理といった人間のより深いところにある意識や感情の扱いに関してはまだ十分に理解が進んでいないということを示したのではないだろうか。

レイチェル・カーソンの『沈黙の春』は、早くから地球環境問題に取り組んだ先見の明のある作品としてよく知られている。しかし、ハクスリーがその知的背景をより所にして科学の可能性と芸術の発現についての深い思索を行ったことが世界に知られているとは言い難く、その作品群が〈恋愛〉と〈科学〉との間に横たわっている垣根を取り払うような思想を盛り込んでいるなどということはほとんど知られていないのが実情であろう。だが、ハクスリーの作品を再読することは、再びさまざまな知の発見につながるに違いない。少なくとも本稿の筆者はそのように考えている。

（1）　ポール・ゴーギャン自身の手による『ノア・ノア』には、ゴーギャンが西洋的文明社会を避けて、タヒチに逃れたという記述がある。アルチュール・ランボーのアフリカ周遊については、ジャン＝リュック・スタインメッツがランボーの伝記の中で興味深い考察を行っており、アラン・ボレールは『アビシニアのランボー』を著し、ランボーのアフリカ生活に大いに注目している。『現代詩手帖　ランボー、一〇一年』（思潮社　一九九二年）参照。

（2）　心理学と精神医学とは、お互いに反発しあう概念から生まれたとする説もある（例えば、ピエール・ピショーは、その著『精神医学の二〇世紀』（帚木蓬生、大西守訳　新潮選書　一九九九年）の中の、性格異常と医学的任務に関して述べている件で、「精神医学に新しい地平を切り開いたこの動きに対して、逆の流れが立ち現れた。一九世紀末に哲学から生じた心理学がそれで、臨床上、心理異常や行動障害の研究と治療が、どの程度医学の管轄内にとどまるかという問題を提起した」と述べている）オルダス・ハクスリーはどちらの学問分野も許容していたと考えられるため、ここではどちらの学問領域も「人間」を研究対象としたものであり、ハクスリー自身は自分の小説世界を構築するために必要としていたと考えられる。

（3）　一九二〇年代後半にはいわゆる染色体地図がモーガン、マラーといった遺伝学者によって作成され、ショウジョウバエを対象とした遺伝子研究が煩瑣に行われるようになった。また、二〇世紀初期からは、「科学」と呼ばれているイデオロギー範疇においては、ある総体を微細なものに分割していくことが真理の探究であると考えられるようになったが、こういった風潮も、ハクスリーの小説の根幹をなす思考方法に大いに影響を与えていると思われる。『20・21世紀科学史』(中山茂著、NTT出版　二〇〇〇年)『科学史』(佐々木力編、弘文堂　一九八七年)参照。

(4) アメリカ合衆国のワシントン精神医学校(精神医学、精神衛生、精神科看護学生のために設立した医学校)等において、一九四四年から一九四七年にかけて、医学博士ハリー・スタック・サリヴァンは、精神医学に関する講義を行っているが、この一連の講義を後に講義録としてサリヴァンの同僚、友人らが出版している。その中で、サリヴァンは、精神医学を対人関係を研究する学問として位置づけており、対人コミュニケーションの場と相互作用についての研究が精神医学には欠かせないという立場をとっている。しかし、これはサリヴァンに限ったことではなく、行動科学や相互作用論的精神医学は一つの思潮となっていた。ルース・ベネディクト、エドワード・サピア、カレン・ホーナイなどの科学者や言語学者が人間関係を科学の研究対象として認識していたことは、衆知の事実であった。ハクスリーがサリヴァンの講義を聴講していたかどうかは現在入手可能な資料からは読み取ることはできない。しかし、当時の知識人の間では、人間を社会科学的に群れとしてとらえることはうがった考え方として知られていた。ハクスリーの親友であったジェラルド・ハードは、人間は社会学、心理学などの領域からさまざまなことを学び、活用せねばならないという立場をとっており、ハクスリーはハードの思想からも影響を受けている。上記のサリヴァンの業績に関しては、*The Interpersonal Theory of Psychiatry*, W. W. Norton & Company Inc., New York, 1953(邦訳『精神医学は対人関係論である』みすず書房一九九〇年)を主に参照している。また、ハクスリーの〈情動〉あるいは、〈感情〉という概念に関しては、筆者はサリヴァンの *Clinical Studies in Psychiatry*, W. W. Norton & Company Inc., New York, 1956(邦訳『精神医学の臨床研究』みすず書房一九八三年)を参照し、アメリカにおける一九三〇年前後の精神医学の方向性を探ることにより、ハクスリーの小説世界における科学の一環としての精神医学についての考察を試みている。

（5） ハクスリーについての伝記的事実については、Sybille Bedford の *Aldous Huxley : A Biography.* 2 vols. London : Chatto & Windus, Collins, 1973-1974 および Sir Julian Sorrell Huxley（小論では、「ジュリアン・ハクスリー」と記載している）の *Aldous Huxley 1894-1963 : A Memorial Volume.* London : Chatto & Windus 1955 を参考にしている。

（6） 「遺伝子は、細胞が作るタンパク質の設計図であり、さまざまな化学反応を触媒する数多くの酵素も遺伝子に基づいて作られている」（日経サイエンス『遺伝子技術が変える世界』「脳・神経系の病気への応用」D・Y・ホー／R・M・サポルスキー　p. 55）、あるいは、「生物種は、生殖交配の可能な個体群であるが、厳密には一定の遺伝子プールを共有する個体群をいう。生物個体は、種の中で生と死をくり返している〝個〟であり、生物学的には、ある一定期間、〝全〟としての種の遺伝子プールを維持する担体にすぎないと言えるだろう」（『遺伝子の夢　死の意味を問う生物学』田沼靖一著、NHKブックス　一九九七年　一四二頁）などということは、紀元二〇〇〇年の今日では常識に近いが、『すばらしい新世界』の書かれた一九三二年の時点では、現在ほど遺伝子技術による精神病や脳機能障害の治療法は理解されていなかった。しかし、ハクスリーは、この小説において、遺伝子の操作によって人間の能力値は変化させられ、それが新たな階級を生む可能性があるという考え方を早くも導入しており、このことは、メアリー・シェリーが人間を解剖学的に「分解」することで新たな生命を生み出すことができるかもしれないという考えを小説に持ち込んだり、また、H・G・ウエルズがやはり解剖学的な「動物の改造」というアイデアによって小説上に新しいタイプの人間を生み出そうとした試みからは隔たったものであると考えられる。

（7） ハクスリーは、「科学」的な知識を吸収するかたわら、哲学にも造詣が深かった。この小説家の構築する世界背景には、例えば、革命の精神について説く、一九一八年に初版が出版されたエルンスト・ブロッホの『ユートピアの精神』や、西洋文化の形成の方向に疑問を示したマルティン・ハイデガーの『存在と時間（上巻）』などが見え隠れする。この項については、ジョージ・スタイナーによる『ハイデガー』生松敬三訳　岩波書店および『ハイデガー「存在と時間」の構築』木田元著　岩波書店（岩波現代文庫）等を参照。

（8）『すばらしい新世界』については、*Brave New World*（Chatto & Windus London 1932）を基本書としているが、本文の引用は、Flamingo 社から発刊されたものを用いている。ただし、版は一九五九年版と同じものである。

（9）Ibid., p. 7

（10）Ibid., p. 259

（11）Ibid., pp. 277–278

（12）『恋愛体位法』*Point counter Point*（Chatto & Windus, London）以下のテキストは、Flamingo 版による。

（13）『すばらしい新世界再訪』*Brave New World Revisited*（Chatto & Windus, London）これもまた Flamingo 版を使用。序文参照。

（14）『クローム・イエロー』*Crome Yellow*（Chatto & Windus, London 1921）。テキストには、Granada 社の一九七七年版を使用している。

（15）ジョン・デズモンド・バナールについては、M・ゴールドスミス、A・マカイ編、是永純弘訳『科学の科学』（法政大学出版局　一九六九年）、科学朝日編『科学史の事件簿』（朝日新聞社　二〇〇〇年）を参照している。

T・S・エリオットの詩劇における覚醒
――『カクテル・パーティー』をめぐって

松本　啓

一　はじめに――覚醒のドラマ

私は、『一族再会』（一九三九）について論じた際に、[1]エリオットの詩劇はすべて、「殉教のテーマのヴァリエイション」であり、「主人公ないしは女主人公の精神的覚醒に至るドラマである」[2]と断定した。確かに、カンタベリー大司教トマス・ア・ベケットの殉教という歴史的事実を潤色した第一作『大寺院の殺人』（一九三五）や、ギリシアの悲劇詩人アイスキュロスの『オレステイア』を下絵として用いつつ、北イングランドの地主貴族ハリーの覚醒のテーマを真正面から扱った『一族再会』と較べると、第三作『カクテル・パーティー』（一九四九）は、一転して、ロンドンの上層中流階級の社交パーティーの軽快な会話に始まる。にもかかわらず、この詩劇もまた、精神的覚醒という中心テーマを共有している。この詩劇においても、四人の男女の恋愛関係という、いわば通俗的とも言える題材を通して、女主人公シーリア・コプルストンの覚醒と自己犠牲という深刻な主題が提示されているからである。『カクテル・パーティー』は、後述のように喜劇的要素を含みながらも、決して単なる喜劇ではないことに着目しなければならない。

二　喜劇的要素

この劇が喜劇と読み誤られやすい原因は、大きく言って二つある。その一つは、この劇もまたギリシア悲劇から暗示を得たとされるが[3]、前二作とは異なり、コロス（コーラス）は用いられていない。そのかわりに、アレックスとジューリアというコミカルな人物が劇の進行に重要な役割を果たしていて、両人の言動は、この劇にコミカル・アクションを加味している。しかし、同時に、二人は、精神科医ヘンリー・ハーコート＝ライリー卿と連係しながら、この劇の主要人物たち、すなわちチェインバレン夫妻と女主人公シーリアとを覚醒へと導く手助けをする。その意味で、アレックスとジューリアとは、エリオットの詩劇に共通する「守護天使《ガーディアン・エンジェル》」という人物の系譜に属していると言えよう。例えば、『一族再会』のハリーお抱えの運転手ダウニングや、『秘書』（一九五三）のエガソンなどがそうである。しかし、アレックスとジューリアとは、この種の人物としては、より目立つ役割を与えられていて、その喜劇的言動で観客（もしくは読者）の笑いをさそうのである。ところで、これら両人と連係している精神科医ハーコート＝ライリーは、先述のように、チェインバレン夫妻を自己認識に導き、シーリアに自己犠牲の道を指し示す点で、一種の癒し手であり、『一族再会』のアガサに通うところがある。ハーコート＝ライリーが精神科医と設定されているのは、現代は「病める世界」[4]だ、というエリオットの認識に根ざすものにほかなるまい。こうして、喜劇仕立てのこの詩劇は、実は、きわめて深刻な主題を内包しているのである。

前述のように、第一幕第一場は、ロンドンのチェインバレン夫妻のフラットでのカクテル・パーティーの軽妙な会話のやりとりに始まる。この点で、第一作および第二作の暗鬱な基調とはいちじるしく異なる。しかしながら、観客もしくは読者は、すぐに、このパーティーが普通のパーティーとは異なるものであることに気づかされる。というのも、木曜ごとに催される社交パーティーの柱であるラヴィーニア・チェインバレンが、この日の朝に、突然家出したことから、この夜のパーティーは取り止めとなったのであり、連絡のつかなかった五人の客と、この家の主エドワード・チェインバレンのみが集まっていたのであり、しかも客の一人は見知らぬ男なのである。こうして、第一幕第一場の前半は、謎解きの要素を孕みながら、主題への巧みな導入となっている。

この劇が喜劇と受けとられがちなもう一つの原因は、この劇のスペースの多くがチェインバレン夫妻の問題に当てられていて、しかも彼らは、最終的には、精神科医ヘンリーの導きでそれぞれ自己認識に至り、精神的に目覚めながらも、なおかつ日常の世界に留まり、互いに折り合ってカクテル・パーティーを開き続けるのが自分たちの使命だと悟るという、一見ハッピー・エンド的な結末による。また、題名が『カクテル・パーティー』であり、パーティーの場面に始まり、パーティーの準備の場面で終わることからして、この劇の中心人物はチェインバレン夫妻だとする見方も、できないわけでもなかろう。しかし、脇役にすぎないように見えるシーリアこそは、実は、女主人公なのであり、エリオットの詩劇に共通する、精神的覚醒と自己犠牲という中心テーマを荷っているのである。確かに、エドワードとラヴィーニアも、自己をよりよく認識するに至るのだが、彼らは依然として俗界に留まり、パーティーを開き続けるという途を選びとるのである。一般の観客や読者にとっては、チェインバレン夫妻の選択のほうがより身近かなものであろうし、この点にこの詩劇の人気の理由の一半があるのは否定しえないところであろう。しかしながら、エリオットの前二作の詩劇を念頭におけば、シーリアの選びとった道こそ、真のキリスト者に相応しいものである、とエリオットは言いたいのであろう。以下において、この詩劇の展開に沿いながら、シーリアがこの詩劇の女主人公であるゆえんを見てゆきたいと思う。

三　恋愛模様

先に、私は、この詩劇は四人の男女の恋愛関係を通してその主題を開示している、と述べた。そこでまず、その関係がどのように提示されているかを分析することから始めるのが筋であろう。ただし、具体的に取りあげる前に、この劇においては恋愛そのものの描写に力点が置かれているのではなく、恋愛関係は四人が自己認識に至る契機にすぎない、ということを言っておかねばなるまい。すでに述べたように、この劇には謎解の要素がある。一つには、このカクテル・パーティーを取りしきるべきラヴィーニアが失綜して姿を現わさない。もう一つは、招かれざる、見知らぬ客が出席している。この二点は、やがて、互いに関連していることが分かるのだが、先回りすることはしないで、第一幕第一場で、これらの男女の関係のうちまず明らかとなることに的を絞って眺めてゆくことにしたい。

中年の弁護士であるエドワード・チェインバレンは、一同が退出したのちに見知らぬ客に打ち明けたように、失綜した妻ラヴィーニアが戻ってきて欲しいと望んでいる。

（見知らぬ客）　奥さんを愛している、とおっしゃりたいんでしょう？
（エドワード）　そりゃあ、まあ、お互い言うまでもないことと思っていたんですな。ぼく自身、あれ以外の人間と一緒に暮らしたほうが、もっと幸福になれようとは、一度も考えてみたことはありません。しかし、また、なんだって愛などとおっしゃるんです？　ぼくたちは、お互いに馴染んでいたまでの話だ。だから、あれが、何の警告も説明もなしに、別れる、もう帰って来ない、の紙きれ一枚残したきりで姿を消してしまったというのには――まったくの

話、どうにも理解できないんですよ。(5)

しかし、エドワードは、自分にシーリアという若い愛人がいることをこの見知らぬ客に打ち明けなかったし、妻に実はピーターという若いツバメがいることも知らないのである。そして、エドワードは、奥さんは二四時間後には彼の許に戻ってくるでしょう、という見知らぬ客の約束にとびつくのである。この時点では、エドワードは、自分が置かれている状況の把握が十分でない。しかし、もっと滑稽なのはピーターで、彼は、シーリアがエドワードの愛人であるのを知らず、エドワードにシーリアとの仲をとりもつことをエドワードに依頼することによって、四人のうちで最も識別力に欠ける人であることを露呈するのである。

第一幕第二場では、客がすべて立ち去ったのちに、シーリアが再び姿を現わす。ラヴィーニアの家出を知ったシーリアは、今こそ離婚の好機ではないか、とエドワードに迫る。しかし、エドワードは、ラヴィーニアが戻ってくることになったと言う。それを聞いて、シーリアはエドワードとの恋に幻滅して、次のように語る。

(シーリア) ……わたしは今また別の人間を見ている。いままでに見たこともないような人間を眼のまえにしているんだわ。これまでわたしの眼に映っていた男は、単なる影にすぎなかった。今にしてそれが分かったの。その男は、わたしが欲しいと思っていたものの影だったのよ。違う、欲しいと思っていたんじゃない。わたしは、何かに憑かれていたんだわ。それは、どこかに起こらなければならない。でも、それは何なのでしょう、どこにあるんでしょう。(6)

右のシーリアの台詞は、恋に幻滅したシーリアが、実は、恋の向こうに、より絶対的なものを求めていることを示唆するものであり、のちのシーリアの覚醒を暗示している。

第一幕第三場は翌日の午後である。まず、見知らぬ客（実は精神科医ヘンリー）が再び訪れてきて、約束した通り、ラヴィーニアは戻ってくるが、その前に色いろなお客さんもやって来ますよ、という謎めいた言葉を残して立ち去る。すぐ後に、まずシーリアが、続いてピーターが訪ねてくる。それぞれ、ジューリアとアレックスの許へ、シーリアとピーターとを連れて来て欲しいという電報が届いたのだそうだ、と言う。ピーターは、エドワードに、自分はカリフォルニアへ行って映画の仕事をすることになったので、昨晩エドワードに頼んだ一件は水に流して欲しい、と言う。そこへラヴィーニアが帰ってくる。彼女は、自分は電報を打った覚えはないと言う。シーリアは、ピーターがラヴィーニアの愛人であること、またラヴィーニアの家出の原因はピーターがラヴィーニアから自分に愛情を移したことだったことを暗に仄めかし、チェインバレン夫妻にこれからは夫妻仲よく暮らして欲しい、と願う。そこへジューリア、続いてアレックスが登場し、二人に届いた電報は一体だれが打ったのかが、ひとしきり話題になる。この第一幕第三場の前半は、第一場の前半と同様、謎の電報をめぐってのやり取りがあって、以後に展開される深刻な主題への巧みな導入部となっている。

一同退場したのち、チェインバレン夫妻はやっと二人だけになるが、彼らは互いに相手の欠点をあげつらうに止まる。だが、エドワードが言うように、たった一つ違いがある。彼らは、「いままでのように、お互いに檻の隅っこにへばりついて睨みあってばかりいずに、正々堂々のたたかいができる」(7)ようになる。

（エドワード）一つの戸があった。それを開けることがぼくにはできなかった。把手にさわることさえできなかったんだ。なぜぼくは自分の牢獄から出られないのだろう。地獄とは何か？　地獄とは自我のことだ。そこには他人は単なる影としか映っていない。何から逃げ出し、何に向かって逃げていこうというのか。何もありはしない。はじめか

ら一人ぽっちなんだからねえ。(8)

この台詞は、やがてチェインバレン夫妻にも、孤独地獄の扉を開くことのできる日が来るかも知れないことを予示するものである。「戸《ドア》」のイメージは、エリオットの詩劇では、重要な意味を荷うものだからである。(9)

四　サナトリウム

第二幕では、まず、数週間のちの午前に、エドワードがヘンリー卿の診察室を訪れる。エドワードは医師に自分をサナトリウムに入れて欲しいと頼む。ハーコート＝ライリーは、ラヴィーニアをも診察室に招じ入れる。彼女は自分が入っていたところがサナトリウムだと思い込んでいるが、医師は、それはいわばホテルのようなものだ、と言い、次のように語る。

（ライリー）　……あなたがたのような患者はみんな自己欺瞞の名人だ。みずから永遠に苦しみ続け、精力を消耗しつくし、しかもその結果はすこしもよくならない。あなたがたお二人とも、わたしの診察を求めるような顔をしておいでだが、実のところは、ご自分の診断をわたしに押しつけ、ご自分で処方をお書きになろうとしている。しかし、ひとたびわたしのような人間の掌中に身を委ねられたからには、あなたがたがお考えになっている以上に、もう身動きできぬところへ来ているんですよ。(10)

そして、ライリー医師は、エドワードにはシーリア、ラヴィーニアにはピーター、という愛人がいたことをぶちまける。そしてライリーは、エドワードが、ラヴィーニアの家出によって初めて自分が、「いまだかつてだれも愛したことがない」[11]ことに気づいたのであり、また、ピーターを失ったラヴィーニアは、自分が「いままでだれも自分を愛してくれた者がいない」[12]と悟ったことを指摘して、彼ら二人は、お互いに似た者夫婦であり、孤独感を共有しているのだ、と言う。

（エドワード）　ラヴィーニア、ぼくたちは悪運をできるだけ善用しなければならないんだ。このかたの言われるのは、つまりそういうことなんだよ。

（ライリー）　さて、チェインバレンさん、この悪運の善用こそ、われわれとしてなしうるせいぜいの仕事だと観念してかかれば――いや、もちろん、聖人はべつですよ――サナトリウム行きの人はべつですが――とにかく覚悟が決まりさえすれば、あなたもこんなことばは忘れておしまいでしょうし、忘れてしまえば、それで事情は一変するというものです。[13]

このようにして、チェインバレン夫妻は、ライリー医師の診断を通して、それぞれ、自分が「だれも愛したことのない」男と、「だれも自分を愛してくれた者のいない」女とであるという認識に到達して、互いに対する思いやりを抱くに至り、サナトリウムに行くかわりに、連れだって家へ帰るのである。

ついで、シーリアが、診察をうけに来る。彼女は、ライリーに孤独感と罪の意識とを訴える。前者についてシーリアはこう語る。

（シーリア）　……現に起こったことから気づいたのは、私はいつも一人ぼっちだったということです。いえ、人間はいつも一人ぼっちだということです。ただ単に一つの関係の終結、言いかえればその関係が決して存在しなかったという自覚ですらなく、わたしとあらゆる人との関係についての、いわば啓示なのです。お分かりいただけるでしょうか——いまさらだれに話してみても仕方がないと思えるのです。(14)

また、後者については次のように説明する。

(シーリア)　それは、これまでなしたものに対する感じとはまったく違うんです。なしたものからなら、わたしはいつでも逃げだせるでしょう。それは空虚感、言いかえれば、自分の外側にある、だれかあるいは何かに対する失敗感とでも言うべきものなのです。わたしは、どうしても、そう、罪ほろぼししなければならないと感じるのです。(15)

そして、ライリーに指摘されるまでもなく、シーリアのこうした孤独感と罪の意識は、エドワードとの恋愛の結果生じたものである。彼女は、エドワードとの関係についてこう振り返る。

(シーリア)　ああ、わたしはあの人にずいぶん多くのものを与えているような気でおりましたわ。そして、あの人もわたしに。与えあい奪いあうことがまったく正しいことのように思えました。お互いにとって何が得かという計算ずくからではなく、わたしたちという、一つの新しい人間にとって、正しいことのように思えたんです。きっと今だって、もしあの時と同じように感じられるなら、やっぱり正しいことだと思えるでしょう。けれども、わたしたちは、すぐ、お互いに赤の他人にすぎないことに気づいたのです。与えるも奪うもありはしない、ただ、お互いに相手を利用しているだけのことだ、と気づいたのです。恐ろしいことですわ。わたしたちは、自分の想像によって造りだしたものだけしか愛せないのでしょうか。実際、わたしたちは、愛することのできない男と愛されえない女との寄り合いなのでしょうか。だとすれば、人間はみんなひとりぼっちですし、みんな一人ぼっちならば、愛する者も愛される者も、おしなべて非現実的なものだということになります。そして、夢みる者は、その自分の夢よりも現実性がないのですわ。(16)

シーリアは、またこうも言う。

(シーリア)……わたしは、ときどき、歓喜に満たされた恍惚感こそ、本当の現実だっと思ったのです。もちろん、それを経験している当人には何の現実感もありません。なぜなら、すべては夢のように記憶に残るだけですから。人びとは、その夢のなかで、強い精神的な愛の昂揚を感じ、欲望から解放された純粋な歓喜のおののきに身をひたすんです。それは、目覚めているときには絶対に理解できない境地です。でも、わたしは、何を、誰を愛したのでしょう。わたしのうちの何が愛を感じたのでしょう。それが分からない。もしそれがすべて意味のないものならば、わたしは、この見いだしえない何ものかに対する餓えから癒されたい。それをどうしても発見できない恥辱から救われたいんです。(17)

シーリアのこの告白に接して、ライリー医師は彼女にまず一つの道を指し示す。

(ライリー)　もしそれがあなたの要求に合いさえすれば、いわば人間らしい状態にあなたを落ち着かせることもできましょう。あなたと同じくらい病状の進んでしまった人を、再びもとに戻すのに成功した経験もあります。なるほど、その人たちは、かつて自分の抱いた夢を忘れられないのかもしれません。が、それが手に入らなかったといって、もはやくよくよしたりはしない。日常生活の軌道にのって着実に自己を維持し、過剰な期待を斥ける習慣を身につけ、自分にも他人にも寛容になるのです。つまり、常識的な行動に則して、在るものだけを与え、在るものだけを取るというわけです。もちろん、愚痴などひとことも洩らしはしない。お互いに理解しえぬことを知っている二人の人間が、朝に別れ、夕べには再び相寄って、だんろの火を眺めながら、とりとめのない会話を交わし、自分たちには理解できず、また自分たちを理解できない子供を育てていくことに、すっかり満足するわけです。(18)

当然予想されるように、シーリアは、そうした日常性への回帰を受け入れることはできない。彼女は、ほかに道がなければ絶望するほかない、と言う。そこで、ライリーはもう一つの道を示唆する。

（ライリー）　いや、もう一つ別の道がある、あなたにその勇気さえあれば。第一の道については、われわれ誰でも知っているように、あなたにも経験がおありだ。すなわち、わたしたちの周囲の生活のなかにまざまざと描きだされているので、わたしにもありきたりのことばで説明できたのです。が、第二の道については、誰もこれを知る者がない。だからこそ信仰が必要なのだ――絶望から生まれる信仰がね。その目的地を描くわけにはいかないのです。そこへ到達するまでは、あなたはほとんど何も知ることができないでしょう。眼を閉じて旅をするようなものだ。しかし、その道をいけば、あなたは、今日まで間違った場所に求めてきたものを完全に所有できるのです。(19)

シーリアは、より困難な第二の道を選びとる。そこで、ライリーは彼女にサナトリウムに入るよう指示する。ライリーは、二つの道について、「どっちがどっちより良いというようなものではないのです。両方とも必要なのです」[20]、と言っているが、『大寺院の殺人』のトマス・ア・ベケットや、『一族再会』のモンチェンシー伯爵ハリーは、いずれもここに言われている第二の道を選びとっていたことを思い合わせれば、エリオットの本音はどこにあるかを推測するに難くはないであろう。サナトリウムとはどのようなものであるのかは、第二章では明白に語られてはいないが、それが修道院のようなもので、真に覚醒した者のみの入るべき所であることは暗示されている。

五　カクテル・パーティー

第三幕は、第一幕と同じチェインバレン家の応接間だが、すでに二年の歳月がたっている。これからパーティーが開かれるところで、夫妻は協力し合い、いたわり合って準備をととのえている。彼らは田舎に別荘を購入していて、まもなく、社交シーズンが終われば、当分そこに引きこもることになっている。

パーティにはまだ三〇分もあるのに、別のパーティーにも招かれているジューリアがアレックスを伴って現われる。アレックスは、その日の朝に、調査団の一員として滞在していた東洋のキンカンジャ島から帰ったばかりだが、チェインバレン夫妻が田舎に行く前に是非会っておきたかったので、取るものもとりあえずやって来たのだ、と釈明する。そして、キンカンジャ島が一しきり話題になる。そこでは、異教徒の土人たちはサルを崇拝しているが、キリスト教に改宗した土民はサルを捉えて食うために、両者の間に紛争が絶えない、というのである。東洋の島の土民間の紛争という話題は、この劇の主題とは無縁のものと見えて、実は重大な関連があることが判明する。それは、シーリアの殉死とかかわっているのだが、その全容は、二年前からハリウッドで映画の仕事をしていてその関係で一時帰国したピーターと、医師のライリーとが登場し、シーリアその人以外の第一幕第一場の登場人物全員が顔をそろえたところで、アレックスの口から語られるのである。シーリアはある救護団体の特別志願救護員として、キンカンジャに派遣されていた。


(アレックス)　はじめは三人だったらしい。その地区のシスターが三人、あるキリスト教徒の部落に派遣されていたんです。部落民の半数は悪疫のために倒れてしまうという状態で、三人は何週間も不眠不休で働きつづけたんだ。

(エドワード)　それから？

(アレックス)　それから、異教徒のうちに暴動が勃発した、さっき話したろう。三人のシスターたちには分かっていたんだが、死にかけている土人たちを置いていく気にはなれなかった。が、とうとうそのうちの二人は逃げだしてしまった。そして、一人はジャングルで死に、もう一人は命は助かったが、二度と普通の生活のできない体になってしまったんです。しかし、シーリア・コプルストンだけは敵につかまってしまいました。あとで味方がその村についたとき、彼らは村民たちに問いただしました――生き残りの村民がいましたからね。それから、味方の連中は彼女の遺体を発見したんです。すくなくとも、それらしいものは見つけたんです。

(エドワード)　しかし、その前に……

(アレックス)　そこがよく分からない。ただ、あの地区の習慣から察するに、アリ塚のすぐ近くで十字架にかけられたに違いないと思える。(21)


エドワード、ラヴィーニア、そしてピーターらシーリアと関わりのあった人たちが、シーリアの無残な死に衝撃をうけるなかで、ライリーが平然として、満足そうな表情を浮かべているのにラヴィーニアは不審を抱く。ライリーは、それについてこう語る。

（ライリー）　わたしが、この部屋で、初めてミス・コプルストンにお会いしたとき、椅子のうしろに一つの姿が立っているのを見ました。それは、やはりシーリア・コプルストンの姿には違いないが、その面上には、まるで急激な死に襲われた直後の数分間に見られる、あの驚愕がはっきり読みとれたのです。そんなことは信じられないとおっしゃるかも知れませんな、奥さん。それなら、こんな風にお考えになってくださいませんか、ある種の精神においては、唐突な直観がただちに具象的な姿を取って現われることもあるんだ、とね。わたしには、ときどき、そうしたことが起こるんですよ。そこで、ここに死の宣告を受けた女性がいることは明々白々でした。それが彼女の宿命だった。してみれば、残された唯一の問題はいかなる種類の死かということにつきる。しかし、私には知りえぬことでした。なぜなら、死に至るまでの生の道を選びとるのは、すなわち、最後はどうなるのか分からぬながら死の形式を選ぶというのは、自分でやらなければならないことでしたからね。今われわれには、彼女が選びとった死がどんなものか分かっています。あの時のわたしには、シーリアがこんな風にして死ぬとは分からなかった。本人だって知ってはいなかったのです。それで、わたしのできることといえば、せめて彼女に心構えをさせることだけでした。それを彼女は受けいれて、その結果がこの死です。これを幸福な死と言わずして、いかなる死が幸福なものでありえましょう。[22]

そして、ライリーは、苦しみを伴ったシーリアの死は、「神の計画《デザイン》」[23]の一部だ、と言うのである。ここに至って、第二幕で「絶望から生まれる信仰」と言われているものが、具体的に示されている。それは、日常の生活を超えた覚醒のドラマにほかならないのである。

もちろん、この詩劇では、殉教に至る道のほかにも、チェインバレン夫妻の選びとった第一の道もあるのであって、彼らは、半ば覚醒しながら、なお俗界に留まって、カクテル・パーティーを開き続けることを通して、生の重荷を担いつづけるという道を選びとったのである。この点に、聖なるものへの覚醒という中心主題のみを扱った前二作、すなわち『大寺院の殺人』や『一族再会』との相違があることも事実である。エリオットは、第三作の『カクテル・パーティー』において、一歩踏みだして、聖と俗との「二つの世界の間の中間領域」[24]に住むチェインバレン夫妻に、かなり大きな役割を与えている。これを進歩と見るか退化と見るかは、意見の分かれるところであろう。詩人エリオットを重んじる人は、躊躇なく前二作を推すであろうし、キリスト教信仰を有する人びとも、おそらく、それに和するであろう。しかし、一九三五年に発表された評論「宗教と文学」のなかで、エリオットは、「私の望むものは、意図的にまた挑戦的にキリスト教的であるよりも、むしろ無意識のうちにキリスト教的な文学である」[25]と言っている。また、同じ評論のなかで、「知らぬ間にやすやすと感化を及ぼすのは、骨折らずに読む本だ。それゆえ、大衆小説や、現代生活を写した芝居の影響は、綿密に調べなければならない」[26]、とも言っている。エリオットのこうした発言は、喜劇仕立ての『カクテル・パーティー』という詩劇を読み解く鍵の一つを与えてくれるものではあるまいか。いずれにしろ、『カクテル・パーティー』の成功の一端は、聖なるものと俗なるものとがきわどい均衡を保っていることにある。より俗的なものへと傾斜した次作『秘書』は、そのことを物語っていると思えるからである。

（1）拙論「T・S・エリオットの詩劇における覚醒――『一族再会』を中心にして」（『人文研紀要』第三二号、一九九八年）参照。
（2）松本啓　前掲書、一一一頁。
（3）『研究社英米文学辞典』（第三版）、一九八五年、二四九頁参照。
（4）T. S. Eliot, *The Family Reunion*, (Faber and Faber Paperback Edition, 1963), p. 29.

（5） T. S. Eliot's *The Cocktail Party*, ed. Nevill Coghill (Faber and Faber, 1974), p. 34. 以下のこの作品からの引用は全てこの版による。

（6） *Ibid*., pp. 69-70.

（7） *Ibid*., p. 97.

（8） *Ibid*., p. 99.

（9） 『一族再会』では、ドアは愛の園へと通じるものであり、『秘書』においては、主要人物の一人で実業家のクロードが憩う私室へとつながるドアである。つまり、愛や安息をもたらす通路なのである。*Cf. The Family Reunion*, p. 101 & *The Confidential Clerk* (Faber and Faber, 1954), p. 39.

（10） *The Cocktail Party*., p. 118.

（11） *Ibid*., p. 122.

（12） *Ibid*., p. 123.

（13） *Ibid*., p. 124.

（14） *Ibid*., pp. 131-2.

（15） *Ibid*., p. 134.

（16） *Ibid*., p. 135.

（17） *Ibid*., p. 136.

（18） *Ibid*., pp. 136-7.

（19） *Ibid*., p. 138.

（20） ———, *loc. cit*.

（21） *Ibid*., pp. 168-9.

（22） *Ibid*., p. 174.

(23) *Ibid.*, p. 175.
(24) T. S. Eliot, *The Family Reunion*, p. 113.
(25) T. S. Eliot, Religion and Literature in *T. S. Eliot : Selected Essays* (Faber and faber, 1951), p. 392.
(26) *Ibid.*, p. 396.

モダニスト・ウルフは、モダンなのか?

深澤　俊

一九二〇年代のイギリス・モダニズム運動を考えるさいに、ヴァージニア・ウルフ（Virginia Woolf, 1882-1941）を除くことはできまい。「現代小説論」（"Modern Fiction"）での宣言をはじめ、作品を書くたびに新たな手法を展開していったウルフの先駆性は、疑う余地のないところだから。ところがこのウルフは、かならずしも、他の芸術ジャンルのモダニズムの流れと並行して進むわけではない。

ウルフが彼女なりのモダニズム手法をもっとも先鋭に押し進めたものは、言うまでもなく『波』（*The Waves*, 1931）である。この作品は男三人、女三人の合わせて六人の登場人物が、意識したことを語る形式になっていて、語りの最初は短く、だんだんと長くなり、やがては大きなシンフォニーを奏でる感じになっていく。それぞれの人物の語り口やイメージが違うことを考えると、それぞれの人物はそれぞれ違った楽器とも考えられ、この作品は六つの楽器による六重奏曲という音楽形式を使っていると言えるだろう。

『波』を執筆中のウルフは、自宅の蓄音機でベートーヴェン（Ludwig van Beethoven, 1770-1827）の弦楽四重奏曲を聴いていた。一九三〇年一二月二二日のウルフ自身の日記に、こう記されている――

昨晩ベートーヴェンの四重奏を聴いているとき、バーナードの最後の語りの部分に割り込みのことばを全部まぜて、おお孤独よ！　という語で終わらせたらどうかという考えが、ふと浮かんだ。このようにすれば、それらの情景をかれのなかに全部吸収することができるし、それ以上切れ目もいらなくなる。これはまた、努力、努力というテーマが支配していることを示すことにもなる。波ではない。個性。そして反抗。でもわたしは、芸術的な効果には確信があるわけではない。均斉を考えた場合、波が最終的には入り込んで、結末を締めくくる必要があると思われるから。

ここで記されているのは、作品の最後の部分についてである。最終的には「おお孤独よ！」(O solitude) ではなく、「おお死よ！」(O Death!) で終わることになり、そのあとに波が岸辺にうち寄せる、短い描写で作品が締めくくられる。

ウルフがベートーヴェンの室内楽を小説技法上のヒントにしていることは、明らかである。少なくともウルフは、ベートーヴェンの変ロ長調の弦楽四重奏曲、作品一三〇を、蓄音機で聴いて知っていた。のちに夫のレナード・ウルフがヴァージニアの死に際して語っているところによれば、二人は火葬に相応しい音楽があるとすれば、この弦楽四重奏曲の詠《カヴァティーナ》唱の部分だろうと語り合ったことがあったからだ。(1) 一六曲あるベートーヴェンの弦楽四重奏曲のなかで、なぜ作品一三〇なのかという問題は、あまり議論する必要もないだろう。たまたま作品一三〇は聴いていた、ということなのだ。そしてベートーヴェンのこの後期の弦楽四重奏曲の、比較的自由な形式による精神的な密度の高い音楽が、ウルフの作品制作に刺激となったということで十分であるように思われる。

問題は、モダニスト・ウルフがなぜベートーヴェンなのか、ということである。ベートーヴェンは、ウルフの一〇〇年以上前に活躍した、古典派の作曲家である。ベートーヴェンが新しいロマン主義的要素をも持っていたことも、合わせ考えてもよい。ウルフの時代には、十二音音楽も存在していたし、「現代小説論」の主張のように「微粒子が心に落ちてくる順序に、記録する」のであれば、ドビュッシーの音楽の方が適切であったかも知れないのだ。

モダンという意味では、リヒャルト・ヴァーグナー（Richard Wagner, 1813–83）の音楽も相応しく見える。ところがウルフは、ヴァーグナーの音楽にはあまり共感することがない。ウルフの周囲で熱心なワグネリアンだったサクソン・シドニー゠ターナーは、一九〇九年八月、評論家として新聞などに寄稿していたウルフとその弟のエイドリアンを連れて、バイロイト参りをする。当時のバイロイトは厳格だが形式主義に陥ったコジマ・ヴァーグナーを嗣いで、息子のジークフリートが演出していた時期で、革新的な演出が出せずにいた。『タイムズ』紙に掲載されたウルフの「バイロイトの印象」（"Impressions at Bayreuth"）は無難な小文だが、それでも当時のバイロイトの水準がロンドンの舞台と比べて見劣りするものであるとの印象が述べられている。姉のヴァネッサに宛てた手紙ではもっと辛辣で、「ローエングリン―とても退屈《ダル》なオペラ」（一九〇九年八月一九日）と記している。だが『パルジファル』（*Parsifal*, 1882）については好意的で、「涙が出そうだった。オペラのなかでももっとも素晴らしいものでしょう」（八月一二日）と書く。かつて熱狂的なワグネリアンとして論陣を張り、『パルジファル』でヴァーグナーと決別したフリードリヒ・ニーチェとは、逆の方向である。

ウルフはオペラを観るまえに台本を研究するタイプだったから、『ローエングリン』（*Lohengrin*, 1850）にたいする批評は、台本の印象に左右されていると言えるのかも知れない。総合芸術をめざしヴァーグナーは台本も音楽も一人で書いたのだが、戯曲の方の弱点を指摘する声があってもよいのだろう。ウルフはヴァーグナーの戯曲の良し悪しを評価したうえで、音楽に接したというわけか。

それにしてもウルフのヴァーグナーへの接し方は、たぶんに周囲の雰囲気に影響されていた。ウルフの一九一一年一〇月二一日のレナード・ウルフ宛書簡に見られるように、『指輪』（*Der Ring des Nibelungen*, 1869–76）のシリーズ『ジークフリート』（*Siegfried*）へ誘われたときも、控えめな反応をしている。レナード・ウルフの自伝によれば、七年ぶりにセイロンから帰ったレナードは、ケンブリッジの仲間たちとディアギレフ（Sergey Pavlovich Dyagilev, 1872-1929）の組織したロシア・バレエや、『ニーベルンゲンの指輪』を鑑賞する。当時前衛的であった、モダニズム芸術運動のなかに入り込んでいったのだ。だが、ユダヤ人でもあったレナードはのちに、ナチスが重用することになったヴァーグナーを嫌悪するようになる。ナチスにとってヴァーグナーの作品、とくに『ニュールンベルクの名歌手《マイスタージンガー》』（*Die Meistersinger von Nürnberg*, 1868）は聖典とも言えるものになったからだ。レナードによれば、このときヴァージニアが観たのは『ラインの黄金』（*Das Rheingold*）『ジークフリート』『神々の黄昏』（*Götterdämmerung*）の三演目で、レナードは『指輪』をそれなりの傑作と認めるものの、ヴァーグナーもその作品も嫌いだと言う[2]。

ピーター・ジェイコブスは、レナードのこの態度がヴァージニア・ウルフにも影響しているのだろうと考える[3]。おそらく、これを否定する根拠を見つけることも困難だろう。ウルフは、ヴァーグナーの音楽にあまり共感することはなかったし、ヴァーグナーを聴きに行ったのも当時の知的エリートたちの風習に従ってのことである。しかし、ウルフの作品にヴァーグナーの影響が認められないと言ったら、嘘になる。『船出』（*The Voyage Out*, 1915）のなかでは、ヴァーグナーの楽劇『トリスタンとイゾルデ』（*Tristan und Isolde*, 1968）への言及がまず目に付くだろう。

おばのヘレン・アンブローズに連れられて船旅をしている、うら若いレイチェル・ヴィンレイスのところへ、政治家の妻クラリッサ・ダロウェイが近づいてくる——

「お弾きになりますの?」とダロウェイ夫人は、テーブルの上に置かれていた『トリスタン』の譜面を取りあげながら、アンブローズ夫人に言った。

「姪が弾くんです」とヘレンは、レイチェルの肩に手を掛けながら言った。

「羨ましいですこと！」とクラリッサは、はじめてレイチェルに向かって言葉をかけた。「これを覚えていらっしゃいます？　素敵じゃありません？」彼女は指輪をはめた手を譜面の上にのせて、一、二小節弾く様子をした。

「それからトリスタンはこうなります。そしてイゾルデは——ああ、とてもぞくぞくしますね。あなた、バイロイトへいらした？」

「いいえ、まだです」とレイチェルは言った。

「じゃあ、これからね。はじめて『パルジファル』を観たときのことは、忘れられませんね——とても暑い八月の日のことで、太ったドイツのおばあさんたちが暑苦しいフロックコートを着て入ってきて、そして暗い劇場で、音楽が始まって、泣かずにはいられませんでしたね。親切な男の人が、水を持ってきてくださったのを覚えています。わたくしはその方の肩の上で泣いたんです！　ここがつかえて」（と彼女は喉に触れた）「ほかにはない経験でしたね！ピアノはどちら？」

「別の部屋にあります」と、レイチェルは説明した。


（第三章）

ここに登場するクラリッサ・ダロウェイは流行《はやり》ものに敏感な、有閑マダムの雰囲気を持っている。のちの『ダロウェイ夫人』（*Mrs Dalloway*, 1925）に出てくる同名の主人公の内面的な雰囲気とは、かなり違ったものである。このような俗物的なダロウェイ夫人をここで登場させたのは、当時のヴァーグナー旋風《ブーム》を批判するウルフなりの判断があるからにちがいない。

だがウルフが、この『船出』という作品のもっと根本的なところで、ヴァーグナー的なものを表現していることを忘れてはなるまい。この小説ではレイチェルが恋人テレンスに看取られながら、南アメリカの地で死んでいくのだが、ここにはまさに「トリスタンとイゾルデ」的な愛の境地が表現されているからだ。

いちど彼は自分の息を殺して、じっと耳を澄ました。彼女はまだ息をしていた。彼はしばらく考えつづけた。二人はいっしょに考えているように思われた。彼は自分が自分自身であるばかりではなく、レイチェルでもあるように思われた。それから、彼はまた耳を澄ました。だめだ、彼女は息をしなくなっていた。これでよいのだ——これが死なのだ。何でもないことだ。息をしなくなっただけのことではないか。死は幸福だ。完全な幸福なのだ。常日頃持ちたいと思っていたもの、生きているときには不可能だった結合を、彼らは手に入れたのだ。この言葉はただ頭のなかで考えただけのことなのか、それとも口に出して言ったことなのかが分からない状態で、彼は言った。「ぼくたち二人ほど幸福だったものはいない。ぼくたちほど愛しあったものはいない」と。

（第二五章）

ヴァーグナーの『トリスタンとイゾルデ』では、騎士トリスタンが国王への忠誠や騎士としての名誉と、媚薬に原因があるイゾルデへの愛との二律背反性に苦悶する状況が描かれているが、一九世紀末の状況のなかで『トリスタンとイゾルデ』が評価されたのは、社会的規範に縛られて、現実的な昼の世界で実現できないことを、夜の世界でなしえることであり、生の場で不可能なことを死の世界で可能にすることであった。オペラのジャンルでいうならば、モーツァルトの『魔笛』（*Die Zauberflöte*, 1791）でザラストロの太陽の神殿が勝利を収めたのを逆転させて、夜の女王が勝利を収めるのに等しい価値転換である。モーツァルトの市民感覚とは違って世紀末の状況は、既成の考え方で解決できない次元に達していたと言えよう。この状況のなかでヴァーグナーが持っている夜と死との可能性を、ヴァージニア・ウルフも軽視することはできなかったのだ。既成の方法を否定して新しい小説の方法を模索したウルフに、ヴァーグナーの「新しさ」はたしかに通じるものを持っていた。

ヴァージニア・ウルフはE・M・フォースターのように楽器を演奏することはなかったし、楽譜を見て音楽の形式であるとか、ヴァーグナーの無限旋律の手法に創作のヒントを得ることなど、あり得ないことであった。ウルフにとって音楽とは演奏会で聴くものであり、のちには自宅の蓄音機で聴くものになった。だが、モダニズムの大きなうねりのなかで、方法を模索する芸術家が他のジャンルに無関心でいられるはずがない。たとえばロジャー・フライの後期印象派展覧会は、「人間性が変化した」とウルフに言わせるだけのインパクトを持っていた。現実をときには幾何学的に捉え、分解して新たな形象を与える後期印象派の作風は、新しい形への願いを引き起こす。問題は、どのように描くかだ。『灯台へ』（*To the Lighthouse*, 1927）のなかのリリー・ブリスコウは明確な形態とはっきりした色彩の観念なり、構想なりが、いざ筆を動かしてキャンバスに向かうと、曖昧なものになってしまう技量のなさを嘆いているが、(4) 絵画に形態を与え、鮮明な色彩を与えるようなある種の規準こそ、ウルフが求めていたものではなかったか？ ヴィクトリア朝の規準はもはや通用しない。ヴァーグナー流の昼夜の逆転が必要なのだ。そのウルフがベートーヴェンに向かったのは、前衛を避けて古典に向かったというものではないだろう。

音楽のモダニズムは十二音技法などの前衛技法を生みだしたが、文学では古典的技法も含めて、音楽の技法を採り入れること自体が前衛的であった。バーナード・ショー（Bernard Shaw, 1856-1950）は『人と超人』（*Man and Superman*, 1905）のなかへモーツァルトの楽譜を書き込んだが、これはショウが考える人間の状況を説明するためであるばかりでなく、モーツァルトの豊穣な世界を取り込むためだったのだろう。E・M・フォースターは『ハワーズエンド邸』(*Howards End*, 1910) のなかでベートーヴェンのハ短調交響曲をつかって、当時の問題に切り込んでいく。ドイツ古典期の作曲家が、二〇世紀に役立つのだ。

ウルフの場合の音楽との関わり合いは、世界観やテーマの採用ではなく、むしろ純粋に技法的な意味合いが強いと思われる。『灯台へ』の構成は三楽章形式の交響曲のようであって、第二楽章にあたる「時は過ぎゆく」の部分は、ほかの二つの章とは明らかに違ったテンポで書かれている。そして『波』の場合は、音楽的には自由な形式で、音楽的ではあっても音楽の技法にとらわれることなく、作品が出来上がっている。前にも述べたように、ヒントとなったベートーヴェンの後期の弦楽四重奏曲は自由な形式で書かれており、思想が形式的な音楽技法を超えたような作風は、『波』の場合にウルフが規準とするものとしては、理想的なものであったと言えよう。

だからウルフがベートーヴェンに向かったのは、モダンなものよりも一九世紀初頭のものに共感を示したという意味ではない。芸術ジャンルを超え、時代を超えて、過去のあらゆる遺産を現代風にアレンジしようとの試みからである。とくに音楽形式の利用は、この時代の一種の流行でもあった。この時代の作品の題名を見るだけでも、このことはある程度の察しがつく。ジェームズ・ジョイス (James Joyce, 1882-1941) はひねりながらも詩集に『室内楽』(*Chamber Music*, 1906) という名をつけ、T・S・エリオット (Thomas Stearns Eliot, 1888-1965) は四編の詩を集めて『四つの四重奏』(*Four Quartets*, 1944) として刊行した。オルダス・ハクスリー (Aldous Huxley, 1894-1963) の場合はさらに技法的で、前期の代表作を『対位法』(*Point Counter Point*, 1928) と名付けている。これらに共通することは、音楽技法を枠組みに使うことによって、新たな状況を描き出す方法を得ようとしていることなのだ。

ウルフのように内面的な意識の世界に作品を純化しようとする作家には、ベートーヴェンの後期の作品の内面性こそ相応しいものだった。批評家からの毀誉褒貶があるにしても、ウルフは『波』という実験的な作品の完成を、自分の業績として自負していた。のちに作家としての自分の意義に自信を失いながらも、「でも『波』は書いた」と日記に記すのだ。(5)『波』の業績は、微妙な人間意識が流れ、うち寄せ、巨大な交響曲となって響き合うさまを、文学作品として完成させたところにある。伝統的な、外面的リアリズムではなしに、内面的なリアリティを表現するのに、ベートーヴェンの音楽形式は、ウルフにとってもっともモダンなものであったと言えよう。

（1）Leonard Woolf, *An Autobiography 2: 1911-1969*, OUP, 1980, p. 436.

（2）Leonard Woolf, p. 31.

（3）Peter Jacobs, "'The Second Violin Tuning in the Ante-room": Virginia Woolf and Music', *The Multiple Muses of Virginia Woolf*, ed. by Diane F. Gillespie (Univ. of Missouri P., 1993), p. 235.

（4）Then beneath the colour there was the shape. She could see it all so clearly, so commandingly, when she looked: it was when she took her brush in hand that the whole thing changed. It was in that moment's flight between the picture and her canvas that the demons set on her who often brought her to the verge of tears and made this passage from conception to work as dreadful as any down a dark passage for a child. (The Window, 4).

（5）一九三八年一一月二二日の日記。

『ブライズヘッド再び』再訪
――イヴリン・ウォーの小説世界における逃走する男性像を追う

戸嶋真弓

序

一九九二年四月、マーチン・スタナードによるイヴリン・ウォーの研究書である『イヴリン・ウォー　一九三九年―一九六六年』が出版されると、同月付けのTLSにジョン・ベイリーがこの研究書についての書評を寄せた。その記事からは、スタナードによる研究書の是非よりも、ベイリーがあらためてウォーの優れた資質を称讃している様子が見てとれる。その書評の書き出しはこうである。「ウォーよりも少し前の世代かあるいは少しばかり後の世代の人間ならば、もちろん相変わらずウォーに首ったけだが、今の若い人はイヴリン・ウォーなど読むことがあるのだろうか？[1]」

確かに、ウォーは生前、あるいは四〇年くらい前までは人気作家だった。しかし、二〇世紀も終わろうとしている現在では到底「流行の作家」とは言えないだろう。ベイリーならずとも、五二三ページにもわたるウォーの研究書がこの時期に出版されることをそんなに喜ばなければならないのかと懸念するところである（もっとも、スタナード自身は、ウォーの伝記的事実全般に基づいた作品分析を行うために、この研究書に先立ち『イヴリン・ウォー一九〇三年～一九三九年』を一九八六年にすでに発表しており、もともと二巻本として刊行予定を立てていたので、このような言われ方をするのは不本意なことであろう）。

若い人はイヴリン・ウォーなど読むことがあるのだろうか、という先述の問いにベイリーは自問自答し、「読む」と答えている。その理由は、ウォーが英国文学界で名声を得ていることの他に、「ウォーのマジックは健在であり、ピアズ・コートのこの黒い魔術師は、一八四〇年代、五〇年代のアボッツフォルドの白い魔術師に劣らぬほど、依然として人々を魅了してやまない」ためであるという。ここでいう「アボッツフォルドの白い魔術師」とはもちろんウォルター・スコットのことであるのだが、ベイリー自身もスコットとウォーを並べるのはあまりにも褒め過ぎのきらいがあると思ったらしく、「スコットの方がより世界の人々の間で読まれており、もの柔らかなマジックを使っている」と付け加えている。

この書評では、ベイリーはスタナードの手によるイヴリン・ウォー自身とその作品群についてのこの歴史的研究書から少し距離を置き、自分自身のウォー論を展開している。それはまるで記憶の片隅にずっといつか述べなければならない何かある種の良い感情を帯びた思い出があって、その思い出が長い年月文章化される機会をうかがっていたかのようである。事実、ベイリーはこのスタナードの研究書に対する書評を行いつつ、そこから新しい驚愕の事実を発見しえたという類のことを述べているのではなく、むしろ自分の既得の知識と感覚とを再確認しながら少しずつ新しい観点を得ることを楽しんでいるようだ。ベイリーならずとも、ウォーの作品を読んだことのあるものならば誰でも持ち得る感覚、それはウォー独特の階層意識であり、宗教の問題であり、ブラック・ユーモアのセンスであろう。

フランク・カーモウドはウォーの階級意識の問題を批評家として取り上げ、そのことについて一九六〇年にウォー自身と文章上での論争を行っているし、(2)また、スタナードもこの研究書の中で取り上げていることであるが、バーナード・バーゴンジーはウォーのカトリックに対する見解は極めて特異なものであると指摘している。[3]

また、ウォーの生きていた時代が世界最大規模の二つ戦争の時期にまたがっており、ウォー自身が兵力として参戦しているという事実もあり、彼の作品に見られるテーマと両対戦とは切っても切れないつながりがある。さて、それでは戦争についてのウォーの見解はいかなるものであったのだろうか。『名誉の剣（三部作）』は、全編を通して戦争における軍事行為がテーマの核となっており、戦争について語っていながら、いつも物語の中に呈示されている状況から遠ざかっているような印象を受ける。戦争のもたらした一種異様な興奮状態は、どちらかといえば淡々とした描写の中にしまい込まれており、荒涼としていながら馴染みとなりつつある風景やなにものも感じ得ないほどの疲労と倦怠が描かれている最中でも、ウォーの描写はレマルクの『西部戦線異状なし』のような白熱感をもたらさない。〈テイスト〉と言ってしまえば簡単だが、ウォーには独自の対象物への距離感がある。その距離感の正体は一体何であろうか。

ウォーの作品の登場人物たちは、スタナードが指摘しているように、いつも「身のおきどころのない状態」に自分自身を追い込んでしまうようだ。どこかに居を定めたいと願いながら何処にも落ち着けず、またなぜ自分たちがそのような物理的、心的状態に陥っているのかという明確な理由を発見することもできずにいる。何かを追い求める傍らで、その何かから常に逃避し、いつでも二律背反する感情を背負いつつ物語の中を彷徨している。その状態はウォーの作品においては決して特異なものではなく、むしろ作品の軸の部分を形成している要素となっている。本章では、一九四五年という第二次世界大戦終結の年に出版され、各地で大いなる反響を呼んだイヴリン・ウォーの『ブライズヘッド再び』[4]において、何が登場人物を探求行動に向かわせると同時に、物語から常に逸脱しようと試みる逃避行動をとらせているのかということを探る試みを行う。

一　『ブライズヘッド再び』――逃走する男たちはどこへ行くのか

この物語は、主人公のチャールズ・ライダーが戦争に参加する以前の大学在学中に何度も訪れたことのある場所である〈ブライズヘッド〉を戦争のなりゆきとして図らずも再訪することになったというエピソードから始まる。チャールズは、序章において三九歳という設定であり、宿営地の寒々とした風景を眺めながら自分自身が感覚の麻痺状態に陥っていることを淡々と観察している。その麻痺状態とは、対象物の「すること、言うこと、考えていることに対して全く好奇心がなくなり、それを再び元に戻せるという希望もなく、その失敗に対する自責の念も沸いてこないのと同じであった」(5)というものだ。

チャールズは自分と軍隊との関係を結婚に例えており、「私はこの結婚の幻滅を終始経験していて、自分と軍隊とは最初の無我夢中の近寄り方から、法律と義務と習慣との冷たい結び付きしか残っていない現在の状態に至るまでのすべてをともにしてきたのだ」(6)と読者に向かって述べている。何かの対象物と自分との間に人間がある関係を結ぼうとする時、そこには〈好奇心〉という名称で語られる感情の動きがある。その感情の動きは時に〈関心〉とも呼ばれるが、刺激による反射のような生命体の反応は一定の時間が過ぎればだんだんと鈍くなっていく。そして〈反感〉や時に〈無理解〉の状態を経て、ついには〈無関心〉という、感情に防御を与える意味での〈無反応〉を示すようになるということが、物語の冒頭で比喩的に語られている。

しかし、世界を対象物として眼前に見ていながら鈍麻の状態に陥っていたはずのチャールズは、ブライズヘッドに到着すると何らかの〈刺激〉を受けて感覚鈍麻の状態から解放される。この小説の第一部においては、冒頭の戦争に参加しているチャールズが二〇年前の〈ブライズヘッド〉について語り始めるという〈回想〉のスタイルをとっており、すべてはチャールズによって語られていく。そこでは、一九二三年頃のオクスフォードでの生活が、チャールズと呼ばれる一大学生の目からこと細かに語られており、すでに退色し、肉体的かつ精神的な疲倦怠をもたらす戦争風景ではなく、読者に彩色が十分に生きている絵画や解像度の密な映画を見ているような錯覚を起こさせる。

チャールズは大学でセバスチャン・フライトという青年と知り合う。アレックス・マーチメイン侯爵を父に持つこの美貌の青年は、構内でも風変わりな人物として有名だった。〈ブライズヘッド〉とはセバスチャンの兄を呼ぶときの呼称であり、セバスチャンがチャールズに向かって「あそこにわたしの家族が住んでいる」という説明をした場所である。「あそこがわたしの家だ」と言わなかったことが、この物語の行く末を象徴している。なぜならば、セバスチャンもチャールズも、この物語の中のどこにも心からくつろげる〈棲み家〉（もしくは、〈居場所〉と読んでもよいが）を見出すことができなかったからである。ブライズヘッドにチャールズを連れて来たセバスチャンは、チャールズと自分の家族とを本当は会わせたくないと主張する。その理由は、「自分の家族に会った人は皆家族の友人になってしまい、自分の友人ではなくなってしまうからだ」というのである。しかたなくチャールズはブライズヘッドの〈外貌〉とでもいうべき瀟洒なこの館を観察し、この観察が後のチャールズの職業を決定することになる（チャールズは大学を退学し、建築物を詳細に描く建築画家となる道を選択した）。セバスチャンは、〈ブライズヘッド〉という、〈場所〉と呼ぶよりは様々な形象が三次元的なモザイクのように重なり合わさった、言語では表現しえぬ〈何か〉に対して不安と焦燥の念を感じていた。その〈何か〉に物理的、肉体的に近づけば彼の不安感や緊張感はいやが応にでも高まり、遠ざかれば落ち着くのである。チャールズには、その〈何か〉が一体何であるのか最初のうちは皆目見当がつかない。分かるのは、ブライズヘッドに絡むさまざまな事象が自分にとって抗い難いほど魅力的に感じられることだけである。

セバスチャンの出自は〈生粋の英国人〉として描かれているが、大学ではもう一人チャールズの心を揺さぶる人物が登場する。アンソニー・ブランシュという名のその青年は、アルゼンチン人の母親を持ち、「オクスフォード中にその悪名を轟かせている耽美主義者の首領」であるとまず紹介される。

このアンソニーは、ウォーの仕立てた一種の〈道化〉とも考えられ、物語の中を縦横無尽に歩き回っている。それは、一カ所に縛られない自由な身上を持ち得る、この物語におけるほとんど唯一の人物であるためと、思想上の偏狭さを排除した人物としてウォーが意図的に全編を通じて彼を登場させているからであろう。セバスチャンとその父親であるマーチメイン侯は、どのような行動をとっても伝統的な価値観から逃れられない。しかし、自分の感情を優先し、不安感を克服しようとするあまり、自分を精神的に〈不自由にさせるもの〉からの遁走を試みる。戦争が終わってもマーチメイン侯は本国への帰還を断固として拒み、大陸に居を構えて妻テレサのもとには帰ろうとしない。それは一個の性格を持った人間としての妻、肉体的な意味での妻を拒否しているのではなく、テレサという存在を、そしてその背負っている価値体系やもろもろの現象との関連性を拒否しているのだ。「わたしの悲劇は英国の田舎がどうしても好きになれないということなんです。わたしのように重い責任を親から受け継いだ者が、そのことに何の関心もないというのは全くひどいことですよ[7]」と「自分にはバイロン風の何かがあると感じつつ、そのことを悪趣味と考え、それを抑えようと努めていた」と描写されているマーチメイン侯は述べる。

侯爵の愛人として読者に紹介されるケアラは、物語の途中でセバスチャンとチャールズがヴェネツィア在住の侯爵を訪ねた時にチャールズにアレックス・マーチメイン侯の置かれている状況を説明し、侯爵が自分でも気づいていない精神の奥底の部分を解析してみせる。

「……あの人は夫人を憎んでいて、それがどの程度のものなのか、あなたにはとても想像がつかないと思いますよ。あの人がいかにも落ち着き払っていて英国人らしいと思っているでしょうね。たいていのものには飽きてしまった英国の貴族はもはや情熱などというものを感じなくなって、居心地のよさだけを求めて、男性一人では十分なことができないのでわたしを連れ、太陽の光を求めてヨーロッパを旅行していると考えていらっしゃる。ところがあの人は噴火寸前の火山のように憎悪に燃えていて、夫人と同じ場所の空気を呼吸することができないんです。英国に足を踏み入れないのは、英国が夫人の居場所だからで、セバスチャンといる時でも息子が夫人の子供であることが気に入らないんです。そしてセバスチャンも母親を憎んでいます」(8)

ケアラはさらに、「自分でもそういうことは認めていないとしても、あの家族は憎悪にこり固まっています。自分たちに対する憎悪の塊なんです。アレックスとその一家の人達は、ね」と続ける。

一方、アンソニー・ブランシュは、マーチメイン侯が大陸に留まって英国に帰ることを避けているということの出来事を指して、「それは一つの社会から一人の人間が追放されるという最終証明の歴史的実例なんだよ」という解釈を行っており、マーチメイン侯が大陸から引き揚げないのは、テレサ夫人に英国から追い出される形になったためだと述べているが、侯爵が物語の中で独白をしたり、誰かに本心をもらしたりするシーンが無いために、事実関係が実際にはどのようになっているかはついぞ不明のままである。読者が知り得ることは、侯爵が英国に足を踏み入れることを避けているということと、テレサ夫人が亡くなって随分と時が過ぎた後、晩年になってから英国への帰還を表明し、表明した後紆余曲折を経てさらにしばしの時間が経ってからブライズヘッドに戻り、死を迎える最期の一瞬にそれまでは頑なに拒否を続け、必死に避けていたはずのカトリックを容認する行動をとったという程度であろう。マーチメイン侯は体調を崩し、周囲の人々がその病気の様子をおもんぱかってマッケイ神父という人物を連れてくるのだか、「何か手違いがあったようですな。わたしは死にかかっているわけではないし、もう二五年もあなたの教会でおつとめをしたおぼえがありませんからね」(9)と言って追い返してしまう。しかし、最期の意識の中で、胸の前で十字を切る動作を行い、このことが、チャールズに深い感慨を与えるのである。その時のことをチャールズが回想するシーンで、「その時、わたしは自分の求めてきたしるしが、人込みの中で誰かにお辞儀をする程度の些細な事ではないことを知り、神殿の幟が上から下まで一気に裂けたという子供の頃にきいた言葉を思い出した」(10)ということが書かれる。

それでは、侯爵が長い時を過ごしながら逃げ続けていたものは、伝統的、宗教的な〈不自由さ〉という類のものではなかったのだろうか。彼が逃げ続けてきたものは、確かに存在するが、それはどんなに逃げても逃げきれるものではなかったのだろうか。あるいは、人生の最期の部分でそういった〈不自由さ〉との折り合いをつけるべきだと観念したのだろうか。それとも、最後にはその〈不自由さ〉に捕らえられてしまったのか。

さて、セバスチャンはマーチメイン侯とは多少異なった理由で、母親および英国的な価値観の生み出した肉体的というよりも精神的な〈不自由さ〉からの逃走を試みる。また、その逃げ方も父親とはかなり異ったものとして描かれる。しかし、どちらの場合も根本的にはマーチメイン侯爵夫人からの逃走であり、〈ブライズヘッド〉からの脱出である。彼女の体現しているものからの逃避の後、マーチメイン侯が戦後ヨーロッパに留まり、いわゆる「愛人」とともにイタリアで暮らし続けたというこの物語の設定は、一九四五年頃の読者の目にはそれほど特異なこととは映らなかったかもしれない。また、田舎に所領と館を持ち、ロンドンに屋敷あるいはアパート様のフラットを持つというスタイルも当時の英国では決して奇異なことではなかったので、マーチメイン侯が晩年まで〈ブライズヘッド〉というある種の〈世界〉に帰らなかったことは、現実からひどく逸脱しているとか、突飛な行為であるといったようには描かれていない。

しかし、侯爵夫人の実子であるセバスチャンが母親の存在から逃れようとし、また自分と外見的には同様の特徴を持った妹のジュリアからもありとあらゆる手立てを試みて離れようとすることは尋常ではない。何しろこの家族は物理的に誰かを追跡するということを行っていないのであるから。追いかけて来ないものから逃避しようとする彼は、一体何から逃れようとしていたのか。そこまでセバスチャンを追い詰め、迷走させた精神的な〈不自由さ〉とは何であるのか。これは物語を最後まで読んでも、はっきりした言葉でウォーによって語られることはない。ただ読者に感じられるのは、マーチメイン侯もセバスチャンもマーチメイン侯爵夫人であるテレサを避けていたということだけである。マーチメイン侯の方は最終的にブライズヘッドに帰館するが、それは侯爵夫人の死後のことである。ところが、マーチメイン侯爵夫人が亡くなってもセバスチャンはブライズヘッドへの帰還どころか帰国すらしない。ギリシャやフランス南部など地中界的世界やアフリカ北岸のモロッコを徘徊している。マーチメイン侯爵夫人に代表される何かの「存在」はどこまでもセバスチャンを追いかけて行くのである。地球上のどのような場所に移動したとしても追跡探査ロケットのように追い、追いついたら最後憑依霊のように彼の意識に取り憑いて離れない。セバスチャンはアルコールを摂取することでこの意識から逃れようとする。また、アフリカの奥地へと分け入って、自分が誰かの役に立てはしないかと模索する。また、ドイツ人の負傷兵であるクルトに遭い、献身的な看護をし、その世話をしている間は幸福感を感じていたらしいということが読者に知らされる。

ウォーは物語のところどころでオムニポテント・オーサーとしての顔を見せている。この物語はウォーの回想録であるとも言われており、ウォーの日記や伝記を調べ、物語に登場する人々や地名などを照会してみると、大多数はフィクションとして置き換えられてはいるものの、確かに自伝的部分も多いということは否定できない。しかし、単に記憶の中を彷徨し、その中に収められているデータを作者の都合のよいように書き換え、読者に媚を売るような脚色を加えるというのではなく、むしろ美談を避け、ウォーは自分が一番書きたかった世界を言葉を織物のように紡ぐことで創出しているといえよう。だがそこには、自戒の意味も込められているのか、例えばチャールズ・ライダーという創作上の人物を介して「自分が若かった頃を、実際そうであった以上に早熟に、また無邪気なものに作り替えて回顧し、ドアの縁に背の高さを刻んだ印の日付に手を入れてしまうようにすることは容易なことである」[11]とか、「我々は後年になって、自分たちが若かった頃時々とても道徳的になることがあったのをどんなに自分勝手に否定し、その時代に長い夏の日をただただ無分別な放蕩に明け暮れていたと思いたがることだろうか」[12]などという、時間の経過によって過去の記憶が別のものとすり替えられることを懸念している文章を物語の合間に差し挟んでいる。また、「車の中で、もう二度と見ることはないであろうとブライズヘッドの屋敷をふり返って見た時、わたしはそこに自分の一部を残して行くので、その後はどこへ行こうとその部分が無いことを忘れることができずに、冥界まで旅をするのにどうしても必要な財宝を埋めたはずの場所に出没する幽霊のように、無くしたものを捜し回ることになるだろうと感じたのである」[13]「一枚の扉が閉ってしまっていた。私がずっと探し求め、オクスフォードで見つけたくぐり戸は閉まってしまい、また開けて見ても、もはや壁の向こうには私の心をとらえて離さぬ庭は無いのだった」などと書かれているくだりが第二部に見出され、この部分はセバスチャンが物語の本筋から去っていってしまった後のチャールズの独白になっているのだが、この部分に見出される過去に対する、ある種表現することが困難な感覚は「わたしは自分が幸福な思いをした場所にはどこでも何か貴重なものを埋めて、年をとって醜くてみじめな人間になってから戻って来てそれを掘り出しては当時を回顧したいんだよ」[14]という第一部の第一章で語られるセバスチャンの台詞へとつながっていると思われる。

物語の大半は、チャールズの大学時代のさまざまな日常的な出来事が中心となって展開していく。チャールズは当時の新しい意匠の芸術に凝っていて、部屋に骸骨と薔薇の花を飾ったり、ロジャー・フライ作の衝立を置いたりしているために、常に金銭にこと欠いている。そこで父親に援助を乞うために父親がヘイターという召し使いと共に住んでいるロンドンの屋敷へ出向くが、そうそう良い返事はもらえない。チャールズの父親は紀元前の土器を採集し、その来歴を調べることに熱心で、その他にはこれといって楽しみもすることもない。この親子の会話は常にどこかかみあわず、チャールズが父の館に友人を連れて来て夕食を共にしていても、父親はさまざまな誤解をし続け、会話らしい会話は成立しない。チャールズは、自分の家でもくつろげない理由を母の死後の叔母の態度に見出している。フィリッパ叔母とチャールズの父はどうしても食事の献立の嗜好が合わず、どちらもストレスを感じていたらしく、結局叔母と父親との間で静かに行われていた冷戦は、叔母が英国を去ることで父親の勝利となった。叔母という一種の緩衝材が存在していた頃の〈居場所〉のある〈生活〉は、チャールズにとっては自然なものであったので、叔母の撤退とともにチャールズは父親と対峙する形になり、〈家〉での居場所を失うことになった。

「居場所を失う」ということは、ウォーの小説世界では珍しいことではない。むしろ常に居場所を失い、棲み家を探してさまよう登場人物は異様なまでに多い。

序の部分で触れたマーチン・スタナードの研究書の原文タイトルは、*Evelyn Waugh No Abiding City 1939–1966* となっており、このタイトルがウォー自身とウォーの小説世界の人々の〈居場所のなさ〉を端的に表している。

この作家は私生活において結婚、離婚、改宗、引っ越し、旅行を忙しく行っており、一カ所に定住するようになったのは、ピアズ・コートに住むようになって以降のことである。ウォー独特の言い方で「くだらんもの（'Stinkers'）」というあまり有り難くないあだ名をつけられているグロスターシャー・ハウスもウォーが家族と比較的長く暮らした数少ない場所である。このことは、クリストファー・サイクスによる伝記『イヴリン・ウォー』や文字通りウォーの良き隣人であったフランシス・ドナルドソンの『イヴリン・ウォー　田舎暮らしの隣人のポートレイト』に詳しい。

ウォーはエチオピアや南米を旅行し、何作もの旅行記をものしている。さまざまな経緯から新聞社や通信社の記者を務め、読者を喜ばせるためのネタ探しに奔走し、記事を電報で送る毎日を過ごしながら、帰国する度に旅行記とその旅行記をもとにした小説を著した。これらの旅行記や小説に見られる主人公は異世界からの訪問者であり、ある時は原地の人々とのコミュニケーションに窮し、嫌悪感をおぼえ、逃避行動に走り、またある時は熱狂的にその土地に取り憑かれ、一つの〈冒険〉が終わるとまた次の〈冒険〉をめざすというプロトタイプの冒険家の姿勢も見せている。(15)

各地をさまよい、見慣れぬ土地に自分の本来の姿を探す。このような作家が珍しい存在だという気は毛頭ない。E・M・フォースターはアレクサンドリアに出向き、そこに人類の可能性と理想の姿を見出した。『眺めのいい部屋』の主人公の女性はイタリアに行き、自分の中にヴィクトリア朝の価値観以外のものを見出して帰国する。ロレンス・ダレルは、フォースターの『アレクサンドリア』に触発されたのか、やはりアレクサンドリアに出向き、西洋社会の失ったものを見出そうとして『アレクサンドリア四重奏』の世界を描く。グレアム・グリーンは、コンゴへとコンラッドの描く『闇の奥』の世界を求めて出かける。そして、その体験記『コンゴ・ジャーナル』および小説『燃えつきた男』を出版している。(16) サマセット・モームは医学の道を一度は志したが、その後小説家に転向し、各地を旅行して旅行記を残した。ゴーギャンをモチーフとした『月と六ペンス』は、原地での調査なしにはどのような想像力を持つ作家であっても書き得なかった迫力を持っている。自分探しの旅をするために、世界各地を放浪する青年ラリーは、モームの晩年の傑作である『かみそりの刃』の登場人物だが、多くのアメリカ人の心を捕らえたと言われている（しかし、『眺めのいい部屋』の主人公は英国に戻り、故国に自分の棲み家を見出す。『アレクサンドリア四重奏』の四つの部分を司る登場人物たちは物語の中をさまようが、語り手のダーリーですらも放浪の後にギリシャの島での生活を〈見出す〉ことに成功しているというようなことから、これらの作家が自分達の生み出した登場人物に最終的に与えようとした〈居場所〉は必ずしも特定の外国の土地ではないといえよう。）。

ウォーの作品においては、主人公たちはなかなか自分の居場所や自意識を見出すことができずにいる。一九二八年に発表された最初の小説である『衰亡記』の主要な登場人物ポール・ペニフェザーは、大学で神学を専攻している学生であったが、構内での乱痴気騒ぎにうっかりかかわってしまったがために流転の人生を余儀なくされる。しかし、そこには〈恨み〉や〈妬み〉といった、自分を見失うような強い感情は介在しない。学問への情熱的な志向や芸術への抑圧しがたい思いなどが小説の中で語られることもない。また、『一握の塵（一九三七年）』のトニー・ラーストにしても同様であり、何かに突き動かされるような衝動などは持ち得ない人物として描かれている。ポールは最初に物語に登場した時とは別のアイデンティティを得てもとの大学に戻る。しかし、そこに〈居場所〉を見出したので戻ったのではなく、大学はあくまで通過点であり、その通過点に戻ったままでのことである。トニーの方は、妻のブレンダの計画にはまり、離婚せねばならない羽目に陥り、最後は南米の奥地へ行ったきり、そこから逃げ出せなくなって、英国の自宅に帰還することができないまま物語は終わってしまう。また、『汚れた肉体』にしても、『ギルバート・ピンフォールドの試練』にしても、自分を取り巻く社会や環境との円滑なコミュニケーションを行う能力に欠如している主人公ばかりが不本意に作者の手に操られながら〈活躍〉させられ、徐々にさまざまな意味で〈居場所〉を失っていく。ここで「不本意」と述べたのは、明確な意図や意志がないままに状況が彼らを動かし、物語を作り上げる原動力になっており、主人公の焦燥感や感情はほとんど吐露されぬままに筋が組み立てられ、進んで行くためである。

さて、『ブライズヘッド再び』はどうだろうか。チャールズ・ライダーは、セバスチャンの交友関係や動向を気にしながら、セバスチャンにそっくりのその妹ジュリアに引かれていく。チャールズは「彼女はセバスチャンにあまりにもよく似ているので、段々と暗くなっていく中を走って行く車の中で隣に座っていると、この似ていることと、違っていることから生じる二重の幻覚からわたしは逃れることができなくなっていった」、また、「ジュリアとセバスチャンのはっきりした違いは一つだけで、彼女が女性であることだった。そのことが彼女とわたしの間の空間を満たし、わたしはそれまでどのような女性に対しても経験しなかったほどにジュリアに女性を感じたのである」[17]とジュリアの存在と自分の感情とのつながりを述べている。しかし、ジュリアはレックス・モットラムというカナダ人と結婚してしまう。後にジュリアはレックスと離婚し、チャールズと結婚しようとするが、失敗に終わる。

第二部では、セバスチャンは系図学者でカトリックのサムグラス氏と中近東に旅行したりなどするが、放浪癖は修正されることなく、やがて行方をくらましてしまい、物語の最後では末の妹のコーデリアのモロッコでの話の中に出てくるのみの登場となってしまう。しかし、この物語を再び振り返る時、読者はこの物語が〈ブライズヘッド〉という場所についての物語ではなく、また〈ブライズヘッド〉という場所に縛られている若者の話でもなく、チャールズ・ライダーが何十年も取り憑かれていたセバスチャンという人物をさまざまな断片からモザイクのように組み立てていくように作り上げてきた幻影であり、〈ブライズヘッド〉はそのセバスチャンを導き出すための道標なのだと知ることができるだろう。断片をいくらコラージュのように張り合わせても、それは元の実体とは別の〈何か〉になってしまう。そして、ジュリアの容貌の特徴や性格からセバスチャンと共通する部分を切り取り、張り合わせたり組み立てたりしても、結局はセバスチャンという実体にはならない。

ジュリアはいわばセバスチャンの影法師なのだ。外見や雰囲気が兄にそっくりで、いくらセバスチャン自身にも「わたしはジュリアが大好きなんだよ。わたしにとんでもなく似ているからね」と言わしめたとしても、また、チャールズがセバスチャンとともにアルカディアの日々を送っていた頃に、セバスチャンのうちにジュリアを見ていたと思っていたとしても、当然と言えば当然のことであるが、やはり別の人物であることに変わりはないのだ。さて、チャールズにはどんなに欲してもセバスチャンを手に入れることはできないということが分かっていたため、代わりに自分はジュリアに恋をしているのだと思い込む。ここには結婚という社会的、行政的な手段に訴えてセバスチャンの影を手に入れようとしてもがくチャールズ・ライダーの姿が描かれている。さて、セバスチャンの兄であるブライズヘッド伯は、マッチのラベルのコレクションという、一見非社会的行動ともいえる趣味に余念がなかったが、そのコレクションが縁で知り合った人の未亡人との結婚を突然思い立ち、その未亡人は三人の子供を連れてブライズヘッドにやって来ることになる。登場人物がさまざまな思惑を抱えて、同時に引っ越しを思い立った矢先にマーチメイン侯爵が突然ブライズヘッドの館への帰館を表明する。戦争によって大陸のさまざまな状況が変化したことが理由であるように語られるが、マーチメイン侯は何度も帰国の日取りや方法などを変え、本国への帰還を果たしてからその最期を迎えるまで、一体何を考えていたのかは謎のままで読者に彼の心情は明かされることはない。侯爵が帰国するとともに、ブライズヘッド伯とその結婚相手であるベリル・マスプラット夫人、レックスとの離婚を控えたジュリア、離婚訴訟中のチャールズ、ブライズヘッドを追い出されるはずだったコーデリアは皆それまでの〈棲み家〉も、そして次の〈目的地〉も同時に失ってしまうのである。

こうして路頭に迷う人々にかかわるかたわら、チャールズの頭の中にはあいかわらずセバスチャンが住み着いている。セバスチャンは自分が肉体的、思想的に理想的に生きる場所を得られなかったのとは対照的に、チャールズの意識の中ではいつまでもある一定の状態、つまり〈居場所〉を与えられた状態で保たれている。

人々にどうにも自分たちの〈居場所〉が見つからないような気分をウォーの作品群が読者に与えていることのもう一つの大きな要因には、いささか表面的に聞こえるきらいはあるかもしれないが、登場人物の信奉している宗教の多様性があげられよう。もっとも、すでにウォーの研究者の多くはウォーがカトリックに改宗したことと、ウォーの小説に頻出する宗教の問題とを密接な関係があると述べている。ウォーの伝記作家であるクリストファー・サイクスやウィリアム・J・クック・ジュニア、『ピクチャレスクな牢獄』という諷刺のきいた優雅な題を与えられているウォーの作品研究書を著したジェフリー・ヒースなどもウォーの作品と宗教との関係を論じている。冒頭で紹介したスタナードもこの例にもれない。

マーチメイン侯は、テレサ夫人と結婚するためにカトリックに改宗し、長兄のブライズヘッド伯と末娘のコーデリアはカトリック、ジュリアとセバスチャンは異教徒であるとセバスチャンによって第一部の第四章で説明されている。セバスチャンはさらに、宗教にはいろいろな宗派が存在し、そういった宗派による人生観が皆違うので、通常はそれらの違いを隠そうとするのだが、結局は隠しおおすことはできずに困惑の種になっているのだとチャールズに向かって説明する。そして、人生がうまくいっているかどうかということは、宗教とは直接関係がないものの、宗教は人間と人間との関係を築く上での重要な要素になると同時に障害になることもあるということを示唆するのである。ブライズヘッド伯とチャールズが礼拝堂の価値について話をしている場面で、「好き」であることと「良い」ことは別であるという論議が起こるが、その礼拝堂について「今でも良いものかもしれません。わたしがあまり好きではないということなんです」と言うチャールズに対し、ブライズヘッドは「あるものが好きだということと、それをいいと思うのとの間に違いがあるのか」(18)と問い返す。チャールズはこれを聞き、「わたしにはそれが単に言葉の上での食い違いではなくて、わたしとブライズヘッドの間にあるどうにもならない大きな溝を示すものであることが感じられた。互いに理解し合うなどというのはとうていできないことだった[19]」と思う。

チャールズとセバスチャンがマーチメイン侯に会いにヴェネツィアまで赴いた時、ケアラは、マーチメインがなぜ帰国しないのかという理由について触れるが、その際に、マーチメイン侯爵夫人と侯爵の感情について言及し、「誰かをそんなに憎むというのは、何か自分のうちにあるものを憎んでいるということ[20]」と言い、侯爵は実は、「純真や神、希望などという失われた幻影をそうやって憎んでいるんです[21]」と加える。

『ブライズヘッド再び』においては、さまざまに絡み合った要素が重なり合って容赦なく登場人物たちから〈居場所〉や〈棲み家〉を奪っていく。そのすさまじさは、特に男性を逃避行動に走らせるなど、物語の表面に登場人物の具体的な行動となって顕著に立ち現れてくる（女性達はやりすごしたり、上手にそのエネルギーを回避している）のである。

結び　逃げる男性と芸術家

第一部の第二章において、ウォーはアンソニー・ブランシュに芸術についての解説をさせている。アンソニーはいわゆる正統的な英国人ではないことによる特権を最大限に使い、大学や大学以外の場所や機会のある度に催されるさまざまな集まりに顔をだしていた。アンソニーはハクスリーの『アンティック・ヘイ』を読んでガーシントンに住む知識人宅のサロンに出入りしていたりするという設定であるが、これは実際にオルダス・ハクスリーがガーシントンの館に出入りしていて、ブルームズベリー・グループのメンバーとの付き合いがあったことと時代背景的に無関係ではないだろう[22]。

アンソニーは、チャールズが建築絵画という領域に自分の職を見出したことを賛美し、「芸術家とは妙なるものではない。僕は妙なるもので、セバスチャンもある意味ではそうなのだが、芸術家というのは不滅の人種で、不屈で意欲的、観察眼が鋭いものだよ。それから情熱的だ」[23]と言うが、ウォーは果たして自分のことを芸術家だと思っていたのだろうか。この問いには、どんなに詳しい伝記作家であろうとも、またウォーの身内であろうとも、はっきりした返事はし難いと思われる。ウォーの本領は、その作風を諷刺、皮肉、ブラック・ユーモアに満ち溢れさせている事で発揮されている。ウォーの場合、彼自身の手による日記、手紙に書かれている考えや事実関係すらあてにならない（作家の日記や手紙を当てにしすぎることは、作品を読む際の妨げとなることは否めないが、モームやウォーと同世代のグリーンやハクスリーの伝記や日記を読むことと、ウォー関連のものを読む時の姿勢は同じであってはならないと思われる）。

生計を立てるためなのか、それとも根っからの冒険好きなのかは本当のことは分からないが、新聞の通信員としてアフリカや南米を旅行し、記事のネタを捜し回り、ある時は「捏造した」と言われてもしかたのないような記事を書き、さまざまな事件に巻き込まれながら記事を新聞社に送ったウォー。帰国する度に各地の紀行文を出版し、その紀行文を土台にした小説を次々と生み出していったウォー。小説の主人公はたいてい男性で、その男性はどういうわけだかいつも居場所を奪われ、ピカレスク小説の主人公のようにさまざまなパラダイムを流れ歩かなくてはならない物語を書いたこの作家は、名士としてならしながら、懐疑的で人嫌いであったと伝記作家には必ず書かれてしまう。しかし、ウォーは『ブライズヘッド再び』を世に送ることで、その繊細で、「大切なものは小さな宝物箱にしまっておく」ような傷つきやすい素顔を読者に初めて見せたような気がしてならない。

『衰亡記』、『汚れた肉体』、『黒いいたずら』そして『一握の砂』で見せたウォーのプロット作りの手際の良さ、主人公の性格設定の見事さ、そしてディヴィッド・ロッジもその著『小説の技巧』で指摘している「電話での会話の上手さ」[24]は職人的な物語作りを感じさせ、読者はウォーの知性の高さを感じ取ることだろう。

だが、この作家の本質は知性の高さではないのかもしれない。『ブライズヘッド再び』においては、かりそめの主人公はあくまでも「チャールズ・ライダー」であり、小説自体はこの人物の回想が物語のほとんどを占めるという構造となっている。しかし、この回想の核になっているのはセバスチャンを巡る物語であり、セバスチャンを探し、組み立てる旅であり、彼にまつわる出来事の不確定さなのである。

あらかじめ用意されたプロット通りに書くというスタイルがウォーの長年の定番であったとするならば、この小説は、小説家が何かを書きながら自分の探しているものは何であったかを知り、どこへ向かっているのかも分からずに書き続け、結局自分は何を探していたのか、どこへ行くのか、信じられるものは何なのか、というような、小説家の描く世界のすべてが不確定な要素と化してしまうものなのである。ここに登場する男性像は、いつも何かから逃れようとしているか、一般に「運命」などという名称で一くくりにされている一種の不定形なエネルギーによっていずこかへの遁走を余儀なくさせられるかである。ウォーの描く世界の住人たちは、アンソニー・ブランシュが言うような、あるいは、サマセット・モームの『月と六ペンス』に登場する絵のために家族を捨てて南洋の島での暮らしを始めるストリックランドのような「芸術家」ではない。芸術のための逃走などということは微塵も考えていないように描かれている。また、オルダス・ハクスリーの『恋愛対位法』に登場するマーク・ランピオンのような、常に本物を見極めようとすることが最上の生活であるという信条を糧に生きているような人物でもない。

『ブライズヘッド再び』は、図らずも結果的書かれてしまった芸術家像ではないだろうか。チャールズ・ライダーとセバスチャンの二人は表裏一体をなしていて、どちらが欠けても完全なものにはならない。常にどちらかがどちらかを探す。そして逃走し、またお互いをお互いの中に見出していく。この作業の繰り返しなのである。

探しているものは、探しているうちは見つからない。途中で見つけたような気になるが、実際は見つかっていない。しかし、それもまた良しと思えるような懐の広さと、誰もが記憶の小箱の中に持っていて、その小箱を開けるとなくなってしまうような気がしてなかなか開けられないでいる少年の繊細さを『ブライズヘッド再び』は合わせ持っている。

（1）マーチン・スタナードの『イヴリン・ウォー　一九三九年〜一九六六年』に関しては、Martin Stannard *Evelyn Waugh : No Abiding City, 1939-1966*, J. M. Dent & Sons London, 1992 を使用している。この本の副題からも察せられる通り、スタナードがこの伝記で注目していることは、ウォーが精神的な定住地を持たず、豪奢な邸宅で妻やたくさんの子供に囲まれて暮らしていても、満足感を得ることが難しかったという事実であろう。この伝記には上巻に当たる部分が存在するが、それが『イヴリン・ウォー　一九〇三年〜一九三九年』であり、原題は、*Evelyn Waugh : The Early Years, 1903-1939*, J. M. Dent & Sons London, 1986。ジョン・ベイリーの書評については、一九九二年の四月二四日付のタイムズ・リテラリー・サプルメントに掲載されたものを引用している。

（2）スタナードによれば、フランク・カーモウドは『パルチザン・レヴュー』の中でウォーを批判したとしている。Ibid., p. 440.

（3）Ibid., p. 441.

（4）『ブライズヘッド再び』*Brideshead Revisited* については、Penguin 版を使用しているが、これは、一九四五年にChapman & Hall 社から刊行されたものとテキストは同じものである。以下の引用はこのテキストから行っている。

（5）*Brideshead Revisited*, Penguin Books, London, 1962. ibid., p. 11.

（6）Ibid., p. 11.

（7）Ibid., p. 96.
（8）Ibid., p. 99.
（9）Ibid., p. 312.
（10）Ibid., p. 322.
（11）Ibid., p. 29.
（12）Ibid., p. 61.
（13）Ibid., p. 163.
（14）Ibid., p. 26.
（15）ウォーは、アフリカや南米などに観光旅行をするとともに、デイリー・メイル紙の特派員として取材旅行を行っていた。さまざまな地域への来訪記の詳細は、拙論「イヴリン・ウォーの紀行文探訪」（東京都立大学英文学会誌 Metropolitan 三十七号所収）ですでに論じてあるので、そちらをご参照いただければ幸いである。
（16）グレアム・グリーンは、ウォーと交友があり、両者の作風やプロット作りの手法にはかなり隔たりがあるものの、同時代人と呼んでも差し支えないと思われる。小説を書くための題材作りを目的として二人ともに英国以外の地を散策している。新聞社等のメディアとのつながり、紀行文をもとに小説のプロットを作り、小説を作りながら紀行文を書くという段取りの類似性などの他にもこの二人には一時さまざまな局面での事実上の交流や共通点があったが、ウォーのカトリックへの改宗を機に交友関係は決裂している。
（17）*Brideshead Revisited* ibid., p. 74.
（18）Ibid., pp. 89-90.
（19）Ibid., p. 90.
（20）Ibid., p. 90.
（21）Ibid., pp. 99-100.

(22) ブルームズベリー・グループの行っていた社会的な芸術活動に関しては、近年再び注目を集めている。一九九九年には、同グループのダンカン・グラントやロジャー・フライなどの絵画展がロンドンのテート・ギャラリーで開かれている。ウォーがオルダス・ハクスリーの『アンティック・ヘイ』を読んでいたこと、当時の文学作品や芸術に関して興味を持っていたことは日記や書簡集からもうかがえる(ただし、あからさまにウォー自身が「興味を示している」とは書かれていない。それは「皮肉屋」といわれるウォーの表現形式上の問題である)。ウォーはまた絵画、特にラファエロ前派に多大な関心を寄せており、『ロセッティ伝』を著していることからもいかにこの作家が芸術に関する思潮に関心を持っていたかということが察せられる。

(23) *Brideshead Revisited.* ibid., pp. 52-53.

(24) David Lodge *The Art of Fiction*, Curtis Brown Ltd., London, 1992(邦題『小説の技巧』)柴田元幸、斎藤兆史訳、白水社 一九九二年)の「電話」の項参照。ウォーの小説における「会話」が「電話」という機械を用いることによって、いかなる状況をも現実からいとも簡単に乖離させてしまうウォーならではの一種のトリックを紹介している。ここで取り上げられているのは、『一握の塵』の中のある場面で、主人公のトニーが妻のブレンダに電話をかけている様子が電話を通して行われた会話のみを用いて描写されている。妻は、恋人のジョン・ビーヴァーと一緒である。お互いの顔が見えず、しかもトニーが少々酩酊状態であることも手伝って、つじつまの合わない会話のやりとりがしばしば繰り広げられるのである。電話での会話を小説で読む読者は、いわば劇を見ているスペクテイターであり、空間を隔てた二つのシーンを一度に見ることができる。電話線の媒介する、お互いが顔の見えないという状況が詐欺、ごまかしや誤解や混乱の元を生み出しているという格好の例としてロッジはウォーの作品の虚構性を論じている。

「ただ間歇的に機能する」(1)

——Some Do Not... における「知識」と専門知識

アンガス・P・コリンズ

フォード・マドックス・フォードの小説『良き兵士』*The Good Soldier*（一九一五）についての、その極めて影響力の大きい論評のなかで、サミュエル・ハインズ（Samuel Hynes）はこの小説を一つの認識論的探求であるとして語っている。すなわちこれは「知ること」についての探求であり、知識の不確実性が、視点を一人称に設定することによって増補・強調される作品であるとする。「この小説の提起する問題は知識の問題、とりわけ人間の心についての知識の問題である——『この世のいったい誰が、何らかの他人の心について何かを知っていたりするだろうか？』(2) 一人称の視点を採用することによって、またそれによって語りの信憑性についての信頼できる拠り所をいっさい設けないことによって、意図的にフォードは、「真実と現実に関する不確実性を構造的原理の水準にまで高めるような」（三一一頁）物語のなかでこれら複数の問題を複合させている、というわけである。

最も新しいフォードの伝記を書いたマックス・ソーンダーズ（Max Saunders）は、「知ることについての集中的関心が（知的な意味におけるのみならず肉体的な意味においても）大部分のフォードの小説の推進力になっている」とし、フォードのこれまた大作である戦争四部作『観兵式の終わり』*Parade's End*（一九二四—二八）においてもこの関心がまさしく同様に支配的であると見ている。しかしこの四部作では（とソーンダーズは感じる）「強調点が少し異なっている」「人間の行為の動機の朦朧性について読者を催眠術にかけるよりは、むしろ」フォードは「知られうることを再構成しようと試みる――人と人とのあいだに行き交うことを想像しようと試みる」(3)とするのである。

私にもここまでの論議はこのとおりであると思われるが、しかしソーンダーズはこのフォードの変貌について、明らかに極めて局部的でしかない見解しか見せていない。なぜなら、比較的に初期の上記小説が知識（「自分の同胞についての知識」）の捕らえ難さについての探求であるのに対して、後期四部作は（そしてとりわけ『なかには例外も……』*Some Do Not...* は）知識の使用法、特殊化された情報としての知識、専門情報としての知識を探求しているからである。不確実性の苦はこれら全ての作品に見られるのは事実だが、しかしその対照は疑問視される知識と用いられる知識とのあいだにある、つまり名目上の「善良なる人々」の不透明性と曖昧性によって転覆させられる知識と、実践的目的で利用される知識――知識が自己形成を助ける際や知識が実生活的に機能する際に自己の支えとして利用される知識とのあいだにこそ対照がある。この後者の意味での知識は不確実性を事実として承認する一形態であるよりは、むしろそれ以上に、不確実性からの防護であるように思われる。その根は第一次世界大戦への彼の参加以降の年月におけるフォードの様々の「再構築」への試みのなかにある公算が極めて大きい。

それと同時に、これらの小説のためにフォードが第三人称の視点を選んでいることは大いに意味深い。と言うのは、こうすることによって『良き兵士』に見られた極端な相対主義は縮小され、より大きな語りの信憑性が導入され、フォードは自己の新たな実践主義的テーマの処理に対して、一種の形態上の相関物を提供することになるからである。形態そのものが知識を問題含みのものにするよりむしろ、「知識」の可能性を明示する事になるからである。しかしながらフォードのテーマの圧力、可能性として考えられるこのテーマの、作者の個人歴に根ざす前歴的体験は、この連作の最初の、そしてたぶん最良の小説である『なかには例外も……』のなかに特に明らかであり、私がこれから目を向けようとするのもこの小説である。

I

私の理解では、専門知識という語によって私たちは特殊な実際的技能あるいは特殊な知識分野の制御力を意味している。このそれぞれは『なかには例外も……』のなかにおおいに開示されており、これらは主として、この小説の、悩みに取り囲まれたドンキホーテ型の主人公クリストファー・ティジェンズ（Christopher Tietjens）によって知られることと言ってよい。ティジェンズは、私たちがすぐに読むことになるように、百科事典を検討して様々の誤りを直すことに打ち込む。だが彼の知識の、現実に劇化された形態は、決して単なるがらくた蒐集癖による折衷主義などではなく、社交界の上で全的に首尾一貫性のあるものなのである。ゴルフ、乗馬、博物誌、地名の起源、ラテン語の詩歌、骨董品たる英国家具――ティジェンズはこれら分野のそれぞれに達意の人であり、これらは集合的に言えば神話の、つまりイギリス田園紳士についてのフォード的神話の構成要素である。これらは、フォードの構成においては領主の属性であり有閑階級の道徳上の遺産の産物であり、〈トーリー〉の責任と〈高貴なるものの義務〉の遺産であると想像されるものに随伴する習得知である。このことから私たちはティジェンズのなかにフォードが存在すると見てよいだろう。それはただ単に彼の並はずれた社交上の名誉観のなかだけではなく、彼が知悉する特定の事物のなかに見られる償いの要素のことである。フォードは、彼自身の生につきまとった数多くの不確定性、なかでも彼の半ばドイツ系・半ばラファエロ前派系の出自のなかから、自分では想像はできても決して競合し真似ることのできない確立された道徳上のイングリッシュネスについての、二面価値的なモデルを構成している。

してみれば、部分的にはクリストファー・ティジェンズは、土地所有紳士および道徳上の時代錯誤としてのフォード自身が描く、自己の肖像と言える。彼はヒーローとしての紳士であるが、やがて慨嘆に堪えぬ妻と社会の手によって、自分のヒロイズム行為の代価を思い知らされることになる。そして彼は精神のヒーロー、かつ、傷ついた精神のヒーローである。

というのも『なかには例外も……』のなかには実際にはふたりのティジェンズがいるからである——第I部では才能に溢れ、口論に挑み、しばしば鼻持ちならない、天才まがいの人物、そして第II部では百科事典をAからZまで読み始めなければならない、へまばかり犯し、理解の遅い戦争犠牲者。「『彼は何でも知っています』」シルヴィア（Silvia）とマクマスター（Macmaster）は第I部（三九、一九頁）でそれぞれ彼についてこう語っている。またレジナルド・イングルビィ卿（Sir Reginald Ingleby）は「『ティジェンズ、君は正確な実質的知識の百科事典だね』」と言う（五頁。ここでは形容詞類が『良き兵士』との本質的なコントラストを示している）。しかし第II部ではティジェンズは、わずか三分の一しか無傷では残っていない頭脳でもって機能する、いや機能しようと試みる男である——「彼がまだ身に持っている頭脳の全てを以前ほど効果的に使えなくなっているというよりは、むしろ自分の議論の支えとして援護を求めることがもはやできなくなった事実の領域が、全範囲に及んでしまったということなのである。」（一九一頁）

さてもしフォードが一部分ティジェンズ（つまり知的優秀性と紳士のプリンシプルを併せ持った人物）のなかに重なりあって存在しているとすれば、同様にフォードは衰えたティジェンズのなかにも、つまりほんの間歇的にしか機能しない精神でもって、自分の生の全ての要求と「精神的圧迫の長期に及ぶ病態に直面しなければならない」人物のなかにも存在している。と言うのも、フォードにとっての最も重要な戦争の遺産の一つは、精神の劣化に対する永続的な不安であったように見えるからである——これは一九一六年の砲撃からのニアミスののちに彼を襲った記憶喪失症の期間に由来するものである。戦争犠牲者ティジェンズのなかに、フォードは自分自身の精神的障害についての不安、知的社会的素養のみならず創造能力についてもその機能停止を危惧する気持ちを投影している。ティジェンズは、土地所有紳士としてだけでなく同時に戦争犠牲者としての、芸術家の肖像なのである。フォードは、病態・健常双方の登場人物のなかに存在しており、知識についてのテーマは個人的神話と私的恐怖症のいずれをも示唆している。マックス・ソーンダーズはそれゆえに『観兵式の終わり』のことを、ティジェンズの不安が「この芸術家の創造上の危惧を斜めから表現するもの」として用いられた「不安についての小説上の偉大な研究の一つ」と呼ぶことができたのである。(4)

『それはナイティンゲールだった』*It was the Nightingale*（一九三三）に収められたこの小説の起源についての語りのなかで、フォード自身がこの危惧感を描写している。そこでは彼は、ノートルダム聖堂で偶然に元の軍隊の同僚に出逢いながら、ふたりの共通の経験の細部を思い出すこともできなかったときに彼に襲いかかった激しいパニックの発作を想起している。(5)

これは極めて明白に、思い出すことのできない事柄によって傷つくティジェンズの描写の出てくる『なかには例外も……』とつながるように思われる。しかしもし私たちがこの時代のフォードのパートナー、ステラ・ボウエン女史（Stella Bowen）の証言を受け入れるならば、フォードの不安は極めて頻繁に彼を襲った職業的危惧感の特に苦痛に満ちた表れの一つに過ぎないことになる。ボウエンが言うには、フォードは彼女が出逢った誰よりも元気付けを必要とする人物だった。そしてこれこそが「彼が身の回りに弟子を集めることがあれほど必要だった、その一つの理由である」。「フォードが弟子に与えていた助力と引き替えに、彼はとても重要なものを受け取っていた——彼の必要に叶ったもの、それ無しでは彼がほとんど生きて行けないものを。つまり、自分はこの芸術の分野での名人であるという自信を受け取っていたわけである。」[6]

この視点からすればフォードの大戦後の不安感は、より深いところで進行する体調不良の症候群でありながら、しかし彼の戦時の経験が悪化させる傾向を示した症状のように思える。とは言えこの作品のなかでは古典的なパターンに従って、この内密私的な「病気」はその名で呼びかけられ、それは仮に完全に「脱ぎ捨てられて」いないとしても、少なくとも立ち向かわれ軽癒させられている。しかし、トマス・モーザー（Thomas Moser）のような批評家たちがあれほど多くのフォードの最高傑作のエンジンだと見ている、自己に対する抜本的な不信の念は、たぶん常に彼とともにあったものであろう。[7]

II

主題のなかへのフォード自身の個人伝記的な資本投下を背景に据えて、今度は『なかには例外も……』に現れる知識の諸形態についてその典拠を示し、ティジェンズ（そして暗黙にはフォード自身）にとってのこれら知識の諸用途についていくらか示唆する仕事が残っている。この仕事には広範な引用が必要になるが、これら多様なパッセージは議論を先へ進めるためだけではなく、フォードの業績についてもいくらか示唆するのに役立つことを期待したい。

最初の引用パッセージには、そのコンテキストの説明が必要である。これはこの小説の最も印象的な場面のしばらく後に出てくる。すなわち、ライのゴルフコースでのヴァレンタイン・ウォノプ（Valentine Wannop）と婦人参政権運動活動家の女友達のデモ、それに続く彼女らへの警察の嫌がらせ、ティジェンズによる彼女らの最終的救出の場面の後である。エドワード・キャンピオン（Edward Campion）将軍卿は、しかし、ティジェンズがただ単に女たちの一味であるばかりでなく彼とヴァレンタインは恥ずべき関係に係わっていると信じている。彼は言う――「『ひどいもんだ！　君は結婚している青年だということを忘れたのかね？……君がペル・メル街を引き回していたあの娘っ子は誰かね？　最後の日には移管軍旗の敬礼分列式ときたのかね？　同じ女かね？』」（七一頁）将軍が怒鳴って言うには、ティジェンズなんかは「『全きドレイフュスだ』」、彼なんかは「『信じるに足りない輩ながら、何一つ罪を立証することもできない厄介な手合いだ。世界の災いの種だ』」（七五頁）この類の連中は（と彼は言う）「『社会に不安定を招く。自分の立脚点まで不明にさせる。判断もできなくさせる。連中は人を不快にさせるのだ……』」キャンピオン将軍はここでもちろん（『良き兵士』の）ジョン・ダウエル（John Dowell）があれほどにまやかしであると知ったまさにその人間関係の確実性を渇望しているのである。ティジェンズはしかし、この時点では妻に不義をされ、また自分の子供の父親が誰かも確信が持てない状態でいたが、彼から見れば際だって「実際的」に思われる行動方針において〈社交界〉の中傷を被ることになる。「もし仮に」と彼の思いが語られている「クラブとか人々が噂話をする場所とかで、自分にとって不愉快な噂が生じた場合、彼は妻が娼婦だと考えられるよりは自分がやくざものと考えられる方がましだと思っていた……妹エッフィー（Effie）のところに子供は預けてあった。男の子にとって母親として売春婦を持つよりは父親としてやくざものを持つ方がましなのだ！」（七七頁）ティジェンズはそれ故に、妻の評判を護るために自分自身の噂に口裏を合わせることになる――どんなことがあっても妻の駆け落ちの事実は人にあまねく知られてはいけない。

このすぐあとに、次の一節が来る――

The General was expatiating on the solidity of a squat castle, like a pile of draughts, away to the left, in the sun, on the flatness. He was saying that we didn't build like that nowadays.

Tietjens said:

"You're perfectly wrong, General. All the castles that Henry VIII built in 1543 along this coast are mere monuments of jerry-building. . . '*In 1543 jactat castra Delis, Sandgatto, Reia, Hastingas Henricus Rex*'. . . That means he chucked them down. . ."

The General laughed:

"You are an incorrigible fellow. . . If ever there's any known, certain fact. . ."

"But go and *look* at the beastly things," Tietjens said. "You'll see they've got just a facing of Caen stone that they tide-floated here, and the fillings-up are just rubble, any rubbish. Look here! It's a known certain fact, isn't it, that your eighteen-pounders are better than the French seventy-fives. They tell us so in the House, on the hustings, in the papers; the public believes it.... But would you put one of your tin-pot things firing—what is it?—four shells a minute?—with the little bent pins in their tails to stop the recoil—against their seventy-fives with the compressed-air cylinders...."

The General sat stiffly upon his cushions:

"That's different," he said. "How the devil do you get to know these things?"

"It isn't different," Tietjens said, "it's the same muddle-headed frame of mind that sees good building in Henry VIII as lets us into wars with hopelessly antiquated field guns and rottenly inferior ammunition. You'd fire any fellow on your staff who said we could stand up for a minute against the French."

"Well, anyhow," the General said, "I thank heaven you're not on my staff for you'd talk my hind leg off in a

week. It’s perfectly true that the public. . .”
But Tietjens was not listening. He was considering that it was natural for an unborn fellow like Sandbach to betray the solidarity that should exist between men. And it was natural for a childless woman like Lady Claudine Sandbach with a notoriously, a flagrantly unfaithful husband to believe in the unfaithfulness of the husbands of other women!

（七七頁）

この一節は複雑だが、その中心には二つの関連し合った観念があるように見える。第一には、ティジェンズのなかにあるのだが、主義・信条の問題になるくらい深く考えられている真理への情熱、第二には受容された既成の意見を構成している類の、あの真理まがいの曲解を生み出す社交界の力である。ティジェンズの、（「世に知られたある種の事実」という耳障りの悪くない虚偽とは正反対の）真理に対する愛は、彼の処世の礼法の一側面なのである。彼にとっては諸事実は真理の一様態であり、諸事実に対する尊重の念は高潔さの一形態であって、公的私的な非真理の世界に対するアンチテーゼでもある。ティジェンズにとっては諸事実は聖なるものである（だからこそ彼は政治上の上司に対して統計をでっち上げねばならないことをあんなに嫌うのである）。もし（第Ⅰ部の終わりがけの非常に重要な一節で彼が言うように）原則というものが「一国の骨格図のようなものであるなら——自分が東に向かっているのか北なのかが判るように」（一四四頁）、ちょうどそのように事実への尊重の念は私たちに手を貸して進路を決めさせ、道徳上の態度を保持させる。このようにしてティジェンズにとってのそれら事実は、決してヴァレンタイン・ウォノプが責めるようには「無用なもの」にはなりえない。彼にとっては事実は逃れることのできない道徳的重要性、私的規範としての機能を持っているのである。「真実」の表象、望ましい自己証明の支柱としてそれらは、穢れを知らず不易な理想的なるものとの繋がりを提供してくれる。ティジェンズにとっての諸事実は、真理を裏切る世界、不安定な世界にあっての真理の一様態である——つまり、それらは癒しを与えてくれる。(それと同時に、彼の妻の駆け落ちの諸事実を隠蔽することに対しては、彼は全く何の良心の呵責も感じない。なぜかと言えば、そのようなことは「英国紳士」としての彼に開かれた唯一の成り行きと思われるからである。七六頁)

しかし彼の私生活という点で見れば、ティジェンズは今まさに、理論的にはすでに彼が知っていたことを確認し終えた段階に至ろうとしている——つまり、事物の諸真理は、まことにしばしば、通俗的な意見に含まれる利便性を備えた非真理によって覆われ歪曲されるということである。彼の場合には、諸々の外見がそれで充分真理であると主張することによって複雑化から身を守ろうとする社会の(そして社交界の)必要のために真理が歪曲されるのである。ティジェンズは社会の力に翻弄される——ただ単に慣習を最重要なものとして尊重するだけでなく、同時に真理とは慣習のことなりとして(科学者や歴史家がするように率直に懐疑の精神を働かせてではなく)一般的にこれが実情であると考えられていることの、疑いの余地なき表象として、慣習を冷酷に、無情に受け入れていく社会の圧力に翻弄される。このような態度(ダウエルの、とどまることのない、しかしとどまることなく慈悲深い知識の延期の、野蛮な対蹠物)に付きまとわれて、彼なりの因習打破における、また安普請の城塞や嘆かわしくも時代遅れの野戦砲についての大論議におけるティジェンズは、実際には彼自身の状況に対して語りかけているのである——彼が厳しく非難する精神の持ち主の習慣や、これと同じく既成の意見に「混乱した頭で」しがみつく態度は、ティジェンズ自身のドンキホーテ的な道徳主義によって教唆されたときには、やがて彼を自らドレイヒュス——不屈な、不健全な、しかし(完全に当該帳簿から抹消されるから)決して不穏の種にはならないドレイヒュスにしてしまうだろう。

このようにティジェンズの「正確な物質的知識」を駆使する力、事実の真理への愛は彼自身の自己についての夢に根ざしている。真理を尊重することによって彼は自分を尊重しているのである。しかしティジェンズのこの側面はまた同時に、フォードの偉大な友、アーサー・マーウッド（Arthur Marwood）の職業上の誠実に対する彼の敬意賞讃の一部をなしてもいる。マーウッドは、フォードの言葉によれば「おとなしい表面を一枚めくれば、並はずれて情熱的であった——公共的行政サービスにおける知的正確さに資する類の真理に対していつも変わらぬ情熱を有する男」(8)だった。フォード自身の情熱はもちろん（そして今度はこの問題に目を向けなければならない）非常に異なった種類の真理に対するものであった。つまり感情の真理、作品構成上の効果に関する（彼の伝記・逸話上の即興的作文における）真理を求めるものであった。彼は自己の最初の回顧録についていみじくも言ってのけている——「この書物は諸事実については不正確だらけだが、諸印象についての正確さは完璧である」(9)。自分自身の伝記素材についてしたい放題をするフォードの悪名高い傾向は、アーサー・マイズナー（Arthur Mizener）が「自分自身の生と人格についての実際以上のはなしをでっち上げて他人に押しつけずにいられない、抑えがたいフォードの傾向」(10)と呼ぶものに基づいてはいないのであって、ある種類の真理は他種の真理より遥かに重要であるという確信、単なる、出来事の形式上の文言に対するどんな逐語的正確を志す忠実さよりも彼自身の好む真理のほうが優先されるのが許される場合があるという確信に基づいているように思われる。

ここでもまたステラ・ボウエンが、たぶんフォードの最も優れた代弁者となろう——

> Ford[she says]thought that I was hopelessly puritanical—not to say provincial—in my liking for factual truth... But Ford could take a fact, any fact, and make it disappear like a conjuror with a card. All his art was built on his temperamental sensitiveness to atmosphere, to the angle from which you looked, to relative, never

absolute values. When he said, "It is necessary to be precise," I used to think that he meant—precisely truthful. Of course, what he really meant was that you must use precision in order to create an effect of authenticity, whatever the subject of your utterance....[11]

フォードは、してみると、自分自身の伝記を即興的に「芸術的」効果を生ぜしめるべく改変する際には、マーウッド（あるいはティジェンズ）がそれぞれ事実の格上げを行ったときにしたのとまさしく同様に周到を極めていたことになる——彼らの正確さの形態は異なるが、真理に対する彼らの情熱は同じだったのである。あまりにしばしば、フォードの「虚偽の発言」についての批評家の抗議は単に潔癖すぎるだけではなく、基本的な感受能力の欠如を示すように思われる。

III

次に検討したい一節は、第I部第vi章の冒頭に出てくる。これはダチミン家での朝食のすぐあと、ティジェンズとヴァレンタイン・ウオノプが農場を越えて散策する場面である。この章の始まりではティジェンズがパイプの火皿と柄をドイツ製の外科用の縫合針で掃除している。この針は「彼の経験では全てのパイプ掃除器のなかで最良のものだった」、なぜなら「それは曲げることができ、錆びたりもせず、壊れもしない」からだという（一〇四頁）。このようにティジェンズはダチミン世帯のさまざまな不純物から象徴的に自己を切り離したのち、「極めて機嫌良く」小道の向こうへ出かける——

This, Tietjens thought, is England! A man and maid walk through Kentish grass fields: the grass ripe for the scythe. The man honourable, clean, upright; the maid virtuous, clean, vigorous; he of good birth; she of birth quite as good; each filled with a too good breakfast that each could yet capably digest. Each come just from an admirably appointed establishment: a table surrounded by the best people, their promenade sanctioned, as it were, by the Church—two clergy—the State, two Government officials; by mothers, friends, old maids.

Each knew the names of birds that piped and grasses that bowed: chaffinch, greenfinch, yellow-ammer (*not*, my dear, hammer! *ammer* from the Middle High German for 'finch'), garden warbler, Dartford warbler, pied-wagtail, known as 'dishwasher'. (These *charming* local dialect names.) Marguerites over the grass, stretching in an infinite white blaze; coltsfoot, wild white clover, sainfoin, Italian rye grass (all technical names that the best people must know: the best grass mixture for permanent pasture on the Wealden loam). In the hedge: Our Lady's bed-straw, dead-nettle, bachelor's button (but in *Sussex* they call it ragged robin, my dear), so interesting! Cowslip (paigle, you know, from old French *pasque*, meaning Easter); burr, burdock (farmer that thy wife may thrive, but not burr and burdock wive!); violet leaves, the flowers, of course, over; black briony; wild clematis: later it' s old man's beard; purple loose-strife. (That our young maids long purples call and literal shepherds give a grosser name. *So* racy of the soil!) . . . Walk, then, through the field, gallant youth and fair maid, minds cluttered up with all these useless anodynes for thought, quotation, imbecile epithets! Dead silent, unable to talk, from too good breakfast to probably extremely bad lunch. The young woman, so the young man is duly warned, to prepare it: pink india-rubber half-cooked cold beef, no doubt; tepid potatoes, water in the bottom of willow-pattern dish. (*No! Not* genuine willow-pattern, of *course*, Mr. Tietjens.) Overgrown lettuce with wood-vinegar to make the mouth scream with pain; pickles, also preserved in wood-vinegar; two bottles of public-house beer that, on opening, squirts to the wall. A glass of invalid port. . . for the *gentleman!*. . . and the jaws hardly able to open after the too enormous breakfast at 10. 15. Midday now!

（一〇五—六頁）

これは異様な一節である、とりわけフォードがここで（ティジェンズのパイプ掃除に伴う過度な細部描写についてと同様に）自分自身の知識をひけらかしているように見えるからである。しかしながらティジェンズの博識は、ここでも再びはっきりとした個人的機能を有している。そしてそれは彼の、キャンピオン将軍の言葉の訂正によって示唆されたものとは非常に異なったものである。なぜなら、ここではティジェンズは真理を擁護しているというよりはそれを避けようとしている、事実と原理とのあいだの繫ぎを護っているというよりは、個人的な苦痛から逃れるために諸事実を用いようと試みているからである。と言うのは、諸事実は、彼自身が指摘しているように、ときとして「鎮痛剤」として作用しうるからである。諸事実が「無用の長物」でないことは確かであり、それどころかそれらは安堵、気分転換、麻酔剤などを提供してくれる。ここでの諸事実は第一義的に真理への尊重の一様態ではなくて、真理のうわのてを行く一方法なのである。諸事実は気晴らし、封じ込めの一形態、解放、それも耐えることのできない真理からの解放を表示する。このため、もしティジェンズのこの場での上機嫌が、部分的に、ダチミン家的感染症（彼は正しくも、彼の友人マクマスターが最後には姦通を犯すことを直感している）からの解放感の問題であるとすれば、彼自身の情事による苦悩からの、このまったく思いがけない一時猶予に、この上機嫌は根ざしている。「賭けても良い、彼女は貞淑なのだ」と彼はヴァレンタインについて思う。「だが賭けなんかする必要はない。確実なものについて賭けるなんて、する事ではない」（一〇六頁）彼の妻シルヴィアは、この反対に何らそのような確実性は彼に与えてくれない。だから彼はこんなに長い間彼に付きまとってきた疑念を逃れるために「諸事実」（およびこの機会の、心地よい僥倖性に飛びつくのである。疑いにさいなまれ（「間違いない、うちの奴は別の男の胤を宿したに違いない」）、彼はそのような確信と戦ってきたのだが、その「過去四ヶ月のあいだじゅう、麻酔にかけられたようになって、数字と光の波動説とにどっぷりと浸ってきていた」（一二二頁）。前夜、友人マクマスターが思いがけなく彼らの部屋に帰ってきたことに驚いて、彼は「恐ろしい肉体的ショック」を経験したのだった。「彼は、自分でも判っていたのだが、自分の意識ある精神のなかで、この考えの抑圧を度を過ごして続けてきていたので、彼の無意識のほうが指揮権を得て、当面のあいだ、かれの肉体をも精神をも麻痺させてしまっていた」（八〇頁）。そして今は、ヴァレンタインとともに、彼は機会を摑み心配事から自己を遠ざけ、自分の知らないこと（妻のこれまでの行動、現在の意図）を逸らせるために、自分の知っていること（自然誌、田園の民間伝承）を用いている。

諸事実は、こうしてみると（知識、博識もそうだが）真理を保存する手段ばかりか、真理を忘れる手段をも提供してくれるのかも知れない。

ティジェンズの気分は、しかしここではたいへん浮き浮きしているので、この一節にはさらに検討を加える価値がありそうだ。このように彼の心はいま上機嫌なので、彼は〈希望と栄光の国〉についての音楽的分析（フォードの音楽上の専門知識が顕著に披瀝される）に携わるのみか、異常なばかりの喜劇的活力でもって国民性について長々と論じ立てる。「国々を横切って彼の父親が知っていたラッパの音が聞こえてきた……まさしく正しきパイプ。こうあらなきゃいけない。由緒ある生まれの英国人のパイプ。タバコについても同様。魅力的な女の背中。真夏の英国の真昼。世界中で最高の風土天候。出歩くに不向きな日など一日もない」（一〇六頁）ここで彼は言葉をとぎらせて、手にしたはしばみの杖で「まだ形も定まらない柔毛質で薄黄緑の葉と、形も定まらない、ボタンのような、未熟なレモン色の花をつけた黄色い毛蘂花の背の高い穂をめがけて」素晴らしい一撃を放つ。「この植物の構造は潰えた、クリノリンのなかへと殺されて沈んだ女のように優美に」（一〇六頁）。「『さあ、ぼくは血なまぐさい殺人者だ』」と彼は言い、私たちは彼の行為が自殺、つまり彼自身のなかの形も定まらない、未熟で弱い部分全ての終焉を暗に示すということ、またこの行為は、拡張解釈によって一種の社会的虐殺、この時代の公的生活のなかにある全てのけばけばしいものの一掃と抹殺をも暗示すること、に思い至る。(12)

このことから、ティジェンズがあれほどしつこく讃美するのはパストラルであって政治的ユートピアではないことが判る。「『国教会！　国家！　軍隊!!　女王陛下の内閣、女王陛下の野党、女王陛下のシティ実業家……支配階級の全て！　すべてが腐っている！』」だから「『有り難や、おかげで高潔な若い男と貞淑な乙女がこうして夏の野に出ている。男はそうすべき限りトーリー中のトーリー、女はそうすべき限り過激な、活動家の婦人参政権論者』」そしてもう一本の花をうち倒そうと構えながら彼は「『英国のバックボーン』」と叫ぶ。

このようにティジェンズにとっては、諸事実の鎮痛剤は気晴らしに役立つだけではなく、元気を回復させてもくれる。この異例の場面で、私たちはフォードが新しい国プロヴァンスで新しい妻ステラ・ボウエンとともに、明らかにうまく行きそうな小説、時にはあまりにも気前よく人生と芸術についての自分が蓄積した全ての知識を彼から引き出そうとしていた小説のなかで、自らの再生を味わっているという印象を受ける。『なかには例外も……』のなかではティジェンズの再生は、フォードの慢性的な自己疑問に相応しく短命であるが、小説構成の浮き浮きした気分は失われることなく、四部作の終わりまでにはティジェンズも少なくとも当然の声価を受けることになろう。

IV

次の一節では私たちはティジェンズが前ほど熱に浮かされてはいない姿に接するが、なお彼ははっきりと幸せげである。この一節はゴルフ・コースでティジェンズが娘たちを救い出す場面と社交クラブの会館でキャンピオン将軍によって彼が叱責にあう場面とのあいだの幕間劇のなかで起こる。

Tietjens wandered slowly up the course, found his ball, made his shot with care and found that the ball deviated several feet less to the right of a straight line than he had expected. He tried the shot again, obtained the same result and tabulated his observations in his notebook. He sauntered slowly back toward the club-house. He was content.

He felt himself to be content for the first time in four months. His pulse beat calmly; the heat of the sun all over him appeared to be a beneficent flood. On the flanks of the older and larger sandhills he observed the minute herbage, mixed with little purple aromatic plants. To these the constant nibbling of sheep had imparted a protective tininess. He wandered, content, round the sandhills to the small, silted harbour mouth. After reflecting for some time on the wave-curves in the sloping mud of the water sides he had a long conversation, mostly in signs, with a Finn who hung over the side of a tarred, stump-masted, battered vessel that had a gaping, splintered hole where the anchor should have hung. She came from Archangel; was of several hundred tons' burthen, was knocked together anyhow, of soft wood, for about ninety pounds, and launched, sink or swim, in the timber trade.

Beside her, taut, glistening with brasswork, was a new fishing boat, just built there for the Lowestoft fleet. Ascertaining her price from a man who was finishing her painting, Tietjens reckoned that you could have built three of the Archangel timber ships for the cost of that boat, and that the Archangel vessel would earn about twice as much per hour per ton.

It was in that way his mind worked when he was fit: it picked up little pieces of definite, workmanlike information. When it had enough it classified them: not for any purpose, but because to know things was agreeable and gave a feeling of strength, of having in reserve something that the other fellow would not suspect. . . He passed a long, quiet, abstracted afternoon.

（六九—七〇頁）

ここには静かな観察者、自然誌学者、野の科学者ティジェンズが居る。再びまた彼の活動が彼に一瞬の猶予期間を勝ち取ってくれている。しかし興味深いのは二つ目のパラグラフに見える分析の曖昧化である。なぜならもしティジェンズの推測が前もって考えられた「目的」を欠くものだとしたら、同様にこの推測は非常に明確な実際的な結果を生むことになる。と言うのは、ここでの知識は力の一形態だからである。知識は競争時の優越性を賦与してくれる。それは「相手の奴」のうわてを行くために「蓄えておく」たぐいのものである。

これは大変フォードに近い考え方である。これはまたこれよりも前の、マックマスターを巻き込んでいる場面によっても補強される。そこでは受け入れてもらう際のマックマスターのテクニック、自分自身の「安全」を画策するために彼が用いる手段が強調される。と言うのはマックマスターはアウトサイダー、すなわちリースの港町の貧しい回漕事務員の息子であり、他の人たちを教化することによって成功を収め、受け入れられ、「尊敬」を勝ち取る「劣った階級」の人間だからである。マックマスターは「全てが立派な肩書きを持っている人びとに囲まれて」歩きたいと願っていたように見える。「彼は、誇張ではなく、大書された〈卒業試験首席1級合格者〉の腕に縋ってペルメル街を歩きたかった。英国始まって以来の、最年少の大法官の腕に縋って東へと帰り、世界的に名高い小説家と親しく会話を交わしながらロンドン官庁街ホワイトホールをそぞろ下り、道すがら大多数の大蔵省委員会理事閣下たちと挨拶を交わしたかった。そして夕方のお茶のあとでは、社交クラブで一時間のあいだ、これら全ての著名人が一団となって、彼の健全さゆえに彼を尊重してくれる人間特有の丁重さで彼を遇してくれるべきであった。そうなってこそ彼は安全であろう」。(四八頁)

これはフォードを移し変えたマックマスター、すなわちアラン・ジャッド (Alan Judd) の言うところの「完全には英国人でもなければ土地所有貴紳階級でもない」フォード、また「常に彼らのことをまるで外部からのように見ていた」[13]フォードのなかに潜むアウトサイダーを具象化したマックマスターである。自分の出自について深い自意識を持っていたフォードは(これは疑う余地なく、英国上流階級生活の空隙に関するダウエルの懸念に満ちた概観の出典である)、比較的に言えば一流とは言えない学校の出であり、大学出でもなく、上流である自己証明の基本的外装のいくつかについて明らかな不完全性を見せていた。彼もまた「不安全」で不完全にしか「肩書きを有していない」と感じていたのかも知れない——その程度が激しいので、彼の口にする紳士らしい博識のしつこい顕示のなかには、受け入れてくれることを懇願する態度、密かに不安に悩む兆候、「インサイダー」的知識の、あからさまに切望感のにじむ披瀝、などのように見えてくるものがある。全くあまりにしばしば、フォードの「知識」は、まるで物語の必要を満たすためよりはむしろ彼自身の必要に呼応してであるかのようにひけらかされる余計な代物のように見える。

このような次第で、もし『なかには例外も……』における知識が力の源として見られているとすれば、同時にそれは自己の弱さの意識から生じているのかも知れない。この小説のなかの専門知識は真理、慰めあるいは社会的便益の源であるばかりではない。それは同時にフォードの不確実な自己の徴でもある。〈知っていること〉に対してフォードの行うさまざまの裏書きは、それがティジェンズの統計であれ、マックマスターのゴルフであれ、キャンピオン将軍の戦場における武勇であれ（これらは全て何らかの意味で〈最善〉のものである）、内的な欠陥を物語っている。フォードは専門知識をあまりに高く評価しすぎている。

フォードはだからティジェンズを嘲笑しているのかも知れないが、同時に彼を羨んでもいる。フォードは〈最善のもの〉を過度に意識している。かくして自己に疑念を抱く男が、有能のお手本、専門知識のお手本のなかに自己を投影している。フォードの描くさまざまな達人たち、事実や知識や技能を持った男たち（また女たち）は自己不信から生まれた夢の人物たちである。彼らのなかにフォードは、自分自身では決してそう立派には達成しえない有能を想像するのである。知識は力であるが、安全策でもあるのである。有能の神話は社会的な心もとなさから生まれている。

V

最後に結論として、ティジェンズが顕著にそして効果的に達人として登場している場面を見ておきたい。これは第I部第vi章で、彼がウォノプ夫人とヴァレンタインの二輪馬車に附属する馬具の欠陥を見抜いて二人を助ける場面である。ティジェンズは彼の本領を発揮している――馬に関する彼の知識に敵うものは、「イギリスには二人と居ない」とキャンピオン将軍は言う。彼は見事な自信にあふれていて、自ら革ひもを直し、その間ずっと、感じの悪い御者の賞賛の念を獲得し続ける。しかしヴァレンタインは感心するのを拒否し、場面は次のようにして終わっている。

He was aware that, all this while, from the road-side, the girl had been watching him with shining eyes, intently, even with fascination.

"I suppose you think that a mighty fine performance," she said.

"I didn't make a very good job of the girth," he said. "Let's get off this road."

"Setting poor, weak women in their places," Miss Wannop continued. "Soothing the horse like a man with a charm. I suppose you soothe women like that too. I pity your wife. . .. The English country male! And making a devoted vassal at sight of the handy-man. The feudal system all complete. . ."

Tietjens said:

"Well, you know, it'll make him all the better servant to you if he thinks you've friends in the know. The lower classes are like that. Let's get off this road."

She said:

"You're in a mighty hurry to get behind the hedge. Are the police after us or aren't they? Perhaps you were lying at breakfast: to calm the hysterical nerves of a weak woman."

（二三頁）

ここでは、テクストがヴァレンタインの視点にこんなに近づいているとは言え、最も重要なのはティジェンズの最後の台詞である。なぜならティジェンズはここでもまた、知識がもたらす社会的利点という観点から、自分の知識を擁護しているからである。彼の有するような知識は尊敬を集める。そして私たちが見てきたように、

〈尊敬〉はフォードが大いに必要としていたものである。知識はまた、一種の力を、とりわけ（この場面におけるように）階級の不平等という観点から人間同士の絆を固める際に極度に有用でありうる力を、付与してくれる。なのにヴァレンタインは、伝統的な役割を演ずるのを拒否しつつ、他の種類のヒエラルキーもまた働いていると示唆している。そうしてティジェンズは馬の腹帯を直す際に、彼が完全なるアーチストであることを、まさしくいま、示したわけである。またこの場面にはただ単に〈女性問題〉についてのフォードの態度が潜在しているばかりか、自分の〈アートの政治学〉への、ティジェンズの深く分裂した態度も含蓄されているのである。と言うのも、フォードはこの場面に、ただありきたりに、家長的な男性かつ婦人参政権論者として存在しているのみではなく、同時に教師かつ反抗を極める生徒として、つまりアートの主導権を讃美するティジェンズとして、かつこの主張に抵抗する反乱者精神の横溢したヴァレンタインとして、存在しているのである。

このことから私は、最後にもう一点、フォードのテーマの扱いについて主張することを許されると思う。というのは『なかには例外も……』という作品それ自体を構成するあの長い知識のパレードのなかで、まことに頻繁に、自己自身の人物証明書を提示してやまなかったり、自分が実際に英国人であり紳士であると断言したり、芸術（アート）の問題になれば自分もまた「事情に通じた友たち」を持っている（そしてそれ故に彼自身が事情に通じている）と主張したりするフォードの姿が見えるからである。フォードは、この完成度の高い「知識の充満した」作品において、隷属性を脱ぎ捨てようと試み、自分の内部にある便利屋根性から自己を遠ざけ、コンラッドやマーウッドやジェイムズ（そしてあるいは彼の子供時代をあれほど悩まし続けたヴィクトリア朝の偉人たち）[14]との身分の同等を得ようとしてこの上ない全力の結集を見せているのである。しかし大きな皮肉は、彼の野心がかくも激しく執拗であるため、これがこの業績を活性化するとともに損なってもいることである。自分の知っていることを示したいというフォードの願いは、彼の芸術に特質を与えるとともに、これを転覆させてもいる。とは言うものの、作家としてフォードは、重要性を有する唯一の尊敬とは、自分の芸術にこそかかっていることを、そして残余はすべてただの物質材であることをわきまえていたのである。

（翻訳＝森松健介（主人公の名の表記は原著者の意向による）。注記については左の英文版に付されたものを参照されたし。）

"Intermittently functioning"[1]: Knowledge and Expertise in *Some Do Not. . .*

Angus P. Collins

In his highly influential account of Ford Madox Ford's *The Good Soldier* (1915) Samuel Hynes speaks of the novel as an epistemological enquiry, an enquiry into knowing, with the novel's underlying emphasis on uncertainty reinforced by the first person viewpoint. "The problem that the novel sets is the problem of knowledge, and specifically knowledge of the human heart: 'Who in this world knows anything of any other heart—or of his own?' "[2] By adopting the first person viewpoint, and thereby eschewing any reliable source of narrative authority, Ford deliberately compounds these problems in a narrative "which raises uncertainty about the nature of truth and reality to the level of a structural principle" (p. 311).

Ford's most recent biographer, Max Saunders, finds that "the preoccupation with knowing (in the carnal as well as the intellectual sense) impels most of Ford's fiction," and he finds it just as dominant in Ford's other major achievement, the war tetralogy *Parade's End* (1924-28). But in the tetralogy, Saunders feels, "the emphasis falls rather differently." "Rather than mesmerising us with the obscurity of human motive," Ford "attempts to reconstruct what can be known: to imagine what passes between people."[3]

This seems to me to be true as far as it goes, yet Saunders gives what is surely a very partial account of the metamorphosis of Ford's theme. For whereas the earlier novel is an enquiry into the elusiveness of knowledge, "knowledge of one's fellow beings," so do the later ones (and *Some Do Not. . .* in particular) enquire into the *uses* of knowledge, knowledge as

specialised information, as expertise. The pain of uncertainty is present in all these works, yet the contrast is between knowledge questioned and knowledge employed, between knowledge subverted by the opacities and ambiguities of nominally "good people," and knowledge drawn on pragmatically, as a prop for the self in its self-fashioning and in its practical functioning. Knowledge in this latter sense seems less an admission of uncertainty and more a defence against it: its roots lie very probably in Ford's various attempts at "reconstruction" in the years following his service in the First World War.

At the same time Ford's choice, for these novels, of the third person viewpoint is highly significant. For through this means the extreme relativism of *The Good Soldier* contracts, greater narrative authority is introduced, and Ford provides a kind of formal correlative to his newly pragmatic approach to his theme: the form itself proclaims the possibility of "knowledge" rather than rendering it problematic. The pressure of Ford's theme, however, and its possible personal antecedents, are especially apparent in the first and probably the finest novel of the series, *Some Do Not. . .*, and it is to this novel that I now wish to turn.

I

By expertise, I take it, we mean either a particular practical skill or a command of a particular field of knowledge. Each is very much on display in *Some Do Not. . .*, and they are largely a matter of what is known by Christopher Tietjens, the novel's beleaguered and quixotic hero. Tietjens, we soon learn, can occupy himself correcting the mistakes in the encyclopaedia. Yet the actual dramatised forms of his knowledge are no mere jumble of magpie eclecticism but are socially quite coherent. Golf, horses, natural history, place name etymology, Latin verse, old English furniture

—Tietjens is expert in each, and together they suggest the elements of myth, Ford's myth of the English country gentleman. They are, in Ford's fabrication, the attributes of the seigneur, products of a leisured moral inheritance, the lore that accompanies an imagined legacy of "Tory" responsibility and "noblesse oblige." Hence we may recognise the presence of Ford in Tietjens, the element of compensation, not just in his extraordinary code of honour but in the particular things he knows: out of the many uncertainties of his own life, and not least his half-German Pre-Raphaelite origins, Ford constructs his ambivalent model of an established moral Englishness, a model he could envision yet never hope to emulate.

In part then Christopher Tietjens is Ford's vision of himself as landed gentleman and moral anachronism. He is the gentleman as hero, yet he will know, at the hands of an aggrieved wife and society, the price of his own heroics. And he is a hero of the mind, and of the mind impaired.

For in *Some Do Not. . .* there are really two Tietjens—in part I the brilliant, cantankerous, frequently insufferable near-genius, and in part II the fumbling slow-witted casualty of war who has to set out to read the encyclopaedia from A to Z. " 'He knows everything,' " Sylvia and Macmaster say of him in part I (pp. 39, 19). " 'You're a perfect encyclopaedia of exact material knowledge, Tietjens,' " says Sir Reginald Ingleby (p. 5, where the adjectives express the essential contrast with *The Good Soldier*). But in part II Tietjens is a man functioning, or attempting to function, with only one third of his brain intact: "It was not so much that he couldn't use what brain he had as trenchantly as ever: it was that there were whole regions of fact upon which he could no longer call in support of his argument" (p. 191).

Now if Ford is partly present in Tietjens fit, in a character who combines intellectual brilliance with gentlemanly principle, so too is he

present in Tietjens in decline, in a character who has to confront all the demands of his life and "the long ailings of mental oppressions" with a mind which only functions intermittently. For one of the most important legacies of the war for Ford appears to have been an abiding fear of mental deterioration: this derived from the period of amnesia which attacked him after a near miss from shelling in 1916. In Tietjens the casualty Ford projects his own fears of mental disability, of a failure not only of his intellectual and social equipment, but of his creative capacity. Tietjens is a portrait of the artist not just as landed gentleman but as a casualty of war. Ford is present in his character both sick and well, and the theme of knowledge suggests both the personal myth and the private phobia. Max Saunders is therefore able to speak of *Parade's End* as "one of the great fictional studies of fear," with Tietjens's fear "an oblique expression of the artist's creative anxiety."[4)]

Ford has himself described that anxiety in his account of the novel's genesis in *It was the Nightingale* (1933). There he recalls a severe panic-attack which affected him in Notre Dame Cathedral when, after a chance encounter with a former Army colleague, he discovered he could not remember the details of their common experience.[5)]

This seems to connect very clearly with *Some Do Not. . .*, with its portrait of Tietjens made vulnerable by what he cannot remember. But if we accept the testimony of Ford's partner of this time, Stella Bowen, Ford's fears were but one particularly painful manifestation of the professional anxieties that so often assailed him. Ford, says Bowen, needed more reassurance than anyone she had ever met, and this "was one reason why it was so necessary for him to surround himself with disciples." "In exchange for the help that he gave Ford received something very valuable —something that was good for him and without which he could scarcely live. He received the assurance that he was a great master of his art."[6)]

From this perspective Ford's post-war anxieties seem but symptoms of a deeper on-going malaise, yet one which his war-time experiences tended to exacerbate. Nevertheless, in the classic pattern, the private "sickness" was addressed in the work, and if not "shed" completely was at least confronted and assuaged. Ford's radical mistrust of self, however, which critics such as Thomas Moser find to be the engine of so much of his best work, was probably with him always.[7)]

II

Against this background of Ford's personal investment in his theme it now remains to document the forms of knowledge as they appear in *Some Do Not. . .*, and to suggest something of their uses for Tietjens (and implicitly for Ford himself). This will involve an extensive use of quotation, but it is hoped that the various passages will not only advance the argument but suggest something of Ford's achievement.

The first passage requires a contextual introduction. Thus it occurs shortly after one of the most memorable scenes in the novel, the demonstration by Valentine Wannop and her suffragette friend on the golf course at Rye, their subsequent harassment, and their eventual rescue by Tietjens. General Lord Edward Campion, however, believes Tietjens has not only been in league with the girls but that he and Valentine are scandalously involved. " 'Damn it all!' " he says, " 'Don't you remember that you're a young married man?. . . Who was the skirt you were lolloping up Pall Mall with? On the last day they trooped the colours?. . . Was it this same one?' "(p. 71). Tietjens, he explodes, is " 'a regular Dreyfus,' " and he was " 'the sort of fellow you couldn't believe in and yet couldn't prove anything against. The curse of the world' "(p. 75). Fellows like that, he says, " '*unsettle* society. You don't know where you are. You can't judge.

They make you uncomfortable. . . .' " General Campion here of course craves the very certainty in human relationships that John Dowell (in *The Good Soldier*) found to be so illusory. Tietjens however, at this point both cuckolded and unsure of the paternity of his own child, suffers the calumnies of Society in a course of action which seems to him eminently "practical." "If there were," he reflects, "in clubs and places where men talk, unpleasant rumours as to himself he preferred it to be thought that he was the rip, not his wife the strumpet. . . . There was the child up at his sister Effie's. It was better for a boy to have a rip of a father than a whore for mother!" (p. 77) Tietjens therfore colludes with the rumours about himself in order to protect his wife's reputation: under no circumstances can the facts of his wife's elopement be allowed to become common knowledge.

Immediately afterwards we get this:

> The General was expatiating on the solidity of a squat castle, like a pile of draughts, away to the left, in the sun, on the flatness. He was saying that we didn't build like that nowadays.
>
> Tietjens said:
>
> "You're perfectly wrong, General. All the castles that Henry VIII built in 1543 along this coast are mere monuments of jerry-building. . . '*In 1543 jactat castra Delis, Sandgatto, Reia, Hastingas Henricus Rex*'. . . That means he chucked them down. . ."
>
> The General laughed:
>
> "You are an incorrigible fellow. . . If ever there's any known, certain fact. . ."
>
> "But go and *look* at the beastly things," Tietjens said. "You'll see they've got just a facing of Caen stone that they tide-floated here, and the fillings-up are just rubble, any rubbish. Look here! It's a known certain fact, isn't it,

that your eighteen-pounders are better than the French seventy-fives. They tell us so in the House, on the hustings, in the papers; the public believes it. . . . But would you put one of your tin-pot things firing—what is it?—four shells a minute?—with the little bent pins in their tails to stop the recoil—against their seventy-fives with the compressed-air cylinders. . . ."

The General sat stiffly upon his cushions:

"That's different," he said. "How the devil do you get to know these things?"

"It isn't different," Tietjens said, "it's the same muddle-headed frame of mind that sees good building in Henry VIII as lets us into wars with hopelessly antiquated field guns and rottenly inferior ammunition. You'd fire any fellow on your staff who said we could stand up for a minute against the French."

"Well, anyhow," the General said, "I thank heaven you're not on my staff for you'd talk my hind leg off in a week. It's perfectly true that the public. . ."

But Tietjens was not listening. He was considering that it was natural for an unborn fellow like Sandbach to betray the solidarity that should exist between men. And it was natural for a childless woman like Lady Claudine Sandbach with a notoriously, a flagrantly unfaithful husband to believe in the unfaithfulness of the husbands of other women!

(p. 77)

The passage is complex but at the heart of it appear to be two linked ideas: first, in Tietjens, a passion for truth so deeply held as to be a matter of principle, and second the power of society to create those travesties of truth that constitute received opinion. Tietjens's love of truth (as opposed to the comforting falsities of "known, certain facts") is an aspect of his code of honour. For him facts are a mode of truth, and respect for them a form

of integrity, a counter-principle in a world of public and private untruths. For Tietjens facts are sacred (which is why he so loathes having to fake statistics for his political superiors.) If (as he says in the crucial passage at the end of part I) principles "are like a skeleton map of a country—you know whether you're going east or north" (p. 144), so too can a respect for fact help us to navigate, to retain our moral bearings. Thus facts for Tietjens can never be "useless" as Valentine Wannop charges (p. 135). For him they have an inescapable moral dimension, a private exemplary function. Emblems of "truth," props of desired identity, they provide a link with the ideal, untarnished and immutable. Facts for Tietjens are a mode of truth in an untruthful and uncertain world: they console. (At the same time he has no compunction whatsoever in disguising the "facts" of his wife's elopement, for such seems to be the only course open to him as "an English gentleman," p. 76).

In terms of his personal life, however, Tietjens is now about to have confirmed what he already knows theoretically—that the truth of things can, so often, be overlain and distorted by the convenient untruths of popular opinion. By, in his case, society's (and Society's) need to protect itself from complication by insisting that appearances are truth enough. Tietjens is at the mercy of social forces which not only value convention supremely but which see truth *as* convention, not openly and sceptically as a scientist or historian might, but ruthlessly, implacably, as the indubitable expression of what is generally thought to be the case. Beset by such attitudes (the barbarous antithesis of Dowell's endless, yet endlessly charitable *deferrals* of knowledge), Tietjens, in his iconoclasm, in his disquisitions on jerry-built castles and woefully antiquated field guns, is really addressing his own situation: the habits of mind he excoriates, the same "muddle-headed" protective clinging to accepted opinion, will, when abetted by Tietjens's own quixotic moralism, make him a Dreyfus himself, unbowed, "unsound," yet far from "unsettling" because written off completely.

Thus Tietjens's command of "exact material knowledge," his love of the truth of fact, is grounded in his own dream of self. By honouring the truth he honours himself. This aspect of Tietjens, however, is also part of Ford's tribute to the professional probity of his great friend Arthur Marwood. Marwood, he tells us, was "beneath the surface, extraordinarily passionate—with an abiding passion for the sort of truth that makes for intellectual accuracy in the public service."[8)] Ford's own passion of course (and this problem must now be addressed) was for very different kinds of truth, for truth of feeling, truth (in his anecdotal improvisations) of compositional effect, truth, above all, of impression. "This book," he said famously of his first book of memoirs, "is full of inaccuracies as to facts, but its accuracy as to impressions is absolute."[9)] Ford's notorious tendency to play fast and loose with the materials of his own life seems grounded not in what Arthur Mizener calls his "irrepressible need to invent and to impose on others an improved account of his own life and character"[10)] but in his conviction that some kinds of truth were far more important than others, that there were times when his own kind of truth could be allowed to take precedence over any mere literal-minded fidelity to the letter of events.

Here again Stella Bowen is perhaps Ford's best advocate:

> Ford[she says]thought that I was hopelessly puritanical—not to say provincial—in my liking for factual truth. . . . But Ford could take a fact, any fact, and make it disappear like a conjuror with a card. All his art was built on his temperamental sensitiveness to atmosphere, to the angle from which you looked, to relative, never absolute values. When he said, "It is necessary to be precise," I used to think that he meant—precisely truthful. Of course, what he really meant was that you must use precision in order to create an effect of authenticity, whatever the subject of your

utterance. . . .[11]

Ford, then, improvising on his own life to "artistic" effect could be just as scrupulous as Marwood (or Tietjens) in their respective elevations of "fact": the forms of their accuracy were different but the passion for truth was the same. All too often protestations about Ford's "lying" seem not only squeamish but to betray a fundamental lack of perception.

III

The next passage that I would like to examine occurs at the beginning of chapter vi, part I, and describes the walk through the fields by Tietjens and Valentine Wannop immediately after the Duchemin breakfast. The chapter opens with Tietjens cleaning the bowl and stem of his pipe with a German surgical needle, "in his experience the best of all pipe-cleaners," since "it is flexible, won't corrode and is indestructible" (p. 104). Having thus detached himself symbolically from the various impurities of the Duchemin mênage Tietjens sets off down the path "in high good humour":

> This, Tietjens thought, is England! A man and maid walk through Kentish grass fields: the grass ripe for the scythe. The man honourable, clean, upright; the maid virtuous, clean, vigorous; he of good birth; she of birth quite as good; each filled with a too good breakfast that each could yet capably digest. Each come just from an admirably appointed establishment: a table surrounded by the best people, their promenade sanctioned, as it were, by the Church—two clergy—the State, two Government officials; by mothers, friends, old maids.
>
> Each knew the names of birds that piped and grasses that bowed: chaffinch, greenfinch, yellow-ammer (*not*, my dear, hammer! *ammer* from

the Middle High German for 'finch'), garden warbler, Dartford warbler, pied-wagtail, known as 'dishwasher'. (These *charming* local dialect names.) Marguerites over the grass, stretching in an infinite white blaze; coltsfoot, wild white clover, sainfoin, Italian rye grass (all technical names that the best people must know: the best grass mixture for permanent pasture on the Wealden loam). In the hedge: Our Lady's bed-straw, dead-nettle, bachelor's button (but in *Sussex* they call it ragged robin, my dear), so interesting! Cowslip (paigle, you know, from old French *pasque*, meaning Easter); burr, burdock (farmer that thy wife may thrive, but not burr and burdock wive!); violet leaves, the flowers, of course, over; black briony; wild clematis: later it's old man's beard; purple loose-strife. (That our young maids long purples call and literal shepherds give a grosser name. *So* racy of the soil!). . . Walk, then, through the field, gallant youth and fair maid, minds cluttered up with all these useless anodynes for thought, quotation, imbecile epithets! Dead silent, unable to talk, from too good breakfast to probably extremely bad lunch. The young woman, so the young man is duly warned, to prepare it: pink india-rubber half-cooked cold beef, no doubt; tepid potatoes, water in the bottom of willow-pattern dish. (*No! Not* genuine willow-pattern, of *course*, Mr. Tietjens.) Overgrown lettuce with wood-vinegar to make the mouth scream with pain; pickles, also preserved in wood-vinegar; two bottles of public-house beer that, on opening, squirts to the wall. A glass of invalid port. . . for the *gentleman!*. . . and the jaws hardly able to open after the too enormous breakfast at 10. 15. Midday now!

(pp. 105–106)

It is an extraordinary passage, particularly since Ford (as with the excess of detail which accompanies Tietjens's pipe-cleaning) appears to be making a parade of his own knowledge. Nevertheless Tietjens's erudition has once again a distinctly personal function. And it is one that is very

different from that implied by his corrections of General Campion. For here Tietjens is not so much championing truth as seeking to elude it, not defending the link between fact and principle as attempting to use facts to escape from private pain. For facts, as he notes himself, can constitute an "anodyne." They are certainly not "useless" but offer relief, a deflection, an anaesthetic. Facts here are not primarily a mode of respecting truth but a way of outwitting it: they signal distraction, a form of containment, and release, release from truths which cannot be borne. Hence if Tietjens's euphoria is partly a matter of his sense of deliverance from the Duchemin contagion (he correctly intuits his friend Macmaster's eventual adultery), so too is it grounded in this totally unexpected reprieve from the pain of his own affairs. "I bet she's virtuous," he thinks of Valentine. "But you don't have to bet. It isn't done on certainties" (p. 106). His wife Sylvia on the other hand offers him no such certainty, and so here he seizes on "facts" (and the pleasant fortuitousness of the occasion) to escape the doubts that have dogged him so long. Racked by suspicion ("By God; she must have been with child by another man") he has been fighting such convictions "all the last four months whilst, anaesthetised, he had bathed in figures and wave-theories" (p. 122). Surprised the night before by his friend Macmaster's unexpected return to their room he had experienced "a terrible physical shock." "He had, he knew, carried the suppression of thought in his conscious mind so far that his unconscious self had taken command and had, for the time, paralysed both his body and his mind" (p. 80). Now, with Valentine, he seizes his opportunity, distracts himself from care, and employs what he does know (natural history, country folklore) to deflect the pain of what he doesn't (his wife's previous conduct, and her present intentions).

Facts then (knowledge, erudition) may provide not just a means of preserving the truth but a means of forgetting it.

Tietjens's mood, however, is so buoyant here that the passage seems to deserve further comment. Thus his spirits have risen so much that he not only engages in a musical analysis of "Land of Hope and Glory" (with Ford's musical expertise conspicuously on display) but also descants on nationality with extraordinary comic élan: "Across the counties came the sound of bugles that his father knew. . . . Pipe exactly right. It must be: pipe of Englishman of good birth; ditto tobacco. Attractive young woman's back. English midday midsummer. Best climate in the world. No day on which man may not go abroad" (p. 106). He pauses, and aims with his hazel stick "an immense blow at a tall spike of yellow mullein with its undecided, furry, glaucous leaves and its undecided, buttony, unripe lemon-coloured flower. The structure collapsed, gracefully, like a woman killed among crinolines" (p. 106). " 'Now I'm a bloody murderer,' " he says, and we realise that his action implies self-murder, an end to all that is undecided, unripe, and weak in himself, and also, by extension, a kind of social slaughter, a sweeping away of all that is tawdry in the public life of the time.[12)]

Hence it is a pastoral not a political Utopia that Tietjens hymns so fulsomely. " 'Church! State! Army!! H. M. Ministry: H. M. Opposition: H. M. City Man. . . All the governing class! All rotten!' " So " 'thank God for the upright young man and the virtuous maiden in the summer fields: he Tory of the Tories as he should be: she suffragette of the militants. . . as she should be.' " " 'Backbone of England' " he exclaims as he prepares to kill another flower.

Thus, for Tietjens, the anodyne of fact not only distracts but revives. Here in this extraordinary scene, we seem to witness Ford savouring his own revival, in a new country, Provence, with a new wife, Stella Bowen, in a novel which was clearly going well and which was drawing from him, sometimes too generously, all his accumulated knowledge of life and art.

In *Some Do Not. . .* Tietjens's recovery is short-lived, as befits Ford's chronic self-doubt, but the euphoria of composition is there, and by the end of the tetralogy Tietjens at least will come into his own.

IV

In the next passage we find Tietjens in less hectic mood yet still distinctly happy. The passage occurs in the interlude between Tietjens's rescue of the girls on the golf-course and his subsequent dressing-down by General Campion in the club-house:

> Tietjens wandered slowly up the course, found his ball, made his shot with care and found that the ball deviated several feet less to the right of a straight line than he had expected. He tried the shot again, obtained the same result and tabulated his observations in his notebook. He sauntered slowly back toward the club-house. He was content.
>
> He felt himself to be content for the first time in four months. His pulse beat calmly; the heat of the sun all over him appeared to be a beneficent flood. On the flanks of the older and larger sandhills he observed the minute herbage, mixed with little purple aromatic plants. To these the constant nibbling of sheep had imparted a protective tininess. He wandered, content, round the sandhills to the small, silted harbour mouth. After reflecting for some time on the wave-curves in the sloping mud of the water sides he had a long conversation, mostly in signs, with a Finn who hung over the side of a tarred, stump-masted, battered vessel that had a gaping, splintered hole where the anchor should have hung. She came from Archangel; was of several hundred tons' burthen, was knocked together anyhow, of soft wood, for about ninety pounds, and launched, sink or swim, in the timber trade. Beside her, taut, glistening with brasswork, was a new fishing boat, just

> built there for the Lowestoft fleet. Ascertaining her price from a man who was finishing her painting, Tietjens reckoned that you could have built three of the Archangel timber ships for the cost of that boat, and that the Archangel vessel would earn about twice as much per hour per ton.
>
> It was in that way his mind worked when he was fit: it picked up little pieces of definite, workmanlike information. When it had enough it classified them: not for any purpose, but because to know things was agreeable and gave a feeling of strength, of having in reserve something that the other fellow would not suspect.... He passed a long, quiet, abstracted afternoon.
>
> (pp. 69–70)

Here is Tietjens the tranquil observer, the naturalist, the scientist in the field. Once again his activities win him a moment of respite, but what is interesting is the blurring of analysis that occurs in the second paragraph. For if Tietjens's speculations are without any preconceived "purpose," so do they have a most definite practical consequence. For knowledge here is a form of strength: it bestows a competitive advantage; it is something to have "in reserve" in order to outwit "the other fellow."

This, of course, is an idea very close to Ford, and it is complemented by an earlier scene involving Macmaster. There the emphasis is on Macmaster's techniques for gaining acceptance, the means he employs to engineer his own "safety." For Macmaster is the outsider, the son of a poor shipping clerk in the Port of Leith, the man of "no class" who by cultivating others achieves success, acceptance, and "respect." Macmaster, it seems, wished to go about "in the midst of a body of men all labelled. He wanted to walk down Pall Mall on the arm, precisely, of a large-lettered Senior Wrangler; to return eastward on the arm of the youngest Lord Chancellor England had ever seen; to stroll down Whitehall in familiar

converse with a world-famous novelist, saluting on the way a majority of My Lords Commissioners of the Treasury. And, after tea, for an hour at the club all these, in a little group, should treat him with the courtesy of men who respected him for his soundness. Then he would be safe" (p. 48).

This is the Macmaster who embodies the outsider in Ford, the Ford who as Alan Judd says, was "neither fully English nor of the landed gentry," and who "always viewed them as if from without."[13] Deeply self-conscious about his origins (the source, surely, of Dowell's anxious American surveys of the lacunae of English upper-class life), Ford had attended relatively unprestigious schools, had not attended university, and was clearly deficient in some of the basic trappings of upper-class identity. He too might have felt "unsafe," imperfectly "labelled," so much so that some of his more insistent displays of gentlemanly erudition begin to seem like pleas for acceptance, symptoms of private unease, overly anxious demonstrations of "insider" knowledge. All too often Ford's "knowledge" seems gratuitous, put on display, as if in response to his own needs rather than serving the needs of the tale.

Hence if "knowledge" in *Some Do Not. . .* is seen as a source of strength so also may it spring from a sense of weakness. Expertise in the novel is not just a source of truth, consolation or social advantage. It is also a sign of Ford's uncertain self. Ford's various endorsements of "knowing," whether it be Tietjens's statistics, Macmaster's golf, or General Campion's prowess on the battlefield (they are all "the best" in one way or another) bespeak an inner deficiency. Ford values expertise too highly.

Ford then may laugh at Tietjens, but he also envies him: he is overly conscious of what constitutes "the best." Thus the self-doubting man projects himself in models of competence, of expertise. Ford's various experts, his men (and women) of fact, knowledge, and skill are dream-figures born of self-mistrust: in them Ford imagines a competence he could

never quite achieve on his own. Knowledge is strength but safety too. The myth of competence is born of social unease.

V

Finally, by way of conclusion, I would like to look at a scene where Tietjens is remarkably and effectively expert. This is the scene in part I, ch. vi where he saves Mrs. Wannop and Valentine by spotting the defective harness of their dog-cart. Tietjens is in his element: "there isn't another man in England" who can match his skill with horses, according to General Campion. He is superbly assured, and mends the defective strap himself, all the while securing the admiration of the offending driver. Valentine, however, refuses to be impressed, and the scene ends as follows:

> He was aware that, all this while, from the road-side, the girl had been watching him with shining eyes, intently, even with fascination.
>
> "I suppose you think that a mighty fine performance," she said.
>
> "I didn't make a very good job of the girth," he said. "Let's get off this road."
>
> "Setting poor, weak women in their places," Miss Wannop continued. "Soothing the horse like a man with a charm. I suppose you soothe women like that too. I pity your wife. . . . The English country male! And making a devoted vassal at sight of the handy-man. The feudal system all complete. . . ."
>
> Tietjens said:
>
> "Well, you know, it'll make him all the better servant to you if he thinks you've friends in the know. The lower classes are like that. Let's get off this road."

She said:

"You're in a mighty hurry to get behind the hedge. Are the police after us or aren't they? Perhaps you were lying at breakfast: to calm the hysterical nerves of a weak woman."

(p. 112)

Here, even as the text identifies so closely with Valentine's viewpoint, it is Tietjens's closing remarks that are most important. For Tietjens once again defends his knowledge in terms of the social advantages it brings. Knowledge such as his commands respect. And "respect," as we have seen, was something of which Ford stood very much in need. Knowledge too bestows a kind of power, one that can be extremely useful in cementing relationships, especially (as here) in terms of the inequalities of class. Yet Valentine, refusing to play her traditional role, suggests that other kinds of hierarchy are also in play. Thus Tietjens, in his mending of the girth, has just revealed himself to be a consummate artist. And implicit in the scene is not only Ford's attitude to "the woman question" but also his deeply divided attitude to the politics of his art. For Ford is present here not just as patriarchal male and suffragette, but also as master and recalcitrant pupil, as Tietjens proclaiming the hegemony of art, and as Valentine resisting that claim and imbued with the spirit of revolt.

This allows me, I think, to make one final point about Ford's treatment of his theme. For within that long parade of knowledge that is *Some Do Not. . .* Ford is to be seen, so often, proffering his own credentials, affirming that he is indeed English and a gentleman, but also declaring his *artistic* competence, asserting that he too has "friends in the know" (and that therefore he is "in the know" himself) when it comes to matters of art. Ford, in this highly accomplished "knowledgeable" work, attempts to cast off vassaldom, distances himself from the handy-man in himself, and

makes his most concerted bid for parity of status with his great mentors Conrad, Marwood, and James (and also, perhaps, with the Victorian great who had so troubled his early years).[14] The great irony, however, is that his ambition is so strenous that it both energises and vitiates the achievement. Ford's wish to show what he knows both informs and subverts his art. Nevertheless, as writer, Ford was aware that the only respect that mattered would depend upon that art: all the rest was mere matériel.

1) Ford Madox Ford, *Some Do Not. . .*, in Robie Macauley, ed., *Parade's End*, Penguin Books, 1982, p. 282. All subsequent references will be to this edition and will be incorporated into the text.
2) Samuel Hynes, "The Epistemology of *The Good Soldier*," in Martin Stannard, ed., *The Good Soldier*, W. W. Norton, 1995, p. 317.
3) Max Saunders, *Ford Madox Ford: A Dual Life*, Vol. II, Oxford Univ. Press, 1996, p. 203.
4) *Ford Madox Ford: A Dual Life*, Vol. II, p. 231.
5) Ford Madox Ford, *It was the Nightingale*, 1933; The Ecco Press, 1984, pp. 223-4.
6) Stella Bowen, *Drawn From Life*, 1941; Virago Press, 1984, p. 80.
7) For Moser's discussion of *Parade's End* as "a fantastic rearrangement of Ford's intimate, early history", revealing his "perpetual, deeply rooted conviction that passion brings unhappiness and death, and his equally deep need to believe himself innocent of all blame," see his *The Life in the Fiction of Ford Madox Ford*, Princeton Univ. Press, 1980, pp. 214-54.
8) For Madox Ford, *It Was the Nightingale*, p. 222. For a lucid summary of the Marwood friendship, and of Marwood's contribution to the character of Tietjens, see Alan Judd, *Ford Madox Ford*, 1990; Flamingo Books, 1991, pp. 104-8.
9) Ford Madox Ford, *Ancient Lights and Certain New Reflections*, Chapman and Hall, 1911, p. xvi.
10) Arthur Mizener, *The Saddest Story: A Biography of Ford Madox Ford*, World Publishing Company, 1971, p. xvi.
11) Stella Bowen, *Drawn From Life*, p. 164.
12) Richard A. Cassell emphasises the strong sexual charge of the scene. For

him it implies "the surfacing of erotic emotions" suppressed by Tietjens's "marital commitment to Sylvia." Hence Tietjens's blow with the stick "is a sexual strike, surfacing from the unconscious." The force of the passage as a whole, however, implies that this is not an action imaginatively indulged (as Cassell seems to suggest) but one that is spurned and repudiated as intrinsically unworthy.

See Richard A. Cassell, "Images of Collapse and Reconstruction: Ford's Vision of Society in *Parade's End*," in Richard A. Cassell, ed., *Critical Essays on Ford Madox Ford*, G. K. Hall, 1987, pp. 105–6. First published in *English Literature in Transition: 1880–1920*, Vol. 19, No. 4, March 1976, pp. 265–82.

13) Alan Judd, *Ford Madox Ford*, p. 107.

14) "Oppression by genius was, he thought, the most significant feature of his childhood." See Alan Judd, *Ford Madox Ford*, p. 14.

索　　引

ア　行

アイスキュロス　Aeschylus　*359*
　『オレステイア』 *Oresteia*　*359*
アーノルド，トマス　Thomas Arnold　*6*
アーノルド，マシュー　Matthew Arnold　*3,4,5,6,7,8,9,10,11,12,13,14,15,16,17,18,19,231,233,236,237,238,239,241,242,245,247,278,282,283,292,295*
　「エトナ山頂のエンペドクレス」 *Empedocles on Etna*　*237,242*
　『教養と無秩序』 *Culture and Anarchy*　*3,4,5,6,8,16*
　「グランド・シャルトルーズ修道院からの詩行」 'Stanzas from the Grande Chartreuse'　*282,283*
　「ドーヴァ海岸」　*278*
　『批評論集』 *Essays in Criticism*　*7*
『嵐が丘』 *Wuthering Heights*　*341*
アレヴィ，ルドヴィック　Ludovic Halévy　*148*
アレグザンダー，エドワード　Edward Alexander　*237*
イェイツ，W•B　William Butler Yeats　*232*
　「再来」 'The Second Coming'　*232*
『イラストレイテッド・ロンドン・ニューズ』 *The Illustrated London News*　*64*
ヴァーグナー，コジマ　Cosima Wagner　*379*
ヴァーグナー，ジークフリート　Siegfried Wagner　*379*
ヴァーグナー，リヒャルト　Richard Wagner　*330,379,380,381,382,383*
　『神々の黄昏』 *Götterdämmerung*　*380*
　『ジークフリート』 *Siegfried*　*379,380*
　『トリスタンとイゾルデ』 *Tristan und Isolde*　*380,382*
　『ニーベルンゲンの指輪』 *Der Ring des Nibelungen*　*379,380*
　『ニュールンベルクの名歌手』 *Die Meistersinger von Nürnberg*　*380*
　『パルジファル』 *Parsifal*　*379,381*
　『ラインの黄金』 *Das Rheingold*　*380*
　『ローエングリン』 *Lohengrin*　*379*
ヴィクトリア女王　Queen Victoria　*339*
ウィリー，バジル　Basil Willey　*18,19*
ウィルソン主教　Bishop Wilson　*9*
ウィルソン大佐　Colonel Wilson　*3*
ウェリントン，A•W　A. W. Wellington　*16*
ウェルギリウス　Publius Vergilius Maro　*326*
ウェルズ，H•G　H. G. Wells　*301,308,335,348*
　『タイム・マシーン』 *The Time Machine*　*311,313*
　『トーノ・バンゲイ』 *Tono-Bungay*　*301,302,304,308,312,319*
　『モロー博士の島』 *The Island of Doctor Moreau*　*335,348*
ウェルズ，オーソン　Orson Welles　*353*
ヴェルディ，ジュゼッペ　Giuseppe Verdi　*173,175*
ウォー，イヴリン　Evelyn Waugh　*387,388,389,392,395,396,397,398,399,402,403,404*
　『一握の塵』 *A Handful of Dust*　*399*
　『ギルバート・ピンフォールドの試練』 *The Ordeal of Gilbert Pinfold*　*399*
　『黒いいたずら』 *Black Mischief*　*404*
　『衰亡記』 *Decline and Fall*　*399,404*
　『ブライズヘッド再び』 *Brideshead Revisited*　*389-406*
　『名誉の剣』 *Sword of Honour*　*389*
　『汚れた肉体』 *Vile Bodies*　*399,404*
ウォード，T•H　T. H. Ward　*231*

『英国詩人集』 *English Poets* 231
ヴォルテール François - Marie Arouet Voltaire 279,280
ウォールポウル，スペンサー Spencer Walpole 3
ウルフ，ヴァージニア Virginia Woolf 329,330,377,378,379,380,381,383,384
「現代小説論」 'Modern Fiction' 377
『ダロウェイ夫人』 *Mrs Dalloway* 381
『灯台へ』 *To the Lighthouse* 383,384
『波』 *The Waves* 377,384,385
「バイロイトの印象」 'Impressions at Bayreuth' 379
『船出』 *The Voyage Out* 380,382
ウルフ，レナード Leonard Woolf 378,379,380
エリオット，ジョージ George Eliot 23,27,240,328
『イエスの生涯』 *The Life of Jesus, Critically Examined* 239
「女性小説家の愚かな小説」 'Silly Novels by Lady Novelists' 27
『ダニエル・デロンダ』 *Daniel Deronda* 23,24,25,26,27
『フィーリクス・ホールト』 *Felix Holt* 26
『ミドルマーチ』 *Middlemarch* 26,27
エリオット，T・S Thomas Stearns Eliot 359,360,361,365,370,373,384
『一族再会』 *The Family Reunion* 359,360,370,373
『カクテル・パーティー』 *The Cocktail Party* 359,361,373
『大寺院の殺人』 *Murder in the Cathedral* 359,370,373
『秘書』 *The Confidential Clerk* 360,373
『四つの四重奏』 *Four Quartets* 384
オーウェル，ジョージ George Orwell 348
『一九八四年』 *Nineteen Eighty - Four* 348
オースティン，ジェイン Jane Austen 29,177,178,340
『エマ』 *Emma* 178
『高慢と偏見』 *Pride and Prejudice* 340
オッフェンバック，ジャック Jacques Offenbach 147,148,165,170
『ラ・ペリコール』 *La Pèrichole* 147,148,150

カ 行

カーソン，レイチェル Rachel Carson 336,354
『沈黙の春』 *Silent Spring* 354
カーモウド，フランク Frank Kermode 388
カーライル，トマス Thomas Carlyle 244
『衣装哲学』 *Sartor Resartus* 244
カワード，ノエル Noel Coward 135,136
ガンジー Mohandās Karamchand Gāndhī 353
ギブソン，ジェイムズ James Gibson 238
キャロル，ルイス Lewis Carroll 104,147
『不思議の国のアリス』 *Alice's Adventures in Wonderland* 104
キリスト，イエス Jesus Christ 232,240,241,249,250,251,252,253,254,255,256,258,259,262,263,264,282,283,294
ギルバート，ウィリアム William Schwenck Gilbert 103,104,105,106,107,108,109,110,114,115,117,119,120,121,124,125,127,128,129,130,132,134,135,136,137,143,144,145,146,147,150,151,152,153,154,156,157,163,164,165,166,168,169,171,172,173,174,175
『アイオランシ』 *Iolanthe* 117 - 20,122,130,134,135,136,167
『王女イーダ』 *Princess Ida* 120,132,151,152,167
『軍艦ピナフォア』 *H. M. S. Pinafore* 112 - 14,131,133,135,153,167,168,169
『ゴンドラの船頭』 *The Gondoliers* 127-28,133,168,172
『婚約』 *Engaged* 147,150

『さかさま国』 *Topsyturrydom* 146
『邪悪な世界』 *The Wicked World* 145
『真実の宮殿』 *The Palace of Truth* 146
『大公』 *The Grand Duke* 129,163,168,174
『テスピス』 *Thespis* 109,129,133,163,166
『陪審裁判』 *Trial by Jury* 110,131,145,147,148,150,152,167,168
『バブ・バラッド』 *Bab Ballads* 105
『プリンセス』 *The Princess* 120
『ペイシェンス』 *Patience* 116-17,131,133,167,169
『ペンザンスの海賊』 *The Pirates of Penzance* 114-16,131,133,135,167
『魔術師』 *The Sorcerer* 110-12,114,130,133,167
『ミカド』 *The Mikado* 108,119-22,132,133,134,152,153,154,155,167,170,171,172,174
『むかしむかし』 *Ages Ago* 165
『ユートピア有限会社』 *Utopia, Limited* 129,130,133,168,173,174
『ルッディゴル』 *Ruddigore* 122-25,133,167
『ロンドン塔衛士』 *The Yeomen of the Guard* 106,125-6,133,167,170,172
クック・ジュニア，ウィリアム・J William J. Cook, Jr. 402
クラフ，アーサー・ヒュー Arthur Hugh Clough 231,232,233,235,237,238,239,240,241,242,244,245,246,247,248,249,259,260,261,262,264,266,267,269,270,272,278,279,280,282,283,287,289,293
『アンバーヴァリア』 *Ambarvalia* 261
「イスラエル人がエジプトを出たとき」 'When Israel came out of Egypt' 242
「現代の十戒」 'The Latest Decalogue' 260,261
「シュトラウスを歌う」 'Epi-Strauss-ium' 239,249
『ダイカイサス』 *Dipsychus and The Spirit* 231,232,248,259,262-96
『トウパー・ナ・ヒュオシッチの小屋』 *The Bothie of Toper-na-Fuosich* 270
「復活祭——一八四九年のナポリ」 'Easter Day. Naples, 1849' 249,262,263,273
『グラフィック』 *The Graphic* 175
グリーン，グレアム Graham Greene 42,43,398,404
『失われた幼年時代』 *The Lost Childhood and Other Essays* 42
「羽毛から鉄へ」 'From Feathers to Iron' 42
『コンゴ・ジャーナル』 *Two African Journals* 398
『燃えつきた男』 *A Burnt-Out Case* 398
グリーン，ブライアン Brian Green 236
クレイ，フレデリック Frederic Clay 165
グレイヴス，ロバート Robert Graves 175
グローヴ，ジョージ George Grove 166
ゲーテ Johann Wolfgang von Goethe 334
『乞食オペラ』 *The Beggar's Opera* 168
コウルリッジ，S･T S. T. Coleridge 4,5,6,16,18,19
『教会と国家の構造』 *On the Constitution of the Church and State* 4,6,18
ゴーギャン，ポール Paul Gauguin 333,398
コルヴィン，シドニー Sidney Colvin 43,48,65,66,67
ゴールディング，ウィリアム William Golding 346
『蝿の王』 *Lord of the Flies* 346
ゴールドスミス，オリヴァー Oliver Goldsmith 104
コールマー，ジョン John Colmer 4,330
『コーンヒル・マガジーン』 *The Cornhill Magazine* 4
コンラッド，ジョーゼフ Joseph Conrad 68,69,71,72,73,75,78,79,81,84,85,88,94,96,99,302,398,430,19
『闇の奥』 *Heart of Darkness* 68,69,71,302,398

サ　行

『ザ・スター』 *The Star* 172
サイクス，クリストファー Christopher Sykes 398,402
『イヴリン・ウォー』 *Evelyn Waugh: A Biography* 398
サウル Saul 251
サッカレー，ウィリアム・メイクピース William Makepeace Thackeray 340
『虚栄の市』 *Vanity Fair* 340
サリヴァン，アーサー Arthur Seymour Sullivan 103,105,106,108,109,128,136,143,144,145,147,150,151,152,157,163,164,165,166,168,169,171,172,173,174,175
『アイヴァンホー』 *Ivanhoe* 173
「舞踏序曲」 'Overtura di ballo' 171
サヴォイ・オペラの作品については，ギルバートの項を参照
シェイクスピア，ウィリアム William Shakespeare 104
『夏の夜の夢』 *A Midsummer Night's Dream* 131
ジェイコブス，ピーター Peter Jacobs 380
ジェイムズ，ヘンリー Henry James 24,430,19
ジェファソン，アラン Alan Jefferson 174
シェリー，パーシー・ビッシュ Percy Bysshe Shelley 182
シェリー，メアリー Mary Shelley 338
『フランケンシュタイン，または現代のプロメテウス』 *Frankenstein, or The Modern Prometheus* 338
シェリダン，リチャード Richard Brinsley Sheridan 104,135
『競争相手』 *The Rivals* 135
『ジェーン・エア』 *Jane Eyre* 341
シドニー＝ターナー，サクソン Saxon Sydney-Turner 379
ジャッド，アラン Alan Judd 427,16
シュトラウス，ダヴィード・フリードリッヒ David Friedrich Strauss 239,241,282
『イエスの生涯』 *Das Leben Jusu* 239
シュトラウス，ヨハン（二世） Johann Strauss II 148,166,170
『こうもり』 *Die Fledermaus* 148,166,170
シュナイダー Hortense Schneider 165
シューベルト，フランツ Franz Schubert 166
『ロザムンデ』 *Rosamunde* 166
シェークスピア，ウィリアム William Shakespeare 347
『テンペスト』 *The Tempest* 347
ショー，バーナード George Bernard Shaw 173,308,383
『医者のジレンマ』 *The Doctor's Dilemma* 308
「医者の関する序文」 'Preface on Doctors' 308
『人と超人』 *Man and Superman* 383
ジョイス，ジェームズ James Joyce 384
『室内楽』 *Chamber Music* 384
スウィフト，ジョナサン Jonathan Swift 348
『ガリバー旅行記』 *Gulliver's Travels* 348
スコット，ウォルター Walter Scott 177,388
スタナード，マーチン Martin Stannard 387,389,397,402
『イヴリン・ウォー 一九〇三年〜一九三九年』 *Evelyn Waugh: The Early Years,* 1903-1939 387
『イヴリン・ウォー 一九三九年〜一九六六年』 *Evelyn Waugh: No Abiding City,* 1939-1966 387
スターン，ローレンス Laurence Sterne 301
ズッペ，フランツ・フォン Franz von Suppe 166
スティーヴン，エイドリアン Adrian Stephen 379
スティーヴンソン，ロバート・ルイス Robert Louis Stevenson 39,40,41,42,43,44,46,47,64,65,66,67,68,69
『ウィア・オブ・ハーミストン』 *Weir of Hermiston* 43
『ジーキル博士とハイド氏』 *Dr Jekyll and Mr Hyde* 39
『宝島』 *Treasure Island* 39

『南海にて』 *In the South Seas* 67
『ファレザの浜辺』 *The Beach of Falesá* 39,43,44,45,47,56,64,65,66,67,68,69
Island Nights' Entertainments 64
'The Bottle Imp' 64
'The Isle of Voices' 64
ストウ，ハリエット・ビーチャ Harriet Beecher Stowe 34
『ストランド』 *The Strand Magazine* 121
スペンサー，エドマンド Edmund Spenser 239
スミス，W・H W. H. Smith 169
「創世記」 *Genesis* 266
ソーンダーズ，マックス Max Saunders 409,413,1,4

タ　行

『タイムズ』 *The Times* 153,379
ダーウィン，チャールズ Charles Darwin 24,132,236,337
ターナー，ポール Paul Turner 231
『ハーディ伝』 *The Life of Thomas Hardy* 231
ダレル，ロレンス Lawrence Durrell 398
『アレクサンドリア四重奏』 *The Alexandria Quarter* 398,399
ダンテ Alighieri Dante 30
チェスタートン G. K. Chesterton 121,154
「ギルバートとサリヴァン」 'Gilbert and Sullivan' 154
チョーサー，ジェフリー Geoffrey Chauser 135,211
『カンタベリー物語』 *The Canterbury Tales* 211
ディアギレフ，セルゲイ Sergey Pavlovich Dyagilev 380
ディオシー，アーサー Arthur Diosy 154
ディガエターニ，ジョン John Louis DiGaetani 330
ディケンズ，チャールズ Charles Dickens 341
『大いなる遺産』 *Great Expectations* 341
『オリヴァー・トゥイスト』 *Oliver Twist* 341
『デイヴィッド・コパーフィールド』 *David Copperfield* 341
ティティアーノ Tiziano Vecellio 282
テニスン，アルフレッド Alfred Tennyson 120,132,244,260,293
『イン・メモリアム』 *In Memoriam A. H. H.* 244,260,293
テオクリトス Theocritus 326
テンニース，フェルディナント Ferdinand Tönnies 180
ドイチュ，エマニュエル Emanuel Deutsch 34
ドイリー・カート，リチャード Richard D'Oyly Carte 105,116,166,168,169,170,172,173
ドヴォルザーク，アントニン Antonin Dvořák 175
ドナルドソン，フランシス Frances Donaldson 398
『イヴリン・ウォー 田舎暮らしの隣人のポートレイト』 *Evelyn Waugh: Portrait of a Country Neighbour* 398
ドビュッシー，クロード Claude Debussy 379
トマス・ア・ベケット Thomas à Becket 359,370
『トマホーク』 *The Tomahawk* 165
ドレイク，フランシス Francis Drake 72
ドレイフュス，アルフレッド Alfred Dreyfus 415,418,5,8

ナ　行

ナポレオン三世 Napoleon III 165
ニーチェ，フリードリヒ Friedrich Nietzsche 379
ニューマン，ジョン・ヘンリー John Henry Newman 10,11,247

ハ　行

ハイネ，ハインリヒ Heinrich Heine 235
バイロン，ジョージ George Gordon Byron 283,292,334,392
ハインズ，サミュエル Samuel Hynes

409, 1
ハウ，アーヴィング　Irving Howe　*210*
バーゴンジー，バーナード　Bernard Bergonzi　*389*
パーセル，ヘンリー　Henry Purcell　*170*
ハクスリー，オルダス　Aldous Huxley　*335, 336, 337, 338, 339, 341, 342, 343, 344, 345, 346, 348, 349, 351, 352, 354, 384, 403, 404, 405*
『アンティック・ヘイ』 *Antic Hay*　*403*
『科学・自由・平和』 *Science, Liberty and Peace*　*338*
『ガザに盲いて』 *Eyeless in Gaza*　*351*
『クローム・イエロー』 *Crome Yellow*　*341, 351, 352*
『島』 *Island*　*338*
『すばらしい新世界』 *Brave New World*　*342-48, 351, 352*
『すばらしい新世界再訪』 *Brave New World Revisited*　*351*
『恋愛対位法』 *Point Counter Point*　*339, 348-51, 384, 405*
ハックスリー，ジュリアン　Julian Huxley　*336, 337*
ハックスリー，トマス・ヘンリー　Thomas Henry Huxley　*336*
ハーディ，バーバラ　Barbara Hardy　*31*
ハーディ，トマス　Thomas Hardy　*163, 164, 175, 176, 177, 178, 179, 180, 181, 182, 183, 189, 206, 207, 209, 210, 211, 212, 213, 221, 222, 224, 226, 227, 231, 232, 233, 234, 235, 236, 237, 238, 239, 241, 242, 244, 245, 246, 248, 249, 258, 260, 262, 264, 267, 273, 275, 276, 280, 283, 284, 287, 295, 328, 340*
『青い眼』 *A Pair of Blue Eyes*　*178, 183*
「雨のそぼ降る復活祭の朝」 'A Drizzling Easter Morning'　*249*
「アリシアの日記」 'Alicia's Diary'　*189, 190*
『映像の瞬間』 *Moments of Vision*　*164*
『カスターブリッジの町長』 *The Mayor of Casterbridge*　*177, 179, 181, 182*
『帰郷』 *The Return of the Native*　*179, 183*
『貴婦人の群れ』 *A Group of Noble Dames*　*209, 210, 212, 213, 226*
「アイシーンウェイ夫人」 'The Lady Icenway'　*216, 221*
「グリーブ家のバーバラ」 'Barbara of the House of Grebe'　*222*
「初代ウェセックス伯爵夫人」 'The First Countess of Wessex'　*212*
「ストーンヘンジ侯爵夫人」 'The Marchioness of Stonehenge'　*214, 221*
「ハンプトンシャー公爵夫人」 'The Duchess of Hamptonshire'　*220, 221*
「ペネロープ夫人」 'The Lady Penelope'　*222, 223*
「令嬢ローラ」 'The Honourable Laura'　*226*
『窮余の策』 *Desperate Remedies*　*163*
「幻想を追う女」 'An Imaginative woman'　*206*
『恋の霊』 *The Well-Beloved*　*183*
『全詩集』 *The Complete Poems*　*224*
「ある幻想の未来」 'The Future of an Illusion'　*245*
「家系図」 'The Pedigree'　*224*
「神の葬列」 'God's Funeral'　*245, 248*
「酒飲み歌」 'Drinking Song'　*258, 284*
「〈誠実〉に寄す」 'To Sinserity'　*260, 262*
「知覚なき者」 'The Impersipient'　*238, 283*
「人間に対する神のぼやき」 'A Plaint to Man'　*242, 244*
「品格ある市民」 'The Respectable Burgher'　*241, 280*
「弁明」 'Apology'　*231, 232, 233, 234, 235, 236, 238, 241*
「町の住人たち」 'The Burghers'　*273*
『ダーバヴィル家のテス』 *Tess of the d'Urbervilles*　*177, 178, 184, 219*
『覇王たち』 *The Dynasts*　*177*
『はるか群衆を離れて』 *Far from the Madding Crowd*　*176, 183*
『微温の人』 *Laodicean*　*284*
『日陰者ジュード』 *Jude the Obscure*　*163, 176, 182-4, 284, 295, 340*

「憂鬱な軽騎兵」 'The Melancholy Hussar of the German Legion' *189*
『緑樹の陰で』 *Under the Greenwood Tree* *176,178*
ハーディ，フローレンス・エミリ Florence Emily Hardy *163*
『トマス・ハーディの生涯』(『自伝』) *The Life of Thomas Hardy* *163,231*
バッハ，J•S J. S. Bach *152*
バトラー司教 Joseph Butler *282*
『宗教の類比』 *Analogy of Religion* *282*
『説教集』 *Fifteen Sermons Preached at the Rolls Chapel* *282*
バナール，ジョン・デズモンド John Desmond Bernal *353*
バランタイン，R•M R. M. Ballantyne *40*
『コーラル・アイランド』 *The Coral Island* *40*
バリー，J•M J. M. Barrie *147*
『あっぱれクライトン』 *The Admirable Crichton* *147*
バンクロフト，スクァイヤ Squire Bancroft *144*
バンクロフト，マリー Marie Bancroft *144*
ヒース，ジェフリー Jeffrey Heath *402*
『ピクチャレスクな牢獄』 *The Picturesque Prison* *402*
ビーチャム，ジョセフ Joseph Beecham *303*
ヒトラー，アドルフ Adolf Hitler *342,353*
ピニオン，フランク Frank Pinion *234*
『ファン』 *Fun* *105*
フィールディング，ヘンリー Henry Fielding *339*
『トム・ジョーンズ』 *Tom Jones* *340*
フェラン，J•P J. P. Phelan *273*
フォースター，アリス・クララ Alice Clara Forster *325*
フォースター，E•M E. M. Forster *323,324,325,326,327,328,329,330,331,383,398*
『アレクサンドリア』 *Alexandria* *398*
「アンセル」 'Ansel' *331*
『眺めのいい部屋』 *A Room with a View* *331,398,399*
『ハワーズエンド邸』 *Howards End* *323,326,327,330,384*
『ロンゲスト・ジャーニー』 *The Longest Journey* *331*
フォード，フォード・マドックス Ford Madox Ford *409,410,411,412,413,414,419,420,422,423,424,426,427,428,430*,1,2,3,4,5,9,10,11,12,14,15,16,18,19
『観兵式の終わり』 *Parade's End* *409,413*,1,4
『それはナイティンゲールだった』 *It was the Nightingale* *413*,4
『なかには例外も…』 *Some Do Not...* *410,411,412,413,414,424,427,430*,1,2,3,14,16,18
『良き兵士』 *The Good Soldier* *409,410,412,415*,1,2,3,6
フーコー，ミシェル Michel Foucault *310*
フッド，トマス Thomas Hood *147*
フライ，ロジャー Roger Fry *383,397*
ブラウニング，ロバート Robert Browning *176*
フランクリン，ジョン John Franklin *72*
ブリテン，ベンジャミン Benjamin Britten *170*
『ピーター・グライムズ』 *Peter Grimes* *170*
ブレイディ，クリステイン Kristin Brady *206,211,214,221,222*
フロイト，ジークムント Sigmund Freud *245,334*
ブロムフィールド，アーサー Arthur Blomfield *164*
ペイター，ウォルター Walter Horatio Pater *266*
『ルネサンス』 *Studies in the History of the Renaissance* *266*
ベイリー，ジョン John Bailey *234,387,388*
ベイリー，レズリー Leslie Baily *153*
『ギルバート・アンド・サリヴァン・ブック』 *The Gilbert and Sullivan Book* *153*
ページ，ノーマン Norman Page *210*

ペテロ　St Peter　*251*
ベートーヴェン，ルートヴィヒ　Ludwig van Beethoven　*169*,*323*,*324*,*325*,*327*,*328*,*330*,*331*,*377*,*378*,*383*,*384*,*385*
「第五交響曲」　*324*,*325*,*328*,*329*,*330*
ベネット，アーノルド　Arnold Bennett　*301*
ベランジェ　Pierre Jean de Béranger　*279*
ベル，ヴァネッサ　Vanessa Bell　*379*
ヘルツォーグ，J•B•M　James Barry Munnik Hertzog　*353*
ヘンデル，ゲオルク　George Frederic Handel　*152*
ヘンリー八世　Henry VIII　*416*,6,7
ボウエン，ステラ　Stella Bowen　*413*,*419*,*424*,4,9,13
ボッカチオ　Giovanni Boccaccio　*211*
『デカメロン』 Decameron　*211*
ホートン，W•E　WalterE. Houghton　*239*
ポープ，アレクサンダー　Alexander Pope　*176*

マ　行

マイズナー，アーサー　Arthur Mizener　*419*,9
マーウッド，アーサー　Arthur Marwood　*419*,*420*,*430*,9,10,19
マクルーア，サミュエル　Samuel S. McClure　*40*
マッキャン，クリントン　Clinton Machann　*18*,*19*
マッキントッシ，ナンシー　Nancy McIntosh　*173-5*
マタイ　St Matthew　*240*
マリア（聖母） the Virgin Mary　*283*
マルコ　St Mark　*240*
『マンチェスター・ウィークリー・タイムズ』 *The Manchester Weekly Times*　*189*
ミラー，J・ヒリス　J. Hillis Miller　*206*,*212*
ミルトン，ジョン　John Milton　*222*,*266*
『快活な人』 *L'Allegro*　*222*
『失楽園』 *Paradise Lost*　*266*
メイヤック，アンリ　Henri Meilhac　*148*
メイン，リチャード　Richard Mayne　*3*
メニコフ，バリー　Barry Menikoff　*64*
メンデル　Gregor Johann Mendel　*338*
モーザー，トマス　Thomas Moser　*414*,5
モーセ　Moses　*243*,*247*,*248*
モーツァルト，ヴォルフガンク・アマデウス　Wolfgang Amadeus Mozart　*164*,*382*,*383*
『魔笛』 *Die Zauberflöte*　*382*
モーム，サマセット　Somerset Maugham　*398*,*404*,*405*
『かみそりの刃』 *The Razor's Edge*　*398*
『月と六ペンス』 *The Moon and Sixpence*　*398*,*405*
モンテスキュー　Montesqieu　*8*

ヤ　行

ヨセフ　Joseph　*250*
ヨハネ　St John　*240*,*289*

ラ　行

ライト，T•R　T. R. Wright　*191*
ラスキン，ジョン　John Ruskin　*197*
『近代画家』 *Modern Painters*　*197*
ラプラス，ピエール　Pierre Simon Laplace　*244*
ラロシュフーコー　La Rochefoucauld　*33*
ランボー，アルトゥール　Jean Arthur Rimbaud　*333*
「地獄の季節」 *Une Saison en enfer*　*333*
リチャーズ，トマス　Thomas Richards　*316*
リーヴィス，F•R　F. R. Leavis　*80*
リード，ジャーマン　Thomas German Reed　*144*,*145*,*165*
リバティ，アーサー　Arthur Liberty　*152*,*153*
ルイス，G•H　G. H. Lewes　*28*,*32*
ルカ　St Luke　*240*
ルーズベルト，シオドア　Theodore Roosevelt　*325*
ルービンシュタイン，アントン　Anton Rubinstein　*27*
レマルク，エーリッヒ　Erich Maria Remarque　*389*
『西部戦線異常なし』 *Im Westen nichts*

Neues　*389*
ローズベリー，アーチボルド　Archibald Philip Primrose Rosebery　*310*
ロッジ，デビッド　David Lodge　*301*, *302*, *404*
『小説の技巧』　*The Art of Fiction*　*404*
ロレンス，D・H　D. H. Lawrence　*301*, *323*, *337*, *342*, *349*, *350*, *351*

ワ　行

ワイルド，オスカー　Oscar Wilde　*105*, *106*, *116*, *135*, *136*, *137*, *143*, *152*
『重要でない女』　*A Woman of No Importance*　*136*
『誠が肝心』　*The Importance of Being Earnest*　*136*, *137*, *143*
ワーズワス，ウィリアム　William Wordsworth　*176*, *272*

執筆者紹介（執筆順）

松《まつ》本《もと》　啓《けい》　中央大学法学部教授

塩《しお》谷《たに》清《きよ》人《と》　学習院大学文学部教授

野《の》呂《ろ》　正《ただし》　中央大学理工学部教授

山《やま》本《もと》恭《きよう》子《こ》　中央大学法学部教授

塚《つか》野《の》千《ち》晶《あき》　日本女子大学人間社会学部教授

新《あら》井《い》潤《めぐ》美《み》　中央大学法学部教授

深《ふか》澤《さわ》　俊《すぐる》　中央大学法学部教授

永《なが》松《まつ》京《きよう》子《こ》　中央大学総合政策学部助教授

小《こ》林《ばやし》千《ち》春《はる》　中央大学総合政策学部兼任講師

森《もり》松《まつ》健《けん》介《すけ》　中央大学法学部教授

糸《いと》多《だ》郁《いく》子《こ》　桜美林短期大学専任講師

戸《と》嶋《しま》真《ま》弓《ゆみ》　中央大学法学部兼任講師

コリンズ《こりんず》，アンガス《あんがす》　ポール《ぽーる》　エディンバラ大学非常勤講師・
元中央大学法学部教授

喪失と覚醒　　研究叢書27

2001年3月25日　第1刷印刷
2001年3月31日　第1刷発行

編　者　中央大学人文科学研究所
発行者　中央大学出版部
代表者　辰川弘敬

192-0393　東京都八王子市東中野742-1
発行所　中央大学出版部
電話 0426（74）2351　FAX 0426（74）2354
http://www2.chuo-u.ac.jp/up/

十一房印刷工業・東京製本

ISBN4-8057-5320 X

22　ウィーン　その知られざる諸相
　　——もうひとつのオーストリア——

　　二十世紀全般に亙るウィーン文化に，文学，哲学，民俗音楽，映画，歴史など多彩な面から新たな光を照射し，世紀末ウィーンと全く異質の文化世界を開示する．

　　A5判 424頁　本体 4,800円

23　アジア史における法と国家
　　中国・朝鮮・チベット・インド・イスラム等アジア各地域における古代から近代に至る政治・法律・軍事などの諸制度を多角的に分析し，「国家」システムを検証解明した共同研究の成果．
　　A5判 444頁　本体 5,100円

24　イデオロギーとアメリカン・テクスト
　　アメリカ・イデオロギーないしその方法を剔抉，検証，批判することによって，多様なアメリカン・テクストに新しい読みを与える試み．
　　A5判 320頁　本体 3,700円

25　ケルト復興
　　19世紀後半から20世紀前半にかけての「ケルト復興」に社会史的観点と文学史的観点の双方からメスを入れ，その複雑多様な実相と歴史的な意味を考察する．
　　A5判 576頁　本体 6,600円

26　近代劇の変貌
　　——「モダン」から「ポストモダン」へ——

　　ポストモダンの演劇とは？　その関心と表現法は？英米，ドイツ，ロシア，中国の近代劇の成立を論じた論者たちが，再度，近代劇以降の演劇状況を鋭く論じる．

　　A5判 424頁　本体 4,700円

27　喪失と覚醒
　　——19世紀後半から20世紀への英文学——

　　伝統的価値の喪失を真摯に受けとめ，新たな価値の創造に目覚めた，文学活動の軌跡を探る．

　　A5判 480頁　本体 5,300円

15　現代ヨーロッパ文学の動向　中心と周縁　　A 5 判 396頁　本体 4,000円

際立って変貌しようとする20世紀末ヨーロッパ文学は，中心と周縁という視座を据えることで，特色が鮮明に浮かび上がってくる．

16　ケルト　生と死の変容　　A 5 判 368頁　本体 3,700円

ケルトの死生観を，アイルランド古代／中世の航海・冒険譚や修道院文化，またウェールズの『マビノーギ』などから浮び上がらせる．

17　ヴィジョンと現実　十九世紀英国の詩と批評　　A 5 判 688頁　本体 6,800円

ロマン派詩人たちによって創出された生のヴィジョンはヴィクトリア時代の文化の中で多様な変貌を遂げる．英国19世紀文学精神の全体像に迫る試み．

18　英国ルネサンスの演劇と文化　　A 5 判 466頁　本体 5,000円

演劇を中心とする英国ルネサンスの豊饒な文化を，当時の思想・宗教・政治・市民生活その他の諸相において多角的に捉えた論文集．

19　ツェラーン研究の現在　　A 5 判 448頁　本体 4,700円

20世紀ヨーロッパを代表する詩人の一人パウル・ツェラーンの詩の，最新の研究成果に基づいた注釈の試み．研究史，研究・書簡紹介，年譜を含む．

20　近代ヨーロッパ芸術思潮　　A 5 判 320頁　本体 3,800円

価値転換の荒波にさらされた近代ヨーロッパの社会現象を文化・芸術面から読み解き，その内的構造を様々なカテゴリーへのアプローチを通して，多面的に解明．

21　民国前期中国と東アジアの変動　　A 5 判 600頁　本体 6,600円

近代国家形成への様々な模索が展開された中華民国前期(1912～28)を，日・中・台・韓の専門家が，未発掘の資料を駆使し検討した国際共同研究の成果．

8　ケルト　伝統と民俗の想像力　A５判 496頁　本体 4,000円

古代のドルイドから現代のシングにいたるまで，ケルト文化とその稟質を，文学・宗教・芸術などのさまざまな視野から説き語る．

9　近代日本の形成と宗教問題　〔改訂版〕　A５判 330頁　本体 3,000円

外圧の中で，国家の統一と独立を目指して西欧化をはかる近代日本と，宗教とのかかわりを，多方面から模索し，問題を提示する．

10　日中戦争　日本・中国・アメリカ　A５判 488頁　本体 4,200円　（重版出来）

日中戦争の真実を上海事変・三光作戦・毒ガス・七三一細菌部隊・占領地経済・国民党訓政・パナイ号撃沈事件などについて検討する．

11　陽気な黙示録　オーストリア文化研究　A５判 596頁　本体 5,700円

世紀転換期の華麗なるウィーン文化を中心に20世紀末までのオーストリア文化の根底に新たな光を照射し，その特質を探る．巻末に詳細な文化史年表を付す．

12　批評理論とアメリカ文学　検証と読解　A５判 288頁　本体 2,900円

1970年代以降の批評理論の隆盛を踏まえた方法・問題意識によって，アメリカ文学のテキストと批評理論を，多彩に読み解き，かつ犀利に検証する．

13　風習喜劇の変容　王政復古期からジェイン・オースティンまで　A５判 268頁　本体 2,700円

王政復古期のイギリス風習喜劇の発生から，18世紀感傷喜劇との相克を経て，ジェイン・オースティンの小説に一つの集約を見る，もう一つのイギリス文学史．

14　演劇の「近代」　近代劇の成立と展開　A５判 536頁　本体 5,400円

イプセンから始まる近代劇は世界各国でどのように受容展開されていったか，イプセン，チェーホフの近代性を論じ，仏，独，英米，中国，日本の近代劇を検討する．